COLLECTION FOLIO

Philip Roth

Laisser courir

I

Traduit de l'anglais
par Jean Rosenthal

Introduction
de James Atlas

Gallimard

Titre original :

LETTING GO

Philip Roth est né à Newark, en 1933. Ses nouvelles ont paru dans les revues littéraires new-yorkaises. Il a obtenu tour à tour le Prix national du roman, le prix Daroff du Conseil du livre juif d'Amérique, le prix Guggenheim et un prix de l'Institut national des arts et lettres.

Son roman *Portnoy et son complexe,* publié aux Editions Gallimard en 1970, a connu un immense succès.

INTRODUCTION

La lecture, sans ordre chronologique, des premières œuvres d'un romancier lorsque le ton de la maturité est depuis longtemps devenu familier à son public, est une curieuse expérience. Le roman d'un débutant préfigure — du moins se l'imagine-t-on — les linéaments de l'écriture à venir, ouvre des perspectives sur le style de la maturité ; avec une assurance rétrospective, nous y détectons les inhibitions, les influences littéraires, l'occultation ou la résurgence des thèmes qui domineront l'œuvre future.

Le premier roman de Philip Roth ne répond pas à ce schéma. L'on serait bien en peine d'identifier les sources du scandaleux soliloque d'Alexander Portnoy dans Laisser courir. *Le triomphe de* Portnoy et son complexe *tient à son indomptable énergie ; le témoignage que nous dispense Portnoy avec une si persuasive éloquence entretient une illusion d'improvisation, de spontanéité, comme s'il s'agissait vraiment de la confession d'un patient devant son psychiatre (encore que nous apprenions sans surprise que Roth a éliminé quatre versions du roman avant d'opter pour le* Portnoy *que nous connaissons*[1] *; après tout, la littérature est seulement*

1. « Comment avez-vous écrit ce livre ? » dans *Reading myself and others.*

censée paraître spontanée). Rien de plus délibéré, d'un autre côté, que Laisser courir. *Minutieux dans les détails, exhaustif dans sa description des personnages, élaboré sinon laborieux dans l'intrigue, ce livre n'a rien de la verve et de l'élan qui animent les romans ultérieurs, mais se développe avec une solennité jamesienne qui ne laisse pas soupçonner la jeunesse de l'auteur. Publié alors que Roth n'avait que vingt-neuf ans, ce premier roman témoigne d'une singulière maturité. L'univers qu'il met en scène est si varié, issu d'une si fertile imagination, la technique narrative est si subtile, qu'un lecteur connaissant mal l'auteur serait bien en peine de le situer dans la succession de ses ouvrages.*

Et pourtant, certaines touches juvéniles apparaissent dans ce roman d'une audacieuse précocité. Comme les récits de Goodbye, Columbus, *débuts littéraires de Roth,* Laisser courir *atteste une réserve de bon aloi typique des écrivains débutants. Roth lui-même a souvent exprimé l'agacement que lui inspirait ce roman, le définissant lors de plusieurs interviews comme « un effort tendant à l'effacement et à l'oblitération de soi-même, comme une œuvre centrée à l'excès sur la conscience, la responsabilité et la rectitude ». Et si l'on se réfère aux livres émancipés et exubérants qui ont suivi, ce roman consciencieux est peut-être exagérément méticuleux, « littéraire » — terme péjoratif dans le vocabulaire de Roth, impliquant une dévotion servile à certain héritage culturel concernant les impératifs de la littérature. Mais le roman est aventureux à sa façon ; même si la voix du narrateur reste en retrait ; les ingénieux passages de la première à la troisième personne, les chapitres consacrés à un personnage unique, les monologues intérieurs à la Joyce (y compris celui d'un enfant de neuf ans) ne s'inspirent pas précisément du respect des conventions.*

Si Laisser courir *est l'ouvrage d'un apprenti, c'est dans son attitude envers la responsabilité morale dont Roth fustige ailleurs la solennité. Gabe Wallach et Paul Herz, les deux jeunes gens dont les existences raisonnables sont relatées dans le roman, pourraient difficilement montrer plus de sérieux vis-à-vis de leurs obligations. Le sacrifice est pour eux ce qu'était la libération durant les années soixante : un moyen de se réaliser, d'épanouir son identité. Avec une persévérance sans joie, ils se soumettent aux vœux des autres en niant les leurs, obéissent à des lois visibles d'eux seuls — et tout cela avec la conviction d'apporter par ces renoncements volontaires la preuve de leur maturité. La quête de « la virilité et de la dignité » que poursuit Paul l'amène à se marier parce qu'il y voit un devoir : devoir de renoncer à ses études et d'aller travailler dans une usine de voitures de Detroit, de renoncer à ses aspirations littéraires et d'envisager de devenir instituteur. L'existence bornée et austère à laquelle il se condamne est une sorte d'ordination séculière : Tu promets de t'interdire tout plaisir ? Alors te voilà devenu un homme.*

Gabe, selon toute apparence, est un être plus indépendant que Paul ; il est issu d'un milieu aisé, n'est pas tenté par le mariage, semble indécis sur le choix d'un métier. Mais il se révèle tout aussi résolu à suivre la voie de la mortification. Lorsque son père, un dentiste veuf, le supplie de venir à la maison pour Thanksgiving, il s'incline. Lorsque Martha Reganhart, sa maîtresse, l'invite à venir s'installer chez elle, il s'exécute ; lorsque Paul et sa femme Libby l'impliquent dans les tribulations de leur mariage, il finit par jouer le négociateur dans chacune de leurs crises, faisant taire en outre la passion intermittente que lui inspire Libby. « Le fait que la vie des deux Herz était souvent plus menacée que la mienne », note-t-il sèchement, « m'avait amené de temps à autre à penser que leurs vies étaient aussi plus sérieuses que la mienne. » Comme Paul, Gabe s'efforce de se persuader qu'en se détournant de ce qu'il désire il montre à quel point il exerce un contrôle rigoureux sur sa vie.

En un sens, l'adhésion aux revendications morales est une

forme d'auto-affirmation. L'exaspérante passivité de Paul est une arme efficace contre une famille qui veut faire de lui un juriste, le voir épouser une juive (ce que Libby n'est pas) et vivre à Brooklyn. En restant dans ce qui doit être le sentier de la vertu et en menant une existence aussi morose que possible, il s'arrange non seulement pour se punir lui-même mais pour décevoir les espérances de ses parents. La rébellion de Paul vise à gâcher sa vie.

Où Paul se montre passif, Gabe multiplie les obligations avec une certaine défiance irritée comme pour prouver qu'il n'a pas le choix. « Il avait essayé d'être raisonnable avec tout le monde, mais c'était des gens déraisonnables qui exigeaient des choses de lui », rumine-t-il. « Alors d'un côté il continuait à croire qu'on profitait de lui ; d'un autre il voyait en quoi il n'avait pas été assez sauvage. » Mais la sauvagerie n'est pas à la portée de ce jeune homme plein de bonne volonté qui aspire à satisfaire les besoins des autres dans le but de se justifier.

Certes, Gabe et Paul ne sont pas les seuls à négliger leurs intérêts personnels. Libby flirte avec Gabe puis l'exclut de son existence. Martha rejette un soupirant inodore et bien intentionné pour se décider par la suite à l'épouser. Le compromis est endémique dans Laisser courir, *la frustration l'un des thèmes dominants du roman. Les personnages de Roth justifient leur manque d'énergie en se persuadant que le sacrifice possède une composante morale ; faire son devoir équivaut à bien faire. Accomplissement, bonheur, liberté : ces objectifs sont bel et bien interdits à Gabe Wallach et aux Herz. Portnoy peut hurler et protester tout son saoul contre l'oppression dont il est victime ; les personnages de* Laissez courir *trouvent dans la mortification la preuve de leur vertu. Il y a une piété presque catholique dans le martyre de Paul, dans l'enthousiasme de Libby pour la vie d'austérité à laquelle la condamne ce martyre. (Mais après tout, Libby est catholique.) Et Gabe, à sa façon, est aussi timoré que Paul, réprimant des impulsions qu'il comprend à peine pour rester le fils attentionné, l'ami loyal. Embringué dans les efforts des Herz pour adopter un enfant, il fait un vœu : « Il ne partirait pas avant d'avoir pris une décision concernant son avenir ; il partirait dans la dignité, ses affaires en ordre. Il n'était pas homme à abandonner un poste, si déprimé qu'il fût. »*

Encore une fois, la virilité sous forme de sacrifice.

Pour les protagonistes ultérieurs de Roth, de telles impulsions doivent être combattues, coûte que coûte. Le défi que cherchent à relever Portnoy, Peter Tarnopol dans Ma vie d'homme *et David Kepesh dans* Professeur de désir, *consiste à vaincre les inhibitions et les contraintes que leur imposent des forces diverses : parents, femmes, communauté juive, tradition littéraire — tous les obstacles s'interposent en travers de leurs désirs. Et ils ont mis une certaine distance entre eux et leur passé. Tarnopol présente son histoire avec le sous-titre, « A la recherche du désastre (ou : le sérieux des années cinquante) » ; écrivant avec le recul des années soixante-dix, quand le jeune étudiant solennel qui s'y trouve dépeint a depuis longtemps cédé le pas à l' « homme » impénitent et braillard, il peut se permettre de se montrer ironique.*

Mais Laisser courir *a été écrit d'un point de vue situé à l'intérieur de cette époque, où l'ironie était un terme littéraire, non pas une attitude en face de l'expérience, et où la littérature était plus authentique que la vie. « Ma relation avec le monde des sentiments », confie Gabe, « ne s'établissait pas avec ce monde même mais avec Henry James. » En vérité, James est souvent invoqué dans ce roman. Ses subtils drames continentaux sont destinés à servir de contrepoint aux scènes américaines dénuées de tout romantisme dans lesquels ils sont examinés. Conduisant Libby au point où la voiture de Paul est tombée en panne sur une grand-route de l'Iowa, Gabe se surprend à discuter sur les points forts de* Un portrait de femme ; *et des centaines de pages plus loin, lorsqu'il rend visite à Martha Reganhart dans sa pension de Hyde Park après leur séparation, le Maître refait surface. « Il est virginal », se plaint Martha. « Il me semble que les gens vivent plus ouvertement leurs passions. » (Si naïve que soit sa critique littéraire, son objection est une pertinente mise en cause de Gabe dont la nature circonspecte a fait autant que ses aspirations à elle, inavouées mais intenses, pour gâcher la situation entre eux.)*

Dans les deux scènes, l'évocation de James se conclut avec pratiquement les personnages au lit. Ayant fait une judicieuse observation sur Isabel Archer, Gabe enregistre la réponse de Libby. « C'était comme si je l'avais touchée. » Et plus tard la discussion à propos de James atteint son apogée dans une brève altercation entre Gabe et Martha lorsqu'il lui fait des avances. La littérature a été exploitée à de pires usages, mais que ces allusions obliques sont loin des fiévreuses transactions sexuelles de Portnoy ou des aventures de Daniel Kepesh avec ses deux Suédoises. Gabe est inexorablement ligoté par sa conscience, et bien loin d'être libéré ; la tentative de séduction à laquelle se livre sur lui une serveuse le plonge dans une telle angoisse qu'on pourrait croire qu'il a en effet succombé.

« Je m'assis sur ma chaise de bois en contre-plaqué et tentai de découvrir la portée du désir qui m'avait si récemment envahi, de ce désir que je n'avais ni voulu ni souhaité ni satisfait. Je considérais le désir comme si c'était l'acte lui-même... Je cherchais une signification, je cherchais une cause. »

Et lorsque, s'étant installé avec Martha, il invite Paul et Libby à dîner, c'est en vue de leur « soumettre la preuve d'une sensualité saine et d'une vie domestique sans heurts » — le genre d'existence décrite dans les romans de Henry James.

Contrairement aux protagonistes des romans ultérieurs de Roth qui protestent toujours contre les divergences entre les grands thèmes de la littérature et leur sordide expérience personnelle, Gabe reste prisonnier de ses idées limitées sur le monde. « C'est la vie, mon vieux, pas la Coupe d'Or *! » s'exclame Peter Tarnopol dans* Ma vie d'homme, *persécuté par sa femme maniaque. Plus les personnages de Roth deviennent indépendants, plus ils prennent en grippe leurs aînés littéraires qui ont négligé de les instruire de la brutalité de l'existence. Pourquoi ne m'avez-vous pas dit que c'était ainsi ? telle est leur critique de la littérature. Mais Gabe ne reçoit aucune révélation de ce genre et seulement vers la fin de* Laisser courir, *lorsqu'il commence à se lasser de ses obligations, lui vient-il à l'esprit que sa foi dans la culture et la civilité condamne à une sorte d'innocence. « La tendresse, la grâce, l'affection, autant de jouets avec lesquels il avait entrepris de marteler les montagnes. » Affrontant les impératifs moraux qu'il s'est imposés jusque-là, il se demande si l'envie de « mettre de l'ordre dans les existences un peu désordonnées » était une façon d'éviter les conflits dans la sienne propre. Mais au lieu d'écouter ces pressentiments, il les submerge sous une litanie de tâches variées, « deux lettres de candidature à écrire et un cadeau de mariage à acheter pour son père ».* Laisser courir, *en dépit de son titre, est un roman sur le thème de la retenue.*

Malgré sa vitalité et tous les privilèges que lui procure l'argent, Gabe est un être singulièrement vulnérable. Comme bien des personnages inconstants de Philip Roth, il reste prudent dans sa poursuite des femmes et vit la plupart du temps solitaire ; l'absence de contrainte, semble-t-il, n'est pas une meilleure garantie de bonheur qu'une écrasante accumulation de fardeaux. Il y a chez Gabe une sorte de nostalgie, une aspiration à ce monde auquel songeait Flaubert lorsque, considérant le tableau pastoral de sa nièce et de ses enfants lors d'un pique-nique, il déclarait : « Ils sont dans le vrai [1]. »

1. En français dans le texte.

Quittant la maison des amis d'enfance de Paul, Doris et Maury, couple parfaitement conventionnel, Gabe constate avec envie la « satisfaction et le contentement » de Maury, sa rassurante confiance en lui. « Comment se débrouillait-il ? Quelle était la solution ? » *Les questions sont posées avec plus d'humilité que de sarcasme.*

Se rendre vulnérable, c'est provoquer la condescendance ; nous tenons pour méprisable chez les autres ce que nous redoutons en nous-mêmes. Toutefois, Roth manifeste une sympathie constante envers ses personnages les plus déshérités et s'arrange même pour donner une certaine séduction à la vulnérabilité — en particulier chez Martha et Libby, à mon sens les femmes les plus parfaitement imaginées de toute l'œuvre de l'auteur. L'ardente sensibilité de Libby, sa tendance à se rabaisser elle-même, ses larmoyantes crises d'agressivité mettent bien en évidence sa confusion. Car Libby est complice de Paul dans les plans qu'il échafaude pour s'imposer des interdits, pour restreindre ses choix ; et lorsque, comme tous les autres personnages du livre, elle laisse passer les occasions de transformer sa vie, elle parvient à convertir ces occasions manquées en victoires dérisoires.

Martha, prototype des femmes hardies, sûres d'elles-mêmes qui apparaissent de loin en loin dans les romans de Philip Roth, fait preuve d'une véhémence plus dynamique que Libby, mais reste en son for intérieur tout aussi fragile. Il émane d'elle une assurance que Gabe, si peu sûr de ses propres sentiments, trouve attirante ; elle s'accommode d'une vie difficile — travaillant comme serveuse la nuit, s'occupant de ses deux enfants — avec un enjouement obstiné, et affiche une nonchalance délibérée. Ce n'est que peu à peu que surgissent ses doutes dans des éclats d'un aplomb pathétique destinés à cacher l'intensité de ses désirs. Lorsque Paul et Libby arrivent pour dîner, elle surgit entre eux avec une « sensualité criarde » qui gâche le climat pot-au-feu que Gabe s'était efforcé de créer. « Elle était affublée d'une jupe bouffante orange et d'une blouse sans épaulettes avec un ruché autour du cou et des rangs de perles multicolores ; sur les pieds, elle avait ce que j'appellerais dans le langage des rues (des rues qui entourent l'Université) ses sandales Humanités II. De manière qu'aucun de nous ne s'y méprît, elle ne s'était fait ni natte ni chignon. Ses cheveux étaient simplement peignés et quand elle relevait la tête, sa lourde crinière blonde drapait tout son dos et lui frôlait presque le derrière. »

Et plus tard lorsque Gabe lui rend visite après leur séparation, sa détermination à rester « spirituelle et gaie, une ingénue », se manifeste par une anecdote au ton crispé sur la façon dont sa voiture a été volée. Toutefois, Philip Roth, si impitoyable que soit son analyse, ne lui fait jamais perdre la face. En vérité, elle s'en tire nettement mieux que Gabe qui, incapable de se résigner à l'idée de l'avoir perdue, s'élève injustement contre la décision pratique qu'elle a timidement prise d'épouser un autre homme.

A lire ce roman d'un auteur qui a su maîtriser, avant d'avoir atteint trente ans, l'art de construire ses personnages, on comprend combien Philip Roth a su tirer parti des ressources de son esprit pour conférer à Martha sa profondeur et sa résonance.

Une sorte de placidité, de lassitude même, président aux scènes où elle apparaît — ses discussions avec ses enfants, les interminables palabres avec Gabe — nous permettant de la découvrir totalement à travers les inflexions de son langage. Le don de Roth pour le dialogue est remarquable ; il peut inventer une voix et la reproduire sans fin quel que soit le personnage auquel il l'attribue. Les romans plus récents, dominés par les éloquents et fermes soliloques à la première personne de ses narrateurs, tendent à laisser parfois à l'arrière-plan les autres protagonistes mais dans Laisser courir, *l'auteur braque le projecteur sur chacun : la serveuse insolente dont les Herz essaient d'adopter l'enfant ; son mari borné, un ouvrier sidérurgiste au chômage ; John Spigliano, le pompeux titulaire de la chaire de littérature de l'université de Chicago qui prononce Don Quichotte à l'espagnole et étale sa condescendance vis-à-vis des « écrivains dissidents ». De longues scènes sont consacrées à ces personnages marginaux, scènes qui pourraient devenir lassantes sans la verve littéraire que l'auteur sait leur insuffler. En un sens, ces digressions soutiennent la progression dramatique, car les tribulations de Paul et de Libby, les escarmouches entre Gabe et Martha pourraient devenir oppressantes sans ces entractes. Telle qu'elle est, la dynamique du récit ne fléchit jamais, et jamais le roman ne paraît trop long.*

En fait, le trait le plus impressionnant de Laisser courir *tient à sa prolifération de personnages, à son déploiement dans le temps évocateur de la littérature du* XIXe *siècle. Dans aucun des autres livres de Philip Roth n'apparaît une telle diversité de types et de situations. Et en se limitant à l'étude de deux familles, il se donne les moyens de considérer deux classes distinctes de juifs américains : les petits bourgeois de Brooklyn que sont les Herz et les notables de Central Park West comme le docteur Wallach ; le père de Paul, homme d'affaires raté qui paresse à longueur de journée dans un fauteuil à ruminer sur l'état de ses entrailles est une première version du père de Portnoy, un démarcheur en assurances qui souffre des mêmes maux ; ses oncles, le sentimental, névrotique et sentencieux Jerry, et Asher le mal embouché, peintre qui s'imagine que sa vieille maîtresse et son atelier crasseux font de lui un bohème, évoluent dans un autre monde que les riches médecins et experts comptables réunis pour Thanksgiving dans le spacieux appartement du docteur Wallach. Non que le dentiste prospère tire mieux son épingle du jeu. Personnage ampoulé enclin aux discussions philosophiques sur l'art dentaire et aux débats d'ordre moral, il cite Wordsworth, attribue la paternité d'Œdipe à Socrate, se réfère à* la Recherche du temps perdu. *Mais l'impatience qu'inspire à Philip Roth ce père sentencieux est tempérée — c'est souvent le cas chez lui à propos des pères — par l'affection qu'éveille en lui cette génération du passé, si naïve mais si sûre de détenir la vérité. Vers la fin du dîner de Thanksgiving, lorsque les regards de ces veufs et de ces veuves solitaires commencent à se charger de mélancolie, Gabe prend soudain conscience d' « un abandon général, une capitulation sans conditions » devant la nostalgie que leur inspire ce monde — un monde qui possède après tout des aspects consolants. Et lorsqu'il se rend à Brooklyn ce soir-là en mission dans la famille de Paul, les gens qu'il y rencontre éveillent chez lui un snobisme inhabituel. La petite amie de collège de Paul, Doris, dont l'accent marque les origines précisées par « la légère courbure de son nez », son mari Maury, « un gros homme boursouflé au visage épanoui », arborant « un pantalon d'une couleur pastel qui rappelait celle des sorbets aux fruits ». Ils n'ont rien en commun avec lui, songe Gabe en récapitulant ses prérogatives « mes vêtements, ma prospérité, mon accent de Harvard ».*

Laisser courir *est une œuvre ardue dans sa forme ; sa stratégie narrative — ce que le collègue de Gabe, Spigliano, appellerait sa « forme et sa structure », consiste à passer d'un personnage à un autre en donnant leurs biographies, en relatant la chronique de leurs existences à la troisième personne, mais aussi du dedans par le moyen de monologues intérieurs. (A Gabe, le personnage le plus proche de Roth, sont consacrés des chapitres à la fois à la première et à la troisième personne.) En assignant à ses personnages les plus importants des chapitres qui leur sont réservés, Roth évite la monotonie que pourrait engendrer le récit d'un narrateur unique et crée un éventail mobile de points de vue — techniques qui contribuent largement à la stupéfiante diversité du roman.*

Rien n'est négligé dans Laisser courir. *Le sens précis des lieux est évoqué avec un regard infaillible pour le détail, depuis les dortoirs de la caserne d'Iowa City jusqu'à la sinistre pension de Detroit où Paul et Libby vont se terrer durant un hiver désastreux ; de l'élégance désuète d'une villa d'été à Sag Harbor à la zone industrielle ravagée de Gary où les maisons s'alignaient sans fin « comme les antennes de télévision sur les toits et au loin les câbles et les perches se confondaient, laissant ce qui aurait pu être de l'écriture des hiéroglyphes indéchiffrables, dans le ciel hivernal ». Et Hyde Park, le terrain d'élection de Saul Bellow, n'a jamais été décrit de façon aussi vivante qu'ici (encore que Scott Spencer ne soit pas loin de l'égaler dans* Endless Love*). Avec la patience et l'enthousiasme dont seul peut faire preuve un romancier à ses débuts, Roth scrute avec attention ce quartier universitaire à l'abandon, évoquant ce sinistre paysage urbain à toutes les saisons ; frais en été quand les orages électriques déferlaient du lac Michigan laissant le campus dégager « une odeur de campagne, avec les arbres humides, alourdis et luisants dans le clair de lune » ; encombré de neige en hiver ou ruisselant d'une pluie glaciale qui rendait les rues luisantes et noires « comme des échines d'animaux ».*

Les univers dépeints dans ce roman peuvent parfois paraître sans joie et démodés tout comme les contraintes sociales et éthiques qui ligotent les personnages de Roth peuvent, dans les années quatre-vingt marquées par le libéralisme, paraître d'un autre âge, un âge où des impératifs moraux devenus à peine compréhensibles pouvaient déterminer le cours d'une vie. Mais ces impératifs étaient encore en vigueur à la fin du mandat d'Eisenhower. Simplement certains, dont les héros passionnés, hédonistes convaincus des derniers romans de Philip Roth formaient l'avant-garde, y résistaient plus ouvertement. En réalité, la liberté dont ils profitèrent avec tant d'ardeur devant se révéler tout aussi traumatisante que les interdits imposés aux personnages de Laisser courir *par la famille, les coutumes, la société — ainsi que Portnoy doit le découvrir lorsqu'il veut défier les croyances et les usages absurdes qu'on lui a inculqués.*

Laisser courir *est un ouvrage précurseur de ces romans, un symptôme de* Portnoy et son complexe. *Mais ce n'est un roman du début qu'en termes de chronologie : sur le plan littéraire, c'est l'une des œuvres les plus achevées, les plus mûres de Philip Roth, qui mérite d'être rangée aux côtés de* Un lit de ténèbres *de William Styron et de* Les nus et les morts *de Norman Mailer, ces autres romans célèbres écrits par des auteurs de moins de trente ans et qui comptent parmi les chefs-d'œuvre de la littérature américaine d'après-guerre.*

James Atlas

Traduit par Henri Robillot

PREMIÈRE PARTIE

Dettes et chagrins

I

Cher Gabe,

Grâce aux médicaments j'arrive à tenir un stylo. Il y a des moments où j'ai l'impression que ma maladie est tout entière localisée dans mes mains. Je voulais écrire à ton père mais pas en dictant la lettre. Et puis je ne veux pas lui souffler des messages de dernière minute quand il sera à mon chevet. Entre la panique et l'essoufflement, ça fera trop d'effet. Ton père ne cesse pas de se pencher sur mon lit. Il se précipite pour me voir chaque fois qu'il en a fini avec un malade et il me dit quel temps il fait dehors. Il n'avoue jamais que j'ai commis une injustice envers lui en étant sa femme. Il me tient la main cinquante fois par jour. Rien de tout cela ne change ce qui s'est passé : le mal est fait. Tout le malheur qu'il y a eu dans notre famille vient de moi. Je t'en prie, n'en rends pas ton père responsable, malgré tout ce que j'ai pu te dire au long des années. Depuis que je suis une petite fille, j'ai toujours voulu être quelqu'un de bien. Mes petites amies voulaient être infirmières et pianistes. Elles étaient moins dissimulées. Moi, j'étais maligne, j'ai choisi de bonne heure une vertu et je m'y suis cramponnée. Je faisais toujours les choses pour le bien d'autrui. Le restant de ma vie cela m'a permis de bousculer les gens, de les manœuvrer en gardant bonne conscience.

Tout ce que j'ai envie de dire maintenant, c'est que je ne veux plus rien dire. Je veux renoncer à ce droit qu'on octroie aux mourants. J'écris pour dire que je n'ai pas de dernière volonté.

Ton père revient. Il apporte trois jus de fruit différents. Gabe, c'est à lui que je devrais avouer tout cela. Il ne me condamnera pas avant. Tout le temps de notre mariage, j'ai amélioré sa vie, en poussant, en manœuvrant. Mais tout en restant bien, toujours. Mon Dieu, je n'arrive plus à tenir le stylo.

La lettre n'avait jamais été signée. Le stylo tomba et quand l'infirmière de nuit arriva, on n'avait plus besoin d'elle. Néanmoins mon père, docile jusqu'au bout, mit la lettre sous enveloppe et, sans la lire, la posta. J'étais sous-lieutenant d'artillerie à cette époque, en garnison dans un bled perdu de l'Oklahoma, et mon seul rapport avec le monde du sentiment, ce n'était pas le monde lui-même mais Henry James, que j'avais récemment commencé à lire. Les nuits de l'Oklahoma et les postes de radio du Sud-Ouest m'avaient plongé dans un isolement où je pouvais parvenir au point de concentration suffisant pour suivre enfin les détours du vieux maître. Toute la journée j'écoutais le fracas des canons et toute la nuit, les mots des héros et des héroïnes qui s'efforçaient de s'entraîner les unes les autres vers un destin complexe, souvent tragique. Au début de l'été où j'avais été appelé sous les drapeaux — c'était l'été où j'avais finis mes études — j'avais passé mes six dernières semaines de civil à voyager à travers l'Europe ; j'avais passé une semaine chez une amie de ma mère qui habitait Londres où son mari travaillait à l'Ambassade des Etats-Unis. Je me souviens, j'avais dû l'écouter me raconter sans fin des épisodes de l'enfance de ma mère, assis avec elle dans une petite église de Chelsea; elle m'avait emmené là-bas pour voir une plaque peu connue à la mémoire de James. Ce n'était pas une journée particulièrement réussie, car cette femme était beaucoup plus ravie de mettre de longs gants blancs pour montrer à un élève de Harvard de pareils petits détails culturels qu'elle n'appréciait pas tellement pour elle-même. Mais je me souviens des mots gravés sur cette petite stèle ovale grise : il était dit de James qu'il était « amateur et interprète des subtilités des décisions courageuses ».

C'est ainsi que lorsque je reçus la lettre que ma mère avait écrite et que mon père avait postée, j'étais en train de lire *Portrait of a Lady,* et ce fut entre les pages du livre que je glissai l'enveloppe et l'unique feuille de prose à peine lisible. Lorsque je revins de l'enterrement, et dans les semaines qui suivirent, je lus et je relus la lettre si souvent que j'en vins à presque briser la reliure du livre. Dans mon chagrin et dans mon désarroi, je me promis de ne jamais commettre de violence envers la vie humaine, pas plus envers celle d'autrui qu'envers la mienne.

Ce fut un an plus tard que je prêtai le livre à Paul Herz, qui semblait un jeune homme harassé en train de perdre rapidement contact avec ses propres sentiments; on aurait dit que lui aussi entendait toute la journée le grondement des canons. C'était l'automne après ma démobilisation, l'automne de 1953, où nous étions tous les deux inscrits à l'université d'Iowa. Paul à cette époque portait la même tenue tous les jours : pantalon kaki usé jusqu'à la corde autour de la poche revolver, un T-shirt blanc déformé aux emmanchures, des chaussures de tennis et, parfois, des chaussettes. Il courait toujours — ce fut ainsi qu'il attira mon attention — et il arrivait toujours juste à temps. On apercevait le coin de sa serviette se glisser par la porte de la classe juste au moment où le premier malheureux étudiant de notre cours d'anglo-saxon était prié de dire tout haut un passage de *Beowulf*. Quand je quittais la bibliothèque le soir, je le voyais qui grimpait quatre à quatre l'escalier pour chercher un livre dans la réserve, alors même que la bibliothécaire tournait la clef dans la serrure. Il restait là, tremblant dans son T-shirt, jusqu'au moment où elle cédait et le laissait entrer. C'était un garçon qui inspirait la sympathie, même s'il ne venait pas directement la quémander ; même s'il refusait de la quémander. On ne pouvait rester insensible à la vue de cette tête brune aux cheveux noirs et bouclés, aux yeux noirs, qui se précipitait vers des portes en train de se fermer quand il ne se heurtait pas contre elle. Un jour que j'étais allé acheter du pain et du lait, je le vis presque se rompre les os à l'entrée d'une épicerie. La cellule photo-électrique lui ouvrit la porte juste au moment où il se précipitait, les bras chargés de paquets, pour voir un flic glisser une contravention sous l'unique essuie-glace de sa Dodge verte, délabrée et garée en double file.

J'habitais seul à cette époque dans un petit appartement près du campus, et j'avais mes ennuis, moi aussi. J'étais tout prêt à trouver quelqu'un à qui les raconter. Un jour de novembre, comme Herz sortait en courant du cours d'anglo-saxon, je me précipitai sur sa trajectoire et je lui demandai de venir prendre une tasse de café à la cantine. Il ne pouvait pas car il aurait dû être quelque part ailleurs cinq minutes plus tôt, mais je l'accompagnai jusqu'au parking et, pendant qu'il tirait et tirait inlassablement sur le démarreur de sa voiture, je réussis à placer quelques phrases à propos de James, et la fois suivante où nous nous retrouvâmes en classe, je lui apportai le *Portrait* afin qu'il pût l'emporter chez lui pour le lire. Je m'éveillai cette nuit-là en me rappelant qu'au milieu du livre que je l'avais pressé de lire, quelque part entre les espoirs d'Isabel Archer et ses déceptions, se trouvait la lettre de ma mère. Je n'arrivais pas à me rendormir tout de suite.

Le lendemain matin, juste après le cours sur les Romans médiévaux, j'appelai Herz depuis une cabine du campus. Ce fut Mrs. Herz qui me répondit, d'un ton pressé et agacé, le ton de la famille. Son mari et elle habitaient une de ces coquilles grises sur l'autre rive du fleuve, l'immeuble des étudiants mariés, et j'étais sûr que juste derrière elle, ou à ses pieds, s'agitait un bébé piaillant. Herz avait l'air assez harassé pour être le père de trois ou quatre petits enfants exaspérants et coliqueux. Mrs. Herz m'annonça très brièvement que son mari était parti pour Cedar Rapids et qu'elle-même était sur le point de sortir. Je décidai aussitôt de ne pas demander si je pouvais passer prendre quelque chose que j'avais laissé dans un livre prêté à Paul. Ni l'un ni l'autre sans doute n'avait eu l'occasion de lire le livre de toute façon, et je pouvais fort bien attendre de joindre Herz lui-même.

Je n'expliquai donc absolument rien à sa femme, qui me parut plus brusque que chagrinée ; d'ailleurs, il faisait jour, c'était l'automne, et je n'étais plus obsédé par la pensée des morts. Ce matin de novembre étincelait de soleil, et les morts étaient bien morts.

Mon père m'avait téléphoné une fois de plus la veille au soir et j'étais certain maintenant que tous les jugements que j'avais portés dans l'obscurité sur le fantôme de ma mère avaient été influencés par la présence de mon père. Deux ou trois soirs par semaine, mon père et moi avions la même conversation téléphonique, en apparence sans objet, mais au fond suppliante. Le vieil homme supportait d'être sans famille toute la journée, il avait les bouches de ses patients à regarder ; c'était lorsqu'il était seul devant sa salade de laitue et d'avocats qu'il s'effondrait. Quand il téléphonait, sa voix tremblait ; quand il raccrochait — ou quand c'était moi — les vibrations de sa voix se transmettaient directement aux rares bibelots de la pièce. Je m'éloignai d'un côté, ma chaise de l'autre ; jamais je ne me suis si souvent assis sur mes lunettes. Pour les bonnes comme pour les mauvaises choses, je suis un peu comme mon père, et je ne suis donc jamais le même avec les gens que quand je suis seul. L'inconvénient de ces coups de téléphone, en fait, c'était que, tout en estimant nécessaire pour sauvegarder ma vie et ma santé d'esprit de résister au vieil homme, je comprenais ce que c'était pour lui que de rester tout seul dans cet immense studio de style victorien. Mais, si je suis le fils de mon père, je suis aussi le fils de ma mère. Je suis incapable de délimiter exactement les influences tout comme d'étudier scientifiquement les chromosomes qui m'ont été transmis. Je crois parfois savoir ce que je tiens de lui et ce que je tiens d'elle, et quand je raccrochai ce matin-là sans avoir soufflé mot de la lettre à Mrs. Herz, je faisais sans doute appel à la pudeur et au sens commun que j'avais hérités du côté maternel. Je me dis qu'il n'y avait vraiment pas de quoi m'énerver. D'ailleurs, pourquoi liraient-ils cette lettre ? Et même s'ils le faisaient ?

A cinq heures, j'étais assis chez moi à boire du café, sans trouver le moindre plaisir à apprendre par cœur les terminaisons des verbes anglo-saxons, quand Mrs. Herz me rappela.

« Vous m'avez parlé ce matin, dit-elle. Je suis la femme de Paul Herz.

— Votre mari est là ?

— Sa voiture est tombée en panne. »

C'était le genre de nouvelles qui n'est plus une nouvelle dès qu'on l'apprend, mais Mrs. Herz semblait surprise.

« C'est navrant, dis-je.

— Il a claqué un piston ou bien il est en train d'en claquer un...

— Je le rappellerai une autre fois. Ce n'est pas urgent.

— Oh... fit-elle, c'est lui qui m'a demandé de vous appeler. Il pensait que vous auriez peut-être une voiture. Il est sur la route à la sortie de Cedar Rapids. »

Je reposai ma grammaire de vieil anglais. Une longue randonnée en voiture, c'était exactement le genre d'interruption dont j'avais envie.

« Comment est-ce que je vais là-bas ?

— Vous pourriez passer me prendre à la cité universitaire ?

— Je suis sûr que je pourrai trouver.

— Je connais le chemin. Nous habitons juste à côté de Finkbine Park... Vous pourriez me prendre ? »

Elle ajouta mystérieusement : « Je suis habillée. »

Du pas dc la porte, la première chose que j'aperçus après avoir vu Libby Herz elle-même, ce fut mon livre posé au bord de l'évier ; je ne pouvais pas voir ce qui était ou n'était pas glissé entre les pages. Mrs. Herz ne me laissa pas le temps de m'en assurer ; elle se précipita dans la chambre et en ressortit aussitôt, en enfilant son imperméable. Puis, tirant un foulard de sa poche, elle sortit et claqua la porte sans même me regarder vraiment, mais elle parvint quand même à me dire :

« Paul a rappelé. Je lui ai dit que nous arrivions. »

Pendant le trajet, elle regardait fixement la route, pendant qu'auprès de moi elle agitait une jambe après l'autre. La première impression qu'elle m'avait faite était claire et précise. Profession : étudiante ; tendances : névrotiques. Elle s'agitait beaucoup, elle portait des bas noirs et avait un air sous-alimenté. Elle était maigre, brune, elle avait un air intense et je ne pouvais pas imaginer qu'elle eût jamais éprouvé rien d'autre qu'une impression désagréable en entrant dans une pièce pleine de monde. Pourtant, dans un style ardent, un peu rapace, elle n'était pas laide. Elle se tenait la tête en avant si bien que son nez fort et bien modelé fendait le vent d'un air un peu trop provocant ; elle avait les yeux d'un noir de jais, ses cheveux, noirs aussi, brillaient et ils étaient peignés en arrière d'une façon si nette et si précise qu'à cette seule vue on pouvait commencer à deviner le nombre et la profondeur de ses angoisses. Sa peau était d'une pâleur classique : blanche avec un rien de bleu qui lui donnait des reflets ivoire, et lorsqu'elle ôta son foulard j'aperçus même une minuscule veine qui battait sur sa tempe ; cela me parut un peu affecté, quelque chose qu'on avait mis là délibérément pour nous rappeler à nous autres hommes combien une femme est délicate et fragile. Le premier sentiment que j'éprouvai à son égard fut la méfiance.

Néanmoins, histoire de faire la conversation, je lui demandai si elle avait des enfants.

« Oh, non, dit-elle. » Le profond soupir était destiné à me faire comprendre qu'elle avait une vie assez occupée et harassante sans enfant. Elle marmonna encore : « Dieu merci... Des enfants... Quel fardeau !... »

C'était difficile de la comprendre parce qu'elle ne se donnait pas la peine de me regarder quand elle parlait ou quand elle soupirait. Je savais qu'elle évitait mon regard... Et je compris alors qu'elle avait ouvert le livre, ôté l'enveloppe et lu la lettre de ma mère. Comme elle ne me paraissait pas quelqu'un qui prend la vie à la légère, qu'il s'agît de la sienne ou de celle des autres, sa gêne me gagna à mon tour.

Il faisait sombre et je n'y voyais plus grand-chose quand nous reparlâmes.

« Vous êtes à l'Atelier des Ecrivains ? demanda-t-elle.

— Non. Je suis simplement des cours d'anglais. Vous y êtes ?

— C'est Paul, l'écrivain. Moi, je prépare encore ma licence.

— Ah.

— Ça fait à peu près dix ans que je la prépare. » Il y avait dans sa voix un accent simple et sincère d'exaspération qui me plut. Je détournai les yeux de la route, elle cessa de contempler le paysage et, d'un coup d'œil aussi précis que le déclic d'un appareil de photo, chacun enregistra dans sa mémoire les traits de l'autre.

« Paul m'a dit que vous vous intéressez à James », dit-elle rapidement en rougissant. Puis elle ajouta : « Je m'appelle Libby.

— Et moi, Gabe Wallach... » Je m'interrompis car les mots de nouveau se pressaient sur ses lèvres.

« Nous ne connaissons vraiment pas grand-chose, ni l'un ni l'autre, à part celui qui est dédié à Edmund Wilson... dit-elle, l'histoire de fantômes.

— *Le Tour d'Ecrou,* dis-je, une bonne demi-minute après qu'elle se fut tu.

— *Portrait of a Lady* est bien meilleur, dit-elle comme pour me faire plaisir.

— Vous l'aimez ?

— La première scène est merveilleuse.

— Quand ils sont tous sur la pelouse.

— Oui, dit-elle, quand Isabel arrive. Ça fait si longtemps que j'habite une cité universitaire que l'élégance me frappe.

— Et la prose ?

— Le tapis sur la pelouse. Vous savez, ils sont tous assis sur des chaises sur cette immense pelouse devant la maison de Touchett. Ralph et son père et Lord Warburton. James dit que le jardin était meublé comme si c'était une pièce. Un tapis sur la pelouse. Je ne sais pas, peut-être qu'il s'agit simplement d'une couverture de voyage. Je l'ai relu plusieurs fois, et comme on ne peut pas être sûr, je préfère penser que c'est bien un tapis. Ça me séduit. » Elle s'interrompit brusquement, et je restai là à attendre. Je me tournais vers elle et je vis qu'elle se mordillait la lèvre supérieure, ce qui lui faisait un peu froncer le nez. Je ne voyais plus de son visage que ce qu'il y avait de sombre, ses yeux et ses cheveux. « C'est une réaction très personnelle, dit-elle. Je sais que quelquefois je ne comprends pas très bien. » Le petit rire forcé qui suivit était un aveu de défaillances, mais pas seulement sur le plan littéraire. Sa fragilité me toucha, jusqu'au moment où je me demandai si j'avais raison. « En tout cas, reprit-elle, cette histoire de tapis m'a renversée. » Là-dessus elle baissa les yeux vers le plancher.

« Ça a renversé Isabel, dis-je.

— Oui », dit-elle, d'une voix neutre.

J'essayai de me souvenir à quel endroit du livre se trouvait la lettre.

« Où en êtes-vous ? demandai-je.

— Au moment où elle rencontre Osmond. Je crois que je devine ce qui va se passer. Mais, s'empressa-t-elle d'ajouter, je me trompe peut-être. Je ne devrais pas dire ça.

— Vous avez dû... Vous avez dû lire toute la nuit. » Ce fut tout ce que je trouvai à dire.

« Presque, me dit-elle en rougissant de nouveau. Paul n'a pas encore commencé le livre... » Je regardai la route devant moi ; elle se tut, puis je la sentis s'approcher un peu de moi. Je crois qu'elle me toucha le bras. « Mr. Wallach, il y avait une lettre dans votre livre.

— Ah oui ?

— Vous avez dû l'oublier. »

Le ton de sa voix avait changé et cela donnait à cet instant beaucoup trop d'importance ; je m'entendis déclarer que je ne me souvenais avoir laissé aucune lettre. « Je l'ai apportée avec moi », dit-elle et elle tira l'enveloppe de la poche de son imperméable un peu élimé ; ce devait être ça qu'elle s'était empressée d'aller chercher dans sa chambre pendant que j'attendais sur le pas de la porte. Elle me la tendit. « Elle était dans le livre, précisa-t-elle.

— Merci. » Je fourrai aussitôt la lettre dans la poche de mon blouson. Je la tâtai, mais on ne pouvait pas savoir : le rabat était à l'intérieur de l'enveloppe. Je roulai en tenant le volant d'une main. Mrs. Herz tira sur ses bas noirs, puis fourra ses poings sous ses genoux. Pendant plus de trois kilomètres, aucun de nous ne dit mot.

« Elle se marie, dit-elle enfin d'un ton rêveur, et elle est malheureuse. »

J'étais moi-même perdu dans mes rêveries, et je ne compris pas tout d'abord à qui s'appliquait exactement cette observation. Ma surprise dut me donner une expression très étrange, car lorsque je me retournai pour réclamer une explication, Libby Herz semblait prête à se dissoudre sur la banquette.

« Isabel va épouser Osmond, dit-elle, être malheureuse. C'est... c'est une romanesque... N'est-ce pas ? » demanda-t-elle d'une voix tremblante.

Mon intention n'était pas de la menacer. J'oubliai aussi vite que je pus ma famille et je fis un effort pour me montrer aimable.

« Je crois, dis-je. Elle aime les tapis sur les pelouses.

— Elle aime les tapis sur les pelouses, dit Mrs. Herz en souriant. Il n'y a pas que ça. Elle veut en mettre sur les pelouses des autres.

— Osmond ?

— Osmond... Mais pas seulement lui. » Elle leva les mains et les ouvrit lentement, d'un geste expressif. « Tout, murmura-t-elle. Elle veut changer ce qu'on ne peut pas changer.

— Elle croit aux changements.

— Aux changements ? Mon Dieu ! » fit-elle en portant la main à son front.

C'était la première fois qu'elle m'amusait.

« Vous ne croyez pas au changement ? »

Brusquement, elle reprit un air grave.

« Je crois que si. » Elle contempla d'un air un peu tragique son imperméable d'étudiante : les changements, les modifications, ce n'était pas tant la condition de toute vie que pour elle un principe un peu triste auquel elle tenait. Ses mains tirèrent de nouveau sur ses bas, disparurent sous ses genoux, et elle se retira dans sa coquille. J'accélérai et nous filâmes sur la route pour aller chercher Paul Herz.

« Voyons, fit soudain Mrs. Herz, croyez-vous que ce soit possible de cette façon ? Le malheur d'Isabel, c'est qu'elle veut changer les autres, mais survient un homme qui parvient à la changer, Warburton ou... Comment s'appelle-t-il. Ramrod...

— Goodwood. Caspar Goodwood.

— Caspar Goodwood... Et qu'est-ce qui se passe ? Elle a la frousse. Elle est pratiquement frigide, en tout cas c'est l'impression qu'elle me donne. Finalement elle n'est pas tellement différente de son amie la journaliste. C'est une de ces femmes énergiques, qui bousculent les hommes...

— Je l'ai toujours trouvée vertueuse et charmante, dis-je sans la laisser aller jusqu'au bout.

— Charmante ? » fit-elle, incrédule. Elle se laissa glisser sur la banquette comme si elle venait de recevoir un coup sur la tête. « Parce qu'elle épouse Osmond ?

— Parce qu'elle aime les tapis sur les pelouses », dis-je. On aurait dit que je venais de la toucher. Elle se redressa dans une posture plus digne en levant le menton. En fait, je n'avais que vaguement essayé de la charmer... et sans mentir ; mais dans la lumière étincelante, seuls sur la route, elle avait l'impression que je lui faisais la cour. Et peut-être, après tout, était-ce cela ; je me souvins de la gravité avec laquelle nous nous étions regardés une quinzaine de kilomètres plus tôt.

Pour me faire comprendre jusqu'où allait sa loyauté envers son mari, elle m'insulta.

« Peut-être que vous aimez simplement les femmes qui vous houspillent. Il y a des hommes comme ça. » Je ne répondis rien, mais elle ne s'arrêta pas pour autant. Puisque j'avais demandé la vérité, j'allais être servi. « Ce livre, d'ailleurs, est absolument plein de gens qui se bousculent et se houspillent, et le plus souvent en toute... »

Elle parlait avec feu et s'arrêter comme elle le fit, c'était s'arrêter trop tard. Elle n'avait pas besoin de prononcer ce dernier mot de ma mère : *conscience*. Je ne savais pas très bien si je devais être offensé, humilié ou soulagé ; pendant un moment, je réussis à être les trois à la fois. Il me semblait qu'elle m'avait délibérément provoqué en me révélant qu'elle connaissait mon secret... Et je ne savais pas au fond si cela m'ennuyait vraiment. Le pire dans certains secrets, c'est justement de les garder pour soi. On éprouve un certain soulagement à confier ses ennuis à des étrangers, surtout si l'on est un homme, quand les étrangers en question sont des femmes. Peut-être en prêtant le livre à Paul avais-je voulu donner la lettre à lire aussi. Car je commençais vraiment à être épuisé de veiller sur la mémoire de ma mère, en m'assurant que la flamme ne s'éteignait pas. Je n'avais jamais même voulu croire que ma mère avait maltraité mon père, jusqu'au jour où elle me l'avait dit. J'avais beau aimer mon père, tant qu'elle vivait, il m'avait semblé indigne d'elle ; c'était cette lettre qui m'avait montré qu'elle était indigne de lui. Et c'est un étrange retournement des choses que de se sentir éprouver de l'hostilité après sa mort contre une personne qu'on a toujours chérie. J'en étais arrivé à me dire qu'en effet elle l'avait non seulement guidé toute sa vie, comme il le fallait, mais qu'elle l'avait mal guidé… Du moins une partie de mon esprit le croyait-elle. Chose étrange, en un an, j'en étais arrivé à me méfier de la femme dont me parlait la lettre, tout en continuant d'honorer et d'admirer la mémoire de la femme qui aurait pu l'écrire. Et maintenant que je devais à mon tour commencer à m'occuper de son mari, la lettre revenait accidentellement dans ma vie et cela ne dissipait en rien l'embarras où me mettait l'accablant amour de mon père.

« Je suis navrée, disait Libby Herz. Je l'ai fait par habitude. C'est encore pire. Pardonnez-moi.

— Ça n'est pas grave.

— Mais si. Je n'ai pas pu m'empêcher de l'ouvrir. Je suis comme ça. »

J'étais irrité maintenant par la façon dont elle semblait tirer vanité de ses faiblesses.

« Ça arrive, dis-je.

— Pas à Paul. » Et ce fait semblait la déprimer plus que tout.

Au bout d'un moment, j'éprouvai le besoin de la mettre en garde.

« C'est une lettre sur le sens de laquelle il est facile de se méprendre, dis-je.

— Oui, j'imagine, répondit-elle dans un souffle. Je ne crois pas… » Mais elle n'ajouta rien. Elle était profondément troublée et je ne pouvais m'empêcher de penser qu'elle se conduisait bien mal. Si elle se sentait tellement coupable envers quelqu'un, je pensai que ç'aurait dû au moins être envers moi. Mais elle semblait incapable d'éprouver de la sympathie pour quelqu'un d'autre qu'elle ; elle préparait encore sa licence au bout de dix ans ; elle habitait une cité universitaire, si bien que l'élégance avait pour elle un attrait particulièrement poignant… Sa propre situation la préoccupait totalement et je savais qu'elle n'était pas plus capable de comprendre le dilemme de ma mère que celui d'Isabel Archer. Elle finissait par m'agacer.

« *Portrait of a Lady*, dis-je, est un livre qui prête aussi à des malentendus. Vous êtes trop dure envers Isabel Archer.

— Je voulais seulement dire...

— Pourquoi n'attendez-vous pas de l'avoir lu jusqu'au bout ?

— J'en ai lu la moitié...

— Elle se révèle avoir pas mal de courage à la fin, dis-je, l'interrompant une fois de plus. C'est une chose de faire un mauvais mariage pour de mauvaises raisons ; c'en est une autre que de tenir le coup. »

A cela elle n'avait rien à répondre ; je ne lui en avais pas laissé la possibilité, et peut-être se rendait-elle compte que je ne parlais pas seulement du livre. Accablée, elle finit par dire :

« Je ne voulais pas être si cinglante. Ni indiscrète.

— Très bien, n'en parlons plus. » Mais c'était plus fort que moi. « Je ne laisse généralement pas traîner de lettres dans les livres, dis-je. Mais c'était une époque un peu spéciale. J'étais dans l'armée... » Devant cette fille, je m'entendais parler de ma vie aussi gravement qu'elle de la sienne, et je m'interrompis.

« Mr. Wallach, dit-elle, si cela peut vous soulager, sachez que je ne l'ai pas montrée à Paul.

— Nous faisons toute une histoire de pas grand-chose. N'en parlons plus. »

Lorsqu'elle rompit le silence, ce fut pour désigner quelque chose devant nous en disant :

« Le voilà. »

De l'autre côté de la route, une silhouette en long manteau était appuyée au phare éteint d'une voiture. Au moment où je me garai sur le côté droit de la route, Libby me prit le bras.

« Je vous en prie, pardonnez-moi. Je suis trop curieuse et je ne comprends rien aux romans, dit-elle. Ni aux gens. »

Cela voulait être un aveu sincère, mais quand elle l'eut fait, je me rendis compte que ce n'était pas vrai ; elle n'était pas si bête qu'elle le disait.

« Je suis sûre que vous avez raison en tout, me dit-elle.

— Nous avons peut-être tous les deux raison », répondis-je, sans magnanimité exagérée, puis j'arrêtai le moteur et éteignis les phares.

Avant d'ouvrir la portière, elle se tourna une fois de plus vers moi. Quand les gens ont beaucoup à vous dire, et pratiquement pas le temps de le faire, leurs yeux sont parfois comme l'étaient ceux de Libby Herz à ce moment : avant tout, ils étaient pleins de bonté.

« Mr. Wallach, j'ai veillé pour lire le livre parce que la lettre m'avait beaucoup émue. »

Et puis, comme si on nous épiait, nous descendîmes tous deux précipitamment.

Il n'y avait qu'à ôter de la Dodge de Paul Herz une serviette bourrée de thèmes de première année, une torche électrique et une vieille couverture militaire qui recouvrait le capitonnage déchiré de la banquette avant. Nous dûmes rester une demi-heure assis dans la voiture à attendre le casseur ; Herz avait demandé à un motard d'en faire venir un. Nous ne parlâmes guère : Libby s'aperçut que son mari avait déchiré son manteau neuf et Herz expliqua qu'il l'avait accroché après le capot, et je crus entendre sa femme se mettre à sangloter sur la banquette arrière. Le casseur finit par arriver et nous nous réunîmes gravement tous les quatre dans le noir autour du capot endommagé. Le casseur, un petit mécanicien râblé, serra le poing, puis passa la main à travers le trou que le piston avait découpé dans le carter.

« C'est dix dollars, annonça-t-il.

— Pour la réparation ? demanda Libby.

— Pour la voiture », répondit le casseur.

Des phares de voiture en passant illuminèrent l'expression stupéfaite et navrée du visage de Libby.

« Dix dollars ! C'est ridicule. Paul, c'est ridicule.

— Elle est foutue, dit le casseur en s'adressant au mari.

— Elle est de quarante-sept, murmura Libby.

— Ma petite dame, elle n'a que cinq pistons. Elle est foutue.

— Cinq ?

— Il lui en faut six pour marcher, dit le casseur.

— Quand même. » Elle se tourna vers son mari : « Paul ! »

Le casseur plongea de nouveau sa main dans le moteur et Libby se tourna précipitamment vers lui, pensant qu'il avait peut-être mal compté. Il se contenta de me regarder en haussant les épaules. Herz, lui, ne nous regardait pas : je le vis fermer les yeux.

« Combien ça coûterait-il... de la réparer ? » demanda Libby sans s'adresser à personne en particulier car personne ne s'occupait d'elle.

Le casseur croisa les bras et me prit de nouveau à témoin de son exaspération. Dieu merci, nous n'étions ni l'un ni l'autre marié à cette femme : il poussa un lent soupir.

« On ne peut pas la réparer, dit Herz. Je t'en prie, Lib.

— Paul, dix dollars. Rien que les pièces... Le chauffage à lui tout seul.

— Ma petite dame, dit le casseur qui semblait avoir rassemblé toute sa patience pour donner un cours de mécanique. Ma petite dame, elle est foutue.

— Voulez-vous cesser de dire qu'elle est foutue ! » Elle avait des larmes plein les yeux, elle avait le nez enchifrené ;

elle nous tourna le dos et s'éloigna vers la dépanneuse. Sous le gros crochet de fer qui pendait de la grue, elle s'arrêta pour se moucher ; elle leva les yeux, vers le clair de lune ou vers le crochet de fer, je ne le savais pas, mais l'un ou l'autre dut lui inspirer des commentaires décourageants sur son sort, car elle frissonna et, les mains jointes devant elle comme une femme malade, elle revint s'asseoir sur la banquette arrière de la voiture.

Paul Herz ôta les mains de ses poches.

« Elle est secouée », expliqua-t-il.

J'acquiesçai ; le casseur dit :

« Je ne peux pas passer la nuit ici. »

Herz le regarda puis, tout seul, fit le tour de sa voiture, considérant chacun des pneus comme s'il avait horreur de perdre quatre vieux amis. Quand il revint vers nous, il essaya de me sourire.

« D'accord », dit-il.

Le casseur prit une épaisse liasse dans sa poche ; il nous la brandit sous le nez, fauchés d'étudiants que nous étions, et en tira deux billets de cinq dollars. Il les frotta un moment de ses doigts noirs, puis les tendit à Herz.

« C'est tout ? » dit Herz.

Le mécanicien parut soudain tout joyeux. Il leva les bras en l'air.

« C'est tout, professeur. »

Nous regagnâmes Iowa City, Paul Herz assis devant à côté de moi. Dès que nous fûmes remontés dans la voiture, Herz me dit :

« Merci d'être si patient. Je suis désolé pour tout ça.

— Pensez-vous.

— Le bandit ! » dit Libby Herz. Dans le rétroviseur, je

vis qu'elle était assise, les genoux repliés sous elle, et qu'elle regardait par la lunette arrière.

Herz parut d'abord décidé à ne pas se laisser provoquer, mais finit par dire :

« Libby, il y a une bielle de coulée. Elle est foutue.

— C'est ce qu'il disait, répondit sa femme.

— Alors, dit Herz.

— Dix dollars ! Les pare-chocs seuls... »

Herz me jeta un coup d'œil pour voir si j'écoutais. Je faisais de mon mieux pour ne m'occuper que du ruban noir de la route, mais je ne pouvais pas me boucher les oreilles.

« Libby, dit-il, je t'en prie, tu ne connais rien aux voitures, chérie.

— Je m'y connais en bandits.

— Bon sang, dit Herz en se retournant, je ne me suis pas fait avoir !

— Je n'ai pas dit qu'il t'avait eu...

— Qu'est-ce que tu voulais que je fasse ? Que je discute avec lui pour deux dollars au milieu de la route ? Ça fait plus d'une heure que j'attendais !

— Nous ne sommes pas milliardaires !

— Tu ne connais rien aux voitures. Je t'en prie, tais-toi !

— Pourquoi, pourquoi le piston a-t-il tout défoncé comme ça ? gémit-elle.

— Je ne sais pas. » Herz se tourna de nouveau face à la route en tripotant la déchirure de son manteau. « Qu'est-ce qu'on va faire ?

— Je n'en sais rien ! »

J'étais recroquevillé derrière le volant, je passais par toutes les émotions de quelqu'un qui écoute une conversation. Comme la plupart des gens collent une oreille aux murs, j'avais pris parti : de toute évidence, je le voyais maintenant, c'était la femme qui était impossible. On venait de suspendre la voiture de son mari à un crochet pour la prendre en remorque ; il avait sa serviette bourrée de thèmes non corrigés ; son manteau neuf, il ne me semblait pas si neuf que ça, avait un accroc à la manche ; et pour couronner le tout, ses verbes anglo-saxons, comme les miens, attendaient depuis des siècles d'être appris par cœur, et ça continuait. Et elle ne voulait pas lui ficher la paix. J'accélérais discrètement, tout en me rendant compte que dans ma hâte à fuire la colère de Paul Herz, dans mon envie d'éviter autant que possible de me laisser mêler à ces problèmes familiaux, je ne faisais bien sûr que courir plus vite vers les miens. J'allais franchir la porte, le téléphone allait sonner, je décrocherai et mon père dirait : « Où étais-tu... Je t'ai appelé toute la soirée ? » Je pourrais monter l'escalier en courant, me précipiter dans l'appartement et décrocher à la seconde sonnerie, il ne serait quand même pas satisfait : pourquoi n'allais-je pas décrocher à la première ? Bref, pourquoi ne l'avais-je pas appelé ? Pourquoi étais-je parti terminer mes études dans l'Iowa alors que l'université de Columbia n'était qu'à deux stations de métro ? Je pourrais revenir à Harvard, non ? En tout cas, ça n'était pas à des milliers de kilomètres !

« On ne peut pas te trouver un autre poste à l'université ? demandait Libby Herz à son mari.

— Chérie, je n'ai pas l'intention de quitter Coe, expliqua Herz.

— Comment iras-tu là-bas ?

— Je m'arrangerai.

— Tu n'as pas un cours demain ?

— Si.

— Comment vas-tu y aller ?

— Tu ne peux pas attendre qu'on soit rentré ? »

Suivirent quelques grognements maussades. On croisa les jambes, on renifla, on pianota quelques minutes contre un cendrier. J'éprouvais le besoin de dire quelque chose et je finis par demander notamment à Herz s'il enseignait au collège de Coe.

« C'est de là que je venais, fit-il, semblant presque soulagé de répondre à ma question. J'ai deux cours de composition.

— Je croyais que vous aviez un poste à l'université, dis-je.

— J'ai un seul cours.

— Je ne comprends pas, dit Libby en se penchant, comment un piston explose comme ça. Pour rien. »

Personne ne lui répondit.

« Il n'y avait pas assez d'huile ? C'était sans doute... Comment ça s'appelle ? fit-elle... les bielles. Le type n'a pas parlé de bielles ? »

Ce sont les petites questions que posent les femmes à propos des bielles qui finissent par rendre les hommes dingues. Herz se leva presque de son siège.

« Libby, qu'est-ce que tu crois qui cognait dans le moteur depuis Michigan ? Ça fait deux ans qu'un piston est en train de se fendre ou Dieu sait quoi. Depuis Detroit. Tu devrais trouver qu'on a de la chance : nous avons fait des milliers de kilomètres avec cette voiture. Cesse de penser aux mauvais côtés.. . Pense à l'usage qu'elle nous a fait. Ne nous inquiétons pas de la voiture. Je l'ai vendue. Nous ne l'avons plus. C'est réglé !

— Ça m'a flanqué un coup », dit-elle.

L'explication parut plausible à Herz ; c'était un homme patient et enclin au pardon.

« On va s'arranger

— Comment ?

— Je t'en prie, on va s'arranger.

— Oh, comment, fit-elle, éclatant soudain ; comme à Michigan ?

— Veux-tu, s'il te plaît, te taire ! »

Nous passâmes trois stations-service, deux restauroutes et, sans avoir échangé un mot de plus, nous nous retrouvâmes à Iowa City. Paul Herz m'indiquait brièvement de tourner à gauche ou à droite et après un dernier virage nous eûmes droit à une vue panoramique de la cité universitaire. Des lumières brillaient derrière les fenêtres minuscules, de la fumée montait des cheminées métalliques, et j'avais un peu l'impression d'être l'ennemi arrivant sur une embuscade. On aurait pu croire qu'une armée était plantée là ; s'il n'y avait pas eu les tricycles renversés sur les pelouses et les quelques lingeries oubliées qui pendaient sur les fils tendus d'un rectangle gris à l'autre. Lorsque j'eus ralenti, j'entendis un craquement, un gémissement et un bruit de métal entrechoqué, comme si des parois métalliques des bâtiments et les fondations de ciment se sabotaient lentement dans le noir.

« Merci, me dit Herz. Vous n'avez qu'à nous laisser ici. »

J'entendis Libby remuer derrière. Sans me retourner, je dis :

« Je vous en prie. Et bonsoir. »

Libby ouvrait la portière arrière ; Herz avait la main sur la poignée de la portière avant et il hésita un moment. Je sentais qu'il avait envie de s'excuser pour ce que j'avais dû voir et entendre. Je me contentais de sourire pour lui exprimer ma sympathie, pendant que sa femme descendait sans un mot.

« Vous avez dîné ? demanda-t-il au bout d'un moment.

— Ne vous inquiétez pas, dis-je.

— Vous pourriez peut-être dîner avec nous. Qu'est-ce qu'on a ? demanda-t-il à sa femme.

— Je ne sais pas. »

Il se tourna vers moi et me demanda rapidement :

« Vous voulez manger des spaghettis avec nous ?

— Vraiment, je ne pense pas que ce soit possible... j'attends un coup de téléphone. »

Il me donna une poignée de main ; je le vis essayer de

chasser sa mauvaise humeur d'un sourire. Il n'y arrivait pas. Sa femme soudain se mit à parler.

« Il y a largement... » Libby Herz parlait avec ce ton désespérément essoufflé de quelqu'un qui vient de remonter à la surface. « Des spaghettis à l'huile d'olive et à l'ail. Nous serions ravis de vous avoir. »

Paul Herz avait déjà sorti sa serviette, il était à moitié descendu ; il avait l'air aussi minable et aussi vaincu qu'un homme que sa femme vient de ridiculiser. Je songeais que même en vivant avec quelqu'un d'autre, il n'était pas moins seul que moi.

« Je ne voudrais pas vous déranger, dis-je sans les regarder.

— Ça ne nous dérange pas, dit Libby Herz. Venez donc, dit-elle. Nous avons largement. »

Largement ! Aucun mot dans sa bouche n'aurait pu paraître plus pathétique.

En rentrant à la maison, je me dirigeai tout droit vers le téléphone, je le décrochai et dis bonjour.

« Bonjour, Gabe. Où étais-tu ?

— J'ai dîné dehors.

— Depuis cinq heures de l'après-midi ?

— J'étais sorti avant pour autre chose.

— En tout cas, fit-il en s'efforçant d'être joyeux, on peut dire que tu n'es pas facile à joindre chez toi. Je me demande pourquoi tu paies un loyer, tu n'es pratiquement jamais là.

— Oh, j'ai eu une journée chargée. Comment vas-tu ? Je ne pensais pas que tu m'appellerais, dis-je. Tu as téléphoné hier soir.

— J'avais l'impression que c'était il y a deux ou trois jours, dit-il. Quoi de neuf ?

— Rien. Comment ça va à New York ?

— Je suis allé faire un tour après le dîner. Millie m'a fait manger de bonne heure. Qu'est-ce que tu fais à toujours prendre tes repas au restaurant ? Ils font trop cuire les légumes, je t'assure.

— J'ai dîné avec des amis.

— Dis-moi, quand sont tes prochaines vacances ? J'ai un calendrier juste devant moi.

— A Noël.

— Je croyais que c'était pour Thanksgiving[1].

— Je ne bougerai pas, dis-je ; je n'ai que le jour de Thanksgiving. J'ai vraiment beaucoup de travail, tu sais.

— Si tu dînes avec des amis, tu pourrais peut-être dîner avec ton père de temps en temps.

— Ce n'est pas seulement la question de dîner avec toi, dis-je fermement, en essayant de ne pas mêler d'émotion aux faits. C'est aussi le trajet. Ça ne vaudrait pas la peine de faire tout le voyage jusqu'à New York pour un ou deux jours.

— Ça ne vaudrait pas la peine », fit-il, se contentant de répéter mes paroles. Puis, ayant souligné ce point, il poursuivit. « Ce n'est pas ma faute si tu es parti à des kilomètres, me rappela-t-il. Il y a une université à New York, il y a Columbia, il y a le collège municipal. Je pourrais passer la nuit à les énumérer.

— Ne le fais pas, dis-je. Je t'en prie.

— Tu crois que je te téléphone pour me faire insulter ?

— Pardonne-moi. Je ne veux pas t'insulter. Mais ces coups de téléphone me rendent fou.

— Je regrette, dit-il après un silence. Je ne veux pas te rendre fou. Je croyais simplement qu'un père avait le droit d'appeler son fils quand il voulait. Vingt minutes deux fois par semaine...

1. Fête d'action de grâces qui a lieu en novembre. (N.d.T.)

— Tu as raison, dis-je.

— Gabe... Gabe, je suis assis à regarder le divan orange et je pense à ta mère. Et je regarde ce tapis marocain et je pense à elle. Et qu'est-ce que je dois faire, me débarrasser de tout ça ? C'est dans la maison depuis trente ans.

— Je comprends.

— Pourquoi ne prends-tu pas l'avion pour Thanksgiving ? Je t'enverrai un chèque, prends le billet et tu viens passer un moment. Millie fera un vrai dîner de Thanksgiving. Nous aurons le docteur Gruber. Nous irons au match Penn-Cornell. Qu'est-ce que tu en dis ?

— Pourquoi ne pas attendre Noël ? Ça n'est que quelques semaines plus tard et j'aurai largement le temps...

— Mais Thanksgiving, c'est une tradition ! explosa-t-il. Qu'est-ce que tu as ? dit-il, et je l'entendis qui essayait de ne pas crier à l'autre bout du fil.

— Je sais que c'est traditionnel, dis-je. Mais je n'ai que la journée. Juste Thanksgiving. Ça n'est pas assez. Mais pour Noël, je viendrai deux semaines.

— Ta mère est morte depuis soixante-deux semaines ! » fit-il d'une voix tremblante.

Je n'avais aucune explication patiente à lui donner. On était en novembre 1953, l'enterrement avait eu lieu en septembre 1952, et il continuait à tournoyer et à s'enfoncer dans le tourbillon morbide de ses pensées. Quand j'avais été démobilisé au début d'août, je ne me doutais que vaguement de ce que ce serait ; mais vivre trois semaines avec quelqu'un qui se noyait, je n'avais pas pu en supporter davantage. Je ne pouvais pas l'aider à sortir de sa solitude : je ne pouvais pas le remonter, le conseiller, le diriger, le gouverner. Je ne pouvais pas être Anna Wallach. J'avais dû finir par lui dire (ç'avait été une scène dure et pénible) que je n'étais pas sa femme ni sa mère, mais son fils. Un fils, avait-il dit, un fils justement ! Ce qu'il voulait savoir, c'était si tous les fils s'enfuyaient en laissant leur père couler à pic tout seul.

Je lui laissais plusieurs secondes pour se reprendre.

« Pourquoi ne téléphones-tu pas au docteur Gruber ? demandai-je. Pourquoi ne vas-tu pas au cinéma avec lui ? Va voir un film, va patiner à Rockefeller Plaza...

— Gruber ? Gruber est heureux. Il avait une femme qu'il détestait. Je passe toute la soirée avec lui et il n'arrête pas de sourire. C'est pire que d'être seul d'être avec Gruber. Je suis allé patiner avec lui la semaine dernière. Tout ce qu'il fait, Gabe, tout l'après-midi, c'est tracer des huit en souriant sans arrêt. C'est un drôle de type. »

Il ne riait pas, mais du moins le pire était passé ; il acceptait de plaisanter.

« Papa, dis-je, je ne sais pas quoi te dire.

— C'est drôle, murmura-t-il, parce que moi, je sais exactement quoi te dire.

— Je ne crois pas que je t'aiderais beaucoup. » Il commençait à m'énerver.

« Je crois que si. Ecoute, pourquoi ne pas retourner à Harvard ? En tout cas je t'attends pour Thanksgiving, n'est-ce pas ? »

Je savais qu'il avait tort ; tout en moi me le disait et pourtant je répondis :

« Je vais voir pour Thanksgiving. Je ne peux rien te promettre.

— Je ne t'ai jamais demandé de promesses, Gabe. Essaie seulement. Fais un effort de ton côté. Je vais t'envoyer un chèque pour l'avion.

— Pourquoi n'attends-tu pas que j'aie vu...

— Ça n'est qu'un chèque.

— J'ai deux chèques que je n'ai pas encore encaissés.

— Encaisse-les. Tu veux mettre la pagaille dans mon relevé de comptes ? demanda-t-il gaiement.

— C'est simplement que je n'ai pas besoin de tout cet argent. J'ai le G.I. Bill. J'ai l'argent de maman...

— Ça ne te tuera pas de les mettre en banque ? demanda-t-il. Je les envoie, ça me fait plaisir. Mets-les en banque. Et je te vois pour Thanksgiving, ajouta-t-il.

— Je t'en prie, papa... Je t'en prie, ne me bouscule pas... Pour Thanksgiving...

— Qui parle de te bousculer ? Que ce soit clair : tu viens pour Thanksgiving ou pas ? Tu veux que je fasse acheter une dinde par Millie ou pas ?

— Je ne vois vraiment pas comment je pourrais, sincèrement.

— Tu as le temps pour d'autres choses, pour dîner dehors... Tu as le temps d'aller voir des gens...

— C'était autre chose. Je rendais service à quelqu'un.

— Eh bien, c'est tout ce que je te demande.

— Je t'en prie, cesse de me supplier !

— Ne me crie pas après !

— Alors, ne me supplie pas !

— Dis-moi, dis-moi comment on te touche ?

— En formulant des exigences raisonnables.

— Je ne veux pas forcer ta générosité.

— Il ne s'agit même pas de générosité.

— Non, tu as raison. Ce devrait être de l'amour.

— Je ne crois pas que je mérite tout cela, dis-je.

— Personne ne t'a dit de t'enfuir.

— Je ne me suis pas enfui.

— L'Iowa. Pourquoi pas le Canada ! C'est plus loin.

— C'est plus près », dis-je. Mais il refusa de rire. « Je ne crois pas que nous souhaitions ni l'un ni l'autre avoir ce genre de conversation. Ça ne correspond pas à ce que nous éprouvons. Détendons-nous un peu.

— Gabe, je suis assis avec un calendrier devant moi. Je compte les jours. Je sais combien il y a de jours jusqu'à

Thanksgiving, jusqu'à Noël, jusqu'à Pâques. Peut-être que je deviens fou, je ne sais pas.

— Tu te sens seul, voilà tout.

— C'est ça, dit-il. Voilà tout.

— Je t'en prie, dis-je, je comprends. Je ferai de mon mieux.

— Bon, bon, fit-il, d'une voix soudain très lasse.

— Tu te sens bien, n'est-ce pas ?

— En pleine forme, dit-il en riant.

— Tu devrais peut-être aller dormir.

— Ne t'en fais pas, je regarde un peu la télévision. Pourquoi n'es-tu pas couché ? Il est minuit chez toi. C'est comme si j'avais deux mondes : chaque fois que je pense à l'heure qu'il est ici, je pense à l'heure qu'il est chez toi. Qu'est-ce que tu fais toi, debout si tard ?

— Je vais faire un peu d'anglo-saxon.

— Ça impressionnerait ta mère, dit-il d'un ton railleur. Pas moi.

— Ça ne m'impressionne pas non plus. Ça me rase.

— Alors, fit-il, je ne comprends pas pourquoi tu le fais...

— Allons dormir, dis-je.

— Bon, bon, dit-il, et quand il bâilla, on aurait dit qu'il était dans la pièce. Ne te surmène pas, mon garçon.

— Bonsoir.

— Je te verrai pour Thanksgiving », dit-il et il raccrocha sans me laisser le temps de répondre.

Quand je finis par me coucher ce soir-là, je n'arrivai pas à cesser de m'apitoyer sur moi-même. L'irritation que j'éprouvais généralement envers mon père — pour raccrocher, par exemple, de façon aussi calculée qu'il l'avait fait — c'était envers moi que je l'éprouvais maintenant. En revenant tout juste de leur petite maison pleine de courants d'air, je ne pouvais m'empêcher de comparer ma situation avec celle des Herz : j'avais appris au dîner que tout ce que mon père voulait me prodiguer, les Herz de Brooklyn et les DeWitt de Queens ne voulaient pas le donner à leurs progénitures en difficulté. Dès l'instant où un Juif avait épousé un gentil, des plaies s'ouvraient — à Brooklyn, à Queens — qui ne cicatrisaient pas. Et tout ce que Paul et Libby pouvaient faire pour arranger les choses n'avait, semblait-il, fait que les empirer. La conversion, par exemple, avait été un fiasco. « En changeant de religion, m'avait expliqué Libby Herz, je leur avais prouvé au fond que je n'en avais même pas. J'ai lu six gros livres sur les malheurs et les pérégrinations des Juifs, je voyais ce rabbin cérébral d'Ann Arbor une fois par semaine, et puis on a fini par m'imposer les mains. Le rabbin m'a dit que j'étais une fille de Ruth. A Brooklyn, ajouta-t-elle, en me versant un second verre de jus de tomate qui sentait la conserve, la nouvelle n'a pas fait grand bruit. Paul a téléphoné à sa famille et on lui a raccroché au nez. J'étais peut-être la fille de Ruth, mais je n'étais pas davantage la leur. Quand on est goya, dit-elle, en se portant à son tour un toast au jus de tomate, c'est pour toujours. » Quant à ses parents à elle, on ne les avait même pas prévenus. Tout en mangeant mes spaghettis, j'appris que la famille de Mrs. DeWitt s'enorgueillissait déjà d'un prêtre et de deux religieuses ; on n'avait pas besoin de Juif pour compléter la collection.

Les deux familles, semblait-il, avaient décidé de supprimer leur assistance juste au moment où elle était le plus nécessaire. Le jeune couple s'était marié à Cornell, vers la fin de la dernière année d'études de Paul et de la première année de Libby. La semaine suivante, me dit-on, il y eut quelques très sévères coups de téléphone en provenance de Queens. « Mais, comme disait Libby, c'était quand même des coups de téléphone. On prenait au moins la peine d'appeler. » Lorsqu'ils allèrent à Ann Arbor, Paul passait son doctorat, Libby préparant toujours sa licence, le téléphone cessa de sonner. Il n'y avait que de temps en temps un chèque de vingt-cinq dollars, et à l'ordre d'Elizabeth DeWitt. Les Herz quittèrent l'université et emménagèrent avec leurs trois valises et leurs machines à écrire dans une chambre meublée de Detroit pour améliorer leur revenu. « Et puis, expliqua Libby, en me tendant les poires, ils ont cessé d'envoyer de l'argent. Paul travaillait dans une usine d'automobiles à poser des charnières de malles, et j'étais serveuse. Mon père nous a écrit un petit mot pour expliquer qu'il avait des obligations envers une fille qui faisait ses études, mais il ne s'en sentait aucune envers les ménagères juives de Detroit. Nous avons mis de côté ce que nous avons pu, c'est-à-dire à peu près la moitié que ce que nous pensions... » A ce moment, son mari la foudroya d'un regard sévère ; lorsqu'elle reprit son récit, il était évident qu'elle avait supprimé un passage de leur histoire. « Et nous sommes venus dans l'Iowa. Maintenant, nous n'avons plus aucune nouvelle d'eux, me dit-elle. Ce sont mes parents ; je crois que je les aime bien pour un certain nombre de choses... Mais dans l'ensemble, je les méprise. »

Paul Herz avait déjà baissé le nez vers ses poires et ne vit donc pas ce qu'il en avait coûté à sa femme de prononcer ces dernières paroles. Et c'était dommage, car c'était pour lui qu'elle les avait dites. Ayant sans nul doute compris combien elle l'avait irrité en rapportant la chronique si minutieuse de leur mauvaise fortune, elle s'était efforcée de rétablir l'équilibre en accusant ceux qui l'avaient jadis nourrie et vêtue, et probablement aimée aussi. Tous les ennuis qu'ils avaient connus — elle avait décidé d'expliquer cela très clairement pour conclure — ce n'était pas la faute de son mari, mais de ces méprisables parents, là-bas dans l'Est.

Je terminai mon dessert et j'allai aux toilettes où je restai un long moment à me regarder dans la glace en espérant que lorsque je reviendrais à table, ils seraient tous deux plus en mesure de m'affronter de nouveau comme un invité. Paul Herz avait bien souri de temps en temps pendant le dîner, mais je savais qu'il n'était pas satisfait de l'attitude de sa femme. Je pris donc mon temps, mais lorsque je sortis de la salle de bains, ce fut probablement plus discrètement que je n'y comptais. Je n'avais donné aucun signal : je n'avais pas tiré la chasse d'eau, je n'avais pas claqué la porte, cela uniquement pour épargner les frêles cloisons de la maison qui semblait prête à s'écrouler au moindre choc. Du couloir, je pouvais voir le living-room où les deux Herz étaient debout auprès de la table. Paul tenait sa femme par la taille et il avait posé le menton sur ses cheveux noirs. Je restai, la main sur la porte de la salle de bains, n'osant pas bouger ; je voyais ce que Libby ne pouvait pas voir : le visage de son mari. Il avait les yeux fermés comme un homme en prière. Je l'entendis lui dire : « Je t'en prie, ne te plains pas. Ce soir, tu n'as fait que te plaindre. » Avant le dîner, Libby s'était changée pour mettre une jupe noire et elle avait les mains contre le tissu ; elle avait la tête penchée et son corps ne touchait celui de son mari que là où il était impossible de faire autrement. « Je ne me plains pas, disait-elle. Chaque fois que je raconte une histoire, c'est toi qui crois que je me plains. » Herz la lâcha. « Je t'assure que tu te plaignais. » Je ne savais ce qui allait suivre et je n'avais pas envie de le savoir ; au risque de démolir toute la maison, je me cognai l'épaule contre la porte et je m'avançai dans le couloir bruyamment, comme un homme qui porte des chaussures trop grandes. Chacun pour des raisons différentes, nous nous dîmes bonsoir avec un certain malaise.

C'était cela que j'avais quitté pour m'entendre traiter de fils indigne. J'avais (on venait de me le rappeler) tout ce qui manquait aux Herz. En fait, quand ma mère était morte, elle m'avait laissé tout ce qu'elle avait hérité de sa famille, ce qui, sans être une fortune, suffisait à me mettre à l'abri de la misère pour le restant de mes jours ; par-dessus le marché, il y avait mon père et ses chèques. Des coups de téléphone. De l'amour. De l'argent. Cela ne me paraissait pas très viril de souffrir de l'abondance où je me trouvais, et je commençais à me demander, en m'endormant ce soir-là, comment je ferais si j'étais Paul Herz.

Le lendemain matin, au soleil, j'examinai attentivement le manteau neuf de Herz. Ç'aurait pu être un cadeau d'un mendiant : c'était malheureusement l'allure qu'il avait. Il l'enveloppait comme une grande tente brune ; il aurait très bien pu vivre là-dessous une vie à part. Quand il marchait, on ne voyait pas trace de genoux. Il y avait un mouvement d'étoffe et il se trouvait brusquement un mètre plus près de son but. Quand il était immobile, ou qu'il était assis, Paul avait l'air plus digne. De grands yeux bruns, un bon teint mat et des cheveux qui poussaient en vagues drues et bouclées au-dessus d'un front marqué de rides lui donnaient un air sévère et provocant. Le 1er novembre, il avait dû renoncer au T-shirt ; maintenant, en chemise brun foncé avec une cravate verte élimée, il avait l'allure d'un fonctionnaire mécontent, issu de l'imagination d'un romancier russe du XIXe siècle. Aux cours, il occupait toute la salle et pas seulement sa place. Là où les autres trébuchaient sur la syntaxe de leur *Beowulf,* comme une meute d'alpinistes amateurs, Herz, quand on lui demandait de réciter, débitait du vieil anglais à faire trembler les tableaux noirs. Quand la classe était finie, il fourrait ses livres dans une serviette marron fripée — d'où montait une odeur d'œufs en salade — et, la tête basse, quittait la salle, silencieux comme le pôle nord. La vie à part qu'il menait sous son manteau neuf était diablement sérieuse.

Le matin qui suivit la soirée que nous avions passée

ensemble, ce même manteau — dont on avait déjà raccommodé l'accroc à la manche, je m'en aperçus — se balançait auprès de moi. Pas un mot ne sortait de la bouche de son propriétaire, ce qui me rendait la conversation un peu difficile. En me levant, j'avais pensé à la façon dont je pourrais aider Herz à résoudre un de ses problèmes ; sa réticence maintenant me faisait hésiter à parler. J'avais l'impression qu'il m'en voulait d'avoir été témoin de ce qui s'était passé la veille au soir. Si je formulais ma proposition, il aurait sans doute l'impression que je me mêlais de ses affaires.

Je lui demandai comment allait Libby et il me répondit le plus brièvement du monde : bien. Je l'invitai à prendre un café à la cantine, mais lorsque nous arrivâmes au pied de l'escalier, tout ce que je trouvai à lui dire aurait été hors de propos, alors je lui proposai ma voiture pour aller à Cedar Rapids les après-midi où il avait cours là-bas.

Il se retourna et me fixa d'un regard qui me fit un moment détourner les yeux.

« C'est très aimable à vous », fit-il, et dans sa voix comme dans son regard il y avait plus que de la gravité. Je compris par la suite que, ce qu'il cherchait, c'était le mobile qui me poussait.

« Je n'en ai pas besoin l'après-midi, dis-je. Je suis généralement à la bibliothèque.

— Je vous remercie de votre offre », dit-il.

Croyant que peut-être il ne pouvait pas accepter tant que je ne l'avais pas assuré que cela ne me dérangerait en rien, j'ajoutai :

« J'habite assez près de la bibliothèque pour y aller à pied...

— Oui, mais voyez-vous, ma femme et moi nous avons discuté.

— Oh, oui ?

— Nous changeons nos batteries. »

Il sourit ; mais il y avait dans son attitude quelque chose de guindé et de réticent, surtout lorsqu'il avait dit « ma femme » en parlant de Libby. Je lui demandai après un moment de silence s'il n'avait pas décidé de quitter l'Iowa, et j'ajoutai que j'espérais bien que non.

« Nous avons trouvé une solution », répondit-il en descendant l'escalier.

Je le suivis, trop déconcerté pour croire que j'essuyais simplement une rebuffade. Pendant que nous buvions notre café, un moment vint (en tout cas pour moi) où je sentis que l'un et l'autre auraient pu dire : « Ecoutez, ce que je vais dire... » Et ainsi de suite. Mais aucun de nous n'éprouva le besoin de le dire. Après tout, je ne lui offrais jamais qu'une voiture quelques après-midi par semaine, et pas un nouveau manteau. Pourquoi se montrait-il si sec ?

J'attendis, mais il ne m'avança aucune autre explication. Pour quelqu'un dont la garde-robe était si révélatrice, je trouvai un peu stupide de sa part de ne pas avouer tout haut qu'il était dans le besoin. Non pas que je m'attendais à le voir mendier ; je ne voulais simplement pas qu'il trouvât mon geste trop protecteur... A moins bien sûr qu'il eût vraiment de nouveaux projets, qui rendaient ma voiture inutile. Peut-être était-ce indiscret de ma part, mais il me semblait que j'avais droit à une explication un peu plus détaillée que celle avec laquelle il m'avait clos le bec.

Je ne l'eus jamais. En sortant de la cantine, il fut bref, mais pas le moins du monde discourtois ; il me tendit la main, je la serrai et nous nous dîmes au revoir. Mais en m'éloignant, je me dis : Et voilà pour Mrs. Herz et son mari taciturne. Nous avions beau ne nous connaître que depuis vingt-quatre heures et sans que nos relations eussent été particulièrement agréables, j'en étais attristé. Peu m'importait que Herz fût plus orgueilleux que sage ; je m'étais réveillé ce matin-là positivement ravi à l'idée de pouvoir venir à son aide. En la refusant, il avait réussi à me priver aussi de mon ravissement.

Je finis par découvrir qu'il m'agaçait. Même s'il décidait de se rendre la vie plus inconfortable, songeai-je, il décidait de rendre par la même occasion la vie de Libby Herz plus inconfortable. Et de toute évidence, elle n'était pas douée comme lui pour le malheur. Il me semblait que Herz éprouvait vraiment du plaisir à déclarer au monde : Le malheur est sur moi. Je sentais une balance s'agiter en moi et, à mesure que mon irritation pour Herz se faisait plus pesante, la sympathie pour sa femme faisait se lever l'autre plateau. La remarque qu'elle avait faite la veille en fin d'après-midi sonnait de nouveau à mes oreilles.

Les fatigues et les épreuves de la veille m'avaient permis d'oublier que cette jeune femme, dont le mari refusait de s'asseoir au volant de ma voiture, m'avait dit qu'elle avait été émue par la lettre de ma mère ; et sans doute aussi par la situation où ma mère se trouvait. Et par la mienne peut-être ? L'envie me prit brusquement d'aller m'asseoir auprès de Libby Herz et de lui expliquer pourquoi mon pauvre père se faisait toujours manœuvrer par les gens avec qui il partageait sa vie. Je voulais lui expliquer pourquoi j'avais dû l'abandonner. Et j'aurais bien aimé, en échange de mon explication, recevoir le baume de sa compassion. Et c'était peut-être pour cela, n'est-ce pas, que Paul Herz avait jugé nécessaire de repousser mon offre. Quand les choses ne vont pas à la maison, pourquoi encourager un jeune homme en quête de sympathie à traîner dans les parages ? On ne peut jamais dire — s'il y a par hasard une jeune épouse avide de sympathie de l'autre côté — comment cette compassion peut trouver à s'exprimer. Je compris alors ce long regard que m'avait lancé Herz : il ne cherchait pas un mobile, il en avait déjà un. Peut-être ne voyait-il pas ce que Libby pourrait me donner tout à fait aussi clairement qu'il voyait ce qu'à son avis je pourrais donner à

Libby, et qu'elle pourrait accepter. Mais cela lui avait suffi pour m'éliminer en tant qu'ami et pour refuser mon aide. Et c'était assez, décidai-je, pour me persuader de m'éliminer. Il nous faudrait chacun résoudre nos problèmes familiaux dans le cadre de la famille où ce problème se posait. J'espérais seulement pour la femme de Herz qu'elle viendrait à bout de ces tribulations avec son énergie et son teint intacts. L'un et l'autre, je m'en aperçus, m'avaient touché plus que je ne croyais.

Nous en arrivons maintenant à un interlude qui n'a guère besoin d'explication. La fille s'appelait Marjorie Howells, et elle était en révolte contre la ville de Kenosha, dans le Wisconsin. Depuis plusieurs mois, elle était assise auprès de moi à la section de bibliographie, et le matin où je fus éconduit par Paul Herz, je tombai sur elle à la bibliothèque. Je me sentais sur le moment un peu inutile, et voilà que je rencontrais cette fille, très jolie, encore qu'un peu plantureuse. Je ne savais pas, quand je lui demandai de prendre une bière avec moi ce soir-là, qu'elle était en révolte contre Kenosha, Wisconsin ; je croyais simplement que peu de complications pouvaient s'épanouir derrière des dents aussi parfaites. Nous bûmes ensemble pas mal de bière et, au bout d'un moment, elle me regardait avec des flammes dans le regard en me demandant quelle impression cela faisait d'être un Juif en Amérique. Je lui demandai quelle impression cela faisait d'être protestant en Amérique, et elle me le dit. Très sèchement, très nettement. Les Juifs, m'expliqua-t-elle, étaient différents. Le père de Margie, un homme d'affaires aux cheveux blancs de Chicago dont elle me montra une photo assez intimidante, son père trouvait aussi que les Juifs étaient différents, mais Margie ne trouvait pas les mêmes différences que lui. Lorsque je lui racontai qu'en 1948 mon père avait été président d'une organisation intitulée Association des Professions Libérales de New York pour Wallace, je sentis seulement les feux de la chaudière. Il apparut que je ne pouvais rien dire qui n'accrût l'intérêt passionné qu'elle portait à ma personne et à mon milieu : même le fait que le living-room de l'appartement de ma famille donnât sur Central Park parut l'impressionner hors de proportion. Halvah, Harvard, Henry Wallace : je devais lui paraître exotique. Nous nous retrouvâmes chez moi sans lumière et, comme cela arrive dans le noir, j'avais perdu tout sens des réalités. Je la tenais dans mes bras et je l'embrassais, et nous ne tardâmes pas à nous trouver tous deux en révolte contre Kenosha, comme si Caligula lui-même en était le gouverneur. Quand nous reprîmes la conversation, je la plaisantai sur l'image qu'elle se faisait de moi — un délicieux spécimen de plante exotique hébraïque et marxiste — qui ne correspondait pas exactement à l'image que je me faisais de moi-même. Mais à ce moment-là, ces taquineries n'étaient qu'une autre manifestation de tendresse.

« J'aimerais rester avec toi, dit Margie.

— Tu peux, dis-je.

— Vrai ?

— Oui.

— Il ne faudrait pas aller chercher différentes choses ?

— J'ai des œufs et du jus d'orange, lui affirmai-je.

— Je voulais dire rester, dit-elle. M'installer. »

Je parlais alors non seulement pour Kenosha mais pour toutes les petites bourgades.

« Marge, nous nous connaissons à peine.

— Nous pouvons être très heureux, dit-elle doucement.

— De quoi as-tu besoin ?

— Tu as du shampooing Breck ?

— Non.

— Il me faut mon Breck et mon Olivetti. J'ai une poêle électrique, ajouta-t-elle soudain.

— J'ai le gaz, fis-je remarquer.

— L'électricité, c'est parfait pour cuire les œufs, me dit-elle. Oh, j'ai envie de prendre tant de petits déjeuners ici. »

Nous allâmes donc jusqu'à la chambre de Margie et elle bourra une valise de jupes et de linge, et dans un grand carton que je pris sur l'étagère de sa penderie, j'installai sa poêle électrique, son Olivetti, son fer à repasser, son Breck et son *Anthologie d'Oxford, Poésie du* XVIIe *siècle*. Et, penché sur le carton, je me demandai ce que je faisais. C'était quelque chose d'emporter George Herbert vers une vie de péché ! Ce fut seulement lorsque j'eus pleinement compris l'absurdité de ce que je faisais que je me rendis compte combien je m'accrochais aux gens depuis quelque temps : quand j'avais vu Paul Herz en classe, je m'étais précipité pour lui prêter un livre ; quand Libby m'avait appelé, j'avais abandonné mon travail pour me précipiter. Le matin même, j'avais pratiquement essayé d'acheter les Herz en leur prêtant ma voiture. C'était peut-être une façon un peu ambitieuse d'interpréter un simple geste charitable, mais avec toutes les preuves qui s'accumulaient, avec l'odeur de savon de Marge Howells qui s'agitait derrière moi, quelle autre opinion pouvais-je avoir ? Je ne m'étais pas rendu compte que mon père me manquait autant que je lui manquais.

Cette charmante fille à la tête vide me passa les bras autour de la taille et m'embrassa sur la nuque. Avec une ironie qui n'a jamais protégé personne de rien pendant longtemps, je dis :

« Oh, Margie, je suis ton Trotski, ton Einstein, ton Moïse Maïmonide. »

Et cette ennemie jurée de Luther et du Middle West me demanda :

« Quel était son nom de famille ? »

Etait-ce une piètre plaisanterie ou bien ne le savait-elle pas ? En tout cas, je continuai à perdre confiance en moi.

Les jours passaient sans que j'y pense : nous poussions notre petite voiture au marché, en fin d'après-midi nous sirotions du cacao au lit et tous les quelques soirs, je regardais Marge dénouer ses longs cheveux blonds pour les laver. Je m'asseyais au bord de la baignoire et lui traduisais *Beowulf* pendant que, penchée sur le lavabo, en jupon, elle faisait naître sur son crâne des bulles somptueuses. Les cheveux peignés droit, les mèches humides lui effleurant le dos, elle se tournait vers moi d'un air parfaitement satisfait.

« Et pourtant je n'ai pas l'impression d'être obligée de t'épouser. C'est drôle. Je ne pensais pas que je pourrais me sentir libérée. »

Il y avait des nuits où c'était charmant, mais il y avait d'autres nuits aussi, et la fille penchée sur le lavabo et moi assis sur le bord de la baignoire ne semblaient pas plus réels que ces créatures impossibles, Hrothgar et Grendel, dont je venais d'essayer de comprendre les paroles et les actes.

Margie ne tarda pas à se coucher avec la grippe et ce fut une pénible épreuve. Au lit, elle se mit à porter mes pyjamas et à prendre des poses dedans. Elle voulait que je lui parle de toutes les filles avec qui j'avais couché, et ensuite j'avais droit à des détails sur tous les garçons qui avaient voulu faire l'amour avec elle. Elle ne voulait pas dormir avec la lumière éteinte, et quand enfin elle s'endormait et que j'étais seul, force m'était d'admettre qu'elle n'était guère différente malade de ce qu'elle était bien portante : la tension était simplement plus concentrée, voilà tout. Le troisième jour de sa grippe, je réussis enfin à m'arracher à elle pour aller faire les courses. Abandonnant notre partie de cartes, j'allai jusqu'au supermarché sous un ciel d'hiver menaçant. Je savais que, quand Margie serait rétablie, qu'elle aurait retrouvé ses forces et son énergie, il nous faudrait nous séparer ; je n'étais pas un homme d'affaires de Chicago aux cheveux gris, ni un intellectuel de gauche juif, et je ne pouvais pas continuer à jouer l'un ou l'autre, ou les deux. Néanmoins, comme j'étais à l'époque aussi faible devant la solitude que devant le plaisir, je fis les courses pour deux pour toute la semaine, achetant au rayon de parfumerie quatre flacons de Breck et trois pots de l'élégant désodorisant qu'elle se mettait sous les bras, et je pris aussi la boisson au chocolat qu'elle aimait tant. Je contournais un comptoir auprès du rayon de boucherie quand je vis Libby Herz qui poussait un chariot dans ma direction. Je m'esquivai, mais quelques minutes plus tard, nous nous heurtâmes devant les détergents.

« Salut, dit-elle.

— Tiens, bonjour... Comment ça va ?

— Mieux. Et vous ?

— Je vais bien. Qu'est-ce qui se passe ? demandai-je. Vous avez été malade ? Ou bien est-ce que simplement vous vous sentez mieux dans l'ensemble ?

— J'ai eu la fièvre.

— Il y a eu une épidémie de grippe.

— C'est fini maintenant », répondit-elle avec entrain. Avec trop d'entrain, car en la regardant je vis que son visage portait encore les séquelles de la maladie.

« Comment va votre mari ?

— Il va bien. »

Nous ne savions plus quoi nous dire. Elle avait dû remarquer que je n'avais pas dit Paul en parlant de lui.

« Il faut passer nous voir un soir, proposa-t-elle.

— J'ai été très pris. »

Elle dut remettre en place une mèche de cheveux qui

pendait sur sa tempe et tirer plus fort sur l'élastique qui retenait son chignon.

« Je tiens à vous remercier, dit-elle, d'avoir proposé la voiture. C'était très gentil. Paul m'a raconté.

— Je regrette qu'il n'ait pas pu s'en servir.

— Merci quand même », dit-elle, et nous nous perdîmes tous deux en contemplation devant les étagères de Tide et de Rinso.

« Comment rapportez-vous toutes ces provisions chez vous maintenant ? demandai-je.

— A pied, dit-elle en haussant les épaules.

— C'est loin.

— Pas tant que ça.

— Pourquoi n'attendez-vous pas... » Je me surpris à regarder une ride qui s'étendait des bords de ses narines aux commissures de ses lèvres, à peine visible, mais marquant cependant sa peau. « Vous ne devriez peut-être pas marcher comme ça...

— Oh, mais je vais très bien.

— Je peux vous déposer. J'ai presque fini. »

Lorsqu'elle regarda pour voir à quel point j'en étais de mes emplettes, elle dut se rendre compte, à voir mon chariot, que je nourrissais et désodorisais plus d'une personne. Il était clair aussi — à mes yeux — que je n'éprouvais pas envers cette autre personne des sentiments très forts. Je commençais à avoir l'impression de graviter autour de ceux envers lesquels mes sentiments n'étaient pas forts ; dans le cas contraire, je m'enfuyais. Il y avait mon père ; il y avait même cette fille devant moi. Vis-à-vis d'elle, bien sûr, les circonstances s'étaient alliées au jugement pour me retenir. Mais aucun concours de circonstances ne m'avait vraiment forcé à avoir une aventure avec Margie Howells, dont le comportement de malade me révélait que, à défaut de sentiment, j'avais en tout cas des obligations envers elle. Planté là devant Libby Herz, je me surpris à me trouver un peu moche.

« Laissez-moi vous raccompagner, dis-je.

— Je vais vous attendre dehors. »

Dans la voiture, je dissimulai mes paquets sur la banquette arrière. J'installai le sac de Libby devant, entre nous, et je lui demandai comment ça marchait à l'école.

« Je ne suis plus de cours.

— Je ne savais pas, dis-je.

— J'ai décidé d'abandonner il y a deux semaines. Quelques jours après que nous vous ayons vu, je crois.

— Vous devez être moins bousculée. »

Elle haussa de nouveau les épaules, et je m'aperçus que, je ne sais pourquoi, je la rendais nerveuse.

« Je travaille au bureau des inscriptions, dit-elle. Vous avez raison, je suis moins bousculée. Dans l'ensemble. » Plutôt que d'expliquer, elle poursuivit rapidement. « J'ai fini votre livre. Ça ne vous ennuie pas si nous le conservons un moment ? Paul ne l'a pas encore lu. Il commence tout juste à avoir un peu de temps.

— Je vous en prie.

— Isabel a en effet beaucoup de courage à la fin, dit-elle. Vous aviez raison. De revenir à Osmond. Je ne sais pas... Je pense que des gens pourraient prendre cela pour de l'entêtement. Vous ne trouvez pas ? »

Je pensais que c'était son avis, aussi dis-je que oui, que c'était probablement ça. Toutefois, ajoutai-je, l'entêtement pouvait être l'autre face du courage.

« C'est très difficile à savoir, répondit-elle. Quand on est entêté et quand on est courageux. Vous comprenez, si on était seul... Mais il y a les autres... » La conversation parut soudain la déprimer. Chaque fois que nous avions une discussion de principe, cela se terminait toujours comme si c'était d'elle qu'on parlait. Je sentis, quand elle reprit la parole, qu'elle prenait sur elle pour ne pas être cafardeuse.

« Pourquoi ne venez-vous pas nous voir ? » demanda-t-elle.

Je ne répondis pas.

« Ne nous jugez pas sur l'autre soir, dit Libby. Je vous en prie. Nous étions tous les deux préoccupés.

— Ce n'est pas ça, dis-je. J'ai simplement été très pris.

— Paul... commença-t-elle lentement, a été très touché de votre offre à propos de la voiture. » Elle regardait par la vitre tout en parlant et cela me rappela brusquement notre première rencontre. « Simplement ce n'était pas une solution pour nous. J'espère que vous n'avez pas pensé qu'il était ingrat. Il vous était reconnaissant de l'avoir dépanné. Très reconnaissant. Mais il est... très renfermé. Il est gentil, vous savez... » Les mots se bousculaient un peu « et, je sais, je sais que des étrangers peuvent le trouver un peu brusque...

— Non, non. Je ne l'ai pas du tout trouvé brusque.

— Ça va beaucoup mieux maintenant, vraiment. J'ai trouvé ça très gentil de votre part, étant donné la scène que nous avions eue la veille au soir. Je me rends compte, dit-elle d'une voix qui résonnait trop fort dans la voiture, que j'ai dû passer la soirée à me plaindre.

— Oh, non. Je croyais simplement que vous racontiez des histoires. »

Ce que je dis me déconcerta et déconcerta Libby également. Sa voix sonnait un peu faux lorsqu'elle dit : « Paul était surmené. Ça ne va tout de même pas aussi mal qu'on devait le croire à m'entendre.

— Il ne donne plus de cours à Coe ? demandai-je.

— Si... Mais il va cesser à partir du prochain semestre. C'est trop. Et ça ne m'ennuie pas de travailler. Vraiment, ça fait un changement agréable. Il a découvert qu'il y avait un car qui va à Cedar Rapids, et il va finir le semestre comme ça. Ça lui prend une bonne partie de sa journée, mais ça ne fait rien parce qu'il peut lire pendant le trajet, et puis, je sais bien que ça paraît compliqué, mais en fait c'est moins compliqué qu'avant. Avant, il n'avait pas le temps d'écrire, il passait toutes ses soirées à corriger des copies et il était trop énervé. Comme ça, chacun terminera ses études à son tour. Je pense que c'est mieux pour tout le monde.

— Je suis content que tout aille bien.

— Oh, oui. Il faut venir nous voir.

— Je n'y manquerai pas.

— Je suis sûre que ça ferait plaisir à Paul. »

Alors pourquoi diable ne me l'a-t-il pas demandé lui-même ? Je le voyais trois fois par semaine et je n'avais droit qu'à un bonjour et à un au revoir... Mais sa vie venait tout juste de changer, me dis-je, et peut-être était-ce vrai qu'une fois ses déceptions passées, il en viendrait à se sentir moins sur la défensive à mon égard.

« Je viendrai, dis-je.

— Venez ce soir.

— Je ne crois pas que je puisse ce soir. »

Comme nous approchions de la cité universitaire, Libby dit :

« Vous pouvez amener quelqu'un si vous voulez.

— Peut-être un autre soir. » De toute évidence je ne pouvais pas lui dire que pour l'instant il y avait une fille malade dans mon lit. « Après Noël », dis-je, en espérant que d'ici là il n'y aurait plus de fille dans mon lit du tout.

« Paul va vous rendre le livre bientôt », dit-elle. Elle désigna la baraque grise où ils habitaient. « C'est ici. Nous avons un tas de choses à nous dire à propos du personnage d'Isabel.

— Je sais.

— J'aimerais en discuter, fit-elle. Et, vraiment, amenez

qui vous voudrez. Je crois que ça ferait plaisir à Paul. »

Quand je la regardai prendre son sac à provisions, elle essaya d'éviter mes yeux. Je savais qu'elle ne voulait pas m'entendre proposer de le porter à sa place.

II

Mon père et moi, les deux mâles de la famille Wallach, occupions le court de tennis, nous renvoyant mutuellement des balles molles et sans vie. Chacun de nous essayait depuis plus d'une heure de ne pas gêner son adversaire. Cela faisait quatre jours maintenant que la vie n'était plus que cette sorte de va-et-vient sans émotion. Quand nous nous heurtions dans la salle de bains, nous nous inclinions dans nos peignoirs. Au dîner, les yeux rivés sur l'argenterie, nous attendions que Millie nous servît, puis nous plongions dans notre pamplemousse comme si un même poignet contrôlait nos mains. L'un de nous ne pouvait éternuer sans que l'autre brandît un mouchoir propre sous son nez.

Aussi, quand la balle de mon père vint tournoyer à un mètre à ma gauche, il se confondit en excuses. Il ne voulait pas me voir bouger : un mètre à gauche et j'allais me retrouver hors du court, hors du club, j'aurais quitté New York à jamais. Pendant le restant de l'après-midi, il logea toutes ses balles dans un mouchoir ; je n'avais qu'à, à mon tour, fermer les yeux et avancer ma raquette pour frapper la balle. Ah ! que la vie était facile à New York.

Je choisis toutefois de garder les yeux ouverts et de le regarder. De l'autre côté du filet, en sweat-shirt et pantalon blanc qui se cassait si bas sur ses chaussures qu'il recouvrait presque ses orteils, sa silhouette sous-alimentée, filiforme et nerveuse, bondissait sur place en attendant mon retour. Il avait un petit corps sec, une grosse tête et des cheveux drus couleur de fer. Je suis plus grand et plus lourd, comme ma mère, mais son visage, à part les rides et les bouffissures, aurait pu être le mien : yeux gris, nez plat, narines larges, une forte mâchoire qui, prétend mon père, nous a valu deux siècles sans ennui de dents de sagesse. Dans sa famille, elles poussent tout droit et la place ne manque pas. Sur le plan esthétique, toutefois, les résultats ne sont pas très satisfaisants ; nos opulentes mâchoires ont tendance à nous donner un peu l'air de fermiers, à mon père et à moi. De soldats. On sait que nous sommes d'une race forte, mais c'est tout ; c'était du côté de ma mère qu'il y avait des nuances.

Cet aspect germanique des traits de mon père peut au premier abord ne pas sembler conforme à ses façons, notamment à son goût de la plaisanterie dont il me donnait ce jour-là des échantillons après chacun de mes retours. C'est en partie, je suppose, une version édulcorée de l'esprit de ma mère ; cela tient aussi au fait d'avoir toujours vécu en Amérique, où il en vint de bonne heure à admirer l'esprit de certains comédiens de radio. Mais, ce que l'on voit surtout, quand mon père fait une plaisanterie, c'est la réaction de surface d'un caractère maussade de septentrional, la réaction d'un homme qui éclaterait en sanglots s'il ne badinait pas.

« Oh, oh ! fit mon père, alors que, par ennui, je coupais un peu une balle. Oh, oh ! le petit sournois. Qu'est-ce que tu fais, c'est ton complexe d'Œdipe qui te travaille ? »

Là-dessus, je renvoyai la balle sans entrain.

« Alors... On renonce ? On se laisse flanquer une culotte par un vieil homme ? Oh, oh ! avec lui, c'est du gâteau,

Charley, cria-t-il au préposé au vestiaire qui passait le long du court. Vraiment du gâteau.

— Comment allez-vous, docteur ? demanda Charley. On peut dire qu'il a grandi.

— Lui, c'est encore un collégien, riposta mon père. Il a encore du lait dans les narines », ajouta-t-il, si bien que Charley se mit à rire et que, me sentant obligé de faire quelque chose pour mon complexe d'Œdipe, j'essayai une balle vicieuse sur son revers. Charley passa son chemin, en comptant des serviettes ; mon père demeura un moment silencieux, et je connus mon remords habituel de mauvais fils.

A la maison, qu'y avait-il à faire ? On aurait pu croire que j'aurais au moins la possibilité de sortir seul dans les rues. Millie, qui faisait la cuisine et tenait la maison pour la famille depuis des années, entra dans le living-room juste après notre retour en disant qu'on m'avait téléphoné d'Iowa City. Mon père, qui se frottait les mains d'un air impatient en regardant le parc par la fenêtre, demanda sans se retourner :

« Une femme ?

— Je crois. Pour être précis, une fille.

— Eh bien, dit-il, tu ferais mieux de l'appeler. » Il ajouta avec une pointe d'agacement dans la voix : « Il ne te faut pas longtemps, hein ?

— Pour quoi faire ? »

Il me regarda en essayant de sourire.

« Pour avoir un pied dans la place. Oh, ça fait sale. Pour t'installer. Tu vas téléphoner ?

— Pas maintenant. Je pensais aller faire un tour.

— Il fait glacial. Tu vas te geler.

— Ça n'est pas si terrible.

— Si je t'examinais les dents ?

— Il me semble que tu les as regardées en août.

— Août, septembre, octobre, novembre... C'est déjà la fin de décembre. Ça fera six mois en janvier. Tu viens dans mon cabinet. J'ai du nouveau matériel que tu n'as même pas encore vu.

— Je crois l'avoir vu en août. Je pensais descendre...

— Allons, tu es en vacances.

— Toi aussi, dis-je. Tu ne devrais pas mettre les pieds dans ton cabinet aujourd'hui. Millie dit que tu travailles trop dur.

— Ah oui ? Peut-être qu'elle devrait en prendre de la graine. Viens, tu vas me voir en pleine forme. Une bonne partie de tennis, ça aiguise ma technique. Viens passer une heure dans mon cabinet, dit-il en me posant une main sur l'épaule. Tu adorais ça autrefois. » Il passa dans le couloir et cria : « Millie, nous dînons dehors ce soir. » Il ouvrit la porte au bout de l'appartement et je fus bien obligé de le suivre dans la salle d'attente.

Quand je me trouvai assis dans le fauteuil, tout était comme d'habitude. Il sifflait un air impossible à identifier, tandis que, derrière moi, des robinets coulaient, de petits tiroirs s'ouvraient et se refermaient. Dans le parc, autour du bassin recouvert d'une pellicule de glace, les branches des arbres étaient aussi noires en ce décembre qu'elles l'étaient quinze ou vingt décembres plus tôt. J'entendis les chaussures de sport de mon père à semelles caoutchouc — celles qu'il portait pour travailler — traverser la pièce juste au moment où une fenêtre au coin de la 93e Rue et de la Cinquième Avenue reflétait le soleil et embrasait Manhattan. Un bavolet en matière plastique passa à la hauteur de mes yeux, l'appui-tête s'abaissa doucement et je retrouvai flottant au-dessus de moi le visage de mon père, sa main, son grattoir d'argent. Après la douche au club, ses cheveux faisaient comme un casque sous la lampe bleutée.

Docile, le patient ouvrait la bouche plus grand, plus grand, et le lent périple commençait, la quête le long des gencives jusque dans les profondeurs ténébreuses de la bouche. Il fouillait profondément en moi : jusqu'où avais-je caché mon cœur ?

« Tiens, tiens... » Il s'attarda un moment sur chaque molaire, puis se mit à caresser la dent suivante. « Ah, celle-ci, c'était quelque chose. Voilà une bouche bien soignée, mon petit gars. Il n'y en a pas cent comme ça dans tout New York. On me paye pour avoir une bouche dans cet état. Non... Ne referme pas. Ouvre plus grand. »

Marge Howells avait appelé. Je laissai ce problème occuper mon esprit pendant que je confiais ma bouche à mon père. Je fermai les yeux, effaçant son visage joyeux, et je fis mon bilan. Juste cinq jours auparavant, j'avais rempli le carton de Marge, et j'avais dû faire sa valise aussi, pendant qu'elle me martelait le dos à coups de poing. « Tu ne plies pas bien mes jupes ! gémissait-elle à mon oreille. Arrête, tu vas tout froisser ! Oh, Gabe, arrête ! Je t'aime, je t'aime, je t'aime », jusqu'au moment où elle a fini par flanquer un flacon de Breck contre le mur de la salle de bains. J'avais néanmoins porté ses affaires jusqu'à la voiture et je l'avais conduite en larmes jusqu'à sa chambre. Puis j'étais allé tout seul jusqu'à l'aéroport tard cette nuit-là, j'avais frotté mes joues mal rasées contre un autre pleureur, mon père, sous la pluie glacée de Idlewild. Et voilà que Marge avait appelé et j'étais sûr que c'était de chez moi. J'étais accablé à l'idée que, malgré toutes les belles décisions, elle avait réussi à garder sa clef — que j'avais oubliée, tant j'étais décidé à simplement la faire sortir de là — et qu'elle avait sans doute trouvé un chauffeur de taxi qui avait bien voulu monter les deux étages pour rapporter ses affaires dans mon appartement. Je ne la rappellerais pas.

« Je vais simplement prendre quelques clichés », disait

mon père. Il avait roulé sans bruit l'appareil de radiographie tout noir contre ma joue et il s'apprêtait à photographier mes molaires. « Voyons un peu comment ça se présente, dit-il. Tu te rappelles, Gabe, que j'avais toujours une radio de ta bouche dans mon portefeuille ? Pour plaisanter...

— Pourquoi n'utilises-tu pas ce cliché ? » demandai-je mollement.

Les radios, une fois développées, révélèrent une bouche éclatante de santé. Que pouvait-on faire de plus ? Je finis de me lever, mais mon père m'appuya du bout des doigts sur la poitrine.

« Tu sais, dit-il, il faut toujours avoir une photo complète pour avoir une vue d'ensemble.

— Quelle vue d'ensemble ? soupirai-je.

— La radiographie, une vérification, dit-il vaguement. Toute question d'hygiène mise à part, considère que c'est de la curiosité. Connais-toi toi-même, tu sais ? J'ai rencontré des gens qui considèrent les dentistes comme des mécaniciens, des menuisiers, des rien du tout. C'est ridicule. Les dentistes sont des astronomes... laisse-moi continuer... les dentistes sont des géologues. Gabe, quand on voit les choses comme il faut, l'art dentaire est une aventure. Prends les étoiles. Je vois mon voisin sur son toit qui dresse une carte du ciel. C'est comme ça qu'on dit ? Qui regarde, qui examine, etc. Eh bien, je voudrais t'expliquer : qu'est-ce qu'il y a de si différent dans l'art dentaire ? Je suis sérieux maintenant... Qu'est-ce qu'il y a de si différent à s'intéresser directement à ce qu'il y a dans la tête d'un homme ? Pas à des millions d'années de lumière mais ici... Seigneur, effleurant presque le cerveau. Il y a des cas, des cas connus où la dent perce bel et bien le cerveau. Tu te rends compte ? Alors une galaxie, les systèmes solaires, crois-moi, une dent est un aussi grand mystère qu'une étoile. Il faut qu'un homme ait une philosophie de la vie, une raison de travailler, et c'est la mienne. En vieillissant, on se demande pourquoi on fait ce qu'on fait. Un homme a besoin de raisons pour agir. Passer sa vie à se contenter de mettre ses fixe-chaussettes et à manger, tout seul, sans raison valable, jour après jour, comment peut-on faire ? A moins d'être comme Gruber, d'avoir la maladie du sourire. Pour moi, Gabe, j'ai besoin d'un peu de mystère dans la vie. En vieillissant, j'ai gardé presque toutes les préoccupations d'antan, tu sais. Je t'assure, la bouche humaine m'inspire bien des réflexions. La troisième molaire à elle seule pourrait occuper toute une vie. Ne ris pas... C'est un fait. Pourquoi, je te l'explique... La vie t'oblige à t'arrêter pour réfléchir, voilà. La vie change un homme, alors il faut qu'il ait un petit quelque chose en réserve. Je suis un peu honteux de n'avoir rien eu en réserve. » Il dut alors détourner le regard un moment. « Tu sais, je n'ai pas besoin de continuer indéfiniment. C'est agréable de parler à quelqu'un qui comprend. Remets la tête en arrière. Je veux te nettoyer les dents.

— Papa, ça n'est pas nécessaire. Tout va très bien. Je ne vais nulle part. Je n'ai aucun projet. Je serai ici jusqu'au réveillon de la nouvelle année.

— Je croyais que tu restais pour le 1er janvier.

— Pour le 1er janvier, d'accord. » J'essayais de garder un air calme et pourtant je me souvenais comment nous avions discuté des dates au retour d'Idlewild, en consultant le calendrier qu'il avait dans son portefeuille. « Alors tu peux te détendre. Calme-toi. Ça n'est pas la peine de me nettoyer les dents maintenant. Je suis sûr qu'elles sont très bien.

— As-tu eu l'occasion dernièrement de regarder ta dernière molaire ? » Des deux mains, il donna les dimensions d'un poisson de bonne taille. « Pleine de tartre, dit-il. Laisse-moi être le dentiste et sois le patient.

— Bon, dis-je en souriant. Si je suis le patient, je crois que j'en ai vraiment eu assez pour aujourd'hui.

— Ça t'est égal que tes dents soient entartrées.

— Il faut que je donne un coup de fil.

— Combien cela va te prendre, dix minutes de plus ? Il faut que tu te le fasses faire, alors autant que ce soit fait proprement.

— Oh, bon sang, ils ne savent pas le faire dans l'Iowa ? »

Une main se leva comme pour s'abattre sur ma joue. Elle se posa sur la lampe scialytique qui s'éteignit. Mon père tendit les mains derrière son dos pour déboutonner sa blouse blanche.

« Si tu as un coup de téléphone important à donner, vas-y. » Il s'approcha de la fenêtre, tandis que ses doigts, descendant le long de son dos, faisaient tomber un bouton qui vint rouler sur le sol. « Va appeler l'Alaska, appelle Bangkok. Demande à la standardiste l'endroit le plus éloigné qu'elle peut te passer... Et appelle-le. » Son pied plaqua sur le sol le bouton qui roulait, et un silence total régna dans la pièce.

« Qu'est-ce que tu veux que je fasse ? demandai-je doucement. Que je reste assis dans ton fauteuil jusqu'à la fin de mes jours ?

— Figure-toi que je suis un dentiste qui gagne trente mille dollars par an. Les gens attendent des heures que je puisse leur reconstruire la bouche. Certaines des plus grandes vedettes de la scène new yorkaise se sont assises dans ce fauteuil pendant des semaines. Je change l'aspect des gens. Je leur donne santé et beauté, deux des plus merveilleuses choses du monde. Je m'intéresse aux dents. Tu es mon fils, je m'intéresse aux tiennes. C'est un crime ?

— Personne ne dit que c'est un crime.

— J'ai pourtant l'impression que c'est ce qu'on dit.

— Je t'en prie, dis-je, ne fais pas la tête. Je voulais simplement dire que tu n'as pas besoin de me garder prisonnier dans ce fauteuil. Je regrette d'avoir été désagréable. Je veux simplement dire que ce serait mieux si tu ne t'inquiétais pas pour moi. Détends-toi, voilà tout.

— Je suis détendu. Je sais me détendre. Quand on ne se détend pas à mon âge, on a de la tension, on est énervé. Je suis détendu.

— Si tu veux continuer, dis-je au bout d'un moment, pourquoi ne le fais-tu pas ?

— Continuer quoi ?

— A me nettoyer les dents, dis-je, éprouvant une certaine difficulté à parler.

— Si tu dois appeler une fille.

— J'ai la bouche pleine de tartre. Comment puis-je parler à quelqu'un ? Vas-y, si tu veux.

— Non, non, dit-il, va téléphoner. Tu as ta vie dans l'Iowa. Occupe-t'en.

— Pourquoi ne me nettoies-tu pas les dents ? C'est moi qui te demande de me nettoyer les dents.

— Tu seras là à t'agiter. Je n'aime pas me bousculer. Je ne suis pas un plombier.

— Je ne m'agiterai pas. »

Sans me regarder, il fit le tour du fauteuil.

« C'est simplement que je n'aime pas travailler avec quelqu'un qui s'agite. » Une main apparut au-dessus de ma tête et je me retrouvai sous l'éclairage de la lampe. Il parlait derrière moi, comme Marge. « Je ne sais pas quand tu es devenu si négligent à propos de ta santé. Tu adorais qu'on te nettoie les dents ; tu disais toujours qu'après ça te donnait un goût rose dans la bouche. C'est une expression que je cite encore aux patients. Je ne sais pas où tu as pris brusquement d'aussi mauvaises habitudes. » Derrière mon dos, il malaxait une pâte à l'odeur douceâtre. « C'est drôle, reprit-il, comme une bouche ne change pas, comme la tienne est la même maintenant qu'elle était autrefois. Je m'en souviens, tu sais ? Je me souviens de la bouche de ta mère. Je crois que je me rappelle chacune de ses dents. » Son visage surgit au-dessus du mien. J'aurais pu tendre les bras, l'attirer vers moi et l'embrasser. Mais comprendrait-il que je n'étais pas prêt à abandonner ma vie pour la sienne ? C'était un homme entier, et c'est difficile d'embrasser des gens comme lui du bout des lèvres.

J'avais en effet ce goût rose dans la bouche quand je demandai Iowa à la téléphoniste. J'attendis la communication pendant que mon père sifflotait dans sa chambre. Le fait de m'avoir détartré les dents avait restauré sa confiance dans l'avenir. Il passa devant moi dans le living-room, un peignoir-éponge blanc jeté sur les épaules, les pieds chaussés de babouches. Il avait recommencé le yoga. J'aurais dû m'en douter. A l'autre bout du fil, Margie me dit bonjour.

« Marge ! C'est moi.

— Oh, mon chou, dit-elle, comment vas-tu ?

— Je vais très bien et toi ?

— Je suis un peu fatiguée. J'ai passé tout l'après-midi à laver le shampooing qu'il y avait sur les murs.

— Tu es revenue t'installer ?

— Gabe, cette politique de désengagement ne marchait pas du tout. J'étais seule. Je t'aime, chéri.

— Margie, nous ne pouvons pas continuer à vivre ensemble. Ça ne nous réussit pas.

— Je t'aime. Ça me réussit.

— Cesse de jouer les chattes.

— Tu trouves que ça fait chatte ? gémit-elle.

— Marge, pourquoi ne vas-tu pas passer une semaine à Kenosha ? Ce sont les vacances. Tu te sens seule parce qu'il n'y a personne à l'université. Je ne te manque pas autant que tu crois. Pourquoi ne vas-tu pas passer un moment dans ta famille ?

— Parce que ma famille m'ennuie.

— Margie, il faut que tu déménages.

— Reviens, tu verras. On s'amusera bien.

— Il faut que tu partes.

— Tu me manques. Rien ne te manque, à toi ? Comment peux-tu vivre un mois avec quelqu'un sans qu'il te manque ?

— C'est simplement un luxe que nous nous accordons. Tu le sais.

— J'ai l'impression, dit-elle, que tu te sers de moi...

— Je t'en prie, ne parle pas comme dans un film.

— Tu as une conception cynique de l'amour. Je te dis simplement ce que j'éprouve.

— La vérité, c'est que chacun s'est servi de l'autre. Maintenant, arrêtons.

— Je ne veux pas.

— Pourquoi ?

— Je t'aime.

— Mais non, lui dis-je.

— Gabe, je ne veux pas discuter avec toi. Ce n'est pas pour ça que j'ai appelé. L'université est vide. Ça me déprime.

— Qu'est-ce que tu as fait ? demandai-je.

— J'essaie de lire Proust, répondit-elle. La traduction doit être mauvaise. Ça ne m'a pas l'air si formidable. Tu sais, j'ai écrit près de cinquante lettres. Je crois que tout ce que j'ai fait c'est me laver les cheveux et poster des lettres. Gabe, il faut que tu reviennes... Pour le nouvel an en tout cas. Oh, Gabe, pour le réveillon du nouvel an ?

— Marge, dis-je, ne sachant vraiment que dire, pourquoi ne sors-tu pas pour parler un peu à des gens ? » Il semblait que j'avais trouvé mon Bartleby : il me faudrait retourner à Iowa City pour y trouver un nouvel appartement en laissant Marge dans l'autre. « Pourquoi ne vas-tu pas au cinéma, à la piscine ? Vis un peu, je t'en prie.

— Je n'aime pas aller au cinéma toute seule. Je ne suis pas obstinée... Pas du tout. J'ai pris le café avec un de tes amis à la cantine aujourd'hui. »

Cela me déprima considérablement de l'entendre s'installer ainsi dans le bavardage.

« Qui ça ?

— Paul Kurtz.

— Herz.

— Il avait l'air très gentil. Un peu lugubre.

— Je le connais à peine. Qu'est-ce qu'il racontait ?

— On a bavardé. Sa femme est malade. Je crois qu'elle a eu la même chose que moi. Elle est à l'hôpital. Gabe, c'est vraiment sa femme ou bien est-ce qu'il vit avec elle ?

— Oh, Marge...

— Gabe, c'est la seule personne à qui j'aie parlé en cinq jours. Tu ne reviens pas pour le réveillon du nouvel an ?

— Je suis avec mon père. Ecoute, il faut que tu partes. Tu ne peux pas continuer à te laisser aller comme ça ?

— Tout ça ne signifie donc rien pour toi ? demanda-t-elle. Tu ne peux pas me plaquer comme ça ! cria-t-elle dans l'appareil.

— Je ne te plaque pas. Nous partons tous les deux.

— Je ne vais nulle part ! Tu ne vas pas me dicter ma conduite !

— Bon, très bien. Appelle un taxi, prends tes affaires et file.

— Tu ne réagis pas... Voilà le malheur ! Tu es sans cœur !

— Je m'attends que tu sois partie quand je reviendrai.

— Comment peux-tu dire ça si tu m'aimes !

— Je ne t'aime pas. Je ne te l'ai jamais dit !

— Tu t'es servi de moi, salaud. » Et elle se mit à pleurer.

« Oh, Margie, personne ne se sert de quelqu'un pendant quatre semaines.

— Cinq !

— Ecoute, raccroche maintenant, fais tes valises et pars.

— Je vais tout saccager, hurla-t-elle. Je te promets !

— Tu es folle... fis-je.

— Je vais déchirer tous tes livres ! Je vais tout casser... Tu seras bien obligé de rentrer !

— Je rentre le 1er janvier.

— Oh... dit-elle en sanglotant, je ne m'attendais pas à ça de toi.

— Margie, tu fais du roman...

— C'est toi qui en fais ! » Et elle raccrocha.

Quand ma mère était vivante, elle avait fait tout son possible pour empêcher mon père de prendre la position du Cobra sur le tapis du living-room auquel elle tenait tant. Mais elle n'était plus là, je ne vivais pas avec lui, aussi après mon coup de téléphone — déterminé que j'étais à chasser de mon esprit ces protestations d'amour interurbaines — je m'installai sur la soie orange du divan victorien et je regardai. Et pour la première fois depuis mon arrivée, je m'aperçus que mon père avait oublié ma présence. J'étais content de penser que nous étions dans la même pièce et qu'il ne me demandait pas mes projets pour le mois prochain, pas plus qu'il ne m'explorait l'intérieur de la bouche. Toute son âme, tout son corps se concentraient non pas sur moi, mais sur la position du Cobra : Bhujangansa. Vêtu d'un caleçon de bain bleu, il était allongé tout raide devant moi sur le plancher, le ventre rentré, et la poitrine noblement gonflée. Tout ce qui bougeait, tandis qu'il se dressait sur les poignets et sur les coudes, c'étaient les muscles de son avant-bras, qui tremblaient précipitamment sous sa peau pâle. Les traits de son visage remuaient un peu aussi dans les efforts qu'il faisait pour prendre une expression reposée. Je reconnaissais tout cela, même l'heure de la journée ; dans le parc, l'ombre commençait à tomber.

« Ce tapis, disait ma mère, qui mourait d'envie de faire glisser mon père, et qui se contentait de tricoter, a été tissé par tout un village d'Afrique du Nord, Gabriel, pour que ton père puisse faire le clown dessus. » C'était sa tactique de faire paraître sans importance certaines choses qui étaient importantes pour elle ; mais, au fond, c'était une femme énergique et je savais qu'elle ne plaisantait pas. Elle désapprouvait ces exercices de yoga comme elle avait désapprouvé son analyse, sa cure d'aliments naturels et le fait qu'il se fût rallié à Henry Wallace en 1948. Elle était résolument opposée à l'impossible, que mon père représentait à ses yeux, mais il lui était attaché, et c'était cela qui l'avait affaiblie. Malgré cela, elle avait eu du mal à le faire entendre raison. Il avait fallu, pour sa caisse de fakir, lui faire honte en en parlant un soir devant un groupe de ses collègues lors d'un congrès de l'Association dentaire américaine à Miami. Ce qui l'avait poussée à une aussi cruelle extrémité, c'était une chose que mon père avait faite avec cette caisse un après-midi en son absence : il m'avait mis dedans. Après le congrès, on acheta une baguette de bois, on posa quelques clous aux bons endroits et Millie se retrouva avec une penderie doublée de zinc dans un coin de sa chambre. La manœuvre de ma mère eut pour résultat de ramener mon père, le soir, dans le living-room familial, ce qui était l'endroit convenable, lui dit ma mère, pour rassembler son énergie sexuelle.

Quant aux dîners d'avocats et de légumes frais, elle les avait supportés jusqu'au jour où elle avait fini par interdire à Millie de rien servir qui fût vert et cru sur notre table. Nous dûmes tous nous passer de vitamines C jusqu'au moment où nous eûmes la certitude que mon père avait repris un régime normal. Ma mère prétendait qu'elle tiendrait jusqu'au jour où toute la famille aurait le scorbut, mais mon père céda avant que n'apparussent les premiers symptômes de la maladie. L'histoire Henry Wallace est plus compliquée. Il avait été reçu chez les Wallace et traité fort gracieusement. Mon père, comme je l'avais dit à Marge, avait été président d'une organisation de médecins et d'avocats de New York qui avaient décidé de faire campagne pour le troisième parti. On imaginerait, bien sûr, que mon père avait voté pour Wallace, mais pas du tout ; la veille des élections, ma mère l'avait fait veiller en lui servant du café jusqu'au moment où elle avait fini par le convaincre que voter pour Wallace, c'était voter pour Dewey. Quel moment ç'avait dû être pour lui dans l'isoloir que d'abaisser la manette Truman. Comme il avait dû détester la femme qu'il aimait.

Ce qu'elle n'avait pas pu vaincre, c'était le hatha yoga. Même quand mon père avait cessé de faire le pitre sur son tapis marocain, son infirmière racontait qu'il poursuivait ses exercices dans le salon d'attente après les heures de réception. Sa femme aurait pu tout aussi facilement lui faire honte du yoga que de l'art dentaire. Il était beaucoup trop attaché à l'idée de guérir autrui. C'était ainsi en tout cas qu'il aurait pu se considérer. Mais sans doute, malgré sa foi dans le progrès, la réforme, la reconstruction — il avait en effet remodelé quelques-unes des plus célèbres mâchoires de New York — il était plus attiré par les idées de maladies. Wilhelm Reich, Henry Wallace, les légumes verts : c'était au fond autant d'anticorps. Et la maladie ? C'était un microbe, un germe qu'il devait rendre responsable de son cœur perpétuellement gonflé. La maladie, c'étaient les sentiments du docteur. Non pas qu'il l'eût jamais dit à personne ; devant ses collègues, comme devant les profanes, il prétendait ne vivre que pour la science. Devant les rabbins du haut de la Cinquième Avenue, qui passaient chez nous, il ne dissimulait pas son appétit. Je l'ai moi-même entendu expliquer son lavement du colon par le yoga au plus grand gastro-entérologue de New York, en termes purement physiologiques et sans faire mention de l'âme. Et le Bhujangansa, bien sûr, dissimulait le système nerveux autonome et sympathique.

Ma foi, c'était peut-être pour ça ou peut-être pas. Même quand j'étais adolescent, il me semblait que les ennuis de mon père ne venaient pas de son système nerveux sympathique. Cela tenait plutôt à ses engouements : c'étaient ses passions qui lui faisaient mal. La terreur que lui inspiraient les distances, les troubles qui l'agitaient, il était incapable d'y répondre de façon raisonnable. Il recourut donc à la magie.

Ma mère était d'une tout autre sorte, et ça doit être maintenant assez évident. C'était elle qui dans la famille avait le visage expressif — de grands yeux d'épagneul, un long nez, une large bouche de clown — mais elle le contrôlait de façon magistrale. En surface, elle n'était ni trop affectueuse, ni exagérément repliée sur elle-même et on a souvent dit qu'à cet égard je lui ressemble. Malgré tout l'amour que je lui portais, je ne sais pas si cela me fait grand plaisir. Entre le visage dur de mon père et le contrôle de ma mère sur ses réactions, je n'ai sans doute guère l'air d'un jeune homme qui se livre facilement. Je ne crois pas que j'aie tant l'air mauvais que peut-être préoccupé de moi-même. Ma mère avait plus de chance : elle paraissait avoir conscience de sa personnalité. Elle donnait l'impression de savoir exactement ce qu'elle faisait lorsqu'elle faisait une proposition raisonnable à mon père. C'était cela la raison qu'elle lui avait donnée. Comme aucun mariage n'est aussi simple, ses offres ne se bornaient naturellement pas à cela ; mais c'était la raison, plus que toute autre chose, qu'elle lui proposait, car c'était de cela que mon père semblait avoir le plus désespérément besoin. Et peut-être aussi en avait-elle à revendre.

Elle refrénait les emballements de tout ordre, et pour

ceux d'entre nous qui voyaient cela de près, c'était fort impressionnant. Dans les premières années, toutefois, mon père ne parut pas comprendre pleinement le changement qu'il subissait. De temps en temps, il essayait de prendre pour modèle cette belle épouse qu'il avait choisie et pendant deux ou trois semaines il renonçait au yoga et se mettait à vivre de façon raisonnable. C'était un changement qu'il déplorait du plus profond de son être ; en exerçant sur lui-même un pénible contrôle, il finissait par se constiper. Il était clair, même pour moi, l'enfant de la maison, que ce n'était pas un homme logique ; tout en écoutant ses explications, je savais que la vérité allait plus profondément que ce qu'il me disait. Mais pour un enfant la différence entre la raison et la déraison n'était qu'une subtile distinction. Au début, je n'avais pas de favori. Ce fut sous la tutelle de ma mère que je finis par avoir des opinions sur les passions de mon père. Mais il est vrai que tous les jeunes finissent par devenir sophistiqués et qu'ils le font avec l'impression d'être entourés chez eux d'esprits de second plan ; c'est au cœur de premier plan qu'ils s'accrochent avec l'avidité de l'innocence. Quand le crépuscule embrasait le parc, quand le dernier patient était rentré chez lui avec sa mâchoire reconstruite, mon père lançait son fils chéri vers les branches des arbres. A des kilomètres sous moi, l'herbe tourbillonnait, si bien que même moi je me rendais compte que c'était dangereux d'être aussi haut. Mais mon père était un homme turbulent, et depuis neuf heures le matin il travaillait sur des millimètres.

Mais un soir que, me semble-t-il, je n'oublierai jamais, je redescendis dans ses bras en criant non pas de joie, mais de peur. Tout en haut, près des arbres, j'avais levé les yeux et, à la fenêtre de notre living-room, j'avais vu deux mains tendues vers moi. C'était celles de ma mère. Je revins par terre en pleurnichant, et mon père dut me serrer contre lui, puis me ramener à la maison sur ses épaules tout en me parlant du cirque où nous irions et comme ce serait drôle. J'oubliai vite cet incident, mais il n'en perdit pas de sa signification : il y avait toujours eu une lutte pour moi dans la famille Wallach. Chacun semblait prouver que mes chances dans la vie diminuaient si je grandissais à l'image de l'autre. J'étais donc tiraillé entre ces deux êtres terrorisés : une femme qui dirigeait sa vie avec goût, avec raison et avec une parfaite maîtrise de soi, et un homme qui préférait se laisser guider par des forces étranges. Et pourtant, je parvins à l'âge adulte sans me mordre les ongles, mouiller mon lit ni voler des enjoliveurs de voitures. Ce que les personnalités antagonistes de mes parents faisaient jaillir dans cet appartement de Central Park West, je le considérai comme de l'amour.

La mort vint tout bouleverser. Quand ma mère mourut en 1952, elle s'efforçait tout autant d'aider mon père à ne pas perdre pied en ce monde qu'en 1942 ; qu'il n'y parvînt pas tout seul, ç'avait été la cause d'une grande partie des peines qu'elle ne confiait à personne. Aussitôt après sa mort, je me mis à reprocher à mon père d'avoir été indigne d'elle. Et puis je reçus sa lettre et, malgré le désespoir où j'étais plongé, bouleversé que j'étais par les circonstances dans lesquelles elle avait été écrite, l'aveu qu'elle contenait m'imposa une vérité que je n'avais jamais voulu voir. Elle avait été dans la vie quelqu'un de si séduisant qu'il avait été difficile de la juger. Mais dans la mort, elle prenait un peu un rôle de prêtre, et je quittai l'armée prêt à croire que c'était elle qui avait gâché la vie de mon père. C'était lui qui valait mieux qu'elle, car il avait accepté la femme qu'il avait épousée. Mordecai Wallach aimait Anna Wallach ; elle avait aimé ce que son alchimie devait faire de lui en six mois. Elle qui avait des émotions modérées et du bon sens, elle avait pourtant été amoureuse de la puissance. Sa maîtrise n'avait pas été totalement ce qu'elle semblait être.

Ou bien est-ce que je me trompai ? N'était-elle pas, en

fin de compte, loyale, honnête et bonne ? Elle faisait de son mieux pour équilibrer le budget émotionnel dans la maison d'un homme extravagant. Quand je dis qu'elle avait un peu un rôle de prêtre, je me demande si je ne parle pas comme un membre de cette foule immense et perfide qui depuis quelque temps réclame la compassion. On nous demande de plus en plus, semble-t-il, de faire des démonstrations très pieuses et très publiques de nos sentiments. On tourne un coin de rue et l'on tombe sur une brave dame chapeautée qui vous agite sous le nez un tronc plein de pièces en vous demandant de donner. Il n'y a qu'à regarder la télévision : cinquante animateurs et dix présentateurs de disques organisent un véritable marathon : ils ne dorment plus, ils ne prennent pas le temps de manger, ils chantent, ils font des plaisanteries et s'exhibent, et rien de tout cela pour eux-mêmes. C'est une époque bizarre où même les gens corrompus et qui n'ont pas de sentiment font la quête pour compenser le durcissement des artères. C'est une époque de regrets : tout le monde a un cœur qui saigne.

Et le fait est que rares sont ceux d'entre nous qui peuvent résister quand on les sollicite. Après tout, on peut toujours libérer les esclaves et pendre les tyrans par les pieds, mais pour le reste, pour les autres horreurs, qu'est-ce qu'on fait après avoir acheté les cadeaux de Noël ? On a l'impression d'avoir une dette, je le sais, quand on entend les plaintes d'autrui, mais la question que je pose, c'est : à quoi bon le cœur qui saigne ? Qu'est-ce qu'on fait de toute cette pitié ? Voyons, même ma mère a connu cela : elle plaignait mon père. Isabel Archer plaignait Osmond. Je me plains ; peut-être que vous me plaignez. Je ne sais pas si ça nous rend meilleurs ou plus sages. Il se passe des luttes terribles dans le cœur, et que le cœur lui-même se refuse à admettre, quand on prend la pitié pour l'amour.

Par un jour froid et lumineux, je quittai New York pour l'Ouest, en même temps qu'une violente tempête de neige arrivait des grandes plaines et nous nous rencontrâmes le soir du premier de l'an, à l'instant où je descendis de l'avion. A cette heure, la tempête l'avait emporté : dans la rue, il y avait peu de voitures, pas de piétons, et derrière les fenêtres je voyais les gens regarder entre les rideaux, en mesurant la puissance de l'ennemi.

Je me précipitai vers la porte de l'immeuble, mais une fois dans le hall, je pris mon temps pour monter l'escalier. Il n'y avait rien pour moi dans la boîte aux lettres, et pas d'enveloppe épinglée à ma porte. Je m'attendais à entendre de l'eau couler, j'entrai dans la cuisine, j'allumai et j'aperçus quelque chose qui brillait sur l'évier. A la clef était attaché un mot, un mot écrit sur du papier à lettre rose aux bords irrégulièrement découpés :

Je t'ai trop donné. Je ne crois pas que personne puisse jamais me faire autant de mal que toi. Je ne sais pas ce que je vais faire.

C'était tout : mon autre clef et ces vingt-huit mots, où l'on ne sentait pas trop qu'elle était une fervente lectrice de Proust. Je déballai mes valises et vidai mes poches de tout le fatras pour les dents que mon père m'avait donné à l'aéroport, puis je fis le tour de mes trois pièces, je ramassai sept épingles à cheveux, un exemplaire de *Du côté de chez Swann* — avec la page sept cornée — et un tube de cirage incolore avec lequel je me souvenais que Marge cirait ses chaussures marron. Le Proust reprit sa place sur l'étagère et ce qu'elle avait laissé derrière elle, y compris son billet, passa dans la poubelle vide.

Bien sûr, ce n'était pas la fin. Je passai alors de pièce en pièce, ramassant trois autres épingles à cheveux : je devais les chercher. Si les choses s'étaient mieux passées à New York, sans doute aurais-je pris moins à cœur les accusations de Marge, mais, comme c'était toujours le cas avec mon père, nos dernières heures ensemble avaient été aussi tendues que les premières. Le dentifrice correspondait en fait à plus qu'à des considérations hygiéniques : c'était une ultime tentative pour nous rapprocher par-delà quelques milliers de kilomètres de cette vaste république. « Fais attention à tes dents, fiston », m'avait-il dit, et je l'avais regardé pour constater que le sourire qu'il affichait, comme celui de l'hôtesse de l'air, était bien superficiel. « Quand est-ce que je te revois ? pour l'anniversaire de Washington ? » Ç'avait été les derniers mots courageux et meurtriers qu'il m'avait criés lorsque j'étais monté à bord de l'avion. Voilà l'état auquel je l'avais réduit : il en était à attendre les fêtes patriotiques.

Mais ce n'était rien auprès de la veille au soir où mon père, le docteur Gruber et moi avions fêté la venue du nouvel an au théâtre. Tandis qu'à ma droite Gruber hurlait chaque fois qu'un personnage sur la scène disait : « Oh ! va te faire voir » à un autre personnage, à ma gauche, mon père pleurait. Je ne m'en aperçus qu'au milieu du dernier acte. Je glissai alors la main par-dessus le bras du fauteuil qui nous séparait jusqu'au moment où je touchai sa manche. Sous mon programme — pour éviter que Gruber ne nous vît — je lui pris la main et la tins jusqu'au moment où le rideau tomba et où on ralluma les lumières. Je me dis qu'il était impossible, je me dis que ce n'était pas chic de sa part, mais dans le noir je ne pouvais rien me dire qui pût le rendre moins malheureux.

Avec tout cela encore très frais dans ma mémoire, il me fallait maintenant affronter les derniers mots accusateurs de mon ancienne maîtresse. Pour me défendre, j'essayai de la voir sous un jour peu flatteur. Je n'eus aucun mal à l'imaginer circulant dans l'appartement en semant délibérément des épingles à cheveux. Mais l'idée qu'elle nourrissait des passions aussi mélodramatiques et qu'elle avait une fibre morale aussi souple que sa peau ne réussit qu'à amollir mon sens de la dignité qui fondait déjà. Je m'approchai de la fenêtre et je regardai un moment la neige s'amasser contre les maisons d'en face. Deux fois, je tournai autour du téléphone avant de me décider à appeler la pension de Marge pour lui expliquer, aussi calmement et précisément que je pouvais, pourquoi il valait mieux pour elle que nous cessions de nous voir.

« Miss Howells ? répondit Mr. Trumbull, le mari de la propriétaire. Ne quittez pas. » Il revint quelques instants plus tard. « Miss Howells n'habite plus ici, monsieur. » En arrière-fond, la télévision faisait beaucoup de bruit, si bien que j'avais du mal à entendre ce qu'il disait.

J'essayai d'être poli.

« Mais si, elle habite là.

— Attendez. » Quand il revint, il était catégorique : « Mais non. Elle n'habite plus ici.

— Vous voulez dire qu'elle est partie.

— Attendez. » Lorsqu'il revint, il m'annonça qu'en effet elle était partie.

« Quand ? Où est-elle allée ? demandai-je.

— Ça ne me regarde pas.

— Ecoutez, elle a laissé une adresse pour faire suivre son courrier ?

— Ecoutez vous même, dit-il ; nous ne donnons pas ce genre de renseignements personnels au téléphone. Qui est à l'appareil ? »

Après avoir raccroché, je me mis à fouiller l'appartement, mais sans rien trouver qui me fournît un indice sur l'endroit où se trouvait Marge. Avait-elle fait une fugue ? Que mijotait-elle ? Je repêchai son billet dans la poubelle. *Je ne sais pas ce que je vais faire.* J'avais tout à l'heure considéré cette déclaration comme une simple expression de sa déception ; ce n'était pas pour l'exactitude de son style que j'appréciais Marge. J'essayai alors de voir ce qu'elle était exactement et de quoi elle était capable, afin de retrouver mon calme. Mais avait-elle vraiment pu faire quelque chose de stupide comme se suicider ? Je songeai à rappeler sa pension pour essayer d'arracher Mrs. Trumbull à sa télévision et poser, à elle, des questions. J'envisageai même une seconde de téléphoner à Kenosha ou d'appeler la police. Puis je me souvins que Marge avait pris le café avec Paul Herz. J'hésitai à l'entraîner dans ce qui pourrait se révéler être un problème personnel très compliqué, mais l'inquiétude était un peu plus forte que la honte, je cherchai le numéro des Herz et le composai. Cela sonna si longtemps que je m'apprêtai à raccrocher quand Libby Herz répondit.

« Libby ? C'est Gabe Wallach.

— Mon Dieu, comment allez-vous ?

— Je vais bien. Et vous ?

— Oh, ça va.

— J'ai appris que vous étiez à l'hôpital. Vous êtes tout à fait rétablie ?

— Je suis en convalescence. » Son ton laissait entendre à quel point cela pouvait être assommant. « Comment... Comment l'avez-vous su ?

— Oh, par quelqu'un qui connaît Paul. Paul est là ?

— Il est en train de prendre un bain. Je ne devrais même pas me lever, chuchota-t-elle.

— Ça ne fait rien alors. Retournez vous coucher.

— Mais non, mais non. Le téléphone sonne, c'est ce qui est arrivé de plus passionnant ici depuis un mois. Je vais très bien.

— Ça n'est pas important, dis-je.

— Paul ne va pas tarder à sortir. Voulez-vous que je lui laisse un message ?

— Voudriez-vous... Oh, je le verrai demain. Ça ne fait rien.

— Pourquoi ne passez-vous pas ? demanda-t-elle. Vous êtes occupé ? Venez nous raconter votre séjour à New York.

— Je ne suis pas occupé. Mais si vous vous reposez...

— Justement. Je ne fais que ça. Paul va sortir de son bain dans quelques minutes. Oh, il sort en ce moment. Je ferais mieux de raccrocher. Je ne dois pas me lever, même pour faire pipi. C'est effrayant. Allons, venez donc ! »

En roulant à travers la tempête de neige, je compris combien mes craintes à propos de Marge étaient peu fondées. Elle avait sans doute pris une chambre au dortoir des étudiantes. Peut-être qu'elle faisait du ski dans le Colorado, ou qu'elle s'était installée chez une amie. Je réfléchis, en traversant le pont, que ce sont les gens sans avenir qu'on trouve enfouis sous deux pieds de neige ou sous vingt pieds d'eau glacée, et non pas les filles qui posent leurs sous-vêtements sous le radiateur, le soir, de façon à les trouver chauds le lendemain matin. Lorsque j'arrivai chez les Herz, j'avais presque oublié la raison de ma visite. Mais pendant que j'attendais à la porte, le vent me souffla une poignée de neige dans le col de mon manteau ; je fermai les yeux en priant le ciel que, quel que fût l'endroit où Marge avait décidé d'emmener son cœur brisé, il y fît chaud et douillet. Paul Herz vint m'ouvrir la porte, il avait son manteau de mendiant et sa serviette sous le bras. « Libby est dans la chambre, fit-il.

— Vous sortez ?

— Vous faites entrer le froid, dit-il en me regardant avec une amabilité qui ne fit que m'intriguer davantage. Rentrez.

— Vous sortez ? » demandai-je en entrant.

Il brandit sa serviette.

« J'ai malheureusement du travail. » Il me contourna et

franchit le seuil. « Bonsoir, dit-il, enchanté de vous avoir vu. » Il enfouit sa tête dans son col et s'éloigna, les pans de son manteau se balançant dans l'allée comme une cloche.

« Je peux vous déposer quelque part ? » lui criai-je.

Herz se retourna, mais continua à marcher à reculons ; la neige s'amassait déjà sur ses épaules.

« Vous feriez mieux de fermer la porte, fit-il.

— Gabe ? appela Libby du fond du petit appartement.

— Oui ?

— Vous pourriez fermer la porte ? Ça fait un courant d'air. »

Je suivais toujours son mari des yeux. J'aurais voulu lui crier de revenir : je voulais lui demander pourquoi il partait.

« Je suis dans la chambre », m'expliqua Libby.

Herz s'éloigna sous la neige et il ne tarda pas à disparaître.

Libby était assise dans son lit, appuyée sur deux oreillers, les genoux repliés sous les couvertures. C'était un lit de fer peint de couleur argent et qui faisait un peu hôpital. La chambre était sommairement meublée. Une lampe à pied projetait une soucoupe de lumière sur le plafond taché par les infiltrations ; c'était un éclairage insuffisant pour lire mais flatteur pour la malade. Du seuil de la pièce, Libby, dans cette pénombre, n'avait pas un air plus ravagé que quand je l'avais rencontrée au supermarché au début de décembre ; l'écharpe d'homme jetée par-dessus son chandail de shetland vert lui donnait même un air un peu insolent. Ce fut seulement après avoir approché du lit un fauteuil d'osier craquant, le seul siège de la chambre, que je vis ce que la fièvre lui avait fait. Elle avait perdu de son bel éclat ; la fatigue avait altéré les creux, les courbes, le délicat modelé de son visage. Et quand elle parlait, sa voix était comme ses traits : sans vigueur. Elle avait des élans, comme au téléphone, mais rien de durable, rien qui fût le signe d'une volonté forte et de sentiments solides. Elle était sans énergie, et cela la rendait presque sans douceur. Mais peut-être était-elle simplement nerveuse : en tout cas, je l'étais. Que signifiait donc le départ de Herz ? Je me rappelai le jour où il avait refusé ma voiture et, après toutes ces semaines passées, il m'agaçait de nouveau. Je me voyais comme un pion dans une nouvelle querelle domestique.

« Je regrette que Paul n'ait pas pu rester quelques minutes, dis-je.

— Je lui ai expliqué que vous vouliez lui demander quelque chose. Il m'a répondu qu'il allait revenir. Votre arrivée lui a permis de sortir. J'ai été hospitalisée la veille de Noël. Il est debout vingt-quatre sur vingt-quatre depuis.

— Où devait-il aller ? Il y a une tempête de neige.

— Travailler. A son bureau.

— Il ne peut pas travailler dans le living-room ?

— On bavarderait. Il serait distrait. Ça fait des semaines qu'il n'a pas écrit, vous comprenez. Il... Oh, j'ai été malade et tout cela... Tout ça a bouleversé son emploi du temps. Il va bientôt revenir. » Elle rougit et détourna les yeux.

Cela ne me paraissait absolument pas une explication satisfaisante du comportement de Herz — ni de ma réaction — mais j'acquiesçai.

« Ça n'a pas été facile pour lui, dit Libby.

— Ça n'a probablement pas été facile pour vous, répondis-je.

— Je ne sais pas. Je pense que c'est peut-être plus facile parfois d'être malade.

— Plus facile que quoi ? »

De toute évidence, elle regrettait maintenant d'avoir dit cela. Quand Libby regrettait quelque chose, on le voyait tout de suite.

« Oh... Que d'être bien portant. » Elle prit une profonde inspiration et se cala contre ses oreillers. « Je me plains trop. Mon développement a dû s'arrêter à un moment quelconque. J'ai vingt-deux ans ; je devrais être assez grande pour ne pas tout le temps attendre quelque chose. Je devrais m'habituer. » Elle avait l'air de prendre des résolutions devant moi. « C'est Paul qui devrait se plaindre, dit-elle.

— Oh, il ne se plaint pas ? »

Elle me regarda avec une réelle surprise. Je regrettai aussitôt de m'être montré aussi sceptique à propos de son mari ; cela ne faisait qu'accroître son malaise.

« Je crois que son attitude devant la vie est plus saine, dit-elle vaguement. Etant donné la situation.

— Bah, dis-je en souriant, vous avez sans doute des raisons de vous plaindre. »

Elle secoua la tête, défendant son mari en se condamnant.

Je redis : « Bah » et je regardai par-dessus sa tête la reproduction d'un Utrillo assez banal. Je l'examinai pendant qu'elle mettait de l'ordre dans ses pensées. Ce tableau m'encourageait à en faire autant, car il me faisait soudain prendre conscience du fait que Libby Herz et Paul Herz étaient mariés. Au milieu de tout ce mobilier fonctionnel et hétéroclite (le fauteuil d'osier avait sûrement dû être acheté chez un brocanteur d'Iowa) lui seul semblait avoir été vraiment choisi. Ensemble ils l'avaient accroché au-dessus du lit qu'ils partageaient.

« A quoi travaille Paul ? demandai-je, en essayant d'avoir l'air de m'intéresser aux efforts de l'homme qui était son mari.

— A un roman. Il en écrit un pour son diplôme. Au lieu d'une thèse.

— Comment ça marche ?

— Bien, très bien, dit-elle. Comme je vous disais... C'est surtout une question de temps. Vous comprenez, c'est pour ça que je me suis mise à travailler, pour qu'il ait un peu de temps. Et ça fait presque trois semaines que je ne suis pas allée à ce fichu bureau.

— Vous serez bientôt sur pied. L'épidémie de grippe est finie.

— Oh, oui, je sais. » La rapidité avec laquelle elle répondit m'indiquait qu'elle ne voulait pas me laisser croire qu'à son avis elle ne méritait pas d'avoir la grippe. Ce qui rendait la conversation avec elle presque impossible, c'était cet incroyable mouvement de pendule, la facilité avec laquelle elle oscillait entre se surestimer et se sous-estimer. Je me rendis compte que, puisque je n'avais pas de question à poser à Herz, j'aurais dû rentrer. Ce n'était pas une maison où on venait comme ça, sans but précis.

« C'est vraiment une ironie du sort, me disait Libby. Quand j'étais étudiante, j'aurais pu être hospitalisée gratuitement. Mais j'ai abandonné mes études pour que nous puissions de nouveau toucher l'allocation, et là-dessus je suis tombée malade et ça a déjà coûté plus que ce que nous avons récupéré. Vous savez, ça n'est pas la grippe, expliqua-t-elle. Ils ne savent pas ce que c'est, mais je ne pense pas que ce soit la grippe. C'est vraiment... C'est vraiment une ironie du sort. Enfin, pour moi. Paul, lui, n'appelle pas ça comme ça. » Elle reprit d'un ton un peu incrédule. « Il dit que c'est la vie.

— Oh, dis-je, comme elle attendait ma réaction, ce doit être normal pour les gens de s'attendre à quelques ennuis.

— Oh, je sais, fit-elle en m'interrompant. Je ne suis pas si bête que ça. Je sais que les gens tombent malades. Il vaut mieux avoir à lutter quand on est jeune, je crois, que quand on est vieux, ajouta-t-elle, tombant dans les platitudes. Je m'attends à des ennuis, bien sûr, mais... Mais c'est une si drôle de maladie, vous comprenez ? Qu'est-ce que j'ai donc ? C'est peut-être psychosomatique... Enfin il y a toujours cette possibilité. On pense à n'importe quoi quand ils ne sont pas capables de faire un diagnostic. On pense, on se dit que Paul a besoin d'écrire... Alors je tombe malade. Vous ne croyez pas que peut-être je ne veux pas qu'il écrive ? Ça vous paraît une explication ?

— Non. Ça vous en paraît une ?

— Ma foi, si c'est mon inconscient, comment voulez-vous que je sache ? Est-ce que je vous donne l'impression de renoncer ? Parce que je ne renonce pas. En tout cas, je ne crois pas. Pas consciemment, en tout cas. Mais voilà que j'attrape cette saleté et qu'ils n'arrivent pas à poser un diagnostic. Avec tout ce sang que j'ai laissé là-bas, toute cette urine... On croirait qu'ils pourraient trouver quelque chose.

— Peut-être que vous êtes anémique. Peut-être que vous vous nourrissez mal. Peut-être que c'est l'Iowa. Ça arrive à tout le monde de tomber malade à un moment sans savoir pourquoi. Mon âme est la dernière chose dont je m'inquiéterais.

— Vous cherchez à me consoler.

— Et vous, vous cherchez le contraire.

— Vous avez vraiment été très gentil avec nous, dit-elle. Paul y est sensible... »

Je ne crois pas que j'aurais été capable de ne pas manifester de nouveau mon scepticisme.

« ... Sans doute plus que vous ne croyez, conclut-elle.

— Ah oui. » J'eus beau ne poser aucune question, elle se mit à y répondre quand même.

« Vous comprenez, fit-elle, s'il se montrait reconnaissant... Mais il n'en est pas capable. Pas maintenant. »

Je lui dis que je comprenais.

« Il ne veut pas avoir l'air d'être dans le besoin. Il ne croit pas y être. Vous comprenez, j'ai toujours eu la vie si facile. Je n'ai jamais rien eu à payer. J'avais des tas de frères et sœurs, tout le monde s'occupait de moi... Tandis que Paul, eh bien, Paul a toujours dû travailler. Ce n'est pas si terrible quand on a eu des choses et qu'il faut y renoncer. Ça vaut mieux que de faire des sacrifices au début et que de continuer à en faire ensuite. Ce qu'il y a de pire dans la pauvreté, c'est d'être aussi assommante. Il... Il doit renoncer à tant de choses. » Elle s'interrompit pour arranger sa couverture ; lorsqu'elle poursuivit, le sacrifice de Paul dont elle me parla ne me parut pas être celui auquel elle pensait un instant plus tôt. « Il était fils unique et très attaché à sa famille, ils ont vraiment été monstrueux. Vous savez ce que c'est qu'un *mikvah ?* Un bain rituel. Eh bien, j'en ai pris un. Le rabbin d'Ann Arbor m'a emmenée à la piscine et j'ai pris ce *mikvah* dans mon vieux maillot bleu Jantzen. Et ses parents continuent à ne pas vouloir lui parler quand il appelle. On téléphone et ils raccrochent. Je les tuerais. Je voudrais vraiment prendre un couteau et les poignarder.

— Ça n'a pas l'air très agréable.

— Ça ne l'est pas. »

Pour la calmer, je me lançai de nouveau dans les généralités. « Tous les gens ont des ennuis avec leur famille, dis-je.

— Je sais. Mais quelquefois ce genre de choses finit par vous avoir. Si Paul avait d'autres parents. Oh, c'est idiot. »

Mais un instant plus tard, elle repartit.

« Quand... Quand j'ai lu la lettre de votre mère... C'est mal élevé ? demanda-t-elle en rougissant. Je l'ai lue, Gabe, j'ai vu que c'était une femme intelligente et j'ai pensé : Oh, quel soulagement si les parents de Paul pouvaient être un peu comme ça. Je ne pensais pas qu'on puisse agir comme ils l'ont fait. Je croyais que ce serait passionnant d'avoir une belle-famille juive. J'étais toute prête à être... Enfin, bon sang, j'ai pris ce *mikvah* en maillot de bain, qu'est-ce que je pouvais faire d'autre ? Mais eux, ils ne veulent pas être heureux. Ils veulent se sentir misérables, c'est ça qui leur fait plaisir. Ça ne fait le bonheur de personne.

— Ma mère, fis-je, dans un dernier effort pour la

ragaillardir, ma mère ne vous aurait peut-être pas été d'un grand secours, vous savez. C'était une femme très volontaire.

— Elle était intelligente.

— Je dis simplement qu'elle n'était pas moins ferme dans ses opinions que semblent l'être les Herz.

— Ah oui ? fit Libby. Mais imaginez que vous ayez épousé une chrétienne. Vous êtes Juif, n'est-ce pas ?

— Oui, mais je ne crois pas que cela aurait rien changé pour elle.

— Ah, vous voyez... »

Ce que je voyais ne me plaisait pas. Je faisais semblant de rétablir la vérité à propos de ma mère tout en m'efforçant d'étouffer le regret qui semblait l'avoir traversée d'avoir épousé Paul et non pas moi !

« Ecoutez, Libby, vous avez lu la lettre. Ma mère était une femme dont les sympathies comme les antipathies étaient fortes. Il y a beaucoup de choses qu'elle ne supportait pas. Mais le fait d'épouser une chrétienne n'en faisait pas partie.

— Eh bien, pour les Herz, ça compte. »

Cette remarque me déplut. J'éprouvais un véritable sentiment de compassion pour Paul Herz depuis cette soirée sur l'auroute où Libby s'était conduite de façon si désagréable.

« Et les DeWitt ? demandai-je.

— Je me fiche bien d'eux. Tous autant qu'ils sont ! »

C'était une remarque énergique, et courageuse surtout parce que c'était un mensonge si flagrant. Libby se pencha vers la table d'osier — encore un meuble de véranda — pour prendre un comprimé. Lorsqu'elle se retourna vers moi, elle avait un air presque suppliant.

« Paul est mon mari, dit-elle. Je le préfère à eux. Il le faut. Mais Paul... » Je dus attendre longtemps avant qu'elle se décidât à terminer ce qu'elle avait commencé, peut-être à savoir comment terminer. « Paul, dit-elle enfin, était très attaché à sa famille. Je veux dire qu'il a besoin de nous tous... Il aimerait que nous soyons tous unis. »

Je ne pouvais rien dire d'autre que : « C'est dommage qu'il ne puisse pas avoir ça. »

Elle leva vers moi un regard reconnaissant.

« Oui.

— Vous devriez peut-être songer à avoir des amis à vous.

— Oh, non ! »

J'avais dû aller trop loin, mais ça m'était égal. J'étais au bord de l'exaspération quand, baissant les yeux et tripotant l'ourlet de la couverture, Libby ajouta :

« J'ai fait une fausse couche à Detroit. »

Je n'arrivai pas à la croire. Il n'y avait pas de puissant front comme ça, pas de tempêtes aussi implacables ; même les rocs les plus redoutables ont des plaques de verdure et non pas simplement des insectes. J'étais persuadé maintenant que c'était une menteuse et une folle. Je lui dis pourtant que j'étais navré de l'apprendre.

« Pas nous, répondit-elle d'un ton glacial. Nous... Nous ne voulons pas d'enfant maintenant. Nous ne voulions pas de celui-là, d'ailleurs. Il a fallu que j'aille à l'hôpital... Mais ça m'a vraiment rendu heureuse. C'était une erreur, vous comprenez... Nous... Je... Oh, je ne sais pas ce que je veux ! » Du bout des doigts, elle dissimulait ses larmes. « C'est moi qui me suis mise dans cette situation », dit-elle. Elle s'essuya le visage avec son écharpe, puis chercha un mouchoir sous l'oreille. « Nous ne voulons pas d'enfant maintenant, voilà tout. Comment pourrions-nous nous en permettre ? Nous ne pouvons même pas prendre le risque d'en avoir. »

Ses mains blanches et son mouchoir s'agitèrent autour de son visage et juste au moment où j'espérais qu'elle était au bord de se maîtriser, voilà qu'elle retomba. On ne voyait plus que sa bouche dans le bas de son visage et elle tremblait, tremblait de tout son corps.

Je ne me levai pas, je ne me penchai pas. Mon instinct pourtant me poussait à bouger, dans un sens ou dans un autre. Cette fille n'était pas folle, ça n'était pas une menteuse, et cette révélation m'inspirait un désespoir que je sentais presque dans tous mes membres. Je ne pouvais tout de même pas rester là, à être témoin des malheurs de Libby Herz.

« Je vous en prie, dis-je, je vous en prie, Libby... Essayez de vous détendre. Libby, vous êtes malade, vous êtes un peu nerveuse... Libby, vous faisiez vos études, vous étiez occupée, vous ne vouliez pas d'enfant à ce moment-là. Il y aura toujours...

— Je n'en veux pas maintenant ! Je veux simplement qu'il couche avec moi ! Oh, c'est tout ! » Elle se retourna brusquement vers le mur, en passant la couverture par-dessus sa tête. Lorsqu'elle reprit la parole, ce fut d'une voix si essoufflée par l'humiliation que c'était à peine si je l'entendais. « J'ai exagéré. Nous avons seulement l'impression... Nous pensons qu'il faut être très prudents. Nous... Pourriez-vous me donner un verre d'eau fraîche ? »

Je pris son verre plein que j'allai vider dans l'évier de la cuisine, puis je laissai l'eau couler longtemps. La petite cuisine n'était rien de plus que le fond du living-room. Au-dessus de l'évier, il y avait une petite fenêtre, et je m'aperçus que dehors la tempête s'était considérablement calmée ; il neigeait simplement maintenant. Dans la rue, quelqu'un avide d'exercice avait déjà commencé à gratter les trottoirs avec une pelle, et le bruit du métal qui raclait le ciment montait jusqu'à l'appartement des Herz.

Quand je revins dans la chambre, Libby était assise sur son lit comme je l'avais trouvée en entrant. Seulement maintenant, elle paraissait beaucoup plus complètement victime de sa maladie inconnue.

« J'y suis arrivée, dit-elle.

— A quoi ? demandai-je sur le pas de la porte.

— A tout dire à quelqu'un. »

Je m'approchai et lui tendis le verre. Elle ne bus qu'une gorgée, puis me le rendit. Je sentis à la fois sur ma main le contact du verre frais et de ses doigts. Je m'assis au bord du lit et nous nous embrassâmes sans trop d'histoires. Nous nous serrâmes l'un contre l'autre ensuite, mais seulement une seconde.

« Je pense que ça va aller », dit-elle.

Je me levai et j'allai me rasseoir, très droit, dans le fauteuil d'osier.

« Ça va aller, répéta-t-elle. Vous n'avez pas besoin de rester jusqu'au retour de Paul. » Elle avait un certain mal à prononcer le nom de son mari.

« Je crois que j'aimerais mieux rester, dis-je.

— Mais ça m'est égal d'être seule.

— Je vous assure que je peux rester.

— Je ne voudrais surtout pas que vous croyiez que j'attends quelque chose.

— Je ne crois pas que vous attendiez quoi que ce soit ! répondis-je. Mon Dieu, Libby. »

Elle porta les mains à son visage, ses doigts l'effleurant à peine, comme si les os sous la peau étaient tendres et fragiles.

« Je vous ai arraché ça aussi », fit-elle.

A la suite de notre baiser, je m'étais trouvé en proie à divers sentiments contradictoires dont je ne parvenais à identifier clairement aucun. Ce n'était pas tant des sentiments, d'ailleurs, que de la sentimentalité : des sentiments forts, sans objet particulier. Et maintenant tout ce que j'éprouvais se ramenait à de la colère.

« Ecoutez, vous n'avez rien eu à arracher à personne. J'ai fait ce que je voulais faire. Cessez de vous sentir coupable de tout, voulez-vous ? Je ne vous crois même pas.

Vous aviez envie de m'embrasser, j'en avais envie aussi. A vrai dire, j'étais très content jusqu'au moment où vous avez commencé à parler. Je ne vais pas partir comme un voleur maintenant, Libby, je ne vais pas sortir par la fenêtre de votre chambre. Je vais attendre le retour de Paul... » Pour bref et simple qu'il fût, j'avais un certain mal, moi aussi, à prononcer son nom. « D'ailleurs, je suis venu ici lui demander quelque chose. » J'eus un certain mal sur le moment à me rappeler ce que c'était.

« Pardonnez-moi, dit-elle humblement. Vous avez raison. »

Assis tout droit dans mon fauteuil d'osier, je ne parvenais pas à regarder autre chose que la reproduction d'Utrillo. Je constatai qu'ils avaient utilisé des punaises pour fixer les deux coins supérieurs au mur, et deux cellophanes adhésives pour fixer le bas.

« Je suis quelque chose, murmura Libby.

— Reposez-vous donc. Pourquoi n'essayez-vous pas de dormir ?

— C'est une bonne idée... Oh, Gabe, qu'est-ce que je suis ? Est-ce que je suis épouvantable ou est-ce que je suis folle.

— Dormez. »

Elle tourna la tête sur l'oreiller, ferma les yeux et essaya pendant trente secondes de suivre mes conseils. Puis ses yeux s'ouvrirent.

« Excusez-moi, mais je ne crois pas que je puisse dormir quand vous êtes assis là.

— Je vais m'installer dans l'autre pièce.

— Ce sera peut-être plus facile », dit-elle.

Je me levai, je me dirigeai vers la porte, et, derrière moi, je l'entendis murmurer :

« Ça va très bien, vous savez. Je veux dire que vous pourriez rentrer chez vous.

— Ce n'était qu'un baiser, Libby, dis-je en me retournant vers elle.

— Quand même », dit-elle, en me regardant d'un air désespéré.

Alors, comme elle, je me sentis honteux à l'idée que nous nous étions montrés aussi inconscients que Paul Herz nous avait donné l'occasion de l'être. Je sortis de sa chambre et je trouvai dans la cuisine mon exemplaire de *Portrait of a Lady*. Je m'en allai, en me disant que je n'avais rien à faire dans la vie de ces gens et que je ne reviendrais pas, même s'ils me le demandaient. Je montai dans ma voiture et démarrai et, au moment où je prenais lentement le premier coin de rue, je vis Herz qui rentrait chez lui en pataugeant dans la neige. Il n'était pas plus innocent qu'aucun de nous, pas plus brave, et pourtant c'était le mari de Libby, l'envie me prit d'arrêter la voiture et de lui avouer que j'avais serré sa femme dans mes bras... Et que c'était comme si je lui avais dit que son mari lui faisait une fichue existence. Ce qui était peut-être vrai.

Je passai devant des tas de neige et contournai prudemment des voitures enlisées, j'entendais les arbres craquer sous le poids de la tempête. Je ne tardai pas à m'inquiéter de nouveau du sort de Marge Howells. J'aurais dû m'arrêter pour interroger Herz... Mais en quoi cela me regardait-il encore ? Si Marge Howells voulait s'en aller, qu'elle s'en aille ! Mon père voulait faire la gueule, qu'il la fasse ! Si Libby Herz voulait pleurer, qu'elle pleure !

Quand j'eus franchi le pont, je tournai dans Dubuque Street et je dus ralentir parce qu'il y avait eu un accident. Une voiture de police, une ambulance et une demi-douzaine de personnes étaient rassemblées sous le lampadaire. Il y avait également une dépanneuse, dont je reconnus le chauffeur, et plus loin, sur la chaussée glacée, j'aperçus une civière. Je m'apprêtai à contourner la voiture de police et à tourner au carrefour suivant quand je vis que sur la civière il y avait une couverture et, sous la couverture, quelqu'un. J'arrêtai ma voiture, je descendis, et je me dirigeai tout droit vers le centre de l'attroupement. Les policiers durent croire que j'étais un ami ou un parent qu'on avait fait venir, car ils s'écartèrent tous les deux pour me laisser passer. Ce que je vis me surprit. Le visage qui émergeait de la couverture n'appartenait à personne de connaissance.

III

14 décembre 1955
Reading, Pennsylvanie.

Cher Gabe,

J'ai eu tellement de mal ces temps-ci à correspondre avec de vieux amis et cela fait si longtemps que Paul ou moi avons eu de vos nouvelles que je me suis dit que j'allais vous écrire. Quand j'en ai parlé à Paul, il a pensé que ce serait une bonne idée et il tient à ce que je vous envoie ses bons souhaits. Il se débrouille bien dans sa section, bien que les étudiants ne soient pas du niveau qu'on pourrait souhaiter. Le roman avance, malgré les interruptions, les distractions, et ces perpétuels devoirs à corriger. Nous espérons cependant qu'il pourra le finir pour la fin de l'année, passer son diplôme et peut-être aller alors dans un collège un peu plus loin de la région minière. Il y a encore l'allemand à passer, mais il s'y met et avec un peu de temps il arrivera probablement à le passer sans mal. J'avais un excellent job, et puis il y a quelques mois j'ai recommencé à avoir de la fièvre et je me suis finalement retrouvée à l'hôpital. Il paraît que j'ai des troubles rénaux, mais maintenant qu'on a fait le diagnostic, on m'a donné les médicaments qu'il fallait, je suis sortie de l'hôpital et je me sens beaucoup mieux. J'ai beaucoup de loisirs et j'ai même essayé d'écrire une nouvelle — qui était épouvantable — mais j'ai pu lire aussi des volumes et des volumes. J'ai fini par tomber sur Les Ailes de la Colombe, *qui est, je crois, le meilleur roman de James. Est-ce que ce n'est pas sur ce livre que vous avez fait votre dissertation de diplôme ? Kate Croy m'a tellement plu : ça révèle peut-être des choses terribles sur mon caractère ? A part le fait que j'ai failli mourir — c'est vrai et je le répète surtout parce que c'est follement romanesque — ce qui m'est arrivé de plus passionnant depuis six mois, c'est que nous avons fait la connaissance d'un célèbre poète. Par je ne sais quel hasard, D. est venu à l'université lire ses poèmes. (Il avait été invité par le chef de la section de lettres — le seul homme dans l'Etat de Pennsylvanie qui lise un peu de* Faerie Queene *au lit tous les soirs — et il a sans doute cru que c'était un autre collège, parce qu'il est arrivé ici.) Il était plus vieux que je ne croyais, mais je me suis consolée en constatant qu'il était mince, qu'il avait la peau ferme et une allure jeune. Il m'a l'air d'être tout ce que ses poèmes indiquent. Après une soirée de lecture à la chapelle, D. et sa femme ont été reçus par le chef de la section de lettres. Tous les gens du département étaient invités, ainsi que d'autres personnalités plus ou moins importantes, et j'ai donc pu le voir et l'entendre dans des circonstances moins officielles. J'avais préparé un petit speech que j'avais appris par cœur, mais je me suis trouvée trop intimidée pour rien lui dire et je me suis contentée de le dévisager. Je n'ai pas été déçue du tout. D. et sa très jolie femme sont tout ce qui vous plairait : gentils, silencieux par timidité et non pas par orgueil, profondément amoureux l'un de l'autre (je l'ai deviné, bien sûr), et naturellement très intelligents. En les voyant ensemble, je pensais tout le temps qu'ils devaient être heureux, et je l'aimais, elle, d'être la femme qui inspirait tous ces poèmes conjugaux... La soirée a continué, avec des gens qui buvaient nerveusement, qui parlaient nerveusement, les plus jeunes d'entre nous mal à l'aise et nous cramponnant aux gens que nous connaissions. Au bout d'un moment, encouragée par le scotch bien sûr, j'ai suivi D. dans une autre pièce, je me suis assise sur un long divan en face de lui, et j'ai regardé, j'ai écouté la conversation qui n'allait jamais très loin dans aucun domaine (poésie comprise), j'étais tout animée par le scotch, par la fièvre, et aussi par la robe rouge neuve que j'avais : deux dollars par semaine à économiser sur mon salaire dans le service du doyen, mais une belle robe. Avec tout ça, j'avais beau ne pas dire grand-chose, je ne passais pas précisément inaperçue. Bref, le doyen est venu dire bonsoir à D. et m'a aperçue assise là et il a dit : « Vous connaissez ma secrétaire ? » et comme je traversais ce long salon pour dire bonjour (enfin), D. répondit : « Pas officiellement, mais nous nous sommes dévisagés toute la soirée. » Tout le monde a éclaté de rire et j'ai dit d'une voix trop basse que j'étais enchantée de faire sa connaissance et puis Dieu merci le doyen a présenté notre poète Charley Regan (publié dans les revues les plus obscures) et j'ai battu en retraite jusqu'à mon divan. Ensuite, après un moment de confusion, D. et sa femme ont décidé de partir — toute cette soirée a dû être terrible pour eux — et je les ai suivis de nouveau, en les dévisageant et je suis restée avec les autres à leur faire de grands gestes d'adieu. Et j'avais désespérément envie de lui dire quelque chose, quand il m'a remarquée ; il a dit « oh » et il est revenu, il s'est approché de moi, il m'a pris la main et puis il m'a embrassée sur le front en disant quelque chose, mais je ne sais pas quoi, tant j'étais abasourdie. Et puis j'ai dit : « Merci pour vos poèmes » et il avait l'air ravi, il s'est incliné pour me remercier et il est parti. J'étais littéralement aux anges ; je n'ai jamais de ma vie éprouvé un sentiment pareil. Il m'a semblé sur le moment que tout cela était très symbolique, et pourtant je me rendais compte qu'il me trouvait une charmante petite idiote amoureuse de l'idée d'un poète. En relisant tout cela, je m'aperçois que c'est exactement l'impression que ça donne, que tout cela n'est que miel et rose. Mais je ne peux pas écrire autre chose, parce que c'est la vérité. Et j'étais très heureuse. J'ai hâte maintenant de me lever et de sortir et même de retrouver les classeurs du bureau du doyen, alors vous voyez que je dois être en bonne forme pour être aussi impatiente. J'ai écrit des lettres à des dizaines de gens et, comme vous nous avez aidés il y a si longtemps, quand nous étions tous les deux en pleine dépression, j'ai pensé que ce serait gentil de vous écrire. Ce qu'il y a de triste dans la vie, c'est qu'on ne voit pas ses amis et qu'on se laisse séparer par de petites choses, et au bout d'un moment on se dit que même des vœux ne signifient rien. Je sais que Paul tient à vous adresser ses meilleurs souhaits, nous espérons tous les deux que vous êtes content de votre vie à Chicago et de votre travail à l'université. Cela m'a l'air d'une merveilleuse occasion pour vous, et ça nous intéresserait bien sûr de savoir comment ça va et si vous aimez enseigner là-bas. Il est temps que je prenne un de mes comprimés : ils sont gros comme des cailloux et aussi coûteux que des pierres précieuses, alors je termine cette lettre…*

Bien à vous,
Libby.

Je ne répondis pas.

IV

Cependant par un triste après-midi de la fin octobre 1956, j'étais à l'aéroport de Midway, et j'attendais un avion qui arrivait de l'Est. Dans ce ciel gris et nuageux, je ne savais pas exactement quel était le bon avion, puis j'en vis un au-dessus de moi faire une embardée sur le côté, trembler en l'air un moment, et je me dis que ce devait être celui-là que j'attendais. D'autres appareils atterrissaient, en décrivant de magnifiques trajectoires, pendant que celui-là tournait et tournait en rond. Je regardai le train d'atterrissage, j'observai les ailes, je repérai un petit nuage de fumée un peu inquiétante qui sortait de la queue. L'appareil fit plusieurs cercles inquiets, puis descendit en rugissant, son nez pointant vers le panonceau Shell sur la route de l'aéroport. Je fermai les yeux et j'attendis. Quand je les rouvris, je constatai qu'il avait évité le panonceau et qu'il était immobile, masse colossale et intacte sur la piste.

Lorsque la plupart des passagers eurent débarqué, je vis un couple brun l'air mal nourri qui passait la tête par la porte. La femme était enveloppée dans un manteau et portait un chapeau noir dont l'ombre lui masquait le visage. L'homme avait un costume serré à la taille comme c'était la mode en 1928. Il portait une machine à écrire et une serviette ; la femme tenait dans ses bras deux sacs en papier. Ils se murmurèrent quelque chose, puis regardèrent de nouveau le morne spectacle géologique qu'offrait le comté de Cook, Illinois. Ils auraient tout aussi bien pu avoir quitté quelque étouffante république d'Amérique latine quelques heures seulement avant la chute du régime. Je les appelai à plusieurs reprises et je dus finir par me précipiter sur le terrain en criant leur nom. Ce fut seulement alors, au-dessus de leurs paquets et de leurs affaires, que je vis Paul et Libby sourire.

Les croquis de personnages qui suivent peuvent aider à expliquer la réapparition des Herz dans ma vie.
John Spigliano.

Président du Comité des Humanités II, mon patron, à une époque étudiant avec moi à Harvard. Il a la réputation aujourd'hui d'être un des jeunes gens les plus raisonnables et les plus érudits de notre groupe. Aux réunions du comité, John explique les textes avec la compréhension la plus habile. Les phrases de Gibbon deviennent plus longues — explique John en gravant sur le tableau noir des graphiques et des courbes — lorsqu'il évoque les avant-postes éloignés de l'empire, et plus brèves lorsqu'il revient à la Cité Impériale elle-même. « Je crois que nous devrions bien montrer aux étudiants, dit John, après avoir comparé le nombre d'épithètes dans un paragraphe et dans le suivant, comment Gibbon rend sensible aux lecteurs la géographie de l'événement grâce à la géographie, si l'on peut dire, de la prose. »

Si on peut dire, mon cul. Spigliano fait partie de cette grande horde de jeunes anagrammistes et répandeurs de fumier qui, trouvant bien plus d'ambiguïté dans les lettres que dans leurs propres vies ambiguës, franchissent chaque année les portes des salles de cours pour venir mettre le siège devant les esprits des jeunes, leur révélant Zoroastre chez Sam Clemens et des phallus cachés dans les vers de nos plus timides poétesses. La structure et la forme sont deux mots qui passent ses lèvres aussi souvent que celles d'un fabricant de corsets du West Side de New York. Il est très maniaque aussi à propos des langues, car il en connaît six, ou seize. Quand quelques syllabes d'une autre langue ont été empruntées et absorbées par la nôtre, John révèle avec la plus stricte loyauté la provenance du mot. Il ne va pas, par exemple, au théâtre qui joue : il va au Bijou. Il n'y a que Don Quichotte qu'il prononce Quixote, à l'anglaise, et il a dû apprendre cela à Cambridge où, étant né pauvre et Italien, il éprouvait la nécessité de suivre un peu la mode. A une soirée que sa femme et lui donnent une fois par an, John danse une sorte de gigue paysanne que ses parents ont importée avec eux de la pointe sud des Abruzzes. Il est un peu ivre à ce moment-là et après cela, ceux d'entre nous qui ne peuvent pas le sentir se rassemblent, un peu ivres eux aussi, en disant que John au fond n'est pas un si mauvais type. Mais il est assommant pour ses collègues plus négligents, car il écrit, comme il vous le dira, un article par mois et publie à une cadence pathologique. Etant enfant, il a eu une éducation catholique et, bien qu'il ait maintenant renoncé à tout cela, il éprouve sans doute le besoin de tout gagner, loyer compris, pour l'éternité. Je ne peux pas croire que toute cette ambition soit pour cette vie seulement.

John n'est que depuis peu de temps le président de notre section. Le 12 octobre 1956, Edna Auerbach a été attaquée et rossée dans S. Maryland Avenue et contrainte de donner sa démission tout à la fois de président et de professeur. A trente et un ans, John a été désigné par le doyen pour être le père de dix membres de la section (c'est un petit département : nous faisons tous les cours d'anglais de première année et une classe d'humanités en plus), une secrétaire un peu folle et deux machines à ronéotyper. Ce n'est pas parce que les raisins sont trop verts, mais on peut dire que c'est un poste assez difficile que personne d'autre ne briguait particulièrement. Mais pour John, ce n'est pas la peine qu'il y ait un rapport étroit entre la tâche à accomplir et l'avancement. Si l'échelon suivant consistait à balayer les latrines de Cobb Hall, John Spigliano n'aurait sans doute pas refusé l'avancement sans y regarder à deux fois. Ce n'est pas pour rien qu'on le considérait comme un jeune homme raisonnable.

Le 18 octobre, après avoir cherché toute une semaine pour reprendre les cours d'Edna, John me demanda si je connaissais quelqu'un qu'il pourrait avoir tout de suite. Ses préférences, me dit-il confidentiellement, allaient à un ancien élève de Harvard.

Pat Spigliano.

Ils se méritaient. A ses soirées au cours desquelles son Johnny se laissait aller à danser pour nous, Mrs. Spigliano se pavanait dans sa robe de taffetas, farouchement Jeune Mère Américaine et — assez tôt — farouchement la femme du président. A une soirée chez les Spigliano, on avait, semblait-il, prévu d'avance tous les hasards. Au-dessus de la porte de la pièce où on devait déposer les manteaux, se trouvait une pancarte destinée à accueillir le premier invité : *Manteaux ici.* Au-dessus de la table où l'on prenait un coktail assez délavé, une autre pancarte annonçait de façon un peu trompeuse : *Et à boire ici.* Et c'était signé : P et J. Même les petits sandwichs de Pat devaient être préparés le matin et mis au réfrigérateur si bien que le soir, le pain, je m'en souviens, était particulièrement mou. Souvent la dent devait faire son premier trajet pâteux dans un sandwich au Liverwurst, tandis que Pat, auprès de vous, attendait. Oh, disions-nous tous d'une voix à peine audible, comment Pat réussit-elle à avoir un air aussi frais, et nous nous posions exactement la question opposée à propos de la laitue. Elle reste si mince, ajoutions-nous — car, semblait-il, elle ne bougeait pas avant d'avoir entendu quelques propos de ce genre — et si jeune. « Oh, je suis mince, avoue Pat en tripotant les boutons de son corsage comme si c'était des récompenses pour sa vertu, parce que je m'agite tout le temps. » Onze différentes tirelires budgétaires posées sur le buffet de sa cuisine donnaient à penser que ce qui l'occupait le plus souvent, c'était de répartir le plaisir à sa famille. Un morceau de sparadrap collé sur l'une des tirelires annonçait :

JOHN
Tabac, publications universitaires,
talc pour les pieds.

Le soir où je tombai sur eux alors qu'ils dînaient au club de la faculté, Pat venait de trouver un nouvel appartement à Woodlawn, où la famille devait emménager la semaine suivante. Après le dîner, ils m'invitèrent à prendre un verre à leur table pour célébrer leur bonne fortune. « Nous sommes si heureux de quitter Maryland Avenue, me dit Pat, surtout après ce qui s'est passé... L'accident d'Edna. Et le nouvel appartement est merveilleux. J'ai une cuisine magnifique, John a un bureau splendide et vraiment, ajouta-t-elle, avec l'avancement qu'il vient d'avoir, nous avons trop de chance. Je m'attends qu'il y ait un tremblement de terre ou une terrible catastrophe pour compenser tout cela. » Ce qui m'agaçait, c'était qu'elle n'attendait même pas de la pluie. J'avais beau avoir quelques possessions personnelles passables — une voiture neuve, par exemple — cela ne m'aurait pas déplu à ce moment d'entendre un grondement sous le plancher et de voir les arbres s'en aller à la dérive dehors sur la 57e Rue. « Mais notre Michelle, c'est une des jumelles, Michelle amenait... » Elle jeta un rapide coup d'œil du côté des serveurs. « ... Elle ramenait de l'école avec elle les petits garçons de couleur. C'est à ce moment-là que j'ai pensé que je ferais bien de commencer à chercher. Elle les faisait venir à la maison pour leur donner des gâteaux, ce qui est charmant, seulement Michelle est une enfant affectueuse — elle a toujours été dans une ambiance affectueuse — et elle les embrassait. Sur la bouche. Cela avait beau être charmant, c'était un problème. C'est difficile d'expliquer cela aux enfants, et pourtant je trouve qu'il faut être réalistes avec eux. Ils veulent qu'on soit réaliste — surtout Michelle et Stella, à leur âge. Quel âge a votre petite fille, Mrs. Reganhart ? » Elle posait cette question à une femme blonde en robe pourpre qui dînait avec eux. Les longs cheveux de Mrs. Reganhart étaient ramenés en chignon haut sur sa tête, elle avait un large visage nordique aux traits symétriques. Je n'y avais vu se manifester aucune émotion, sauf l'ennui.

« Sept ans, dit la femme.

— Alors vous savez, dit Pat, comme ce sont de petits réalistes. Nous avons un garçon, John junior, le frère aîné des jumelles... Et nous avons donc expliqué à Michelle qu'elle ne pouvait pas embrasser des petits enfants de couleur pour la même raison qu'elle ne pouvait pas épouser son frère. Et je crois qu'elle a compris. Il y a un problème noir dans le quartier, dit Pat, et je ne sais ce qu'on gagne à ne pas le reconnaître.

— Il y a un problème de petits garçons noirs », dit Mrs. Reganhart en regardant dans son verre de cognac, et Pat acquiesça.

Je ne crois pas qu'on puisse insulter cette femme, d'ailleurs, parce que je ne crois pas qu'elle écoute.

« Prenez le cas d'Edna, reprit-elle, il semble que ce soit un véritable géant noir qui l'ait attaquée. Harold est passé ce soir... C'est son mari, le médecin, expliqua-t-elle à Mrs. Reganhart.

— Un pédicure, dit John, qui jusqu'alors s'occupait à construire une personnalité autour de sa pipe.

— Mais un homme charmant, ajouta Pat. Il a dit qu'Edna avait été très secouée. Elle a eu un choc émotionnel très grave. Peut-être que je me trompe, mais pour ma part, je crois vraiment que certaines femmes attirent le viol. Le port, par exemple, y est pour beaucoup. Votre maquillage psychologique... dit-elle à Mrs. Reganhart, pendant que John se tournait vers moi et me demandait si j'avais relevé les compositions de la classe d'Edna.

— Je me demande si vous pourriez en corriger un paquet, dit-il. J'en ai lu quelques-unes moi-même, et j'ai peur que ce ne soit pas très drôle. Edna est une excellente grammairienne, mais je ne sais pas dans quelle mesure elle est capable de faire comprendre aux étudiants les principes structurels... »

Chaque fois qu'il pouvait, John utilisait sa pipe pour souligner ses propos ; je ne pouvais vraiment pas le regarder sans avoir un peu honte de tous nos petits déguisements masculins.

« Vous n'avez pensé à personne depuis ce matin ? demanda-t-il. Je ne veux pas laisser la place à un étudiant. L'idéal, ce serait un ancien élève de Harvard... »

Martha Reganhart.

Les premiers mots que je l'entendis jamais prononcer furent : « Il y a un problème de petits garçons noirs » ; et ensuite : « Quelle impossible petite idiote. » L'air sec de l'automne semblait donner à la voix de Martha Reganhart une exubérance particulière ; comme elle semblait n'avoir aucune intention d'en faire un secret, elle finit par pratiquement crier. Nous avions réussi à nous échapper du club en même temps et nous nous dirigions ensemble vers Woodlawn, sous un ciel absolument magnifique.

« Vous avez entendu… Qui attirent le viol ! Ça ne vous donne pas envie de la piétiner ? Vous n'avez pas envie de la broyer ? Seigneur, elle me rend féroce ! Elle ne lit pas de romans contemporains, vous savez ? Elle croit que l'eau devrait être fluorisée. Et sa petite fille ne peut pas embrasser son petit frère pour la même raison qu'il ne peut pas épouser une Noire. Oh, vous étiez là à ce moment-là. Vous auriez dû arriver un peu plus tôt… Vous avez manqué des recettes, mon bon ami. Savez-vous que John parle soixante… Oh, vous savez tout ça. Vous n'êtes pas un de leurs copains par hasard… ? Et vous pensiez que j'étais de leurs amis ? J'étais là à me dire : ce garçon va me pendre pour complicité. Non pas que je lise beaucoup de romans modernes moi-même, mais je ne suis pas contre, vous savez. C'est à peu près l'avis que j'ai aussi en ce qui concerne la fluorisation. Qu'est-ce que c'est d'ailleurs exactement ? Quoi donc ? Oh, je ne sais même pas comment je me suis trouvée invitée à dîner… Oh, si, je sais. Je suis une joyeuse divorcée, et Spigliano connaît le folklore.

— Il vous a fait la cour ? John ?

— Ça paraît bien peu structuré de sa part, n'est-ce pas ? Il m'a donné une leçon cet été en ville. J'étais penchée sur mon Ibsen dans son bureau et il est arrivé par-derrière. Il a posé les mains sur ma taille. Sur mes hanches, je suppose. Mais ça s'est borné à ça. Je pense qu'il s'est cru obligé après cela de me faire connaître sa femme. Au fond, je ne sais pas ce qu'il s'est dit. Il m'a invitée, et comme c'est agréable de sortir de temps en temps, j'ai accepté.

— Comment ça s'est terminé ?

— J'ai dit : bas les pattes.

— Et John ?

— Il m'a dit que je ne comprenais pas son âme latine et passionnée, et puis il est sorti en bandant comme un cerf. Excusez-moi, vraiment mais cette femme me donne l'envie de dire des paillardises rien que pour montrer que je suis humaine. Il n'était pas aussi stupide que ça. D'ailleurs, je n'aurais même pas dû être dans cette classe. Comme je vous disais, ça m'intéresse de temps en temps de sortir... Est-ce que tout ça paraît un peu trop défensif ? Je sais que les cours du soir, ça fait drôle pour une femme adulte. On veut augmenter ses possibilités de gagner de l'argent. Améliorer son vocabulaire. Pour moi, c'était différent, je vous assure. J'étais habillée de façon assez tapageuse, j'avais des escarpins... Alors je pense que le pauvre John n'est pas tellement à blâmer. Mais ce soir, je ne savais pas si je devais faire des excuses à cette horrible petite bonne femme qui a l'air de sortir d'un magazine féminin, ou bien, s'il nous avait tous réunis pour des aveux. Elle m'a dit qu'il avait parlé de moi tout l'été. Que j'étais une de ses meilleures élèves, etc., et je restais là en gardant un air aussi impassible que je pouvais. Est-ce que j'avais l'air impassible ?

— Plutôt ennuyée.

— Vraiment ? Je ne m'ennuyais pas. Au bout d'un moment, je me suis dit que c'était peut-être une blague. Allez donc expliquer ce qu'est la conscience des hommes... Je suis désolée si je parle fort. C'était une expérience éprouvante. Vous n'êtes resté que le temps d'un cognac... Moi, j'ai passé deux heures et demie. Je trouve que je ne m'en suis pas mal tirée quand même, non ? Oh, bien sûr, j'ai fait cette sortie à propos des Noirs, mais je n'ai pas pu m'en empêcher. D'ailleurs, elle n'entend pas. Cela dit, vous avez été formidable. Formidable. Vous savez rester impassible, mon garçon. Au bout d'un moment, j'ai commencé à me demander si vous faisiez partie de la bande. J'habite dans la 53e Rue, il faut que je tourne ici.

— Vous voulez prendre une bière avec moi ?

— J'ai un baby-sitter qui attend.

— Une petite bière. Je vous expliquerai la fluorisation.

— Vous voulez m'expliquer quelque chose, expliquez-moi plutôt la conscience de John Spigliano. Ça, c'est quelque chose. » Elle s'arrêta un moment, les mains sur ses hanches plantureuses, un peu en déséquilibre, considérant le problème. En talons hauts, elle était de ma taille, et quand elle interrompit sa méditation pour me regarder, ce fut droit dans les yeux. Je trouvai Martha Reganhart très sympathique. « Essayer de me peloter et puis m'inviter à dîner avec elle, dit-elle. A qui essayait-il de prouver quoi ? C'est vrai ce que je vous disais à propos de la conscience des hommes. Je ne les comprends pas. Ils ne peuvent pas se laisser aller, vous comprenez. S'ils savent qu'ils sont coupables, alors pourquoi continuent-ils à se conduire comme des salauds ? Je recommence à parler mal, mais une femme en tout cas comprend qu'il y a certaines saloperies qu'elle doit faire dans la vie et elle les fait. Les hommes veulent être des héros. Ils veulent être nobles et responsables, mais ils manquent tellement de caractère ! Vous êtes d'accord ou vous vous moquez de moi ? »

Nous bûmes un demi et en rentrant, comme nous traversions Kenwood, je lui pris la main pour la faire remonter sur le trottoir. Et puis je la gardai. La remarque qu'elle fit me démonta passablement.

« Ce n'est qu'une main », dit-elle.

Je la lâchai.

« Je ne faisais que la tenir », dis-je.

Au coin de Kimbark et de la 53e Rue, elle s'arrêta.

« La cinquième vieille porte cochère, c'est la mienne. Je crois que je peux faire le trajet toute seule. Merci de m'avoir raccompagnée. Merci de m'avoir expliqué la fluorisation de l'eau. J'aimerais être contre, puisque

Mrs. Spigliano est pour, mais j'ai tendance au calme comme tout le monde. Bonsoir, Gabe », dit-elle.

Je suis d'un caractère indulgent, et quand on veut me charmer, je me laisse faire. Un moment, Martha Reganhart regarda la lune, me montrant le dessous de ce qui me parut être — malgré les sentiments hospitaliers que je nourrissais à son égard — un menton très résolu. Elle émit un petit bruit fatigué. Au fond, elle n'était pas si grande qu'elle en avait l'air.

« Nous pourrions peut-être dîner ensemble un de ces soirs, dis-je. Sans les Spigliano. »

Du ciel, son regard revint vers moi, chargé de ce que je crus être un sincère intérêt. Puis elle se fit formaliste et assez bizarre.

« C'est très aimable à vous. Nous pourrons peut-être arranger ça. » Son sourire n'arrangeait rien. « Vous savez, je travaille le soir. Ce soir, c'est... C'était... Une exception. Merci encore pour le demi. » Comme elle s'apprêtait à partir, elle ajouta : « Je vous en prie, excusez-moi si j'ai pris des airs un peu grande dame à l'instant. Mais cette histoire de me tenir la main. Je ne vois pas... J'allais dire je ne vois pas à quoi ça rime. »

Elle tourna les talons et s'éloigna rapidement. Je m'aperçus que dans l'ensemble elle supportait sans effort l'ampleur de ses hanches et la largeur de ses cuisses ; en marchant elle n'essayait pas d'être langoureuse ni sculpturale, pas plus qu'elle ne dissimulait son cou qui perdait quelques centimètres en courbant les épaules, même qu'elle prenait des airs de matrone et tortillait du ventre et de la croupe. Elle marchait d'un pas solide ; pas masculin, non, mais pas non plus menu-menu, ni clac-clac. Je pense que les femmes qui ont plus d'un mètre soixante-dix ont à prendre des décisions que les autres femmes ne prennent pas ; elles ne peuvent pas se détendre complètement ; et elles se rendent probablement compte qu'elles ne sont pas faites pour se blottir contre quelqu'un ni pour lui tenir la main. Martha Reganhart disparut brusquement en haut de son perron et je me demandai si elle était tombée. Mais elle s'était simplement penchée pour ramasser quelque chose sur une marche. Balançant une poupée d'enfant par-dessus son épaule, elle entra dans la maison.

Gabe Wallach.

Il ne connaît que deux langues, dont l'une mal, alors peut-être est-ce l'envie qui le rend sarcastique. Contrairement à son patron, il n'a pas la femme qu'il mérite. Quant aux petites amies, il n'admettrait pas de dire qu'il n'en a en fait mérité aucune. Il vaut mieux, explique-t-il, que tout ce qu'il a fait dans sa vie jusqu'à maintenant. Souvent, en citant des amis ou des relations, il a l'impression de s'être mal conduit ; ce qui a pu ou non se passer vraiment ne change pas grand-chose à son opinion sur lui. Il a le malaise de nombreux jeunes gens riches, mais ordinaires : il ne sait pas exactement quoi faire de lui. Bien qu'il ait sa part de dépression, de cauchemars et de mélancolie, il n'apprécie rien de tout cela à fond parce qu'il est rongé à l'idée qu'il a beaucoup de chance, qu'il devrait être reconnaissant et la boucler. Cela irait mieux s'il s'imaginait sans espoir. Il a un revenu, il jouit d'une parfaite santé, il croit non seulement qu'on peut poursuivre le bonheur, mais qu'on peut l'attraper par la queue et le traîner dans la luzerne. Malheureusement toutes ces croyances ne l'avancent guère sur le plan de l'action. Si sa bonne fortune était inévitable, il ne devrait pas avoir tant de mal à se décider. Pour un optimiste, il est très nerveux et indécis. Et si le bonheur tortillait de la croupe et dansait gaiement au bord d'une falaise… Est-ce qu'il le suivrait ?

Cinq fois pendant la journée, il avait monté l'escalier de

Cobb Hall au bureau de Spigliano, et cinq fois il avait tourné les talons et il avait regagné son propre bureau. Au dîner, il avait eu au moins cinq autres occasions où il avait été tenté de parler. En fait, tout le temps où Pat se félicitait de sa bonne fortune, il songeait en silence au cognac qui coule dans des gorges qui ne le méritent pas et il pensait aux accès de fièvre, au piston grillé, aux vilains lits de fer de ceux qui méritent, sinon plus, en tout cas sûrement pas moins que les autres. Mais quand John Spigliano l'interrogea de nouveau, il se contenta de secouer la tête et prit congé. Ce fut en rentrant avec Martha Reganhart — en fait, en lui touchant la main — qu'il avait eu l'occasion de se rappeler que Libby Herz n'était pas la seule femme au monde à pouvoir le captiver. Non pas que Mrs. Reganhart, durant l'heure folle qu'ils avaient passée ensemble, eût engendré chez lui des sentiments d'un genre soutenu et vibrant. La lune et les étoiles, autant qu'elle, avaient contribué à le mettre dans l'ambiance. Mais il l'avait trouvée sympathique, et dans sa silhouette et dans sa voix, dans sa démarche campagnarde, il avait reconnu quelque chose de franc et de direct à quoi il pouvait répondre. Elle se révélerait peut-être un peu maternelle et pédante, mais si c'était cela, il pourrait se défiler. Après tout, il ne s'agissait pas de savoir s'il allait ou non épouser Martha Reganhart. Tout ce qu'il voulait mettre au point à ses propres yeux, c'était que si les Herz venaient à Chicago, il pourrait avoir une vie à lui, indépendante de la leur. Il y avait Martha Reganhart, et il y en avait des douzaines d'autres. Il ne pensait pas avant tout à changer sa propre vie : mais plutôt à changer la leur. C'était bien trop facile d'imaginer Herz là-bas, à Reading, se résignant à ne pas avoir d'argent, à vivre dans un cadre déprimant et à appeler ça la « vie de famille ». Un message de Chicago pourrait bien être ce qui donnerait aux Herz une vie. Un poste à l'université serait à tous égards une amélioration pour

Herz… Et pour sa femme aussi. Et s'il en était ainsi, alors ç'avait été déshonorant de sa part de ne pas avoir tout de suite parlé de Paul.

Il aurait décroché le téléphone, s'il n'avait pas su que la situation n'était pas aussi clairement noire et blanche que cela. Il n'était pas (pour répéter une vérité sans doute déjà connue) un homme fort. Il avait tendance à s'illusionner, et certains de ses élans étaient répétés jusqu'à deux ou trois mois d'avance. Il avait toute raison de croire qu'il était peut-être tombé amoureux de Libby Herz. Il avait toute raison de croire qu'elle était peut-être tombée amoureuse de lui. Alors à qui, et pour quelles fins, rendait-il service ?

Il corrigea trois copies mal structurées de première année, prit un bain… Mais il finit par téléphoner.

« Pat, John est là ? »

Elle dit qu'il était chez le doyen.

« Gabe, nous espérons que Mrs. Reganhart vous a plu. Ce doit être difficile pour elle de trouver un homme aussi grand qu'elle, mais quand vous êtes sorti, John m'a fait remarquer quel joli couple vous faisiez. Elle est obligée de porter des chaussures grande pointure, vous savez, elle est si grande.

— Elle a l'air charmante. Je n'ai pas bien vu ses chaussures. Pourriez-vous demander à John de me rappeler ?

— Elle est divorcée, elle a des enfants, elle travaille comme serveuse pour les faire vivre… Et elle suit des cours. Nous trouvons cela tout à fait admirable. »

Quand le téléphone sonna vingt minutes plus tard, Gabe dit à John qu'un type qu'il avait connu à Iowa enseignait maintenant en Pennsylvanie, et que d'après ce qu'il croyait savoir, il serait sans doute prêt à quitter son poste.

« Il s'appelle Paul Herz, dit-il.

— Il n'a pas publié récemment quelque chose dans *Modern Philology* ? Herz ?

— Je ne sais pas, dit-il. C'est un écrivain.

— Un auteur ?

— Un romancier.

— Qu'est-ce qu'il a publié ?

— Rien encore, je crois. Il est en train de finir un livre. Il le finissait l'année dernière.

— Alors, demanda John, il n'a pas son diplôme ?

— Il n'a plus qu'à présenter sa thèse... Le roman.

— Vous voulez dire... » La voix à l'autre bout du fil était celle de Pat Spigliano. « Vous voulez dire qu'on peut écrire un roman au lieu de faire un travail de recherche ? »

Il attendit patiemment que Spigliano eût demandé à sa femme de raccrocher sur l'autre poste.

« C'est quelque chose. » C'était toujours Patricia. « Je croyais que vous aviez présenté une thèse sur James.

— En effet.

— Oh, on a le choix alors. Je pense que Harvard est un peu plus traditionnel, encore que ce soit très moderne. Nous nous demandions pourquoi vous n'étiez pas resté à Cambridge, mais je vois maintenant que vous préfériez sans doute la liberté...

— John, vous êtes toujours là ?

— Je suis là. Je réfléchis.

— Oh, ce n'est qu'une suggestion.

— C'est très aimable à vous, Gabe, mais vous savez les difficultés qu'on a avec les auteurs.

— Lesquelles ?

— Ils ont tendance à avoir des idées un peu trop personnelles sur la littérature.

— Oh !

— La plupart d'entre eux n'ont aucun vrai système critique. Je n'ai jamais vraiment connu d'écrivains qui comprennent l'écriture. »

Il savait que ce n'était pas la peine de parler du vieil

Henry James ; ce n'était pas la peine de parler de rien du tout.

« Paul est un type très brillant, dit-il. C'est un homme remarquable. »

Une heure plus tard, alors qu'il s'était déjà installé dans un fauteuil, convaincu d'avoir fait au moins son devoir, le téléphone sonna de nouveau.

« Donc, croyez-vous que ce Herz pourrait venir tout de suite ? D'ici un jour ou deux.

— Il faudrait lui demander. Ça dépendrait probablement de la possibilité qu'il aurait de quitter son poste.

— Vous voulez l'appeler ?

— Quoi ?

— Appelez-le de ma part. »

Il se trouva très déconcerté par cette proposition pourtant bien naturelle.

« Vous ne croyez pas que vous feriez mieux de téléphoner vous-même, John ? Comme président ? Je peux vous donner son adresse ? Attendez une minute. »

Il laissa le combiné pendre le long du bureau et il alla chercher sur le rayonnage son exemplaire de *Portrait of a Lady.* Au milieu, il y avait deux enveloppes. Il en rapporta une près du téléphone et lut l'adresse de l'expéditeur à John Spigliano. Après avoir raccroché, il lut la lettre. Puis il s'installa dans un fauteuil et lut l'autre lettre aussi.

DEUXIÈME PARTIE

Paul aime Libby

I

Il avait des oncles qui avaient échoué. Son père avait échoué aussi, mais lui, c'était dans le monde du commerce. Mr. Herz achetait et vendait sans grand talent et économisait quand l'intérêt se chiffrait par centimes ; quand il émergea finalement de son quatrième échec — en l'occurrence dans les aliments congelés — il ne lui restait plus rien à offrir aux yeux du monde qu'une sinusite et une terreur sacrée de la crise cardiaque. Dès lors, il se mit à respirer du Vicks délayé dans une cuillère et à se faire consentir un petit emprunt à la banque pour acheter, pour son cœur, un fauteuil de relaxation, puis il s'installa pour attendre la fin. Mais il y a malgré tout une hiérarchie dans l'échec : mieux vaut la faillitte que la tension à la cuisine et au lit. On pouvait juger un homme par sa vie privée. Oncle Asher avait des moments de répit du côté nasal, mais une vie gâchée : il ne s'était jamais marié. De près, il sentait le célibataire : costumes déformés aux genoux, talons minables et, pour autant qu'on pût juger, une unique cravate dans son vestiaire. Sa sœur, qui était la mère de Paul Herz, disait que, rien qu'à son odeur, elle n'avait pas besoin de deviner pour savoir dans quel état était son linge. Un soir de sale temps de neige, elle avait vu son jeune frère émerger de chez Riker avec un cure-dents dans la bouche.

Riker ! Pour un Asher ! Elle en avait pleuré une semaine entière avant de s'endormir.

Asher avait débuté dans la vie en génie ; il avait commencé à jouer du Mozart à peu près au même âge où Mozart avait commencé à en jouer. A seize ans, on lui avait enseigné à faire prendre la pose aux modèles vivants à la Ligue des Etudiants des Beaux-Arts ; il avait le droit de toucher et de mettre en place leurs membres nus, tant son sens de la grâce était exceptionnel pour son âge. Quand il rapportait chez lui ses fusains, on les fixait au mur du living-room avec des punaises. « On n'a même pas l'idée de penser à mal quand on les regarde, disait la mère d'Asher aux voisins pour les rassurer. Regardez comme il les rend artistiques, ces grosses filles. »

On fit venir un piano à la maison pour Asher ; et, plus tard, un violon et un violoncelle. Il passa tout un été au Louvre, à faire des copies ; il fit son premier portrait sur commande à l'âge de dix-huit ans : le commandant du *Mauritania* ! Mais le commandant était mort depuis longtemps, et d'autres commandants étaient venus et partis, et, dans l'intervalle, aucune fille n'avait épousé Asher. Ne savait-il pas que les filles étaient douces ? lui demandait le père de Paul. Que c'était bon de les tenir dans ses bras ? N'en avait-il jamais embrassé une ? Serait-il par hasard... Absolument pas ! Il n'était pas à l'aise en société, voilà tout. Il était un peu trop plongé dans les études.

Sa sœur et son beau-frère prirent alors une décision : placer une jeune personne sur le chemin d'Asher. Ils l'invitèrent à dîner et ils invitèrent aussi une secrétaire du bureau de Mr. Herz ; puis des institutrices, collègues de Mrs. Herz. Ils essayèrent une fois une cousine éloignée qui se trouvait en ville, et même — car Dieu sait ce qui se passe dans la tête d'un artiste — une fois ils essayèrent (que les morts reposent en paix) une goya, mais qu'on voyait souvent avec des Juifs. Ils mirent la radio, mais Asher refusa de danser. Ils sortirent les cartes, mais Asher ne voulut pas non plus jouer. Comment mettre une fille sur le chemin de ce garçon... il n'avait pas de chemin ! Bien qu'elle fît verser des larmes à sa sœur et amenât même des tse-tse de compassion sur la langue de son beau-frère, la ruine d'Asher n'en était pas moins de sa propre faute.

L'autre échec, c'était l'oncle Jerry. Lui s'était marié, mais pour vingt-cinq ans seulement. Un quart de siècle avec une femme, et il divorce. Qui, dans ces conditions, pouvait avoir pitié de lui ? Une belle maison de douze pièces à Mont Kisco avec de l'herbe tout autour et un sous-sol lambrissé de pin ; quatre belles filles, bien bâties : une mariée, deux à l'université et la quatrième, Claire, la petite dernière, encore au lycée ; quant à sa femme, c'était une femme merveilleuse, une princesse, une reine. Elle pesait quatre-vingt-dix kilos, et alors ? Est-ce qu'il espérait que ça allait changer ? Pouvait-il la chasser vingt-cinq ans après leur nuit de noces parce qu'elle faisait toujours le même creux dans le matelas ? Comment s'apitoyer sur un tel homme ? Pourquoi avait-il fait cela ? pourquoi ? Est-ce qu'il avait une fille à côté ? Non, non — c'était, comment dit-on, sa psychanalyse ! C'était son psychanalyste qui lui avait fait faire ça. Le salaud. Qu'est-ce qu'il croyait qu'était la vie, ce type-là ? Facile ? Un lit de roses ? Vous aimez votre femme, vous ne l'aimez pas ; vous la caressez, vous ne pouvez plus supporter de la toucher... ce sont des choses qui arrivent ! Est-ce que c'est une raison pour détruire une famille ? Quand un père meurt, c'est une catastrophe. Mais voilà un homme qui s'en va, et voilà.

Deux années après ce départ, Jerry avait épousé une fille de vingt-sept ans, juste le genre que tout le monde cherchait pour Asher depuis des années. « Qu'est-ce qu'il fait ? Une autre grosse... qu'est-ce qui lui prend ? Vingt-sept ans, où a-t-il la tête ? Si elle avait quarante ans, trente-cinq même... Mais qu'est-ce que c'est que ça ?

— Alors, appelle-le, Leonard. Cesse de t'énerver et appelle-le. Parle-lui. C'est ton frère.

— C'est sa vie. Qu'il la gâche. Est-ce qu'il m'appellerait, lui, si j'avais une attaque demain, tu crois qu'il prendrait même la peine de décrocher son téléphone ?

— Tu n'as absolument rien au cœur. Le docteur t'a ausculté. Il t'a bien examiné. On t'a fait un électrocardiogramme où ça se voit, Leonard. Tu as une ligne parfaitement régulière. Ne te surexcite pas, sinon tu auras des ennuis.

— Je ne me surexcite pas. Je vis pratiquement allongé. Il pourrait se marier avec une fillette de dix ans que je ne lèverais pas le petit doigt. Je l'ai prévenu quand il a épousé Selma, non ? Jerry, tu n'es encore qu'un blanc-bec. Jerry, tu n'as même pas encore eu une femme. Jerry, donne-toi une chance. Jerry, ceci ; Jerry, cela ; Jerry, c'est une très grosse fille ; Jerry, c'est ça que tu veux ? Et maintenant, voilà la nouvelle, un grand cheval, comme l'autre. Pourquoi ne m'appelle-t-il pas au moins, pour me demander mon avis. S'il me disait : " Lenny, qu'est-ce que tu en penses ?... Est-ce que tu as l'impression, Lenny, que ce que je fais est raisonnable ? " Mais non, il est plus malin que la terre entière, tu penses. »

Trois semaines plus tard, (« jour pour jour » comme on le raconta après) la fille téléphone.

« Il est parti ! Votre frère est parti ! Il m'a laissée tomber ! Qu'est-ce que j'ai fait ? Qu'est-ce que je vais faire ? Avec toute cette argenterie toute neuve, pleurait-elle. Je vous en prie, venez quelqu'un. Aidez-moi !

— Leonard, où vas-tu en pantoufles ?

— J'y vais ! Qu'est-ce qui se passe, il est fou ? Il n'a pas sa tête à lui ?

— Leonard, ne te mêle pas de ça maintenant.

— J'y suis mêlé. Le téléphone sonne, la fille est en

pleine crise de nerfs, ça me concerne. C'est un bébé... elle va faire une bêtise, est-ce que je sais ? »

Quand Mr. Herz eut franchi la porte, sa femme se mit elle aussi dans un terrible état de nerfs. Elle s'agenouilla devant le fauteuil de repos et pleura dans le cuir encore chaud. Qui savait mieux qu'il avait le cœur faible, le docteur ou l'intéressé lui-même ? Comment une machine pouvait-elle dire à un homme qu'il ne souffrait pas ? La nuit, il ne pouvait même pas se retourner, tellement ses côtes lui faisaient mal. Un matin, elle allait se réveiller, et lui pas. Oh, mon Dieu ! Mon Dieu ! Il allait se surexciter, se trouver mêlé à tout, s'agiter... et mourir ! Elle pleura, pleura et, finalement, se traîna jusqu'au téléphone et chercha le numéro du psychanalyste. Elle composa le numéro et, quand elle eut le praticien au bout du fil, elle cria : « Espèce de salaud ! Vous avez gâché la vie de ma belle-sœur, salaud ! Elle avait tout et vous avez tout détruit ! Quelle espèce d'idées mettez-vous dans la tête des gens ? Qu'est-ce qu'il est, pour vous... un jeune homme ? Un homme de cinquante-deux ans qui épouse des jeunes filles, des enfants ! Charlatan, fumiste... ! »

Néanmoins, quand leur fils revint de Cornell pour leur mettre le nom de Libby DeWitt sur les bras, c'est à Asher et à Jerry qu'ils l'adressèrent. Les larmes de ses parents avaient deux sources : le chagrin d'apprendre cette décision matrimoniale, et le chagrin aussi de constater leur propre impuissance. En fin de compte, ils avaient élevé un garçon qu'ils ne pouvaient ni fustiger, ni rendre hystérique. Pour ce qui était du gâchis de l'égoïsme et de la stupidité, Jerry et Asher semblaient mieux pourvus qu'eux-mêmes pour s'occuper de ce désastre. Les parents avaient même l'impression qu'il y avait une certaine affinité entre ce garçon et ses oncles, ce qui était encore une troisième raison pour pleurer. « Je l'ai laissé tomber, pleurait le père dans son lit, les deux mains sur ses côtes. Il ne m'écoute pas. Dans ma propre maison, ma voix ne porte pas de la cuisine jusqu'aux cabinets. Toute sa vie, ce garçon a rempli des demandes. On soulève un papier dans la maison et, dessous, on trouve une demande. Quand est-ce que je l'ai vu ? Quand a-t-il appris à écouter son père ? Il a passé son temps à courir après des recommandations. Pour être serveur à la montagne, berger, boursier. Il devrait m'écouter une fois. Juste une fois. »

La mère de Paul pleurait, elle aussi, mais au moins — on doit lui rendre cette justice — elle essaya de changer de sujet. « Une bourse est un honneur, dit-elle entre deux sanglots, touchant le visage mouillé de son mari. Nous devrions être fiers...

— C'est un honneur pour le fils, pas pour moi. Juste une fois, une fois... Cinq ans plus tard et on avait déjà la folie des aliments congelés. Ce Birdseye est en train de faire fortune, et mon fils, mon fils... Une catholique, pratiquement une infirme, dix-neuf ans et pas un jour de sa vie où elle ait été en bonne santé...

— Mon bébé, pleurait la mère. Il était capable de lire les vitesses sur un compteur de voiture alors que les autres gosses ne savaient même pas encore lire. Qu'arrive-t-il à mon bébé ? »

Quand Asher téléphona pour inviter Paul à faire une promenade, Paul ne vit pas de raison de se montrer grossier avec quelqu'un qui était totalement en dehors de toute l'affaire. Il accompagna Asher parce qu'il savait que ses parents avaient demandé à Asher de téléphoner ; il y alla pour faciliter les choses pour Asher qui, comme lui-même, devait se sentir obligé de se soumettre à toutes les tristes manœuvres, quelles qu'elles fussent, que ces deux êtres impuissants avaient pu tramer ; il y alla dans l'intérêt de la dignité de tout le monde. Il se trouvait aussi que Paul savait qu'Asher se montrerait compatissant, ou, tout au moins, réservé. Les valeurs d'un homme qui avait étudié l'art à New York, à Chicago, en Europe, qui avait composé de la musique, qui avait choisi de vivre dans une soupente au-dessus d'un bar de la Troisième Avenue — ces valeurs n'étaient pas celles d'un bourgeois raté et de sa femme. Asher était un homme libre ; un excentrique, peut-être, mais libre.

Le jour où ils se retrouvèrent, il n'y avait pas de vent mais il faisait froid. Ils marchèrent côte à côte, deux hommes maigres et tête nue, l'un chauve, l'autre avec des mèches tortillées qui commençaient à deux doigts seulement au-dessus de son front. L'un faisait le gros dos pour garder sa chaleur ; l'autre avait les épaules voûtées depuis des années. Bien que cette attitude donnât à Asher un air méditatif, la goutte qui se formait et se reformait au bout de son nez dépourvu de caractère était loin d'ajouter à cet air réfléchi ; c'était comme une omission, de même que ses vêtements et ses traits. Ses lobes contrefaits, par exemple, donnaient à ses oreilles un air accidenté ; qui plus est, il y avait des poils dedans. Asher ne semblait pas croire qu'il y eût d'autres choses dont on eût à prendre soin que les cheveux. Une journée entière de coiffeurs, tailleurs, bottiers, teinturiers et opticiens aurait à peine suffi pour tout juste commencer à le remettre en état. Ses lunettes étaient un petit entrepôt d'agrafes et de papier collant.

Mais rien, dans ce délabrement, ne déprimait Paul. Il se penchait vers son oncle pour saisir les mots qu'il chuchotait doucement, tandis qu'au-dessus de leurs têtes, les rames du métro aérien fendaient l'air froid et dur de leur fracas métallique. Il réussit à entendre : « ... oh... non... des gens… les parents… n'est-ce pas ? » Asher tourna la tête dans le col remonté de son pardessus et quêta du regard la réponse de son neveu.

« Je suis désolé, dit Paul, je n'ai pas…

— Ce ne sont pas de mauvaises gens, tu penses ? » Asher secoua la tête, libérant son nez de son fardeau.

« Non. Je le sais, Asher.

— Ils ont vos intérêts en tête. C'est certain, tu ne crois pas ?

— Leurs intérêts. » Avec le bruit au-dessus de leurs têtes, Asher ne devait pas avoir compris ce qu'il disait. « Ce serait dans mon intérêt de me rendre heureux. Ce serait dans mon intérêt de me donner leur bénédiction.

— Ils auraient très envie de te donner leur bénédiction. Ils en meurent d'envie, dit Asher sortant, pour les lever, ses mains nues de ses poches.

— Qu'ils le fassent alors », dit Paul.

Asher était occupé à enlever de la peinture de dessous ses ongles.

« Ils ont envie de me donner leur bénédiction, ils ont envie de la donner à tout le monde. Quel âge as-tu, Paulie ?

— Vingt et un ans. »

Asher fit une grimace, comme s'il venait d'avaler quelque chose d'un goût désagréable.

« Alors pourquoi es-tu si pressé ?

— Pressé ? Comment ça ? Pressé de quoi faire ?

— Tu as une gentille petite vie bien douce devant toi, tu le sais bien ? »

Vers quoi donc dérivait cette conversation ?

« Mais je suis amoureux, dit Paul, en haussant les épaules.

— Sortons-nous de ce bruit et parlons », dit Asher, en prenant Paul par le coude. Quand ils traversèrent la rue, il attira son neveu plus près de lui et fermant, comme ensommeillé, ses paupières gonflées derrière les lunettes massacrées, il dit :

« Moi aussi, je suis amoureux.

— Ah oui ?

— Parfaitement.

— Je ne le savais pas, dit Paul, s'efforçant de garder son calme.

— Mais oui. Elle vient dans mon atelier tous les mercredis après-midi. Elle va venir aujourd'hui, cet après-midi. Quand il ne fait plus jour, elle s'en va chez elle. Une fille de vingt-cinq ans. » Il parlait comme s'il devait faire resurgir de mémoire chacun de ces faits d'un passé obscur. Bien qu'il n'en eût pas envie, Paul soupçonnait son oncle de mentir.

« Elle est mariée ? demanda-t-il.

— Je la connais depuis quatre ans, et tous les mercredis... C'est ce que j'ai de plus précieux dans ma vie... Elle est mariée, bien sûr. Elle a un bébé. » Asher sortit de son manteau un porte-billets fatigué et tendit à Paul la photo d'une petite fille. « Un amour, dit Asher.

— Elle est très charmante.

— C'est un amour d'enfant », dit Asher. Il fourra de nouveau la photo dans sa poche « Ecoute, Paulie, j'ai aimé beaucoup de femmes. Ainsi, j'ai vécu six ans avec une Chinoise. Beaucoup de types et de caractères différents. J'en ai baisé de toutes les sortes, toutes les variétés imaginables de cons, je les ai eues. Dans ce domaine-là, je ne suis pas un amateur.

— Je ne le savais pas.

— Quoi ? Qu'est-ce que tu ne savais pas ?

— Pour la Chinoise, par exemple.

— Oh, bien sûr... Je n'en ai pas parlé à ta mère. Je crois qu'elle a un préjugé contre les non-occidentaux.

— C'est vrai.

— Est-ce qu'elle est enceinte cette fille ? demanda

Asher brusquement. J'essaie de comprendre ce qui t'a poussé.

— Est-ce que c'est de moi que nous parlons maintenant ?

— C'est de tes petites amies, dit Asher. Qu'est-ce qu'il en est, Paulie ?

— Mon père t'a dit qu'elle devait être enceinte, c'est ça ? Tu ne crois pas que ça prouve qu'il n'y comprend pratiquement rien ?

— Ne t'occupe pas de ce qu'il comprend. Il n'y est pas du tout, bien sûr. Tu ne l'as pas engrossée ? »

Il se sentit poussé à nier avoir même couché avec Libby : la conversation avait pris une tournure qu'il n'aurait même pas pu imaginer. Mais il avait des raisons plus fortes que l'orgueil pour ne pas vouloir qu'Asher s'embrouille dans cette histoire. Il n'était pas sorti par cette journée plus que glaciale pour s'entendre donner de mauvais conseils.

« Elle n'est pas vierge, mais elle n'est pas enceinte non plus.

— Elle n'est pas vierge, après toi ou avant toi ?

— Après moi.

— Ah, ça éclaircit le problème. Et, à cause de ça, tu gâches toutes tes chances ? A cause de cette petite perforation, tu vas te laisser enchaîner ? Comment vas-tu l'entretenir, cette fille que tu as abîmée ?

— Asher, de quoi parles-tu ?

— D'argent. De la vie.

— J'ai l'impression d'entendre mon père.

— Tu n'as pas de bonnes oreilles... Je suis à l'autre bout du globe. Si j'ai bien compris, cette fille est un peu maladive ?

— Elle s'enrhume, Asher. Ils l'ont vue deux fois, et les deux fois elle avait un rhume. C'est un être humain...

— Même les gouttes à mettre dans le nez coûtent de l'argent, expliquait Asher. Même le Kleenex peut finir par vous coûter une fortune. Je parle de pauvres comme toi et moi. Tu as envie de t'attacher une corde autour du cou? demanda Asher. Tu tomberas amoureux toute ta vie, toute ta vie tu tomberas amoureux, puis ça te passera. Tu peux même te trouver une dame avec une jambe de bois, moi, ça m'est égal. Ce ne sont pas les rhumes, Paulie, c'est le principe. Tu as vingt et un ans, tu as tiré un peu de sang de cette fille, et tu t'imagines qu'elle est la seule fille qui existe au monde pour toi. Mais tu n'as pas d'obligation parce que tu l'as dépucelée, tu comprends? Si ce n'était pas toi, ç'aurait été un autre malin. Ne te lie pas pieds et mains parce que tu as pris un peu de plaisir. Est-ce que c'est toi qui veux te marier, ou est-ce que c'est cette fille?

— Nous le voulons tous les deux. Nous sommes arrivés à cette décision mutuellement. » Il ne fit aucun effort pour dissimuler sa colère.

« Lequel plus mutuellement que l'autre?

— Mutuellement, mutuellement!

— Et quel âge a-t-elle pour être tellement en accord avec toi et avec ta vie?

— Dix-neuf ans.

— Dix-neuf ans et catholique. C'est merveilleux!

— Asher, je ne m'attendais pas à ça de toi.

— Tu t'attends à quoi? A ce que je raconte des mensonges? Tu ne vas te promener qu'avec des gens bien pensants?

— Tu peux ne pas être d'accord, mais pourquoi placer la discussion sur ce plan-là?

— Quel plan? Tu me dis que tu aimes une petite goya; tu t'imagines que je ne sais pas de quoi tu parles? Je suis toi, Paulie, je suis toi. Les filles juives vous dévorent. Tu crois que je n'ai pas vu mes amis sombrer? Leurs femmes ne peuvent pas monter les escaliers. Il leur faut des domestiques. Il leur faut des vacances... en août, et puis encore une fois en janvier. Elles regrettent d'avoir couché avec qui que ce soit avant de se marier avec toi. Elles cessent de sanctionner le laisser-aller, vlan, d'un seul coup. Un vendredi, tu ouvres ta porte, et tu vois qu'elles ont allumé les bougies, et alors tu es vraiment chez toi. Je ne dis pas que je te blâme, Paul. J'essaie seulement d'aller jusqu'au fond des choses.

— Aller jusqu'au fond des choses, ça ne veut pas dire creuser jusque dans les égouts. Comment peux-tu parler ainsi ? Tu ne connais même pas cette fille. Tu ne l'as même pas vue.

— Je n'ai même jamais vu le bébé dont je porte la photo non plus. Mais je sais ce que c'est qu'un bébé, alors je suis capable d'apprécier celui-ci. Cette fille apporte avec elle un héritage dont tu n'as pas la moindre idée. Elle a une famille qui est probablement en ce moment même en train d'épancher sa bile contre toi. Je me trompe ou pas ?

— Tout comme la mienne sur elle. Une famille tout aussi à la page et sensée.

— Tu crois que le bonheur naît de la bile qu'on épanche ? Tu crois que ce sera une joie, de se faire tant d'ennemis ? Tu crois que ça suffit de se tortiller au lit avec elle, de se réveiller avec sa main sur tes parties ? Que crois-tu que ça résolve, Paul, une fois que le bouchon a sauté ?

— Asher, tu es dégueulasse !

— Nous parlons d'homme à homme, non ? Ne commence pas à pleurer. Je ne suis pas un être charmant.

— Très bien, Asher, d'homme à homme. Si tu es un homme, un être humain, alors pourquoi ne parles-tu pas d'amour ? J'aime Libby. Je vais droit au fait maintenant, bien que dans un langage moins fleuri que le tien. J'aime Libby. Elle est vivante, elle est douce, elle a des instincts profonds et généreux. Contrairement à toi, elle est charmante.

— Et ça te plaît ?

— Oui.

— Le charme, c'est de la merde.

— C'est une femme. Asher, écoute-moi ! Elle se conduit comme une femme. Je veux rester avec elle, vivre avec elle.

— Vas-y.

— C'est ce que je fais. Je l'épouse.

— Tu es un raisonneur en rond, dit Asher, et moi je suis un cynique, mais tu es pire que moi. Le mariage tue l'amour. Fais-moi plaisir, regarde autour de toi tous les couples heureux qui s'aiment. Compte-les pour moi, tu veux ? Je vais fermer les yeux, et tu me diras jusqu'à combien tu es arrivé. » Il ôta ses lunettes, souffla dessus, puis essuya la buée avec un Kleenex qu'il tira de la poche de son manteau. Ses paupières inférieures étincelaient de larmes provoquées par le froid. Raccrochant les branches sur ses oreilles compliquées, il dit : « Combien ? Une fois comptés le duc et la duchesse de Windsor, ça devient mince, non ? Paulie, embrasse cette fille, caresse-la, baise-la bien, mais, pour l'amour du ciel, fais-moi plaisir et attends un an. Tu as un tempérament d'artiste, tu es un sérieux observateur de la vie, pourquoi tuer ton talent ? Tu vas te miner de souci, tu crèveras d'une érection en pleine rue. D'autres femmes te tenteront un jour, et ta conscience et toi vous vous bagarrerez jusqu'à ce que tu en étouffes. Les artistes et ceux qui ont un tempérament d'artiste doivent aller leur chemin seuls. Si une année s'écoule et que ton désir soit toujours là, alors vas-y, passe-toi la corde autour du cou, personne n'y pourra rien. Une année, c'est trop demander ?

— Je passe mon diplôme, Asher, dit Paul, s'exprimant avec la patience d'un homme envers qui on est injuste. Elle a encore une année, cette fille pour qui tu as si peu de considération. Quand je quitterai Ithaque, elle restera. Parce que j'ai tellement besoin d'elle, tu comprends, parce que je me laisse tellement guider par mon feu au train et par ce sentiment de culpabilité que je ressens pour l'avoir déflorée, je sens que j'ai envie de l'épouser. C'est aussi simple que ça.

— Précisément.

— Asher, Asher ! Quand je partirai, pauvre schnock je la perdrai. Ce sera fini.

— Si j'étais toi, je ne m'opposerais pas à une fin.

— Mais la vérité pure et simple, Asher, c'est que je ne veux pas qu'il y ait de fin. Est-ce que ça ne veut rien dire ?

— Tu ne lis pas d'histoire dans ton école ? Tu n'étudies donc rien du tout ? » demanda Asher. Il passa sa manche avec rudesse sous son nez, de sorte que tout le bout non cartilagineux remonta vers la figure. Ce qui était étonnant, c'était qu'Asher Buckner eût l'air furieux. Il avala sa salive ; on aurait dit qu'il venait de pleurer et de gémir depuis une heure. « Ecoute ton oncle Schnock, tu veux ? Les choses vont et viennent, et il faut que tu sois un réceptacle, et que tu les laisses aller tout leur chemin. Autrement, la mort serait une souffrance pour toi, mon garçon, et cela me ferait du mal de voir ça. Qu'est-ce que tu veux devenir, en avançant dans la vie, un conserveur d'expérience ? Tu comptes mettre des bouchons aux deux bouts de ta vie ? Laisse-la couler. Laisse-la courir. Attends, et accepte, et apprends à repousser aussi. Ne t'accroche pas ! Qu'est-ce que c'est que le mariage, qu'est-ce que c'est sinon une forme pisseuse de cupidité, une répugnante ambition ? Sais-tu ce que je fais maintenant, pour gagner ma vie ? Je peins des gangsters, des voleurs sans envergure, les plus minables salauds, dans les syndicats et la confection. Ils viennent avec leurs acolytes et ils crachent des pépins de mandarines sur mon parquet, et ils se fichent de moi pendant que je fais le portrait du patron. Ils sont riches et ils font les importants dans tout le voisinage, et moi je ne suis qu'un bohème à la fesse molle. Ils sont les seigneurs et moi je suis le rien du tout. Bon, j'encaisse. J'accepte. Le patron a des verrues, je les élague. Il a une lueur criminelle dans les yeux, je remplace ça par des colombes. Il envoie sa femme, je lui remplis le soutien-gorge. J'enlève les airs renfrognés, les furoncles, les rides, les poches, les pores... tout. Je ne livre que pêches et crème. Je t'en prie, je ne veux pas être le plus grand peintre du monde. Je ne veux pas être un créateur de beauté, un personnage religieux. Je ne mets pas l'expérience en bouteilles. C'est l'écoulement qui m'intéresse. J'accepte la forme que le monde me donne. Je me fous du reste. Laisse-moi t'offrir un verre. Il fait un temps abominable pour se promener. Tu dois geler. »

Dans le bar, un no man's land où Madison Avenue et le Bowery se rencontraient et s'étreignaient, un jeune type ivre, vêtu d'un costume serré et aux cheveux serrés aussi, avait un bras drapé autour d'une alcoolique... la mère de quelqu'un. « Rien au monde n'est irrémédiable, disait le jeune homme à la vieille, la tête penchée en avant. Rien. Si seulement vous retourniez à County Cork et que vous recommenciez tout à zéro, vous seriez surprise... »

La femme secouait la tête. « Oh, vous ne savez tout simplement pas ce que c'est que d'avoir à accepter toute cette merde du matin au soir... »

L'oncle et le neveu sirotaient du whisky et ne disaient rien ; Asher regarda sa montre, puis se mit à siffler entre ses dents. Paul ne le trouvait pas beaucoup moins ravagé que la vieille femme à côté de lui. Alors, cette amie dont il parlait, n'était-ce qu'un rêve ? Asher avait une mauvaise haleine... est-ce qu'une fille de vingt-cinq ans le supporterait ? Y avait-il vraiment eu une Chinoise qui avait tiré avec ses lèvres sur cette peau, ridée comme une vieille fleur mourante ? Asher était une surprise totale, ce n'était pas du tout l'espèce de moine que Paul avait imaginé. Tous ces renoncements... une famille, des enfants, des repas, des vêtements... n'avaient pas du tout été pour son art. Il ne lui restait plus d'art. Il était un tuyau sans bouchons aux deux bouts. Un réceptacle. Et c'était quoi, ça ?... du courage ou de la lâcheté ?

Paul était sérieux, très sérieux pour ses vingt et un ans, et une fois qu'une idée s'était implantée dans sa tête, il ne pouvait plus l'écarter. Il ne pouvait pas empêcher de se demander si cela avait un sens quelconque de laisser aller Libby. C'était un jeune homme trop réfléchi — toujours faire sa demande en janvier pour obtenir des bourses en septembre lui avait donné un sens sérieux de la conséquence — pour qu'il pût se montrer insouciant dans ses décisions. Cependant, son projet de mariage n'était pas, il le savait, une simple révolte contre sa famille, ni une petite histoire sexuelle. Alors qu'il n'était qu'un adolescent qui faisait le serveur dans des stations de montagne, il avait reçu d'assez gros pourboires d'épouses en vacances et de veuves esseulées ; elles lui caressaient les cheveux par-derrière : « Oh, comme il est gentil et sérieux. Tu feras quelque chose dans la vie. Je ne suis pas inquiète pour ton avenir. » Quant à la famille, il n'y avait pas de raison de parler de révolutions jusqu'à maintenant ; il s'était révolté le jour même de sa naissance et il avait mené une vie indépendante sous son propre drapeau depuis sa plus tendre enfance. Son genre d'indépendance ne permettait même pas les plaintes habituelles ; personne n'avait à se dresser pour lui crier d'aller faire ses devoirs dans sa chambre... il avait toujours eu de bonnes notes et, pas une fois dans sa vie, il n'avait eu d'ennuis. Si son père était piqué par ses propres échecs, ce n'était pas parce que son fils l'avait insulté en mettant la question sur le tapis. Quelque chose avait averti le petit garçon tôt dans la vie qu'il ne devait rien attendre de cet homme, et il avait continué à respecter son père, ne serait-ce que sur la foi de ses fonctions. Quand il ne savait pas épeler un mot, il descendait le dictionnaire... et ce à l'âge de sept ans. Sa mère clamait qu'elle était fière de lui, bien que, secrètement, elle en eût le frisson. Elle était diplômée d'une école normale d'institutrices, elle avait un certificat d'arithmétique et elle aurait pu l'aider pour les longues divisions. Mais il faisait tout lui-même, même les fractions. Quand il avait entre un et quatre ans, son père avait échoué dans la chemiserie ; entre quatre et six, ce fut la quincaillerie ; entre six et onze l'agence immobilière ; puis entre onze et douze ans... l'aveuglement, l'écrasement total... il perdit jusqu'à sa chemise dans les aliments congelés. Un jour, alors que les créanciers sonnaient à toutes les portes, il monta dans la cabine d'un camion plein de rhubarbe congelée et partit pour Long Island afin de réfléchir ; le système de réfrigération tomba en panne juste après Mineola, et, quand il rentra chez lui, il était un homme ruiné. Maintenant, dans ces dernières années, il se levait de temps en temps pour percevoir des loyers pour un vieil ami.

Et pendant tout ce temps, à travers les billets de banque et le désarroi, Paul avait appris à écrire et à lire et à raisonner et, surtout, à utiliser sa volonté. Il avait même avec cette volonté donné à Libby Herz elle-même un sérieux qu'elle ne possédait pas quand il l'avait connue. Il avait fait un travail si complet, en fait, que ce fut elle qui, la première, suggéra le mariage. Bien que cela ne regardât en rien Asher, c'était néanmoins comme ça. Comment pouvait-elle retourner vers les autres garçons après Paul ?

Sa décision n'était cependant pas issue de quelque chose d'aussi simple, d'aussi froid qu'un sentiment d'obligation. S'il avait ce sentiment, c'était vis-à-vis de lui-même ; il s'unirait à Libby, non pas pour faire d'elle une femme meilleure, mais pour faire de lui-même un homme meilleur. Il allait imposer une exigence constante à son esprit, concrétiser ses meilleures intentions en gardant auprès de lui ce mélange de fragilité, de gravité, de spontanéité et de passion. Il servirait quelqu'un d'autre avec le même sentiment de faire œuvre utile que lorsqu'il se servait lui-même. C'était certainement cela l'amour, quand le devoir et la passion (et le désir aussi, pour accepter l'argument d'Asher) se mêlaient.

« Paulie, il faut que je parte, dit Asher. Mais avant, laisse-moi aller aux toilettes. » Il sortit quelques minutes plus tard du côté hommes des toilettes en s'essuyant les mains sur les poches de son manteau. « Ecoute, si tu revenais avec moi ? Je voudrais que Patricia Ann et toi, vous vous connaissiez. Elle fera du thé. Je ne dirai rien de plus. Tu es trop intelligent pour que je t'inonde de ma philosophie personnelle. Reviens juste pour une heure ou deux. J'ai dépassé cinquante ans, j'approche de la fin. Toute émotion que tu as ressentie, multiplie-la par mille et tu sauras le nombre de fois où je l'ai ressentie, moi. Ça me donne une certaine compétence, non ? Paulie ? Jusqu'à quarante ans, on pense qu'on a eu de sales émotions, de quoi vous tuer, tu sais... et puis, on s'aperçoit que ce n'étaient que de petites fleurs comparé à ce qui vous attend. Je ne vais pas te bombarder plus longtemps sous la sagesse des vieillards. Je te dis seulement que tu ne dois pas te considérer comme un cas unique. Regarde la vieille taupe à côté de toi... ses erreurs, dit-il sans baisser la voix, qui lui rampent dessus comme des punaises. Je ne me donne pas en exemple, Paulie. Simplement, tu devrais peut-être attendre. »

Asher paya pour eux deux dans le bus qu'ils prirent pour aller en ville. Il jeta trente pence dans la main du conducteur.

« Qu'est-ce qui ne va pas, mon vieux, on veut faire le malin ? dit le conducteur. — Les pence, c'est de l'argent, dit Asher. Ferme ta gueule et conduis. » Il avait l'air très déprimé.

Après la mort de sa mère, Asher avait emporté toutes ses plantes en pots vivre avec lui à Manhattan. Pendant les deux années que dura sa maladie, il était allé à Brooklyn tous les deux jours pour les arroser ; la vieille dame se plaignait de ce que son infirmière de jour était antisémite et qu'elle ne ferait que noyer les plantes, ou alors les laisser se dessécher et se craqueler. Quelques-unes étaient maintenant plus hautes qu'Asher lui-même, et les pots, échelonnés le long de trois des murs de sa chambre, faisaient un poids de soixante-quinze livres. Le mobilier, lui, était indescriptible. Devant une rangée de hautes fenêtres, à l'avant de l'atelier, se dressait le chevalet d'Asher, et dehors passait le métro aérien. Ils étaient parvenus dans leur marche jusqu'à l'immeuble, après avoir passé devant toute une rangée de bars, tous pleins de traîne-savates.

Lorsque Paul et son oncle entrèrent dans la pièce, Patricia Ann était occupée à essuyer les feuilles des plantes avec un morceau d'un vieux caleçon de son amant ; elle se hâta de fourrer le chiffon sous un coussin du canapé.

« Ça n'a pas d'importance, lui dit Asher. Patricia Ann Keller… mon neveu Paul Herz. »

Elle serra la main de Paul. « Je ne pense jamais qu'Asher a de la famille. Comment l'appelez-vous ? Oncle Asher ? » Le rire que cette idée fit naître en elle semblait avoir un rapport direct avec sa très petite ossature… ce fut comme si un vent avait soufflé au travers. Elle n'était pas vraiment beaucoup plus grande ni plus lourde que Libby. Ses ballerines dorées, tournées vers l'intérieur, avaient un air garçon manqué, et sa jupe et son chandail ne laissaient aucun doute quant à la hauteur et à la rondeur des diverses parties de son corps. Là où les gens ordinaires avaient le creux des reins, elle arborait un petit derrière en forme de boulet de canon. Ses seins aussi, fermes et pratiquement alignés sur ses épaules, faisaient penser à de petites sphères métalliques. Son visage était une chose maigre, pas très frappante, jolie dans le style majorette de lycée : la bouche un arc, le menton une pointe, les yeux des perles bleues, le nez tout juste assez grand pour faire place à ses taches de rousseur. Ses cheveux tombaient sur ses épaules en boucles, frisées naturellement.

Asher passa un doigt sur une feuille de philodendron, puis se laissa tomber dans un fauteuil de cuir craquelé, où il se mit en devoir d'ôter ses chaussures. Il laissa tomber ses lunettes dans sa chaussure gauche et enfonça profondément son pouce et son index dans ses yeux fermés. Il avait la bouche ouverte et Paul pouvait voir sa langue. « Fais-nous un peu de thé, mon petit chéri », dit-il, d'un ton très las.

Quel mollusque, songea Paul. Quel vieux noceur sans attrait et à bout de course. Combien de « petits chéris » avaient essuyé la poussière de ses plantes, lui avaient apporté son thé, au cours des années ? Pourquoi venaient-elles, qu'est-ce qui les attirait... la verdure ? Quand elles s'en allaient, les mercredis soir, quels sentiments remontaient de la poitrine d'Asher jusqu'à sa gorge et à sa bouche ?

Patricia Ann apporta sa tasse à Paul. « Vous faites vos études à l'université ?

— Oui, dit-il.

— J'ai un demi-frère... Virgil... », cria-t-elle à l'intention d'Asher. Puis, revenant à Paul : « Virgil Cooper..., il jouait au basket-ball dans l'équipe de New York.

— Ah oui ?

— Oui, mais il y a déjà dix ans de ça. Plus même. » Elle porta une tasse à Asher. Il lui fit signe de la poser à ses pieds et de le laisser tranquille. « Tu as la migraine, Minet ? lui demanda-t-elle.

— Uh-uh.

— Les plantes étaient vraiment toutes poussiéreuses, lui dit-elle.

— D'accord.

— C'est parce que les fenêtres sont ouvertes, dit-elle à Paul.

— Il faut bien que je respire », dit Asher, d'un ton plus ensommeillé que brusque, et la fille s'éloigna de lui.

Un long silence suivit.

« Excusez ma tenue, dit-elle, montrant ses pantoufles. C'est pour être à l'aise dans la maison. » Elle s'assit sur un tabouret auprès du chevalet d'Asher et prit une paire d'escarpins qui étaient par terre. « Voulez-vous que je les mette ?

— Non, dit Paul. Vous êtes très bien comme ça.

— Bon », dit-elle, en poussant un soupir.

Asher marmonnait entre ses dents. Il continua, mais tout en dormant. La journée s'assombrissait de plus en plus et, de l'autre côté de la pièce, la silhouette d'Asher était de moins en moins distincte.

« Il fait froid dehors, dit Patricia Ann. On le sent même à travers la fenêtre. Est-ce qu'il fait toujours froid ?

— Très, dit Paul.

— A quelle université allez-vous ? demanda-t-elle.

— Cornell.

— Oh ! En Californie.

— Non. A New York, dit Paul.

— Vraiment ?

— Dans l'Etat de New York.

— Oh ! » Elle éclata de nouveau d'un rire aigu, anxieux, sans joie.

Paul n'en croyait pas ses yeux. Il était nerveux, honteux pour son oncle et violemment ému pour la fille. Elle croisait et décroisait les jambes, elle examinait et réexaminait ses ongles et, finalement, elle haussa les épaules, comme si elle se résignait à quelque tragédie ayant trait à ses cuticules. Le métro aérien passa cinq fois sous la fenêtre et, durant tout ce temps, aucun d'eux ne parla. La curiosité de Paul finit par mourir sous son incrédulité. Mais enfin, Asher voulait lui faire voir quoi ? Est-ce qu'il y avait là quelque chose qui lui échappait ? Etait-ce là le bonheur, la sainteté, la sérénité dont les hommes rêvent ? Avait-il sous les yeux le rejet des bassesses, des ambitions, des quêtes, des cupidités ? Bref, était-ce un gâchis ou pas ?

C'en était un. Et, chose curieuse, la vue des conditions d'existence de son oncle faisait palpiter le cœur de Paul. Le désordre qui l'entourait, l'indignité de tout ce qu'il voyait, ébranlèrent brusquement la foi de Paul en lui-même. Il éprouva une sorte de terreur à l'idée que sa vie à lui pouvait aller de travers. Il se permit même de se demander s'il n'y avait pas une voie moins dure à prendre pour lui... pour juste un peu de temps encore. Ne pouvait-il pas chasser de nouveau le papillon dans Prospect Park, en attraper qui battraient des ailes dans son étamine et son cintre ? Ne pouvait-il pas attendre devant les douches à Ebbets Fields pour entrevoir Pee Wee Reese ? Ne pouvait-il de nouveau se lever et tomber, juste un moment, sur les dames hâlées de South Fallsburg, New York ? Ce Paul diligent, ce Paul qui promettait tant, ce Paul sans le sou,... ne pouvait-il rester seul dans sa chambre à composer un millier de mots bien sentis à l'intention de la commission des bourses, promettant qu'il serait un bon garçon, qu'il travaillerait bien si seulement on lui accordait les huit cents dollars en question ? Non ! Absolument pas ! Il en avait par-dessus la tête d'être un petit garçon. C'était pour cela qu'Asher avait un air si pathétique ; cinquante ans, chauve et continuant à porter son costume Eton. Asher n'était pas capable d'affronter le monde en homme grandeur nature ; il n'était pas capable d'épouser une femme, d'accepter ce fardeau. Il prenait les dons pour les pénalités, les pénalités pour les dons, et reculait devant la vie... de sorte que la vie reculait devant lui. Et aujourd'hui, voilà ce qu'il était : un réceptacle oui, une poubelle, pleine de paroles ordurières et de regrets volcaniques. Paul ne pouvait croire qu'Asher n'avait pas de regrets ; et de ce fait l'image qu'il avait du monde se trouvait bouleversée.

Une lumière s'alluma. Patricia Ann regarda sa montre, puis son Asher, et fit entendre une douce plainte. Elle essaya de gratifier le neveu d'un sourire mais ne révéla que son impatience et son égarement. Son mercredi après-midi filait, filait...

« Vous avez l'heure ? » demanda-t-elle.

Paul eut un élan de bonté vers elle. « Je dois partir », dit-il.

Presque instantanément elle fut devant la porte.

« J'ai été content de vous connaître, dit Paul. Ne le réveillez pas.

— C'est la première fois que je vois un membre de la famille d'Asher », chuchota-t-elle, puis elle lança un regard plein d'amour à la silhouette effondrée endormie à l'autre bout de la pièce. « Je suis très contente, dit-elle, prenant la main de Paul pour la serrer. Asher est un peintre formidable. C'est l'être le plus merveilleux que j'aie jamais rencontré. Il ne ressemble à personne.

— Je sais, dit Paul. J'aime beaucoup Asher.

— Moi aussi, dit-elle. Est-ce que vous vous intéressez à l'art ?

— Oui.

— Il est en train de faire mon portrait. Vous le saviez ? Pour... notre anniversaire. Est-ce que vous appréciez vraiment l'art ?

— Mon Dieu, oui.

— Si vous appréciez l'art, vous ne devriez pas être gêné...

— Je ne comprends pas.

— Vous voulez le voir ? Mon portrait. Notre cinquième anniversaire.

— Si vous pensez que c'est nécessaire... »

Sur la pointe des pieds, elle alla doucement jusqu'au coin derrière le tabouret. « Il est ici », dit-elle, lui faisant signe de la suivre. Elle fouilla au milieu d'un tas de toiles appuyées au mur, puis en sortit une. Elle commença par la regarder elle-même ; puis, avec une certaine hésitation, elle la plaça sur le chevalet et alluma une lampe au-dessus de leurs têtes.

« Ça ne se fait pas », se hâta-t-elle de dire. Puis elle rit. Puis elle devint très grave. « Ça vous plaît ? »

L'idée n'était pas originale. La femme représentée sur la toile était allongée dévêtue sur un canapé, un bras derrière les cheveux, l'autre reposant contre son flanc. Mais, contrairement à d'autres femmes qui avaient été peintes dans cette position, Patricia Ann n'avait pas un air particulièrement langoureux. On avait plutôt l'impression qu'elle venait d'entendre frapper à la porte et qu'elle était sur le point de se précipiter pour chercher ses vêtements. La main qui reposait contre son flanc était crispée et ses genoux étaient serrés, décourageant toute idée de pénétration. La Femme Qui ne Reçoit ni ne Donne de Plaisir.

« C'est terminé ? » Ce furent les seuls mots qui lui vinrent à l'esprit.

« Je crois qu'il doit ajouter de la couleur », dit-elle. Mais il avait déjà saisi la nuance ; Asher connaissait exactement la profondeur et le ton de sa maîtresse. « C'est joli, non ? » demanda la fille à l'étudiant, mais elle n'attendit pas la réponse. « Avec des amies, nous avons enregistré un disque, un jour — une chanson ? — et, quand nous l'avons entendu, ça nous a mises dans tous nos états. Je veux dire que nous ne pouvions plus nous arrêter de rire. Mais, au bout d'un moment, nous nous sommes mises à penser que le disque n'était pas si mal que ça et nous avons même parlé de l'envoyer à un animateur de radio, avec une photo de nous. Mais, au premier moment, cela nous a paru simplement une bonne plaisanterie.

— Je sais, dit Paul, entendant son oncle derrière lui émettre un ronflement triste et rauque. Je me suis déjà entendu sur un magnétophone. On est surpris.

— Pour ça, oui... Et, ajouta-t-elle d'un ton grave, sachez que Charlie, mon mari, ignore tout de tout cela. On a fait tout un portrait de moi, et Charlie n'en sait rien. J'ai même une fille, une adorable gosse. »

Ils regardèrent tous deux le portrait. A la porte, elle lui sourit : « Bonne chance à Cordell.

— Merci. »

Poussant la porte pour la fermer, elle dit encore : « Amusez-vous bien à l'université. »

L'escalier n'était pas éclairé, et Paul ne descendit pas tout de suite. Il tâtonna pour trouver une rampe, mais il n'y en avait pas. Il entendit derrière la porte : « Asher, Asher, réveille-toi mon Minet, il est déjà plus de cinq heures. »

Oncle Jerry envoya un mot. Si Paul en avait envie, il pouvait appeler Jerry à son bureau. Mais il avait le droit, tout aussi bien, de choisir d'ignorer ce mot.

« Tu te maintiens ? s'enquit Jerry quand Paul l'appela.

— Je crois que ça va. J'ai perdu un kilo, mais je garde toutes mes facultés.

— Et à la maison, comment ça marche ?

— Exactement comme tu l'imagines, dit Paul. Ma mère s'effondre à chaque instant et mon père ne cesse de vouloir me parler, mais lui non plus n'y arrive pas. Je leur ai expliqué plusieurs fois, Jerry, mais je ne le fais plus. Je ne vais pas couper les ponts. Pas maintenant en tout cas. Je les entends seulement dire : « Je t'en prie, n'épouse pas cette fille. Attends un peu au moins. » Et c'est comme ça tout le temps. Je te jure qu'ils arriveront à me faire les détester ! »

Il ne s'était pas rendu compte à quel point sa voix était menaçante avant d'entendre Jerry sur la défensive.

« Paul, je me sens obligé, tu comprends... ton père m'a appelé, il était en larmes. Je lui ai dit que je me mettrais en rapport avec toi. C'est pourquoi je t'ai mis ce mot. Je ne sais pas quoi te dire. Je n'ai pas envie de te donner de conseils. Je ne crois pas qu'on doive fourrer son nez dans les affaires des autres. »

L'intervention de la famille de Paul dans les affaires de Jerry, donnait un poids particulier, un accent de mélancolie, à cette remarque. Paul se sentit de grands liens avec son oncle, en cet instant... mais cela ne le rendait pas particulièrement heureux. Il n'avait pas nourri l'intention, ni l'espoir, de se dresser finalement contre sa famille. Il avait eu l'intention de leur parler de Libby en décembre, afin que leurs protestations aillent faiblissant avec les mois et qu'ils en viennent à accepter l'idée de mariage juste après son diplôme. Il avait un sens des convenances envers sa famille, un sens de leurs responsabilités qu'eux-mêmes n'avaient peut-être pas. Jamais, se dit-il, il ne s'était laissé aller à aucun désir d'être cruel vis-à-vis d'eux, et même s'il avait travaillé dur indépendamment d'eux, ç'avait été en partie pour ne pas accroître, de quelque manière que ce fût, leurs déceptions. Il considérait maintenant comme un devoir filial de leur donner toutes les chances possibles ; cela le mortifiait de ne pas le faire, dans le grand univers au-delà de sa famille auquel il aspirait, un monde ordonné et bienséant qu'il n'avait pas encore connu jusqu'alors, mais qu'il avait imaginé. Néanmoins, il commençait à se rendre compte qu'il avait appelé Jerry pour des raisons qui n'étaient pas plus élevées que celles qui l'avaient envoyé faire une promenade avec Asher : pour être rassuré.

« J'ai dit à ton père que je te contacterais, dit Jerry. Mais, bien sûr, je ne peux rien te dire. Je ne connais même pas cette fille. Nous-mêmes, Paul, nous nous connaissons à peine. Je n'ai pas compliqué les choses en expliquant quoi que ce soit de ce genre à Leonard. Cela ne l'aurait pas intéressé. Je comprends, dit-il à Paul d'une voix douce. C'est toi qui vas tout me dire, Paul, comme il faut. Qu'est-ce que tu penses, toi ? »

Le jeune homme répondit d'un ton acerbe : « Ce que je pense ? Je pense que je vais épouser Libby ! Je crois que rien, dans toute cette hystérie, ne nous concerne. Ils la connaissent à peine. En fait, ils ne la connaissent pas du tout. » Puis son propre dépit l'enveloppa ; il n'avait aucune raison au monde de se montrer aussi sec avec cet oncle en particulier.

« Ton père dit qu'ils l'ont vue ? demanda Jerry, toujours délicat.

— Je l'ai amenée ici pour Thanksgiving. Je voulais leur faire plaisir. » Ces mots le firent brusquement tourner à l'aigre. Si sa famille ne voulait pas lui faire plaisir, pourquoi se donnait-il tant de mal pour lui en faire à elle ? « Ils savaient que je sortais avec une fille... je la leur ai fait voir. Elle est venue encore une fois la semaine dernière, une demi-heure, avant que je leur parle de nos projets.

— Ton père m'a laissé entendre qu'elle était maladive. Je ne fais que répéter ses paroles, crois-moi.

— Jerry, elle s'enrhume facilement, répondit-il d'un ton las. Disons même, Jerry, que c'est une fille fragile. Mais elle ne va pas devenir fermière. Elle va être ma femme. Tout ceci est très sot, Jerry. Tu sais ce qu'ils lui reprochent.

— Elle est catholique.

— Elle est catholique. » Mais il savait lui-même que ce n'était là qu'un brin dans toute la tapisserie du refus. Ce n'était pas pour un seul crime qu'ils voulaient pendre la fille... il y avait sa religion, plus sa santé, sa jeunesse, la jeunesse de leur fils, et encore une douzaine d'autres choses. S'ils avaient connu le mot, ils auraient affirmé que leur sentiment que Paul commettait une erreur était intuitif ; c'était le mot dont il s'était servi quand il avait commencé à discuter avec lui-même en faveur de sa décision. « Jerry, elle est catholique comme moi je suis juif. Ce n'est pas le genre de chose qui occupera une grande place dans nos vies. Cela n'a rien à voir pour nous ? C'est une ruse de plus.

— Paul, on m'a mis dans une position où je suis amené à poser des questions que je n'ai même pas envie de poser. Comment pouvais-je espérer raisonner avec toi, d'ailleurs, d'une façon ou d'une autre ? Même si une impulsion stupide m'avait poussé à le faire. Ce n'est pas de l'esprit qu'il s'agit ici, et en tout cas pas du sens pratique. Il s'agit du choix spontané, mystérieux,... le choix du cœur. Du cœur qui ne s'embarrasse de rien, dit Jerry.

— Oui, dit Paul, vaguement ébranlé par le ton respectueux de son oncle.

— Le cœur sait, Paul. Il m'a fallu la moitié de la vie pour apprendre un fait aussi simple. J'étais écrasé sous de telles névroses, grosses comme des montagnes. De formidables pressions qui croissent et se développent et qui vous coupent de ce que vous croyez être votre for intérieur. Je n'ai pas fait une chose spontanée en vingt-sept ans, Paul. Parce que mon cœur était écrasé comme je te l'ai dit. Mais ce que le cœur décide doit être, Paul, je te le dis, tu n'auras pas de paix si tu le défies. Aime ! » s'écria Jerry.

Et Paul, sur le même ton, s'écria : « Jerry, je l'aime. »

Son oncle répondit avec douceur : « Alors, ça suffit. C'est tout ce qui compte. »

Voyant qu'il avait provoqué une approbation si totale, Paul se sentit tout à coup submergé par vague sur vague d'inconvenance. Pour aussi vrais qu'ils fussent, les mots qu'il avait prononcés, il les avait quand même tous dits avec intention. Et pourquoi avait-il eu besoin de convaincre Jerry ? Pour que Jerry change d'opinion et cherche à le convaincre lui. C'était un fait inévitable que, depuis l'après-midi sur la Troisième Avenue, la certitude s'était en quelque sorte estompée. Il ne pouvait croire qu'Asher et sa maîtresse à cervelle d'oiseau lui avaient démontré autre chose que ce que tout le monde savait déjà des vies gaspillées, mais il commençait depuis lors à se sentir moins courageux que craintif. La peur se mit à lui apparaître comme le tremplin de bien des choses qu'il avait faites dans sa courte vie. Il était bien un boursier, un faiseur de plans, un jeune homme qui investissait des émotions un jour pour accumuler de l'amour et de l'admiration le lendemain. Il en était venu à considérer son mariage avec Libby de deux manières différentes, mais qui, toutes deux, malheureusement, jetaient une ombre sur sa virilité et sa dignité.

D'un autre côté tout cela sentait tellement la sécurité. Mari, gagne-pain... toute la route bien suivie, tous les devoirs et les missions tracées à l'avance pour lui. De la maison à l'université, à l'épouse, sans prendre de risque. Il n'avait pas besoin de faire de grands efforts pour se souvenir, dans son passé, de plus de quelques risques qu'il s'était donné assez de peine pour éviter. Même récemment, avec ses parents : il avait frappé contre les murs de leur maison en décembre, espérant que d'ici mai ils trouveraient un moyen pour empêcher que le toit ne s'effondre. Il voulait rester le bon fils. Et vis-à-vis de lui-même, il semblait se donner beaucoup de mal pour rester intègre.

Autrement, il leur dirait d'aller se faire voir. Il s'enfuirait, épouserait la fille et les laisserait pleurer toutes les larmes de leur cœur. C'est ce qu'aurait fait Asher, se dit-il. Et comme il voyait que c'était là le choix qu'aurait pu faire Asher, cela le mettait mal à l'aise aussi. Si épouser Libby était ne pas prendre de risque, c'était aussi prendre tous les risques possibles. La vie d'Asher l'avait profondément démonté ; il ne lui fallait pas beaucoup se tordre la cervelle pour l'imaginer comme sa vie propre. Tout au fond de son cœur, il avait commencé à tendre l'oreille aux objections de ses parents. Il n'était plus tellement sûr de voir Libby aussi clairement que son oncle voyait Patricia Ann, comme il la voyait en peinture en tout cas, sinon dans la vie. Il n'était pas sûr de vouloir la voir aussi clairement. Il savait seulement qu'il ne voulait pas être pris jusqu'au cou dans l'histoire Libby ; il voulait l'aimer.

Se sentant presque une cervelle brûlée, il écoutait son oncle Jerry le réconforter à l'autre bout du fil. « Alors, bonne chance, Paul. Je crois que c'est la seule que nous avons tous à te dire.

— Merci.

— Dis bonne chance à Libby aussi. » Jerry prononça ce nom avec aisance et Paul sut qu'ils se plairaient tout de suite, tous les deux. « Quand est-ce que tu te maries ?

— Pas avant mai. Vers le moment des diplômes.

— Est-ce que je vous verrai avant que vous repartiez ? J'aimerais vous emmener dîner. J'inviterai Claire et son mari. Elle sera ravie de vous voir.

— C'est très gentil à toi, Jerry. Je vais appeler Libby. Je crois que demain soir, si tu es libre, est ce qui nous arrangerait le mieux. Nous devions nous voir pour avoir des nouvelles des deux fronts.

— Comment résiste-t-elle ?

— Bien », dit Paul, en mentant, comme s'il avait le devoir d'épargner à cet homme deux fois perdant une connaissance plus étendue des épreuves de l'amour.

« Je sais que mon visage a du caractère, mais il n'y aura donc personne pour me dire que je suis jolie ? » Mais, sur les marches du *Plaza,* avec tous ces snobs qui allaient et venaient, son vœu fut exaucé. Le caractère l'avait fui pour la soirée, et maintenant, elle était jolie. Elle s'était beaucoup maquillé les yeux, elle avait même réussi à réduire le fier assaut de son nez — ses proportions habituelles étaient perdues sous le grand mât de sa chevelure noire, qui était entièrement rassemblée sur le sommet de sa tête, révélant une nuque mince de jeune garçon. Le portier s'inclina et ouvrit la porte à la dame et à celui qui l'escortait et qui, même dans son complet sombre et avec sa cravate, avait un air un peu miteux... miteux peut-être seulement par rapport à l'éclat et au chic de la mince jeune femme qui était auprès de lui.

A la vue de Libby, Paul avait connu un réel élan de plaisir. Mais, peu à peu, il fut gagné par l'agacement, peut-être parce qu'elle s'était mise ainsi sur son trente et un. Pourquoi ? En réalité, elle ne portait qu'une simple robe noire avec une veste étroite et une jupe cloche, mais sa séduction — reconnue par l'intéressée par l'allure même qu'elle avait adoptée — tenait à la manière dont elle rendait apparente la délicatesse des épaules et du cou. En dépit de son nez qui coulait et du temps, elle n'avait pas mis de blouse, de sorte qu'on était évidemment touché par la fragilité nostalgique révélée par le large décolleté de la veste. La liasse de Kleenex dans son gant blanc (qui évoquerait pour les parents de Paul des sanatoriums et des notes d'hôpital) ne faisait que donner plus de charme encore aux petites boucles d'oreilles et au bracelet de grenat. Ils traversèrent le hall jusqu'à l'entrée du Oak Room, et lorsque Paul la regarda de nouveau, il le fit profondément, avec intensité, pour trouver un signe de l'étudiante qu'il avait fait le projet d'épouser : les cheveux noirs droits qui arrivaient aux épaules, les lèvres pâles, les yeux trop usés, la Libby marquée par l'hiver, la bibliothèque, les études. Ce qu'il trouva à la place, ce fut quelque chose qui le tourmenta, quelque chose qu'il ne pouvait qualifier en pensée que d'aspiration.

Mais quand ils repérèrent oncle Jerry et entrèrent dans la salle à manger, Paul posa les lèvres sur les cheveux de

Libby. Il s'expliqua à lui-même son petit effort pour faire étalage de prospérité et de brillant comme une tentative pour faire impression sur un Herz au moins. Le fait que la mère et le père de Paul la redoutent à ce point pour leur fils, l'amenait, il le savait, à commencer à se demander quel genre d'ogresse elle pouvait bien être. Il savait cela et il savait combien sa fiancée avait besoin de protection. Il lui murmura à l'oreille : « Ma femme », ressentant une petite vague de bien-être quand le mot passa ses lèvres.

« Mari », murmura Libby, et cela aussi le fit frissonner de joie. Oh, Libby en avait fait du chemin pour passer de l'état de petite étudiante à celui de femme. Paul l'avait hissée hors de l'enfance en même temps que lui-même. Maintenant — et cette pensée avait pour lui une force toute particulière quand il voyait Libby rejoindre, en faisant bruisser sa robe, l'oncle Jerry — maintenant elle était entièrement sienne !

Claire, la fille de l'oncle Jerry était de l'âge de Paul. Il avait toujours été entendu dans la famille que, puisqu'ils étaient nés à un mois l'un de l'autre, ils s'aimaient bien. Mais même durant le petit flirt auquel ils s'étaient livrés dans les derniers mois de leur dix-septième année, il y avait eu peu d'affection entre eux. Après un soir où ils avaient ôté leurs vêtements et où ils étaient demeurés à se regarder l'un l'autre, haletants, Paul était reparti vers l'université et la grande littérature, et Claire pour Syracuse et une vie agitée dont les détails parvenaient tous les lundis matin aux oreilles de Paul qui était à Cornell, à cent kilomètres de là. Mais avec le dîner au *Plaza* — la neige tombait sur les voitures de l'autre côté de la fenêtre, loin des cheveux de Libby — tout était changé. Claire semblait éprouver un plaisir particulier à montrer à Paul quelle matrone elle était devenue, et combien humaine. De tout son être, elle écoutait les remarques que faisait son mari, espèce de machine I.B.M., aux cheveux taillés en brosse, qui avait ramené de Syracuse un diplôme d'administration commerciale et la brûlante Claire Herz. L'affaire dans laquelle il travaillait distribuait des actions ou les faisait changer de main, ou quelque chose de ce genre que Paul ne comprenait pas ; mais Claire, elle, réagissait comme s'il était un ténor chantant d'une voix exquise. Une fois il crut l'avoir vue fermer les yeux, ce fut quand son mari parla d'un prêt important qu'un certain Mr. Richmond était en train d'émettre Peut-être se représentait-elle la chose d'en haut. Finalement, elle découvrit Libby et ses vêtements, et il sembla que Libby se découvrait elle-même.

« En général je ne vais pas chez Carita, dit Libby, mesurant la réaction de Claire, parce qu'on y attend trop longtemps.

— Ils travaillent merveilleusement, dit Claire. C'est ravissant.

— C'est seulement la deuxième fois que j'y allais. »

Claire leva un doigt comme si elle allait toucher la couronne de cheveux de Libby et ce fut alors que Paul comprit que ce n'était pas des vêtements de Libby qu'elles parlaient. Carita était l'endroit où elle s'était fait coiffer. Il s'était imaginé qu'elle l'avait fait elle-même, devant la glace de sa salle de bains, à Queens. Son étonnement le mena à une grave contemplation de l'avenir. Toutes ses pensées des quelques derniers jours avaient été graves de ton, et vastes de nature. Il ne pensait plus au lendemain simplement en termes de semestres et d'étés.

Entre-temps, les deux jeunes femmes s'étaient lancées dans une conversation ayant pour objet les chaussures de chez Delman. Finalement, Libby s'excusa et partit vers les toilettes — probablement, songea Paul, pour se faire les yeux un peu plus.

Claire posa la main sur celle de son cousin.

« Elle est merveilleuse, Paul. Je crois que rien n'aurait pu t'arriver de plus merveilleux. Elle est si charmante, si vivante, si jolie. Sa peau, ses cheveux...

— Nous vous souhaitons tout le bonheur possible, dit le mari de Claire, ajoutant un signe affirmatif de la tête pour bien montrer qu'il était sincère. Je crois qu'il faut que nous rentrions maintenant, mon chéri, dit-il à sa corpulente et belle épouse.

— Baby-sitters », dit Claire.

Elle parlait d'un ton las, mais c'était un air qu'elle se donnait ; elle était de toute évidence ravie de ses obligations maternelles. Elle se leva, matrone de vingt et un ans. Elle fit le tour de la table pour aller vers son père qui repoussa sa chaise et se leva aussi. Avec ses cinquante-cinq ans, l'oncle Jerry aurait pu être son amoureux ; il se tenait très droit et il était vêtu, comme son gendre, d'un costume étroit et d'une cravate étroite. La seule chose qui gâtait son apparente verdeur et sa beauté, c'était la désolante bonne volonté qu'exprimaient ses yeux.

Quand Claire et son mari furent partis, il dit :

« Harold est un bon garçon. Un garçon très solide.

— Il a l'air très gentil », dit Paul essayant de se concentrer sur son oncle et pas sur lui-même. Il attendait avec une vague appréhension le retour de Libby à leur table. Quand elle s'était levée, il avait éprouvé un réel soulagement, tant il redoutait ce qu'elle allait peut-être dire.

« Il est très bien surtout pour Claire, dit Jerry. Il semble la tenir en main. Tu l'ignores peut-être, mais elle a eu une époque d'exubérance terrible à l'université.

— Ah oui ?

— Elle avait une forte tendance à la promiscuité à Syracuse, Paul. Elle aurait pu gâcher complètement toute sa vie. Quand j'ai quitté Selma, dit Jerry, elle a perdu l'image du père, il n'y a pas de doute là-dessus. Mais si j'étais resté plus longtemps, elle l'aurait perdue de toute manière. Il aurait pu arriver des choses pires. » Paul se demanda quoi, mais déjà Jerry poursuivait : « Aucun d'entre nous, dit son oncle, n'est tout à fait sans pensées incestueuses. Et ce ne sont pas les sentiments qui comptent, vois-tu, c'est la manière dont on réagit face à eux. »

Jerry avait l'air de croire qu'il venait d'expliquer quelque chose ; Paul ne ressentait que le désespérant et sordide sentiment des convenances qu'il y avait à admettre de tels mobiles.

« Ce jeune homme, disait Jerry, n'est pas un sorcier, il n'a rien de sensationnel. Mais il est régulier, c'est un *mensch*[1], et il a fait des merveilles pour Claire. Tu devrais la voir avec le bébé. Elle raconte si joliment qu'on en a envie de pleurer.

— Je suis certain qu'elle est parfaite.

— Elle est devenue une mère remarquable.

— Oui, dit Paul. Je suis content que nous ayons eu l'occasion de nous réunir tous ensemble.

— Je suis content que nous ayons tous eu une occasion de faire la connaissance de Libby. Je crois que tu as trouvé une fille bien.

— Merci.

— C'est toi-même qu'il faut remercier. Ce n'est pas souvent que les jeunes savent ce qu'ils veulent. Ce n'est pas souvent qu'on trouve un être jeune qui ait déjà l'idée de ce qui est essentiel. Ils courent de-ci, de-là, ils font des imbécillités — comme Claire — ils se mettent à l'épreuve les uns les autres. Ce n'est pas sain, ce qui arrive à cette génération. Ils « baisent », ils « couchent », dit Jerry, et ces expressions expriment bien à peu de chose près ce qu'ils font. Ils s'agrippent et se tripotent beaucoup, Paul, mais ils

1. *Mensch :* homme dans toute l'acception du terme.

touchent très peu. Mais je vois ta Libby et je vois Claire maintenant, et elles ont l'air de deux filles qui savent ce que toucher veut dire. »

Les yeux de l'oncle Jerry devinrent humides brusquement. Dans l'atmosphère sophistiquée de la salle à manger, avec un steak qui grésillait à la table voisine et la lumière des bougies jetant des rayons chatoyants sur les longs rideaux et, dehors, les flocons blancs qui tombaient sur le parc, Jerry ne pouvait empêcher les larmes de couler sur son visage. Quand il les eut séchées, Paul s'attendait à voir peut-être une marque pâle à l'endroit où la couleur naturelle de son oncle avait été effacée par la serviette. Oncle Jerry, luttant à jamais pour une bouffée d'air dans cet océan sombre des inadaptés et des instables, avait versé deux larmes au nom de l'Amour. *Amour,* était le nom peint sur le navire qui viendrait et le ramènerait sain et sauf sur le rivage. Il avait déjà sauvé sa fille et maintenant Jerry expliquait à Paul que le navire l'avait sauvé lui aussi, alors peut-être que par un jour de soleil, il viendrait et sauverait Jerry. Il trouverait une femme qui ne serait pas une image de sa mère, comme l'énorme Selma, ni une image de sa fille, comme l'éphémère épouse de vingt-sept ans ; une femme qui le toucherait, tout simplement.

Paul se rendit compte que, depuis le début du dîner, il regardait son oncle à travers les yeux d'Asher. Là-dessus, Libby revint à la table et, elle aussi, il la vit à travers les yeux d'Asher. Lorsque Paul essaya de la regarder à travers les yeux de Jerry, l'idée lui vint que c'était peut-être comme cela qu'il la regardait depuis toujours. Il ne savait plus vraiment s'il pouvait se considérer comme un réaliste ou comme un romantique.

« Ça va ? murmura-t-il à Libby en lui tirant sa chaise.

— Je me suis juste mis quelques gouttes dans le nez pour respirer un peu, dit-elle, mais il huma sur elle un parfum qu'il n'avait encore jamais senti. J'ai parlé avec Claire et Jack dans le hall, dit-elle à Jerry.

— Tout ce temps ? demanda Paul.

— Oui, ils sont extrêmement gentils, dit-elle, s'adressant à Jerry.

— Oui, ils sont tout ce qu'un père peut espérer », répondit Jerry et, à partir de ce moment, lui et Libby se mirent, pour le reste de la soirée, à parler théâtre. Jerry était là, impressionné, charmé, conquis, tandis que les doigts de Libby s'agitaient au-dessus de son verre d'eau, et que ses yeux devenaient tour à tour graves, intrigués et gais. Dans l'heure qui suivit, Paul l'entendit prononcer le mot art, le mot beauté, et le mot vérité trois fois. Elle dit deux fois objectif corrélatif. Mais, cela n'avait aucune importance, bien sûr, qu'elle se fît l'écho de Paul ; elle ne faisait encore qu'apprendre, bien sûr. Elle avait déjà fait beaucoup de chemin depuis la maison des Pi Phi, sur les marches de laquelle il l'avait trouvée, il y avait un peu moins d'un an de cela. En lui faisant la cour, il l'avait changée, il avait travaillé à la changer ; mais maintenant il se demandait si elle deviendrait jamais l'article exact qu'il voulait. Etait-elle intelligente ? Etait-elle honnête ? Mûrirait-elle ? En essayant de l'améliorer, avait-il seulement fait d'elle un singe ? Quel moment pour se poser de pareilles questions !

Il essaya de l'admirer pour avoir capté si rapidement l'affection de son oncle, mais il n'en fut pas capable.

Dans le métro qui les ramenait à Queens, il lui demanda combien cela coûtait de se faire coiffer chez Carita.

« Huit dollars.

— Juste pour les ramasser en tas comme ça sur le sommet du crâne ?

— Ils les lavent et ils font la mise en plis... et il y a le pourboire en plus. Ils ont été obligés de me crêper les cheveux tellement ils sont raides.

— Et le crêpage compte sur la note ou c'est gratuit ?

— Est-ce que je me suis mal conduite ? demanda Libby. Est-ce que j'ai trop parlé ? Je me suis rendu compte que je parlais beaucoup. Oh, Paul qu'est-ce qu'il y a ?

— Rien.

— Tu n'es pas heureux avec moi.

— Tu ne penses pas que huit dollars, c'est une grosse dépense pour se faire coiffer ?

— ... Si.

— Tu le penses vraiment, ou c'est pour me faire plaisir ?

— Les deux.

— Et ne me fais pas de charme, veux-tu ? Je ne suis pas Jerry.

— Paul, qu'est-ce qu'il y a ? J'ai trop parlé, c'est ça.

— Non.

— Alors quoi ? C'est parce que je suis allée chez Carita ? Parce que j'en ai parlé avec Claire ? Je t'en prie, dis-moi. » Elle cherchait toujours à s'améliorer, et ce trait de son caractère (qu'il avait jadis tant aimé et qu'il détestait aujourd'hui, lui semblait-il) apparaissait dans sa requête. « Je t'en prie, Paul, dis-moi, répéta-t-elle.

— Je ne savais pas que tu avais des goûts aussi dispendieux. Moi mes coupes de cheveux me coûtent un dollar.

— C'était une occasion spéciale. » Elle se mit à pleurer. « Je suis désolée d'avoir fait ça. Je...

— Je ne peux pas me permettre ce genre de trucs, Libby. Nous allons devoir mener une vie frugale. Une vie raisonnable. Je commence à me demander si nous nous accordons. Je commence à me demander si tu comprends...

— Oh, chéri, dit-elle, et elle posa la tête sur son épaule. Je suis stupide. » Elle leva la main vers le monticule de ses cheveux et les défit.

Paul sentit son cœur bondir, mais ne dit rien ; quelques épingles à cheveux tombèrent avec bruit sur le plancher du wagon de métro, et Libby redevint la Libby d'antan, avec des cheveux jusqu'aux épaules.

« Je suis désolée, Paul. Oh sincèrement... je jouais un rôle pour plaire à tout le monde, gémit-elle. J'ai l'impression d'être un moulin à vent. J'ai l'impression que je cours et que je suis poursuivie et que je n'ai pas une seconde pour réfléchir. Je suis épuisée, et mon rhume ne s'en va pas, et, toute la soirée, je n'ai eu d'autre goût dans la bouche que celui des gouttes que je m'étais mises dans le nez. Tout le monde a dit que le vin était excellent, alors je l'ai dit aussi. »

Elle avait enfoui sa tête contre la poitrine de Paul et il lui caressait les cheveux. Il le faisait pour la consoler ; il ne tirait aucun plaisir de la qualité spongieuse et élastique de cette chevelure noire dont la douceur chantante avait toujours été pour lui une manière d'expression des désirs simples, des envies solides de la fille qu'il avait découverte et qui s'était dédiée à lui si brusquement et avec tant de passion.

Au bout d'un moment, elle lui prit la main et la tint sur ses genoux.

« Paul ?

— Oui.

— ... Je ne crois pas que je puisse attendre jusqu'en mai ou juin. Si je me marie avec toi, je crois qu'il vaut mieux que ce soit maintenant. Nous emménagerons dans ta chambre, nous serons mariés et tout ça sera fini. Je ne peux plus le supporter. Oh, mon amour, je suis tellement désolée pour ma coiffure. » Elle lui embrassa les cinq doigts pour le prouver. « Je savais que ça t'énervait. Je savais que c'était ça. »

Un Portoricain, assis au bout du wagon, lisait son journal. Il avait levé les yeux pour voir la jeune femme pleurer ; maintenant qu'elle s'était ressaisie, il revint à son journal.

« Ton oncle, disait Libby, est si gentil, et tous les autres sont si affreux. Et il est si malheureux.

— Toi aussi, tu l'es.

— Moi aussi, je le suis, et toi tu l'es, et nous sommes aussi des gens très gentils. Il n'a personne...

— Il a Claire...

— Oh, elle est fabriquée ! » Libby pleura, doucement. « Et moi aussi, dit-elle. Je l'ai vu dans tes yeux. Oh, espèce de fille fabriquée, disais-tu, pourquoi ne cesses-tu pas ? Et je ne pouvais pas, Paul, j'ai essayé, mais je n'ai pas pu. Je déteste ton oncle Asher ! annonça-t-elle. Je le déteste ! C'est un homme dégoûtant !

— C'est bon, Lib, calme-toi. Personne ne lui prête la moindre attention. »

Peut-être hésitait-elle ou peut-être calculait-elle, mais, finalement, elle murmura dans son cache-col :

« Si, toi.

— Moi quoi ? demanda-t-il.

— Je ne peux rien te dire sans que tu prennes un petit air revêche. Tu n'es pas toi-même.

— C'est toi qui l'imagines. » Il s'assit très droit, de sorte qu'elle fut obligée de retirer son visage. « Tu es énervée, voilà tout. »

Elle ne demandait qu'à être convaincue.

« C'est vrai ?

— Je le crois.

— Parce qu'il ne me connaît même pas ! Paul, Paul... qu'est-ce que j'ai de mal ? Qu'est-ce que tout le monde a contre moi !

— Je n'aurais rien dû te dire à son sujet. Tout va très bien.

— Paul, marions-nous et retournons au collège demain... Retournons-y mariés. Je t'en prie. »

La première vision qui se présenta à son esprit fut celle d'eux deux essayant de vivre dans sa petite chambre. Le père de Libby lui supprimerait son semestre suivant ; sa propre famille refuserait d'être présente à la remise des diplômes... Mais d'autres visions, plus plaisantes, suivirent. Car cela ne ferait que continuer à être ce que cela avait été avant : ils travailleraient ensemble à la bibliothèque et ils dormiraient ensemble dans sa chambre. Seulement maintenant Libby pourrait amener le reste de ses vêtements et rester toute la nuit jusqu'au matin. Ils n'auraient pas besoin de se retrouver pour le petit déjeuner ; ils seraient déjà là, ensemble. Quant aux familles, elles avaient des obligations qu'elles finiraient par reconnaître. Et l'année prochaine, il obtiendrait une bourse ; il avait déjà envoyé des demandes à Columbia, Penn, Michigan, et Chicago, bien avant la date du dernier délai. Il est probable que le père de Libby continuerait à payer ses études à elle pendant toute sa dernière année...

Le ferait-il vraiment ?

Ce n'était pas la première fois que la question venait à l'esprit de Paul. A qui le secrétaire adresserait-il les notes de Mrs. Herz ? Mais même si c'était à lui, ils avaient déjà calculé sur une page blanche au dos du carnet de littérature américaine de Libby qu'avec les travaux d'été, les bourses et des emplois à mi-temps, ils auraient assez pour payer leurs notes, et qu'il leur resterait peut-être même de quoi acheter une voiture d'occasion. Ils avaient mis sur pied un budget à la bibliothèque un soir idyllique avant les vacances, quand les allées et les arbres étaient lourds de neige, et que la lune était presque pleine. Maintenant, dans le métro vide, les ampoules électriques au-dessus de leurs têtes s'éteignirent un moment, et il se demanda si leurs évaluations avaient pu être justes. Ils avaient calculé la nourriture, le loyer, les études, le blanchissage, les distractions... Il avait beau réfléchir, il ne voyait pas ce qu'ils pouvaient avoir oublié ; il n'y avait, à vrai dire, aucune raison, à bien y penser, pour qu'ils ne se marient pas demain au lieu d'attendre le mois de mai. Ce fut néanmoins avec une nette sensation de déchirement qu'il accepta.

« Oh, Paul... » Elle pleurait maintenant sur un ton différent.

« Demain, nous nous occuperons de la licence et de la prise de sang, et puis nous nous marierons à l'hôtel de ville. Plus que quelques jours à attendre. » Il lui embrassa la main. « Courage ! » fit-il, à leur intention à tous les deux.

Mais elle ne se montra pas réconfortée pour autant. Quand ils quittèrent le métro le sol était jonché de Kleenex autour des chaussures de Libby ; elle poussa un soupir à rendre l'âme quand ils émergèrent dans la nuit froide et la rue détrempée par la neige. Il l'entraîna dans un bar, de l'autre côté de la rue, et attendit qu'elle eût avalé une demi-tasse de café avant de tenter de reprendre la conversation ; il attendit que passent tous les bruits émanant de sa poitrine et de son nez et que seule une larme par-ci par-là apparaisse dessous ses yeux embués.

« Qu'est-ce qu'il y a ? demanda-t-il. Qu'est-ce qu'il y a encore ?

— Paul... Je ne crois pas, cela peut paraître idiot... je ne crois pas que je puisse survivre à un mariage à l'hôtel de ville. » Mais son sourire, contournant deux larmes toutes fraîches, redonna un peu d'entrain à Paul.

« Il y en a pour cinq minutes, dit-il, fermant les yeux.

— Mais je ne suis pas une orpheline ! Je ne suis pas une coupable ! dit-elle d'un ton véhément. Les gens se marient à l'hôtel de ville quand ils ont quelque chose à cacher. Les filles enceintes se marient à l'hôtel de ville. Mais je ne suis pas enceinte — cette tragédie-là m'a été épargnée — alors pourquoi faut-il que j'agisse comme si je ne l'avais pas eue cette chance ! Je ne suis pas enceinte, bonté divine ! » Avec son Kleenex, elle ramena quelques grains de rimmel sur son nez. L'outrage moral balayait l'hystérie : Libby expulsa puissamment l'air de sa poitrine ; elle venait probablement de penser à cinq autres choses qu'elle ne se laisserait pas compromettre à faire. « Je ne permets pas que des gens — des parents — me forcent à agir... comme... comme si j'avais honte. M'enlèvent ma dignité, dit-elle, reprenant les paroles mêmes de Paul étudiant. Non, Paul. Tu sais que nous ne devons pas leur permettre... »

Il sentait la conviction dans sa voix balayant tout, puissante comme le vent ; elle avait levé les yeux et avait vu Paul se tenir le front dans les mains.

« Paul ? Qu'en penses-tu ?

— Je ne sais pas. » Il ne lui montra pas ses yeux. « Et toi, qu'en penses-tu ?

— Je ne sais pas...

— C'est bien dommage, dit-il. J'ai épuisé toutes les suggestions possibles.

— Et si, dit Libby au bout d'un moment, que penses-tu... d'un rabbin ?

— Pourquoi ?

— Oh, Paul, est-ce que ce ne serait pas plus officiel, plus tout ce que nous voulons ? Est-ce que ce ne serait pas une leçon pour eux si nous décidions de nous marier devant un rabbin ? Je ne fais pas la difficile, mais je ne veux pas avoir à me tapir dans un coin pour me marier ! Qu'est-ce que ça veut dire ? On ne se marie qu'une fois. J'estime qu'il faut que cela ait du poids. »

Quand il releva les yeux, c'était parce qu'il avait repris son sang-froid.

« Il faut que cela ait du poids, C'est nous qui le donnons. Tu n'es pas juive, Libby.

— Mais toi, tu l'es ! »

Il ne dit rien.

Elle se moucha.

« Mais... nous sommes des gens fondamentalement

religieux. Notre sens des valeurs... oh, cesse de me regarder avec cet air revêche !

— Alors cesse de parler comme ça. Je ne suis pas Jerry.

— Pourquoi me trouves-tu si stupide !

— Ce n'est pas vrai, Libby. Je t'en prie, Lib, ne pleure pas. C'est simplement... » Il essaya de le dire lentement « que nous ne sommes pas des gens fondamentalement juifs.

— Paul, ils ne feront pas de moi une rien du tout. Je refuse de les laisser me forcer à me marier à l'hôtel de ville ! En ce cas, j'irai trouver un prêtre. N'importe quoi.

— Moi je ne peux pas aller trouver un prêtre. Je ne pourrais pas me marier devant un prêtre, c'est simple et net.

— Parce qu'en fin de compte tu es juif ! Mon chou, sois seulement un peu juif, veux-tu ? Seulement jusqu'à ce que nous soyons mariés ? Après... oh, je n'ai pas envie de paraître si idiote. Je ne désire que cette seule chose... »

Et après, je ne ferai plus rien à ma guise.

Il entendit ces derniers mots comme un écho. A dix-huit ans, elle lui avait déjà donné tout ce qu'elle possédait ; maintenant, elle allait lui promettre le reste pour toujours. La seule chose qu'elle voulait satisfaire, c'était son sens de la bienséance, qui était la chose qui lui avait tenu à cœur à lui et qu'il avait cultivé en elle. Elle savait, cette frêle jeune fille, quels étaient ses droits en amour ; et de cela aussi il était reconnaissant et fier. Ils n'avaient pas à ramper par terre parce que d'autres l'auraient bien voulu.

Mais ils furent mariés à Yonkers par un juge de paix qu'ils avaient trouvé dans les pages jaunes de l'annuaire. Pas un rabbin n'accepta de s'occuper d'eux, ce qui les surprit tous les deux. Leur étonnement ne les empêcha cependant pas de se sentir longtemps honteux. Dans le cabinet de travail du dernier rabbin qu'ils allèrent voir, Paul se leva de son siège et l'injuria.

« Est-ce qu'il n'existe pas de rabbin marron qui marie sur des tables de cuisine ! N'y a-t-il pas, dans toute la ville, un homme assez bas pour unir deux personnes qui désirent être unies ?

— Essayez l'hôtel de ville, dit le rabbin, un homme lourd à la mâchoire sombre à qui, dès le premier instant, Paul avait déplu. Mariez-vous civilement.

— Nous n'avons pas besoin de votre conseil pour essayer l'hôtel de ville !

— Paul », supplia Libby, en tendant une main vers lui. Mais il ne voulait même pas voir son visage. Est-ce qu'il allait se compromettre à jamais, en honorant les faiblesses de cette fille ? A céder à ses désirs, ne se dissolvait-il pas lui-même en un âne sans caractère ! Un hypocrite ! Un niais !

« Je marie un Juif à une Juive, fit Lichtman, le rabbin, d'un ton sévère. C'est tout.

— Nous sommes juif et gentil.

— La cérémonie ne convient pas à ce genre de cas.

— Que Dieu vous damne ! cria Paul.

— N'élevez pas la voix dans ce bureau ! Nous ne sommes pas dans la rue ! De plus, vous ne savez rien du tout ! Un morveux de vingt ans ! Vous devriez être aussi savant que vous êtes braillard avant de venir ici ! Si vous croyez, croyez ; sinon, faites demi-tour ! Ne vous précipitez pas ici pour arranger les choses avec Maman ! Je ne suis pas là pour apaiser votre conscience. Je ne suis pas là pour être aimable. C'est une pensée écœurante !

— Je ne demande pas ma maman, Lichtman, je demande ma femme.

— Comme c'est mieux ! Vous devriez avoir honte ! Vous

êtes catholique ? demanda-t-il à Libby, et une expression de souffrance passa brusquement sur son visage.

— Oui.

— Alors, pourquoi ne pas demander à un prêtre ? Pourquoi ne pas lui demander à lui de vous unir avec ce Juif ? Ils ont un hôtel de ville pour des choses de ce genre.

— Vous n'avez pas besoin d'être aussi désagréable avec elle !

— Taisez-vous ! Vous êtes laïque, soyez laïque ! Ne venez pas piétiner avec vos pieds boueux dans ma synagogue pour des raisons sentimentales ! Je ne vous marierais pas si vous étiez juifs tous les deux ! Et maintenant sortez ! Vous êtes stupide, vous lancez des injures et vous êtes un lâche ! Sortez ! »

Le juge de paix ne déploya pas autant d'énergie ; pour commencer, il avait la goutte. Il dut rester assis pendant qu'il les mariait, mais il compensa sa posture par une voix claire, forte et non confessionnelle. C'était dimanche après-midi et, quand Paul et Libby arrivèrent, ils trouvèrent le juge installé tout près d'un poste de radio vieux modèle, un grand meuble chargé d'ornements avec VEAF WJZ WOR WABC inscrits sur le sélecteur de stations jauni. La femme du juge éteignit la radio pendant la cérémonie. C'était une femme d'un certain âge qui portait des lunettes et une robe d'indienne un peu plus longue derrière que devant ; au-dessous, elle avait des chaussures blanches d'infirmière. Elle toucha la mariée au moins dix fois, puis prit des fleurs artificielles dans le placard et les mit dans un vase bleu qu'elle posa derrière son mari, dont le bandage avait besoin d'être changé. Elle l'appelait « le Juge » et sa goutte « les ennuis du Juge ». « J'espère que vous ne serez pas ennuyés à cause des ennuis du Juge », leur murmura-t-elle, puis elle souleva le pied bandé de ce dernier et le posa sur une chaise rembourrée. La jambe les fixa pendant toute la cérémonie.

Quand ce fut terminé, la femme du juge remit les fleurs dans le placard et ralluma la radio. Puis le couple d'à côté, qu'on avait appelé pour servir de témoins, vint embrasser les jeunes mariés ; la femme embrassa Paul, l'homme Libby. La femme du juge regarda tour à tour l'alliance de Libby et celle de Paul et dit vraiment tout ce qu'il y avait à dire à leur sujet ; elle réussit à montrer plus d'enthousiasme qu'on n'était réellement même en droit d'attendre de la part d'un vieux juge malade de Yonkers. « Elles sont bien assorties », dit-elle. Le juge dit : « Elizabeth, Paul, voulez-vous venir jusqu'ici, je vous prie ? » Après avoir échangé un bref regard, ils approchèrent et se placèrent de côté et d'autre de ses ennuis, s'attendant à sa bénédiction. Il dit :

« Vous savez maintenant comment retourner en ville, n'est-ce pas ?

— Oui, dirent-ils.

— Cela fera dix dollars », dit le juge.

Il préféra ne pas prendre le chèque sur la banque d'Ithaca de Paul. « Nous avons tout le temps affaire avec des étrangers », rappela la femme du juge au jeune couple. Libby fut obligée de leur donner l'argent en espèces.

Deux autobus et un métro les ramenèrent à New York en une heure et demie ; Libby était descendue avant Paul pour prendre la correspondance pour Queens : mari et femme se retrouveraient à la gare de Grand Central le soir à six heures. Quand ils se séparèrent, ils étaient si préoccupés qu'ils oublièrent de s'embrasser. Paul fit le reste du trajet seul ; il retournait à Brooklyn dire à sa famille ce qu'il avait fait.

Il descendit du métro à Atlantic Avenue, où il fut frappé de constater combien lui était familier chaque poubelle, chaque poteau indicateur et chaque boîte à lettres. En remontant la rue jusqu'à la maison où habitaient ses parents, il enleva son alliance et la mit dans la poche de son manteau. Il commencerait son explication lentement, il leur donnerait une chance de... Mais, soudain, il vit devant lui le visage grave, ironique, féroce de Lichtman ; il se rappela les insultes et la douleur et remit l'alliance assortie à celle de sa femme sur son doigt et annonça la nouvelle dès son entrée.

Et son père le mit dehors. Mr. Herz ne s'était pas armé de tant de courage depuis qu'il avait investi toutes ses économies dans les aliments congelés et avait sombré pour la quatrième fois. Mais, cette fois, il ne sombrerait pas ! Combien de fois un homme pouvait-il échouer dans sa vie ?

Dans le train qui le ramenait à Ithaca, Paul pleura. « Nous n'avons pas besoin d'eux, lui dit Libby, berçant sa tête dans le wagon sombre. Nous n'avons besoin de personne.

— Ce n'est pas ça, répondit son mari, ce n'est pas ça... »

En vérité c'était ça et ça n'était pas ça.

II

« Comment ?

— Je ne sais pas comment, Paul. Ce n'est peut-être même pas ça.

— Mais c'est ça, non ? Sinon, pourquoi nous énervons-nous ?

— Bon... mettons que je pense que c'est ça.

— Tu n'es pas allée chez un docteur ? Toute seule ?

— C'est simplement que je suis toujours très régulière, Paul... tu pourrais régler ta montre sur moi.

— Peut-être es-tu énervée. Peut-être que c'est le fait de travailler là-bas, et tous ces aller et retour que tu as à faire. Peut-être devrais-tu prendre une journée de congé.

— Je viens à peine de commencer.

— Voilà. C'est pour ça que tu es énervée.

— J'ai déjà été énervée. Ça me donne de la colite ou j'ai le nez qui coule... mais jamais ça.

— Mais comment ?

— Je ne sais pas comment.

— Tu ne te sers pas de ce truc comme il faut.

— Si, je m'en sers comme il faut.

— Dans la petite brochure qui va avec la pommade, ils disent comment tu dois t'étendre quand tu l'enfonces. Je t'ai dit cent fois de t'étendre comme ils disent dans la brochure. Non... il faut que tu restes debout. Il faut que tu le fasses comme si tu mettais tes chaussures !

— D'une manière comme de l'autre...

— Pourquoi ne peux-tu pas le faire comme ils disent ? Pourquoi faut-il que nous prenions des risques ?

— Ce n'est pas un risque, Paul. Un docteur m'a montré comment faire, debout. C'est tout à fait bien.

— Si c'est tellement bien, pourquoi as-tu dix jours de retard ?

— Ça n'a rien à voir.

— Mais alors, qu'est-ce que c'est ?

— Je ne sais pas ce que c'est, Paul. Je t'en prie, ne nous disputons pas pour ça.

— Qu'allons-nous faire si tu es enceinte, Libby ? Qu'allons-nous faire d'un bébé maintenant ?

— Je vais avoir mes règles. J'ai eu des douleurs... j'en ai eu ce matin.

— Je croyais que tu n'avais jamais de douleurs.

— J'en aurai peut-être cette fois. C'est peut-être pour ça que j'ai ce retard.

— Pourquoi ?

— Je ne sais pas ! Laisse-moi tranquille. J'aurai mes règles pour toi. Mais laisse-moi !

— Tu n'auras pas tes règles pour moi, Libby. Oh, ne commence pas ce genre d'ânerie. Tu as couru me trouver, non ? « Paul, je crois que je suis enceinte... oh, qu'allons-nous faire ? »

— J'étais énervée. Nous avons quitté le collège, nous sommes venus ici pour gagner de l'argent, nous avons trouvé du travail, et maintenant, voilà ce qui arrive !

— C'est bon, Libby, c'est bon.

— Qu'est-ce qui est bon ?

— C'est stupide de se disputer.

— Je vais aller dans la salle de bains, chéri. Je vais voir. »

« Tu sais comment. C'est le premier jour, juste après tes dernières règles...

— Mais il n'y a pas de risque à ce moment-là.

— Il y a toujours un risque. Je t'ai dit de te servir de ce truc. Prends une minute et sers-t'en.

— C'est tellement inesthétique... c'est tellement embêtant. Ça manque tellement de spontanéité.

— Et avec son goût du romanesque, ils se sont retrouvés avec dix enfants.

— Je ne suis peut-être pas enceinte. Il y a des femmes à qui il arrive de ne pas avoir leurs règles plusieurs mois de suite. Si nous ne voyons pas comment ça a pu se faire, c'est probablement que mes règles sautent un mois, tout simplement. C'est peut-être parce que je fais ce travail...

— Nous voyons comment ça a pu se faire. Moi, je le vois.

— C'est sans risque à ce moment-là ! Quatre jours au début, et quatre jours à la fin. Nous l'avons toujours fait.

— Nous avons eu de la chance.

— C'est biologiquement impossible...

— Ils nagent, Libby. Ils se cachent dans les coins et les recoins, et ils attendent.

— Mais je suis sûre que ce n'est pas ça. Ça n'est pas possible. Nous faisons attention.

— Libby, tu fais attention quand tu te sers du truc comme on est censé s'en servir, quand tu ne lésines pas sur leur espèce de gelée.

— Leur gelée est chère. Leur gelée coûte deux dollars le tube !

— Et alors ! Est-ce que je t'ai déjà dit quelque chose ? Est-ce que tu m'as entendu dire : n'achète pas plus de gelée ? Achètes-en ! Sers-t'en ! Gaspilles-en ! C'est pour ça que c'est fait !

— Mais c'est le diaphragme qui fait tout le travail.

— Oh, Libby.

— Je ne peux pas le supporter, et voilà. C'est moi qui dois le mettre, au-dedans de moi ! Juste au milieu de tout, il faut que je m'arrête et que je remplisse cette seringue ! Je déteste ça !

— Et tu préfères quoi... ce qui arrive ?

— Une chose n'a rien à voir avec l'autre. Je veux dire que je mets un diaphragme, que je me sers du truc et que nous faisons attention.

— Va dans la salle de bains. Va voir. Ne discutons pas.

— Je viens d'y aller.

— Du nouveau ?

— Pas vraiment.

— Qu'est-ce que ça veut dire, pas vraiment ?

— En fait... rien. Mais je suis sûre que ça viendra demain. J'ai un bouton sur le front et un qui sort sous le menton. Je me couvre...

— C'est vrai ?

— Enfin, avant c'était comme ça.

— Libby, qu'allons-nous faire ?

— Ça va s'arranger. Je le sais.

— C'est ce premier jour, Libby.

— Mais c'est tellement merveilleux quand je n'ai pas à penser à prendre des précautions, lorsque nous le faisons quand ça nous plaît, sans tous ces trucs.

— Comment allons-nous nous en tirer avec toi enceinte ? Comment allons-nous nous en tirer avec un bébé ?

— Mais il y a des femmes qui sautent des mois... »

« Je ne vois pas le bien que ça pourra faire.

— Le bien, c'est que nous saurons ce qu'il en est, d'une façon comme de l'autre.

— Nous le saurons de toute manière, si je saute encore un mois. Je ne vois pas ce qu'il y a à gagner.

— Ce que nous gagnerons, c'est de savoir. C'est clair, Lib, ou faut-il que je le redise ? Nous saurons.

— Le test coûte dix dollars.

— Ça ne fait rien.

— Si, ça fait. Notre chambre nous coûte ça de loyer par semaine. Mes règles peuvent venir demain, et alors ce sera dix dollars de fichus par la fenêtre.

— Tant pis, qu'ils soient fichus par la fenêtre.

— Mais Paul, suppose que je sois vraiment enceinte. Pour dix dollars, on peut probablement acheter des langes... nous aurons besoin de ces dix dollars. Ne pouvons-nous pas attendre ? Ne plus y penser un moment ? Dès que nous rentrons de notre travail, nous ne parlons que de ça. Je ne te vois pas de la journée, et nous ne parlons de rien d'autre que de ça.

— Quand nous aurons fait faire ce test, nous saurons, et nous pourrons parler d'autres choses.

— Nous saurons. Et alors ! Quand nous saurons, ce sera pire !

— Ce sera mieux.

— Ce sera pire, Paul. Ce sera bien pire. »

« Paul, ce n'est pas ça. Tu as mal compris.

— Ne fais pas l'idiote. Nous avons d'autres soucis.

— Chéri, regarde-moi. Positif, chéri, ça veut dire que les lapines ont réagi positivement. Que je ne suis pas enceinte.

— Libby, le type au téléphone m'a dit positif.

— Et c'est ce que je veux dire. Positif. Négatif aurait

voulu dire que j'étais enceinte. Est-ce que ça n'est pas évident ?

— Négatif veut dire non.

— Non, je suis enceinte, ou non je ne suis pas enceinte ?

— Non, tu es enceinte.

— Exactement. Non voudrait dire que je suis enceinte. Le test est fait pour voir si on n'est pas enceinte. Non, veut dire qu'on l'est. Oui, qu'on ne l'est pas. Le résultat, dans ce cas, est positif. Positif, c'est bien.

— Libby, tu embrouilles horriblement les choses.

— C'est toi. Je suis sûre, Paul. C'est négatif que ça ne doit pas être. Je savais que je n'étais pas enceinte, chéri. Je savais que ce n'était pas possible.

— Mais tu l'es. Tu es négative...

— Non, non, Paul, positive. Tu vois, c'est toi qui t'embrouilles.

— Cesse donc de jacasser une minute. Tu es positive, d'accord ? On te prend ton urine, on l'injecte à la lapine...

— Les lapines.

— Les lapines ! Bon. Puis on attend une certaine réaction. Si la réaction est positive, tu es enceinte. Si elle ne l'est pas, tu ne l'es pas. La tienne était positive.

— Paul, ils font la piqûre aux lapines. Si je suis bien, normale, les lapines réagissent positivement. Est-ce que ça n'est pas évident pour toi ? Quand je veux savoir si tu es bien, que je te fais une piqûre et que la réaction est négative, c'est que c'est mauvais.

— Libby, tu n'es même pas capable d'additionner une colonne de chiffres. Tu es l'illogisme même.

— C'est toi. Tu ne réfléchis pas. Positif, c'est bien.

— Lib... Lib, je vais rappeler ce type. Si tu veux, je le rappelle, et je lui demande.

— Mais je sais que c'est comme ça.

— Je vais l'appeler. »

Son travail sur la chaîne de montage consistait à réunir la moitié de la charnière fixée à la malle avec la moitié de la charnière fixée à la carrosserie. Il l'avait beaucoup redouté d'avance ; chaque fois qu'il avait eu à regarder en face le changement qui se produisait dans sa vie, il avait été obligé de prendre une profonde inspiration pour garder son sang-froid. Durant la semaine qui avait précédé son départ du collège — alors que Libby et lui se préparaient à quitter Ann Arbor — il avait eu des rêves de claustrophobe, il se voyait enfermé dans de petites pièces, dans des sous-marins, ou étranglé. A côté de lui, Libby, plongée dans ses propres rêves, gémissait. Mais maintenant, durant les huit heures sans fin qu'il passait devant la chaîne, il était habité par une solennité et un calme inattendus. L'atmosphère de sous-marin y était, certes, la sensation d'eaux profondes et sans vie, comme si rien de tout cela ne se passait au bon moment ; néanmoins, dans l'ensemble cela avait sur lui un effet tonique. La crainte était remplacée par un sentiment de vertu. Enfin il avait riposté au monde cruel. Fixer une malle à une voiture, ce n'était pas beaucoup, mais c'était quelque chose ; il gagnait sa vie. Il n'avait même pas été bouleversé — comme il avait été certain qu'il le serait — par le fait que Libby servait à table dans la salle à manger de la direction de l'usine Chevrolet. Au début, elle avait été hébétée d'avoir à quitter le collège au milieu de sa dernière année, mais maintenant, chaque soir, quand elle rentrait de son travail, elle prenait un bain de pieds avec un sourire très vaillant à la bouche. Vraiment, elle l'inspirait — ce qui ne voulait pas forcément dire qu'un attachement sentimental pour leur situation s'était développé en lui. La haine qu'il éprouvait envers leur chambre en sous-sol, froide et humide, de West Grand Street s'était accrue en une haine envers Detroit tout entier.

Dans la chambre, il fallait allumer la lumière même le jour. Le jaune des ampoules pénétrait leurs meubles et leurs rideaux de telle manière qu'il faisait ressortir toute leur laideur. Dans les autres chambres des deux étages de la maison ne se mouvaient que des gens âgés, et quand ils expectoraient des mucosités dans les éviers, le bruit traversait les minces cloisons. Des vieillards urinaient dans la salle de bains au bout du couloir, en laissant la porte ouverte, penchés sur la cuvette ; souvent, ils étaient malades pendant la nuit et ces bruits-là s'entendaient aussi. Sans aucun doute, si Paul avait eu un oncle riche et que cet oncle fût mort en lui laissant une fortune, il aurait déménagé sur-le-champ et les aurait ramenés tous les deux à Ann Arbor, où il avait laissé deux compositions à moitié achevées. Mais comme il n'avait même pas un tel oncle en vie et susceptible d'expirer, comme même son père qui ne possédait rien l'avait dépossédé, il acceptait son sort et semblait en tirer un sentiment de résistance. Si d'aussi minables conditions que celles dans lesquelles il vivait ne parvenaient pas à l'humilier, qu'est-ce qui pourrait le faire ? Pour tous les haricots qu'ils préparaient sur la plaque chauffante du poêle, et pour tous les films dont ils décidaient qu'ils ne pouvaient se permettre d'aller les voir, il sentait son amour pour Libby refleurir. Ils ne se disputaient pas aussi souvent qu'ils le faisaient à Ann Arbor, quand ils avaient commencé à se sentir opprimés par le manque d'argent. Peut-être étaient-ils simplement trop fatigués maintenant, tous les soirs, pour se mordre mutuellement... mais même cet épuisement prouvait quelque chose.

Mais lorsque Paul le rappela, le pharmacien lui assura que positif ne voulait dire qu'une chose : que Libby était positivement enceinte. Immédiatement, le travail de Paul à la chaîne cessa de le calmer, parce qu'il cessa de l'engager. Les voitures défilaient à toute allure devant lui, pendant qu'il additionnait et soustrayait dans sa tête. Le médecin, plus l'hôpital, plus la circoncision, plus les langes, le talc, les biberons...

D'ici combien de mois devrait-elle cesser de travailler ? Combien coûtent les vêtements de maternité ? Sont-ils nécessaires ?

Combien coûterait un appartement ? Serait-il possible de rester dans leur pièce unique ? Au lieu de deux années de servitude qu'il avait comptées, seraient-ils coincés ici maintenant à jamais ? Une voiture d'enfant, plus un berceau...

Au milieu de ses calculs, un châssis de voiture lui coupa presque la main gauche. Le sang jaillissait de son poignet quand ils l'emmenèrent en toute hâte à l'infirmerie. Là, le docteur, un Italien aux cheveux bruns et bouclés, lui donna le nom de l'avorteur.

A midi, il était à la maison. Il avait voulu rester l'après-midi, mais le docteur avait dit que, étant donné la situation (ils en avaient discuté pendant un quart d'heure à peu près), il devrait rentrer chez lui, ne serait-ce que pour se ressaisir. La lumière éteinte, il demeura allongé sur le lit, tournant et retournant entre ses mains le petit bout de papier sur lequel le docteur avait écrit quelques mots seulement. Paul étudia le nom : Docteur Thomas Smith. Etait-ce un nom d'emprunt ? Il finit par s'endormir, après avoir imaginé divers visages désagréables au-dessus de la veste blanche tachée de sang du docteur Smith.

Levy le réveilla. Mr. Levy ne souriait jamais, mais il était très aimable ; il n'était entré dans le cercle de leurs relations qu'à cause de la douceur de Libby envers tous ceux qui avaient des cannes ou des béquilles. Paul avait dû admettre que le fait de pouvoir dire bonjour à quelqu'un dans les couloirs rendait la maison moins déprimante. Cependant, Levy — hâlé par le soleil, chauve, le nez aquilin — ne faisait pas à Paul l'effet de quelqu'un sur qui on devait s'apitoyer particulièrement ; il était trop plein d'allant et, qui plus est, ils le soupçonnaient d'essayer de voir Libby aux cabinets.

Le visage de Levy se découpait maintenant sur le seuil de la porte.

« Comment se fait-il que vous soyez rentré ? Je me suis dit qu'il y avait quelque chose.

— Je me suis coupé à la main. Ils m'ont donné congé pour l'après-midi.

— Eh là ! Quelle coupure ! dit Levy, en avançant. Vous avez un bandage comme une momie.

— Ce n'est rien. » Il se mit sur son séant, secouant la tête pour en chasser la sensation de vertige ; le docteur lui avait donné un médicament pour l'engourdir. « Je vais aller tout à fait bien.

— Vous voulez que je vous fasse un petit thé Lipton ?

— Non, merci.

— Ça ne coûte pas plus cher de faire bouillir de l'eau, dit Levy, étalant les doigts sur le devant de sa grande chemise brodée d'un monogramme. Le sachet de thé, c'est moi qui vous l'offre. Vous avez une jolie femme. »

Cette remarque irrita Paul. Levy faisait sans arrêt tomber sa canne devant le trou de la serrure de la salle de bains, le matin, alors que Libby se brossait les dents ; il lui fallait quelquefois jusqu'à cinq minutes pour récupérer sa canne. Jusqu'alors ils avaient été prêts à croire que le vieil homme était victime de ses genoux raides et d'un dos arthritique ; s'ils ne se dressaient pas pour l'accuser, c'était qu'ils ressentaient cruellement à quel point ils étaient peu habitués aux inconvénients de la vie en meublé, dont Levy n'était qu'un des aspects. Lorsque Levy lui fit ce compliment, Paul essaya de sourire... et le vieil homme s'en alla chercher le thé.

Pendant un moment, on put croire qu'il n'allait pas revenir ; quand il reparut, portant un plateau avec des tasses et une bouilloire, il était accompagné d'un copain.

« Je vous présente Korngold. Il habite la porte à côté. »

Korngold secoua la tête comme s'il n'était pas Korngold du tout et habitait aux Indes. Mais ses mains étaient secouées de tremblements aussi ; tout son corps était secoué, à ce pauvre homme. Partout où il n'était pas brunâtre de taches d'un foie malade, il était blanc comme cendres. Son poids n'était pas en rapport avec sa taille ; il était sous-alimenté et, appuyé sur sa canne (qui n'était pas à pommeau d'or comme celle de Levy), il avait un air étiré et desséché. C'était vraiment pathétique de l'entendre lancer : « Ne vous levez pas, je vous en prie. C'est un plaisir pour moi, un très grand plaisir. »

Paul quitta son lit, se sentant envahi. Il y avait, sur la petite table recouverte d'une toile cirée, une machine à écrire, et une pile de feuilles ; depuis quelque temps, Paul s'était mis à écrire des histoires. Levy prit la machine à écrire et les papiers et les posa par terre. A leur place, il installa le matériel pour son thé de l'après-midi.

« Mettons-nous ici, dit-il. Korngold, enlevez votre manteau. Pas étonnant que vous expectoriez des mucosités dans tous les sens.

— J'expectore parce que ce Nazi nous distribue le chauffage avec un élastique. Ma poitrine me fait mal nuit et jour.

— Alors, déménagez. Cette chambre est un bijou, elle a été libre tout un mois. Je vous l'ai déjà dit, Korngold, venez habiter ici.

— J'y ai pensé. Le loyer est de dix dollars ici. Je n'ai pas besoin de vivre sur un grand pied. A côté, c'est sept cinquante.

— Pour avoir pensé, vous avez pensé. Mais maintenant, ces gens charmants sont venus ici, et vous, vous vivez toujours chez ce salaud. » Levy se tourna et s'inclina presque devant Paul. « Du sucre ? »

Encore tout vacillant, avec le sentiment qu'il avait déplacé quelque chose — que c'était lui, en fait, la chose déplacée — Paul dit :

« Oui, merci.

— Moi, je le prends nature », dit Korngold.

Levy dit :

« Je sais comment vous le prenez.

— Le citron me reste sur l'estomac », expliqua Korngold.

Ils approchèrent chacun une chaise de la table. Il était trop tard pour enlever un jupon de Libby étalé sur le dossier de la chaise de Levy. Levy se laissa aller lourdement sur le tissu blanc soyeux. Korngold, pendant ce temps, portait la tasse à sa bouche. Trois gorgées, et le devant de sa chemise et son menton étaient détrempés.

Levy dit :

« Mr. Herz, Korngold voudrait avoir une petite conversation avec vous.

— C'est une longue histoire, dit Korngold lentement. Elle met en jeu un tas de salauds, d'escrocs et de crapules. Laissez-moi d'abord finir mon thé.

— Il avait une femme, dit Levy, ça ne regardait personne.

— Ce n'est que la moitié, murmura Korngold. Un fils, parlez-lui de mon fils.

— Et un fils par-dessus le marché. » Levy aperçut le jupon en tournant un peu la tête.

« Et aussi, dit Korngold, avalant avec peine, une bru. Une saleté pareille, il ne faut pas l'oublier.

— Trois êtres pareils qui lui dévoraient les tripes, dit Levy. Le fils est en plein dans le missile Nike, se bourrant les poches, si j'ai bien compris. Il vit comme un païen, il ne se refuse rien. Korngold se gèle chez ce salaud de Heinie, à compter chaque sou, alors que le fils a des maisons, si j'ai bien compris, dans toute la Floride. Plus une fille au Smith College.

— Elle a été en Europe deux fois.

— En Europe deux fois, répéta Levy. J'en viens à l'Europe. » Il ouvrit puis referma ses mains. « La vie de Korngold a été gâchée par des langues de vipère. Désapprobation de tous les côtés. Il aura soixante-dix ans en janvier.

— Aaach, dit Korngold, et c'est encore pire que ça. Même aller aux cabinets, c'est toute une affaire.

— Le plan de Korngold, c'est une lettre.

— Le plan, dit Korngold doucement, c'est deux lettres.

— D'abord une lettre au fils, dit Levy, d'un ton grave. Quel genre de fils tu es, et tout ça.

— Une photo, peut-être, dit Korngold, faisant trembloter contre la soucoupe la tasse qu'il tenait de sa main décharnée. Qu'il voie dans quel état je suis », dit-il un peu fièrement.

Levy médita cette suggestion un instant à peine : « Cela dépend, dit-il. Mais une lettre sèche, vous comprenez ?

— Et puis, la deuxième... lui rappela Korngold, en le prenant par la manche.

— Puis une lettre au Sénat. Qu'est-ce que c'est que cet homme, à qui nous confions des secrets, qui devrait guider et diriger notre pays, et qui n'a aucun respect pour son père ?

— Qu'ils fassent une enquête, dit Korngold, il se croit inattaquable, ce grand personnage.

— Qu'on le frappe là où ça fera mal, dit Levy, se dressant à demi sur sa chaise, les mains sur le jupon de

Libby. Mais la seconde lettre, on ne l'envoie pas tout de suite. Il faut lui donner une chance de faire une offre.

— Il ne le mérite pas.

— Korngold, tournez l'autre joue vers ce salaud. Je vous fais une proposition pratique. Je pense qu'il faut garder un fer chaud pour l'abattre sur sa tête ! » Il se renversa de nouveau sur son siège et se pencha vers Paul. « Korngold est un malade, qui a besoin d'aide. Il n'a qu'un complet, cet homme-là, et quand il l'envoie au nettoyage, il est obligé de rester une semaine en peignoir de bain, qui n'est pas non plus de la première fraîcheur, à attendre que le complet revienne. Quel genre de fils est-ce, alors que la Russie a un formidable programme de progrès scientifique ? » Il n'attendit même pas d'être compris ; et, d'un ton grave, il ajouta : « Je crois que nous et le Sénat nous pouvons voir les choses du même œil !

— Absolument, dit Korngold, qui pleurait presque.

— Korngold a besoin d'un compagnon. »

L'homme nécessiteux regarda Paul, en quête d'un mot. N'entendant rien venir, il sourit. « Un homme comme Levy peut mener deux vies. C'est un chef d'entreprise de première classe. Un homme intelligent et merveilleux. »

Levy enfonça les doigts dans sa boucle de ceinture, qui portait le monogramme ALL.

« Alors, vous allez écrire la lettre ? demanda-t-il.

— A qui ? dit Paul. Quoi ?

— Au fils. J'ai apporté du papier avec mon nom dessus. Tapé à la machine, dit Levy, cela sera très impressionnant.

— Je ne comprends pas exactement ce que vous voulez », dit Paul.

Levy tira un papier plié de la poche de sa veste.

« Voilà un fac-similé. Il n'y a probablement rien d'autre à y faire qu'à corriger mes fautes d'orthographe. » Bien qu'il s'adressât à Paul, il avait dit ces derniers mots en se tournant vers Korngold dont le regard parut s'épanouir.

« Il était un peu avocat dans le temps, dit Korngold à Paul. Il a fait libérer des gangsters. Comment cela pourrait-il ne pas marcher ? »

La lettre à la main — et Levy par-dessus son épaule — et Korngold mendiant une consolation en le regardant droit dans les yeux, quel moyen avait-il de se protéger ? Il lut :

Cher Mr. Korngold

Mr. Max Korngold, votre père, m'a demandé de me mettre en rapport avec vous à propos du sujet suivant : sa situation. Quel fils faut-il être pour laisser un homme qui aura soixante-dix ans en janvier vivre ainsi ? Avec vingt-cinq dollars par semaine sa situation s'améliorerait en ce qu'il aurait un compagnon. Il a besoin qu'on s'occupe de lui, car des choses aussi simples que les cabinets, les repas et même les draps de lit sont pour lui un problème. Je suis en rapport avec le Sénateur du Michigan et je pourrais faire jouer les relations nécessaires pour qu'on ouvre une sérieuse enquête sur votre vie privée… à commencer par vos dépenses. Ma secrétaire a une lettre prête et le Sénat verra les choses du même œil que moi quand je déciderai d'envoyer cette lettre par express. Pourquoi ne pas être un bon fils et nous épargner à tous un gâchis. Sinon vous démolirez votre monde par égoïsme et par cupidité. C'en sera fini de vos maisons partout en Floride. Qu'est-ce que c'est que vingt-cinq dollars par semaine pour un homme tel que vous ? Répondez tout de suite, sinon ma secrétaire appellera le Sénat dès demain matin, quels que soient les frais.

« Est-ce que c'est clair ? demanda Levy. Est-ce que ça a besoin d'être poli ? »

Korngold tira Levy par la manche.

« Il faudrait peut-être ajouter une photo. Qu'il voie dans quelles conditions je vis.

— Pourquoi plaider ? fit Levy, serrant le poing. Il

devrait comprendre que je ne plaisante pas. Un geste de travers et il est perdu. Pouvez-vous taper ça, en ajoutant une virgule par-ci par-là ? » demanda-t-il à Paul.

Paul avait entendu presque tout, mais pas tout ce que les deux vieillards avaient dit depuis qu'ils étaient entrés dans sa chambre. Il n'avait pas assez de force — étant donné ce qui lui était arrivé ce jour-là — pour être tout entier à ces deux personnages. Mais, malgré le trouble qu'ils jetaient en lui, ils le touchaient, et il était prêt à se montrer secourable, quand il vit la main de Levy se poser de nouveau sur la dentelle du jupon de Libby.

« Je ne me sens pas bien, Mr. Levy. Peut-être feriez-vous mieux de partir, vous et Mr. Korngold. »

Il sourit aussitôt, car par choix et par éducation, il ne se montrait pas grossier avec les gens âgés.

« Quoi ? demanda Korngold. Un jeune homme comme vous avec une santé défaillante.

— Mais non, il a une vilaine coupure. »

Levy désigna le bandage et Korngold se recroquevilla à sa vue. Levy entreprit de rassembler ses tasses et ses soucoupes sur le plateau.

« Je vais vous laisser un fac-similé, Mr. Herz, pour quand vous aurez le temps. Ça va, j'espère que nous ne sommes pas indiscrets ?

— Mais non, dit Paul d'un ton las.

— Alors, je passerai le prendre demain. Ne vous croyez pas obligé de vous presser. Dans l'après-midi, ce sera parfait. Vous pourriez le glisser sous la porte. Je vous serais reconnaissant de ne pas frapper... l'après-midi, je fais une petite sieste.

— Moi, je ne peux même pas dormir la nuit, fit Korngold, se tenant le front. Je me lève avec les oiseaux. Je suis réveillé tout le temps avec ce Nazi. Il a un haut-parleur à la place d'un poste de radio. Je ne vous raconterai pas ce qu'il fait dans l'évier... je devrais le dénoncer à la commission sanitaire. Il a des ondes courtes dans sa chambre, il est directement relié à Berlin. »

Korngold repoussa sa chaise : long et mou comme une bougie qui fléchit, il sortit en boitant de la pièce. Levy le suivit, et désignant le dos de Korngold d'un geste de son plateau, il chuchota par-dessus son épaule à Paul :

« Sénilité, un cas simple. Quand les artères flanchent, on peut dire que c'est la fin. »

Il vit le visage de Libby au-dessus du sien. Il l'entendit poser des questions au sujet de son poignet avant même d'être tout à fait conscient de l'heure et des circonstances. Sortir du sommeil était comme grimper à une échelle. Et, pour un instant, il n'eut aucune envie de grimper.

« Je suis là, dit Libby. Qu'est-ce qui s'est passé ? »

Il vit d'abord son uniforme bleu pâle de serveuse, puis elle.

« Je me suis coupé la main en travaillant.

— Tu te sens bien, chéri ? » Elle s'installa à côté de lui sur le lit. « Tu as un si gros bandage. » Elle le tenait, en faisant attention à ne pas toucher le poignet, et il ne savait pas si elle était au bord de la passion ou de la panique. Il espérait que ce n'était ni l'un ni l'autre.

« Je me sens bien. J'ai passé l'après-midi à la maison, c'est tout. » Il s'assit. « Je vais très bien. »

Elle alluma la lampe de chevet.

« Comment est-ce arrivé ?

— Je ne sais pas. Je rêvassais. »

Elle toucha les doigts de son bras bandé.

« Est-ce que ça va s'arranger ? Est-ce que tu peux travailler ?

— Demain.

— Tu as perdu ta paye de cet après-midi ? »

Il se maîtrisa et dit qu'il n'en savait rien.

« Tu n'as pas demandé ?

— Non, Libby, je saignais. J'aurais pu perdre tout mon sang. »

Agacé par le drame qu'il faisait, il alla se laver la figure à l'évier.

« Je voudrais seulement savoir, dit-elle. Ta machine à écrire est par terre. » Elle se leva du lit. « Il y a eu du courrier ?

— Quoi ? »

Elle déplia la lettre qu'avait laissée Levy.

« Non », dit-il.

Déçue, elle demanda :

« Qu'est-ce que c'est que ça ?

— Mr. Levy m'a demandé de lui taper une lettre. »

Elle laissa choir le papier par terre.

« Il a encore fait tomber sa canne ce matin.

— Ecoute, Libby, tu veux que je lui en parle ou non ?

— C'est un pauvre vieillard... commença Libby.

— C'est de la blague, Libby. Nous sommes plus pauvres que lui.

— Quel genre de lettre est-ce ? demanda-t-elle.

— Il a amené un ami avec lui. Le type qui a la tremblote et qui habite la porte à côté. Celui qui boite. Il s'appelle Korngold. Le fils de Korngold a gâché la vie de Korngold. Désapprobations...

— Qui est le docteur Smith ?

— Qui ? »

Elle tenait le petit morceau de papier blanc.

« Docteur Thomas Smith. BA 3-3349.

— Où l'as-tu trouvé ?

— Sur la table. Qui est-ce ?

— C'est lui qui a bandé ma main. Il faut que je l'appelle.

— Tu vas bien, mon trésor ? demanda-t-elle. Tu n'es pas trop embêté ?

— Ce n'est rien.

— Je parle de l'autre chose. De moi.

— C'est toi qui es embêtée, dit-il. Tu es déprimée.

— Je ne suis pas déprimée. J'ai seulement des nausées. Est-ce possible ? Si vite ? J'ai été incapable de déjeuner.

— Tu devrais peut-être aller voir un docteur.

— Ce n'est pas nécessaire.

— Si tu as des nausées, tu dois aller voir un docteur. Il faut que tu manges.

— Nous n'avons pas besoin de commencer déjà à aller voir des docteurs, dit-elle. Je n'ai pas envie de donner cinq dollars à quelqu'un pour qu'il me dise que je suis censée avoir des nausées.

— Alors, va dans une clinique. Va à l'hôpital municipal. »

Cette suggestion la choqua de toute évidence.

« C'est inutile.

— Lib, il faudra bien que tu ailles voir un médecin un jour. Ne rien faire ne changera rien aux réalités.

— Ne me fais pas la leçon, je t'en prie. Je suis tout à fait consciente de mon état et de ce que je dois faire. »

Sa réaction le troubla... mais à ce trouble se mêlait une sorte de soulagement.

« Qu'est-ce que tu veux dire ?

— Qu'on n'a pas à se précipiter chez un docteur le second mois. Je t'en prie, Paul. » Elle ramassa la lettre de Levy par terre ; après l'avoir regardée une seconde seulement, elle posa la tête sur la table et l'enfouit entre ses bras.

« Mets quelque chose sur tes épaules, Libby.

— Je n'ai pas froid... marmonna-t-elle.

— Libby... »

Elle ne répondit que par un bruit las.

« Le docteur Smith est un avorteur », dit-il. Elle garda

les bras croisés sur la table, et releva la tête très lentement. Elle n'avait rien à dire.

« Il pratique des avortements, dit Paul.

— Je comprends. »

Il se leva du bord du lit et s'approcha d'elle :

« Tu ne comprends rien du tout.

— Je ne comprends rien du tout, répéta-t-elle. Tu m'as coupé bras et jambes en me disant cela.

— Je me suis coupé bras et jambes à moi aussi.

— Et il bande les mains aussi ?

— C'est le docteur de l'usine qui m'a bandé la main. J'ai dit ça comme ça. C'est lui qui m'a donné le nom de Smith. »

Elle martela la table de la main.

« Je ne comprends pas.

— Quoi ?

— Je ne comprends pas comment les gens donnent des noms comme ça ! Je ne comprends vraiment pas ce que tu veux dire ! »

Il décida de s'en tenir là ; il se rassit sur le lit.

« J'ai dit que je ne croyais pas tout comprendre, cria Libby. Veux-tu m'expliquer, je te prie ? J'aimerais beaucoup savoir dans quels termes on a mené une conversation sur mon état dans le cabinet d'un médecin.

— Il n'y a pas eu de conversation.

— Alors que s'est-il passé ?

— N'y pensons plus. J'ai été idiot. Excuse-moi.

— Continuons à y penser jusqu'à ce que je sache à quoi je dois cesser de penser.

— Libby, n'y pensons plus. » Il ne céda pas à l'envie qui le prit subitement de raconter que son poignet lui faisait mal. Mais voir Libby farouche, Libby tapant sur les tables et criant, le rendait très hésitant ; c'était là la fille qu'il avait épousée. Il dit d'un ton sévère : « N'y pense plus.

— Peut-être que ça m'intéresse ! dit-elle, pointant le doigt vers lui. Peut-être que ça m'intéresse ! Alors ?

— Peut-être que ça ne m'intéresse pas. »

Il ne se rendit compte qu'elle tenait toujours le morceau de papier dans la main que quand elle le lui agita sous le nez.

« Alors pourquoi as-tu ramené ça à la maison ? Pourquoi as-tu mis le sujet sur le tapis ?

— C'est le docteur qui l'a fait.

— Mais tu l'as ramené à la maison, tu l'as inscrit...

— C'est lui qui l'a inscrit. Calme-toi. Il m'a demandé pourquoi j'étais tellement préoccupé. Je le lui ai dit. Il a pris un morceau de papier sur lequel il a inscrit ce nom. Il me l'a donné, j'étais encore sous le choc, je l'ai pris, et voilà tout...

— Il n'a rien dit.

— Rien. Tout ça était très... convenable.

— Alors, comment sais-tu que c'est un avorteur ? Pourquoi même rentres-tu ici en le disant ?

— Parce que je le sais. Parce que c'est ça. Cet homme a essayé d'être gentil. »

Elle finit par s'asseoir à côté de lui, désarmée.

« Tu trouves, toi, que c'était de la gentillesse ?

— Je ne sais pas. » Il attira la tête de Libby sur ses genoux, et passa un doigt sur l'arête de son nez. « Cesse de hurler le nom d'avorteur ici, dit-il. Levy est derrière chaque porte.

— Bon. »

Après quelques minutes de silence, il demanda :

« A quoi penses-tu ?

— Combien... » Elle lui tenait la main sur sa bouche en parlant. « Combien est-ce ? Est-ce que c'est trop cher ? »

Au coin de leur rue il y avait un marchand de comestibles — avec une étoile de David en néon sur la vitrine, un sol carrelé et les odeurs habituelles. Ils y dînaient souvent parce que c'était bon marché et parce que l'homme au comptoir était gentil, surtout avec Libby. Les patrons de boutiques juives prenaient toujours Libby pour une gentille petite Juive et lui donnaient des portions supplémentaires pour la faire engraisser.

« Vous appelez ça dîner? cria Solly de derrière sa machine à couper la viande froide. Un consommé et du thé, vous allez dépérir complètement. Il va falloir vous mettre une ancre pour que le vent ne vous emporte pas dehors. » Il avait un matricule de camp de concentration sur l'avant-bras et il avait acheté sa boutique avec les indemnités des Nazis ; les Herz le respectaient farouchement.

« Je n'ai pas faim, lui répondit Libby sur le même ton.

— Vous n'avez pas faim, vous pouvez toujours avaler un morceau de poulet bouilli.

— Non, merci, Solly.

— Tu as toujours la nausée ? » lui demanda Paul.

Elle fit signe que oui et brisa une tranche de pain de seigle en petits morceaux ; elle approcha un bout de croûte de ses lèvres, mais fut incapable d'aller plus loin.

« Lib, je vais lui téléphoner.

— D'ici ?

— De la cabine. Je vais simplement lui téléphoner. Me renseigner. »

Il attendit, mais elle ne lui répondit pas. Deux jeunes garçons entrèrent dans la boutique et commandèrent des *knishes*[1].

« Tu penses que je fais bien ? demanda Paul.

— ... Je crois.

1. Pâtés en croûte.

— Tu n'as pas l'air convaincue, Lib. Est-ce que je dois appeler ou pas ? Que veux-tu que je fasse ?

— Tout ce que tu veux... » Elle ramassa tous les petits morceaux de pain et les mit dans le cendrier.

Il resta assis un moment encore, puis se leva et se dirigea vers la cabine téléphonique. Solly passa devant lui, portant deux assiettes de soupe. « Ça va refroidir », dit-il. Paul sourit et ferma la porte de la cabine derrière lui. Il regarda le morceau de papier, mais ne put pas lire le numéro. *J'ai pris le thé avec Levy... je suis copain avec Solly... A l'usine j'ai pris mon déjeuner avec Harry Black, Le Roy Holmes... Si personne ne connaissait mon visage ni mon nom...* « Dépêchez-vous ! » cria Solly en repassant devant la cabine. Paul tourna le dos à la boutique ; accroupi sur un coin du siège, il composa le numéro. Le sentiment d'être sous l'eau qu'il avait commencé à éprouver dernièrement revint. Il attendit d'entendre allô à l'autre bout du fil.

« Est-ce que le docteur Smith est là ?

— Il mange, répondit une femme. J'ai dit qu'il mangeait. »

Il ne voyait pas comment continuer.

« Allô... est-ce que c'est une urgence ? cria la femme. Est-ce que c'est Mr. Motta ?

— Non.

— Le docteur est en train de dîner. Voulez-vous qu'il vous rappelle ? Est-ce que c'est Mr. Motta ?

Non, non. Je téléphone d'une cabine.

— Ecoutez, appelez-le quand il aura fini de manger. Vous m'entendez ? »

Quand il revint à la table, la vapeur montait encore de leurs assiettes de soupe. Libby n'avait pas troublé la surface grasse avec sa cuillère.

« Tu te sens mal de nouveau ?

— Je continue.

— Tu veux un œuf mollet ou quelque chose ?

— Qu'est-ce qu'il a dit ?

— Il était en train de manger. Je ne lui ai pas parlé. Lib, c'est une erreur. Je crois que nous devrions laisser aller les choses et voir ce qui arrivera. »

Elle prit sa cuillère et remua la soupe au bord de l'assiette.

« Est-ce que tu te sens mieux maintenant ? » Il recouvrit la main de Libby de la sienne.

« Je crois, dit-elle.

— Très bien. Mangeons alors. Ça va refroidir. »

Solly essayait d'attirer leur attention de derrière le comptoir.

« Allez, dit-il, désignant leurs assiettes, goûtez-y. »

Libby avala deux cuillerées.

« Qui as-tu eu au bout du fil alors ?

— Une femme.

— Sa secrétaire ?

— Je ne sais pas.

— Quelle impression t'a-t-elle faite ?

— Bonne. Très bonne. Elle a simplement dit que le docteur était en train de manger.

— Est-ce que tu vas le rappeler ?

— Je croyais que tu ne voulais pas.

— Je n'ai pas dit ça.

— J'ai dit que c'était une erreur, et tu m'as dit après que tu te sentais mieux. »

Elle laissa tomber sa cuillère — de propos délibéré, sembla-t-il à Paul — sur la table.

« Je ne sais pas ce qui me fait me sentir mieux. »

Il jeta un rapide regard autour de lui : Solly était reparti dans la cuisine et plaisantait avec le chef. « N'élève pas la voix, veux-tu ? Et cesse de taper sur la table avec ton couvert. Cela ne regarde personne. Comment te sens-tu maintenant ? Pourquoi ne manges-tu pas ta soupe ?

— Je n'en ai pas envie.

— Il faut que tu manges quelque chose. Tu ne peux pas travailler toute la journée sans rien manger. Tu vas tomber malade. Tu veux du pain grillé ?

— Paul, il faudrait peut-être...

— Quoi ?

— Il faudrait peut-être en parler à quelqu'un ?

— Tu veux que je rappelle ? Je n'ai pas envie de te forcer. Je ne veux pas décider sans toi.

— Mais il faut quand même que ce soit toi qui décides si tu le veux ou pas ?

— Si je veux le bébé ou l'autre chose ?

— Si tu veux l'autre chose... Un bébé, dit-elle, un bébé ça peut être un plaisir.

— Tu le veux alors ?

— Pas toi ? Tu ne crois pas qu'un petit bébé pourrait être un plaisir pour nous ?

— Lib, c'est seulement parce que c'est maintenant. C'est seulement parce que je me demande combien de temps nous pourrons continuer à être les victimes de tout. Je commence à penser qu'il y a une sorte de conspiration contre nous.

— Beaucoup de gens attendent un bébé avec plaisir.

— Moi aussi, je l'attends avec plaisir. Ne m'accuse pas, chérie. C'est simplement une question de moment... Pourquoi ne manges-tu pas ?

— Je te l'ai déjà dit cent fois. J'ai la nausée ! Tu ne me crois pas ?

— Tu veux un bébé, Libby, nous aurons un bébé.

— Je ne veux rien que toi tu ne veuilles pas.

— Je n'ai pas dit que je ne le voulais pas. J'ai seulement dit maintenant. J'ai l'impression d'être une boule de neige qu'on pousse vers le bas d'une pente. Je suis dépassé par les événements.

— Un bébé qu'on n'attendait pas, c'est une chose qui arrive tous les jours.

— Bon. Laissons courir alors.

— Mais enfin, c'est une drôle de façon de fonder une famille, de laisser courir.

— Je t'ai déjà demandé de ne pas élever la voix.

— Ce n'est pas une drôle de façon ?

— Ce n'est pas une façon du tout.

— Alors, tu veux le rappeler ?

— Je pense que nous devrions peut-être y réfléchir.

— Nous ne pouvons pas y réfléchir indéfiniment, gémit Libby. Si on décide de faire une chose pareille, il faut que ce soit vite.

— Pourquoi parles-tu de faire une chose pareille ? Je croyais que tu ne le voulais pas. Je croyais que tu voulais avoir un bébé.

— Mais pas toi.

— Ce n'est pas que je n'en veuille pas... »

Solly frappa plusieurs coups sur le comptoir.

« Qu'est-ce qui se passe, les enfants, vous n'arrivez pas à vous décider pour un film. Allez voir *Les Dix Commandements*... il y a dedans un très beau message.

— Non, merci Solly, dit Paul. Libby est enrhumée.

— Si vous preniez un morceau de poulet bouilli ? proposa Solly.

— Non, merci, dit Libby.

— Lib, dit Paul, remettons cette conversation à plus tard. Attendons d'être rentrés pour parler. »

Elle accepta. Mais, pendant qu'il mangeait son poivron farci, il ne pouvait empêcher son esprit de fonctionner.

« Si j'appelle, Libby, il faut que ce soit d'ici. Je ne peux pas parler dans le couloir.

— Alors, tu vas appeler.

— Bois ton thé au moins. »

Tandis qu'il repoussait de nouveau sa chaise, Solly, s'adressant au salami qu'il était en train de découper en tranches, dit :

« Voilà un gosse qui aime manger froid. »

Cette fois, il se maîtrisa beaucoup mieux ; il n'eut aucun mal à faire le numéro, et sa bouche parla dans l'appareil juste au moment où il le voulait. Quand il demanda le docteur, ce fut d'une voix qui était bien la sienne.

« Il mange, dit la femme. Est-ce que vous n'avez pas déjà appelé ?

— Il s'agit d'une urgence. Il vaudrait mieux que vous me le passiez. »

Il n'y eut pas de réponse. Devait-il dire qu'il était Mr. Motta ?

« Allô... Allô ? » fit-il.

La voix, à l'autre bout du fil, était maintenant celle d'un homme.

« Le docteur Tom à l'appareil.

— Docteur Smith ?

— Qui est à l'appareil ?

— Docteur, je vous appelle au sujet de ma femme. Elle a des ennuis avec ses règles. J'aimerais que vous la voyiez.

— Vous pensez qu'il s'agit d'une malformation ? Est-ce qu'elle a déjà vu un spécialiste en ostéologie ? Est-ce qu'on vous a laissé entendre qu'il y avait une lésion à la base ?

— Je ne comprends pas, docteur. » Tout ce blabla le faisait transpirer. « Elle n'a pas ses règles comme il faut. Elle n'a pas ses règles à temps. Nous sommes un peu inquiets.

— Je vois.

— C'est le docteur Esposito qui m'a donné votre nom.

— Peut-être vaudrait-il mieux que vous me l'ameniez. Pour que je jette un coup d'œil sur elle.

— Vous me comprenez, docteur ?

— Si vous me l'ameniez d'ici une demi-heure ? D'accord ?

— Mais juste pour que vous jetiez un coup d'œil ?...

— Je m'occuperai d'elle. Comment vous appelez-vous, mon garçon ? »

Quand il lui eut dit son nom — et celui de sa femme — il se serait coupé la langue.

Dans le bus, ils s'assirent aux deux dernières places du fond. Paul était le seul à parler.

« Cela ne nous engage à rien, Lib. Ne fais pas cette tête, je t'en prie. Le pire qu'il fera sera de t'examiner. Je veux que tu décides toi-même. Nous n'avons pas besoin de lui dire quoi que ce soit, nous ne nous sommes engagés en rien. Mais il n'y a pas de raison, en fait, de ne pas examiner toutes les possibilités. Si ça paraît compliqué, s'il y a quoi que ce soit qui ne te plaise pas, alors nous n'y penserons plus. Je suis certain que c'est une chose très simple. Les gens retournent à leur travail le lendemain. Mais tu pourrais rester à la maison une semaine, bien sûr... ce n'est pas ce que je voulais dire. Ce que je veux dire, c'est que tu n'as pas à t'inquiéter, que tu ne dois pas avoir l'impression que nous sommes définitivement entraînés dans quoi que ce soit. Tu dis non, et c'est non. Nous avons le nom, nous avons l'adresse... nous y allons, c'est tout. La plupart des gens qui voudraient le faire et ne le font pas, c'est simplement parce qu'ils n'arrivent pas à savoir où aller. Ça arrive tout le temps, Lib. Il y en a probablement je ne sais combien tous les jours de l'année. Des gens comme nous, dans notre situation, non préparés pour un enfant. Il n'y a pas de raison pour que nous ne nous renseignions pas au moins sur une possibilité de s'en sortir. Je ne vois pas pourquoi nous serions obligés d'accepter tout embêtement qui nous tombe dessus. Tu n'es pas de mon avis ? Tu n'as pas besoin de dire un mot, Lib. Tu n'as besoin de rien dire. Quand nous sortirons, tu diras oui ou non, et c'est tout. Tu dis non, et on n'en parle plus. Ça va ? Est-ce que ça va comme ça ?

— Voilà l'arrêt », dit-elle.

Le cabinet du médecin se trouvait dans un immeuble de neuf étages, près de Grand Circus Park. En bas, dans l'entrée, il y avait une plaque de cuivre :

THOMAS SMITH
Spécialiste en Ostéologie
Porte 307

En passant devant la plaque, Paul, pour la première fois, pensa à la police.

L'infirmière dit : « Herz ? » quand ils entrèrent dans la salle d'attente, puis disparut dans le cabinet du docteur ; elle portait des lunettes et avait de grosses joues rouges de paysanne. Libby prit un numéro de *Look* et le tint sur ses genoux. Paul feuilleta sans rien voir une revue d'ostéologie. Un directeur de société, rasé de près, aux tempes grises, sortit du cabinet du docteur.

« Bonjour, tous les deux. Je suis le docteur Tom, dit-il. Entrez donc. »

Dans le cabinet du médecin les deux Herz se plantèrent au garde-à-vous devant le bureau. Quand le docteur leur fit signe de s'asseoir, seule Libby le fit. Le docteur lui-même — traits finement ciselés, peau tannée, grande moustache brune — se percha au bord de sa table, balançant dans le vide une jambe athlétique. Paul remarqua ses mains : grandes et bien modelées.

« Alors, dit le docteur, qu'y a-t-il à la base ?

— Nous pensons que ma femme est enceinte. Nous désirons un avortement. »

Le seul bruit qui se fit entendre dans la pièce était fait par Libby — un petit bruit, ni refus, ni dénégation, ni accord.

Après un moment de fatigue aveuglante, Paul prit le commandement des opérations.

« Nous avons fait le test de la lapine, dit-il. Le résultat était positif.

— Uh-huh. » Le docteur se leva, fit craquer ses jointures et fronça le sourcil, d'un air très professionnel. « Quand avez-vous eu vos dernières règles ? » demanda-t-il à Libby.

Ils avaient mille et mille fois discuté de la question entre eux ; elle répondit sans une hésitation :

« Du 6 au 11 janvier.

— Jeune homme, dit le docteur Smith, si vous quittiez cette pièce ? »

Il resta une seconde encore seulement, puis ne regarda pas Libby en sortant. L'infirmière était étalée dans un fauteuil de cuir dans la salle d'attente. Au-dessus de sa tête, il y avait un tableau au mur représentant deux hommes en train de chasser. Elle avait une chaussure pendant au bout de chacune de ses mains et de ses pieds montait une odeur horrible mais bien humaine. Si le docteur n'était pas ce à quoi Paul s'était attendu, l'infirmière, elle, l'était exactement. Il ne voyait, dans tous ses pores, que saleté, saleté et microbes. Il se mit à lire, dans une des revues d'ostéologie, un article sur le docteur Selwyn Sales de Des Moines, le Spécialiste en Ostéologie du Mois.

« Ne vous énervez pas, dit l'infirmière. Le docteur Tom fait du très beau travail.

— J'en suis certain.

— L'ostéologie est toute sa vie. Il n'a pas de famille, pas de clubs à l'extérieur, il ne prend même jamais un livre en main à moins que ce ne soit un livre sur l'ostéologie. Il ne vous l'aurait pas dit lui-même, mais il a une grosse influence dans son domaine. Des gens viennent le voir du monde entier. On lui a déjà demandé deux fois de parler dans le Missouri.

— Qu'est-ce qu'il y a dans le Missouri ? »

En une seconde, il s'était fait un ennemi. Elle plissa les yeux pour le regarder... ou remonta ses grosses joues de manière à couvrir ses paupières inférieures.

« Qu'est-ce que vous croyez, que c'est une partie de plaisir pour quelqu'un comme le docteur Tom ? C'est un homme qui s'est voué à ce qu'il fait. Des femmes se jettent à ses pieds... mais l'ostéologie est toute sa vie. L'A.M.A. [1] est un adversaire épouvantable pour lui. Ils s'imaginent que tout leur appartient. Vous savez qu'un spécialiste en ostéologie a une formation plus poussée qu'un médecin ordinaire, vous le savez, n'est-ce pas ?

— Je ne connais pas grand-chose à l'ostéologie, dit-il d'un ton d'excuse, mais trop tard.

— Vous savez qui contrôle l'A.M.A., non ? Quand arrive un homme comme le docteur Tom, un véritable Américain, qui a six générations de Smith, Smith, Smith derrière lui, on les voit se serrer les coudes et faire jouer les influences. »

Paul feuilleta la revue d'ostéologie et arriva à la page de l'éditorial. Quelque part, au bas de la colonne, il repéra le nom : Dr Thomas Smith.

« Nous avons vu arriver une femme ici, un jour, qui se plaignait d'une allergie. Les médecins la faisaient marcher depuis des années. La femme du docteur Goldberg en était à son sixième vison, et cette pauvre dame continuait à ne pas pouvoir respirer. Elle ne pouvait ni dormir ni manger, et à force de se faire saigner par ces médecins de country-clubs, elle était pratiquement dans la misère. Finalement, elle a vu le docteur Tom, et ce n'était rien d'autre qu'une question de manipulation. Une lésion dans les jointures du cou. Ici. Et c'est contre ça qu'est l'A.M.A., c'est ça le genre de bataille que le docteur Tom est obligé de livrer. On ne commet pas d'erreur quand on vient chez un

1. A.M.A. : *American Medical Association.*

spécialiste en ostéologie. Je vais vous dire d'où vient la médecine... elle vient d'Europe ! L'ostéologie est américaine, de bout en bout. Mais, attendez, le jour du spécialiste en ostéologie viendra. C'est une honte... toute cette formation, et ils font faire leur service à nos garçons comme simples soldats. Vous savez qui tire les ficelles à Washington, non ? Vous savez qui a de l'influence... »

La tête du docteur Tom apparut sur le seuil de la porte.

« Mr. Herz ! »

Libby était assise sur la table d'examen, entièrement vêtue à l'exception de ses chaussures. Le docteur Tom se tenait auprès du calendrier fixé au mur.

« Qu'est-ce qui vous arrange le mieux ? demanda-t-il. Demain soir, ça va ? Vers huit heures ?

— Elle est vraiment enceinte ? demanda Paul, car il était revenu dans le cabinet de consultation espérant un miracle.

— L'utérus est agrandi, les seins sont sensibles, un peu enflés... les nausées matinales, le test de la lapine... » Il sourit, tout en faisant craquer ses jointures. Il regarda Libby ; elle ne dit rien.

« Docteur... demanda Paul, combien ?

— Pour un curetage quatre cents dollars. Plus cinquante pour l'anesthésie. Nous faisons ça ici même, dans mon cabinet. Mrs. Kuzmyak m'assiste. Une heure après votre arrivée, vous serez sortie. » Ce facteur temps semblait le remplir de fierté

— Qui administre l'anesthésie ?

— Mrs. Kuzmyak.

— Elle est... » Mais il ne continua pas et, par bonheur, le docteur parut ne pas avoir deviné ce qu'il était sur le point de dire.

« Elle ira bien tout de suite, dit le docteur Tom. D'ici, vous rentrerez chez vous, et le lendemain, elle pourra reprendre son travail. »

Paul regarda enfin sa femme en face. Aussitôt, elle reporta toute son attention sur le calendrier fixé au mur.

« Il n'y a pas de danger ? » demanda-t-il.

Le docteur sourit.

« C'est deux cents pour cent sans risque.

— Et la police...

— En ce qui me concerne, dit le docteur Tom, se frappant la paume de son poing gigantesque, un curetage n'est pas une chose illégale. Ce qu'en pensent l'A.M.A. et leur bande les regarde.

— C'est de la loi que je parle.

— Vous arrivez ici à huit heures, Mr. Herz, je ferai en sorte que vous soyez repartis vers neuf. Vous rentrez chez vous, votre femme passe une bonne nuit... si vous voulez, laissez-la se reposer encore le lendemain, et ce sera fini. Vous n'avez absolument pas à vous inquiéter. »

Il croisa les bras et leva le menton. Sa lèvre inférieure monta vers sa moustache. Serait-il nerveux ? Est-ce qu'il n'avait encore jamais fait ça ? Pourquoi ne répondait-il pas aux questions ?

Tout ce que Paul dit fut : « Quatre cent cinquante, c'est un peu cher.

— Ecoutez-moi, jeune homme », la voix était douce, mais avec une nuance de réprimande, « vous pouvez trouver quelqu'un qui vous fera ça pour cent cinquante dollars si vous voulez chercher dans les ruelles. Mais il s'agit de votre femme. Et j'imagine que vous désirez ce qu'il y a de mieux.

— Oui, oui, absolument.

— Demain soir, à huit heures ?

— Lib ? » demanda Paul.

Mais Libby ne dit rien. Tandis que Paul attendait qu'elle parle, il refit en esprit tout le chemin parcouru : Lichtman, l'oncle Asher, ses propres parents. Dans un geste de défi, il serra la main du docteur.

« Déjeunez légèrement, dit le docteur Tom, s'approchant de Libby et posant juste un doigt sur sa main serrée. Pas de dîner, un lavement à cinq heures et je vous verrai à huit. »

L'anesthésiste, Mrs. Kuzmyak, n'était plus dans l'antichambre quand ils partirent. Peut-être était-ce l'imagination de Paul, ou l'odeur des pieds de Kuzmyak, mais quelque chose d'elle avait réussi à demeurer attaché à la pièce, même après le départ de l'infirmière. Paul se surprit à la maudire. Cette bête puante ! Cette garce frustrée ! Oh Dieu !

De la rue, à travers la haie dénudée, ils virent que la lumière était allumée dans leur chambre, derrière le store taché.

« J'avais tout éteint, dit Paul. C'est toi qui as allumé ?

— Non.

— Ce doit être toi, Lib...

— Mais non, dit-elle, Oh, Paul...

— Quoi ?

— Je ne sais pas. Tout.

— C'est probablement moi qui ai laissé allumé. Ça ne fait rien. » Mais il fut brusquement si plein de ses propres pensées qu'il ne prit même pas la main de Libby. Il ouvrit la porte de l'extérieur avec sa clef, et ils descendirent l'étroit escalier qui menait au sous-sol. Devant leur porte, il ne put trouver son autre clef sur sa chaîne ; comme dans la cabine téléphonique, sa vue se brouilla. Il se rappela avoir vu une voiture de police au coin de la rue quand ils étaient descendus du bus. Plus tôt, il avait vu un homme en chapeau devant l'immeuble du docteur Smith... et il avait regardé Libby trop longtemps, non ? Est-ce qu'ils avaient été suivis ? Pris ? Il imagina la vie qu'il avait construite avec tant de gravité et d'application complètement anéantie. Il aurait dû savoir... tout cet effritement qui continuait depuis des mois. Il aurait dû être plus fort, plus sage! Et maintenant, c'était le scandale, la prison, et la pauvre Libby, toute pâle...

Lorsqu'il ouvrit la porte, Korngold fit un effort pour se lever du bord du lit, mais céda à ses artères et demeura assis, se contentant de lever à demi sa canne.

« C'était ouvert chez vous... dit le vieil homme, désignant la porte. Il commence à faire frisquet dans les couloirs. J'avais mal à la poitrine.

— Seigneur! Korngold! dit Paul. Vous nous avez fait peur. »

Korngold fit une plaisanterie qui, pas un instant, ne transforma l'apparence squelettique de son visage.

« Considérez cela comme un honneur. C'est la première fois depuis trente ans. Comment allez-vous? demanda-t-il faiblement à Libby. Oh, vous êtes jolie. Une *yiddishe maydele,* comme dit Levy. » Le vieil homme demeura là un moment, à regarder tendrement Libby.

Libby s'assit à la table et regarda Korngold gentiment.

« Merci.

— Qu'y a-t-il, Mr. Korngold? demanda Paul. Nous sommes tous les deux très fatigués.

— Je ne vous retiendrai qu'une minute.

— Qu'y a-t-il?

— Je voudrais demander un petit conseil. Vous êtes jeune. Vous comprenez le monde moderne. Moi, je ne vois plus les choses sous leur vrai jour. Asseyez-vous aussi, vous voulez bien? Cela me donne le vertige de lever la tête pour vous regarder. »

Paul ôta son manteau, mais le garda comme un paquet sur ses genoux quand il s'assit. Il ne pouvait pas haïr ce faible vieillard, mais, quand même, il était sur une lancée, dans sa vie, que la présence de Korngold était en train d'interrompre. Il savait bien que cette histoire de police n'existait que dans son imagination. Si seulement il pouvait aller de l'avant sans s'arrêter, sans penser, et en finir avec cette affaire, alors — pensait-il vaguement — tout irait bien.

« Est-ce qu'à votre avis, c'est de la tricherie ? demandait Korngold. Si mon fils me donne vingt dollars par semaine, qu'ai-je besoin d'un Levy ? Vous ne pensez pas que c'est une combinaison louche ? Vous avez l'impression que Levy est un véritable ami ? Ou croyez-vous autre chose ? Qu'est-ce qui peut intéresser un homme qui a été un des plus fameux avocats d'assises en son temps, dans du petit gibier comme moi ? De prime abord, je crois qu'il ne s'intéresse strictement qu'à mon linge de corps. J'en ai vingt-six boîtes, des hauts et des bas, un joli coton d'un tricot serré, comme on n'en trouve plus maintenant. Un jour, Levy entre dans ma chambre, voit toute cette marchandise, et il est mon ami. Alors je lui parle de ce salaud, mon fils, et, tout d'un coup, Levy est un copain de premier ordre, un vieux camarade de classe. Je vous le demande, Mr. Herz, vous qui êtes jeune, est-ce que c'est quelqu'un qui s'intéresse sincèrement à ma vie, ou un escroc par qui je me suis laissé entraîner ?

— Mr. Korngold, je ne peux pas vous donner de conseil. Je vais taper votre lettre ce soir.

— Oui ? » Korngold pâlit, si c'était possible. « Si vite ?

— Ecoutez, je vais la taper, et Levy et vous, vous déciderez ce que vous voulez en faire. Ça vous paraît raisonnable ? »

Korngold fut contraint d'admettre que ça ne l'était pas ; il secoua la tête, faisant de sa bouche un trou rond et noir.

« Vous tapez la lettre, et, sans que j'aie le temps de me retourner, elle est dans la boîte aux lettres et je me retrouve marié avec Levy. Quand quelqu'un vous rend service, on ne peut pas tout de suite le planter là.

— Que voulez-vous que je fasse alors ? J'ai eu une dure journée. Ma femme et moi, nous sommes très fatigués.

— Oh ! excusez-moi », dit le vieil homme. Il inclina la tête dans la direction de la jeune femme lasse, puis la couva de nouveau des yeux, paternellement.

« Qu'est-ce que vous voulez, Mr. Korngold ? » demanda Libby.

Le ton de sa voix surprit Paul. Elle avait l'air sûre de pouvoir donner à Korngold tout ce qu'il pouvait désirer. Elle était probablement tellement plus forte que son mari ne lui permettait jamais de l'être... Ne venait-il pas, encore une fois, de la pousser avec son autorité à faire quelque chose ? Son silence, dans le cabinet du docteur, n'avait-il pas été un vote négatif, mais dont il n'avait même pas pris la peine de tenir compte ?

« Un appel direct, dit Korngold. Je ne suis pas fier, croyez-moi. Une demande. Dites au garçon de m'envoyer de l'argent, au nom du ciel. Je n'ai pas besoin d'un Levy. J'ai besoin que quelqu'un m'écrive une simple lettre. Avec ces tremblements que j'ai, je ne peux même pas lacer mes chaussures tout seul.

— En ce cas, dit Libby, Mr. Levy vous aiderait peut-être.

— C'est un escroc, *lebele,* quelque chose me le dit. Il nouera les lacets et volera les chaussures. Il a déjà dans l'idée de se faire facilement de l'argent avec mon linge de corps.

— Pourquoi ne le vendez-vous pas ? demanda Libby, s'approchant de lui. Est-ce que tout est dans votre chambre ?

— On ne vend pas à des voleurs. J'ai traîné une boîte de caleçons dans tout Detroit, ils ne m'en ont pas offert assez pour payer mon billet de car. Je ne vends rien quand le marché est mauvais. Quand on ne spécule pas, on n'accumule pas, ça a toujours été ma devise. En ce moment, le marché est pour l'acheteur. Qu'ils viennent mendier, c'est à ce moment-là que Max Korngold traite ! cria-t-il.

— Comment avez-vous acquis tout ce linge de corps ? demanda Paul.

— Un partage à trois avec deux associés, qu'ils aillent vivre en enfer tous les deux.

— Quand est-ce que ça s'est passé ?

— Il y a déjà sept ans. On ne fabrique plus ce genre de linge de corps. Ne croyez pas que Levy ne le sache pas non plus... » Mais, brusquement, son esprit fut ailleurs. « Tenez », dit-il. Il sortit un portefeuille de la poche intérieure de son manteau : la photo qu'il finit par extraire d'une des poches était une photo de lui, prise dans une cabine de Photomaton. On voyait Korngold, et sa main droite, levée à la hauteur de son oreille, et cette main droite serrait sa canne. Peut-être agitait-il cette canne devant l'appareil ; peut-être montrait-il simplement qu'il en avait une. Au bas de la photo, il y avait quelques mots écrits que Paul eut beaucoup de peine à déchiffrer : *Ton vieux père, le 3 février 1951.*

« Est-ce que vous pourriez la mettre dans la lettre ? » demanda-t-il.

Paul se tourna vers Libby, souhaitant qu'elle réponde pour eux deux, mais elle semblait au bord des larmes. Korngold attendit, puis reprit :

« Vous voyez, je crois que quelques simples faits au sujet de ma santé pourraient faire impression sur lui. » Il releva les jambes de son pantalon pour montrer des genoux qui, sans être tout à fait inattendus, n'en produisaient pas moins un effet de choc. « Sous-alimentation. Manque d'air. Repos insuffisant. Soucis. Solitude. Laissez-moi vous parler d'une femme qui, un jour, est prise d'une poussée d'énergie, à soixante et un ans, qui cache ma canne, vole mon carnet de chèques et fiche le camp en Floride avec un *shmekele* de quatre-vingts ans qui ne peut même pas pisser droit parce qu'il ne sait pas ce qu'il fait au-dessous de son ventre. Excusez-moi. Les faits sont sales et répugnants, alors je ne peux pas parler proprement, même si je le veux... » Ces derniers mots s'adressaient à Libby et étaient accompagnés d'une tendre supplication du regard et des lèvres. « J'ai pris un avocat, un jeune type aux cheveux taillés en brosse, et il m'a fait marcher — trois fois il m'a fait lui payer le voyage en avion jusqu'à Miami — et ça m'a mis sur le sable. Maintenant, il y a Levy qui a un œil sur mon linge de corps et l'autre sur mon fils, alors comment croyez-vous que je me sens ? Content ? En sécurité ? Je vous en prie, écrivez un simple mot... tenez, j'ai même de quoi le timbrer. » De son gousset il sortit des timbres à trois cents fripés et les compta dans la main de Libby. « Un, deux, trois... Allez-y carrément. Ne vous occupez pas du poids. Je suis un désespéré. » Il tapota la main de Libby. Elle l'aida à se lever du lit. « Et vous, comment allez-vous ? demanda-t-il à Paul. Ça va mieux, votre poignet ?

— Beaucoup mieux.

— Vous avez l'air fatigués, mes enfants. » Il se retourna encore une fois, incapable de détacher son regard du visage de Libby. « Mon fils, mon propre fils, pourquoi est-ce qu'il ne pouvait pas trouver une gentille *yiddishe maydele*, une petite chérie brune. Cette fille... elle a empoisonné les idées qu'il avait sur moi ! » Il traîna ses jambes malades jusqu'à la porte.

« Aide-le, murmura Libby à Paul, les larmes aux yeux.

— Attendez », dit Paul, et il se leva enfin et saisit le vieillard par le coude. Il s'était senti immunisé contre toute souffrance autre que la sienne, si incapable de tendresse et d'intérêt, qu'il se demandait s'il avait laissé son cœur pour toujours dans le cabinet de ce médecin. « Attendez. » Il prit Korngold et lui fit franchir la porte puis monter l'escalier jusqu'à l'entrée de la maison. Quand ils émergèrent dans le couloir, la porte de la salle de bains se referma avec un bruit sec.

Dans le lit, aucun des deux ne touchant l'autre, Libby dit :

« C'est toi qui as décidé. Tu as dit oui. Tu n'as même pas pris la peine de me consulter.

— Nous pouvons encore changer d'avis.

— Nous avons déjà pris rendez-vous. Nous avons parlé de la question argent.

— Cela ne m'engage à rien du tout.

— Où allons-nous trouver tout cet argent ?

— Il est à la banque.

— Paul, c'est tout ce que nous possédons. Tout !

— L'argent, dit-il d'un ton ferme, comme si c'était une vérité qu'il connaissait depuis plus longtemps que quelques heures, ça sert à vous tirer de vos ennuis.

— C'est toi qui as décidé.

— J'ai décidé. » Il se hâta d'ajouter : « Et toi aussi.

— Je n'ai rien décidé du tout.

— Tout l'après-midi, tu as balancé, Libby. Si tu avais dit non, ç'aurait été non, Libby. Je ne t'aurais pas forcée. »

Mollement, elle se défendit.

« J'ai dit non.

— Non, puis oui, puis non. Quand tu es allée chez le docteur...

— Tu m'as dupée !

— Baisse la voix !

— C'est mon corps ! C'est sur mon corps qu'il va opérer ! »

Ils se touchèrent enfin : il lui mit une main sur la bouche.

« Libby, Libby, fit-il entre ses dents, la journée a été dure. Ces vieux, ma main, tout. » Quand il ôta sa main, permettant de nouveau à Libby de respirer, elle s'écarta de lui. « Tu veux croire que c'est moi qui ai pris la décision, dit-il, bon, d'accord.

— C'est toi.

— Très bien, si tu le penses.

— Cesse de le prendre de haut ! dit-elle. Je le pense parce que c'est comme ça.

— Libby, tu as vingt ans. Nous sommes venus ici pour gagner de l'argent. Nous voulons retourner à l'université. Nous sommes mariés depuis un an, nous sommes fauchés...

— Nous ne sommes pas fauchés si nous avons quatre cent cinquante dollars en banque à jeter en l'air !

— En fin de compte, un bébé coûtera plus, beaucoup, beaucoup plus. Il changera totalement notre vie. Chérie, je ne fais qu'essayer de nous éviter encore plus d'ennuis. Si nous avons un bébé, nous devrons quitter cette chambre, tu devras cesser de travailler. Et nous ne nous rattraperons jamais, nous ne ferons qu'avancer en trébuchant. »

Elle se retourna vers lui, se couvrant le visage de ses mains.

« Tu penses que tu n'aurais même pas dû m'épouser. Je t'ai forcé à m'épouser.

— Ne dis pas de stupidités, je t'en prie.

— Quand je pense à tout ce que je t'ai raconté, j'ai honte. « Tu m'as changée, maintenant il faut que tu m'épouses... comment pourrais je jamais sortir avec d'autres garçons ?... »

— Lib, dit Paul, sans être certain qu'il ne mentait pas, tu n'as jamais rien dit de tel.

— Je l'ai pensé.

— J'ai voulu t'épouser. J'ai tout fait pour t'épouser.

— Je t'ai forcé à le vouloir.

— Dors. Personne ne dit rien de sensé à cette heure-ci.

— Je ne peux pas dormir. Mon esprit est un tourbillon...

Qu'est-ce qu'un spécialiste en ostéologie y connaît en matrices ?

— Les spécialistes en ostéologie sont comme des médecins. Smith a très bonne réputation.

— Ce sont des casseurs d'os.

— Cet homme fait ça depuis des années.

— Et le risque d'infection.

— Cet homme est un docteur, Libby, et pas n'importe qui. Est-ce qu'il le ferait si c'était risqué ?

— Paul ?

— Oui.

— Donne-moi ta main. Sens mes seins. Est-ce qu'ils te paraissent plus gros ?

— Je crois que oui, chérie. »

Elle approcha la main de Paul de sa bouche et l'embrassa ; elle essaya de plaisanter.

« C'est ce que j'ai toujours voulu. » Puis, comme il s'y attendait, elle pleura. « Et ça va durer un jour. Oh Paul... » Elle demeurait immobile, tenant la main de Paul contre elle, et puis, parce qu'elle était épuisée, elle ne tarda pas à s'endormir.

Lui-même n'eut pas cette chance. Son propre tourbillon tournait, tournait, tournait en rond... Ce qui inquiétait Libby, c'était l'infection ; son esprit à lui tournait autour d'un seul mot : la prison. Tandis que Korngold leur montrait sa pathétique photographie, tout ce à quoi il pensait c'était la prison ! Et si la police arrivait avant que Libby ne soit dans la salle d'opération ? Ne pourrait-il pas dire simplement qu'elle était là pour se faire examiner ? Ne pourraient-ils pas tout nier ? A moins qu'elle ne soit déjà sur la table d'opération... alors que se passerait-il ? Qui mettraient-ils en prison ? Après tout, il était le mari de Libby, et pas seulement un type qui l'avait mise dans l'embarras. Mais est-ce que cela pesait lourdement dans la balance ? Est-ce que cela ne faisait pas paraître les choses encore pires ? Il essaya de se rappeler des récits de cas rapportés par les journaux. L'amant ou le mari était-il complice ? Et la femme ? Ils ne mettaient sûrement pas la femme en prison ! Mais sur les titres des journaux, elle était toujours morte.

Tout au long de cette nuit agitée, au centre de ses fantasmes, il y avait toujours la police. Vous êtes complice d'un avortement. Non, ma femme m'a dit qu'elle était venue ici pour se faire enlever un kyste. Très bien, dit le Chef, demandez à la femme... Libby, s'il arrivait quelque chose, si quelqu'un t'interrogeait, dis que je ne savais pas, dis que tu m'avais raconté que c'était un kyste...

Le matin, ils n'entendirent ni l'un ni l'autre le réveil. Ils s'habillèrent frénétiquement, ne purent aller dans la salle de bains et n'eurent pas le temps de se faire chauffer du café. Ils se séparèrent à l'arrêt du bus sans même s'embrasser. Quelques heures plus tôt seulement, Paul avait essayé de se forcer à s'endormir en se disant que tous ces soucis concernant la police n'étaient que son superego qui s'affirmait. Mais il n'avait pas réussi pour autant à accroître son respect de lui-même ; il se sentit heureux alors d'avoir pu éviter une conversation matinale avec sa femme, car il aurait pu lui avouer la nature de ses craintes et la secouer encore davantage. Il était conscient de nouveau de cette espèce d'élan, qui le faisait continuer à avancer.

Le bus démarra du coin de la rue, puis s'arrêta ; quelqu'un martelait à la portière. Le chauffeur ouvrit de nouveau et Mr. Levy monta les marches au pas de charge, les sourcils flottant et sombrant comme sur une mer agitée, la canne se balançant à proximité inquiétante de la tête du chauffeur.

« Ne soyez pas impoli ! Je relèverai votre numéro ! » Il

passa entre les sièges, petit vieillard plein d'allant, bronzé par la lampe à ultraviolets qu'il avait dans sa chambre. Il jeta un regard vif sur chaque siège jusqu'au moment où il repéra Paul. « Ah, jolie matinée », dit-il. Avec un air tout nouveau d'amabilité onctueuse, il se glissa à côté du jeune homme. « Il fait un peu frisquet, mais c'est vivifiant.

— Bonjour », dit Paul. Il fut obligé de libérer son manteau du dos de Levy.

« Hé ho, hé ho, vous partez au boulot ?

— Oui, dit Paul. Et vous-même ?

— Des entreprises, des entreprises. Je déménage des gants pour un ami. Vous avez écrit la lettre ? »

Il se surprit à regarder dehors quand il dit :

« Je n'ai pas encore eu le temps.

— Je croyais que Korngold l'avait peut-être prise hier soir.

— Non.

— J'ai cru que c'était son pas de boiteuse que j'entendais traîner dans le couloir. J'ai dû me tromper. »

Le regard de Paul demeurait fixé sur les mornes maisons à un étage qui bordaient la rue.

« Vous m'avez l'air un peu abattu, remarqua Levy. Vous vous êtes couché trop tard, non ?

— Non.

— Bizarre.

— Qu'est-ce qui est bizarre ?

— Passé soixante-cinq ans, on ne peut plus se fier à ses sens. Mon ouïe me joue de drôles de tours. » Levy passa rapidement en revue les publicités affichées dans le bus, pour se rendre compte de la concurrence. Il reprit : « Korngold est un vieil ami, bien sûr, mais j'ai bien peur que la sénilité ne le prive de son sens du fair play. »

Paul se contraignit enfin à faire face au regard brillant d'excitation de Levy.

« Il ne me paraît pas sénile. Il est peut-être un peu fatigué. Il semble avoir eu un tas d'ennuis.

— Oh, personne ne lui enlève ses ennuis. C'est un triste cas, cet homme. Il s'est fait plumer toute sa vie, et puis sa santé s'en va, comme ça ! Pas étonnant qu'il soit tellement soupçonneux. C'est pathétique de le voir ne même plus savoir quelle est la meilleure route à suivre. Il a besoin d'aide. C'est une bonne chose que nous soyons là, vous et moi, sinon il serait noyé. Il mourrait d'inanition, probablement. »

Ils roulaient toujours. Le malaise croissant de Paul face à Levy venait en partie d'un sentiment d'incongruité ; ce n'était pas simplement que cet homme ne lui plaisait pas... c'était parce que lui-même traversait une crise, la crise de sa vie, peut-être, et que les deux hommes s'y étaient, il ne savait comment, trouvés liés. Il avait toutes les peines du monde à ne pas se lever et changer de place.

« Alors, dit Levy, agitant sa canne, vous allez la taper cet après-midi, d'accord ?

— Il faut que je travaille toute la journée.

— Alors ce soir ?

— Ce soir, je suis occupé.

— Encore des docteurs ?

— Quoi ?

— Je n'ai rien dit.

— Qu'y a-t-il, Mr. Levy ? Pourquoi me suivez-vous partout ce matin ?

— Mon petit, mon petit, ne soyez pas paranoïaque. Je déménage des gants de chevreau pour un ami. »

Mais lorsque Paul se leva pour partir, Levy le suivit. Le bus repartit, et ils demeurèrent seuls au coin de la rue, près de l'entrée de l'usine.

« Qu'y a-t-il, Levy ? Qu'est-ce que vous voulez me dire ? »

Levy ne fit que prendre quelques bouffées d'air vivifiant.

« Nous allons dans la même direction, dit-il. A l'odeur, on dirait qu'il y a des pins dans le voisinage.

— Où voulez-vous en venir ? Qu'est-ce que vous vous êtes mis dans la tête ?

— Ça, c'est une question que je garde pour vous. »

Avec Paul sur ses talons, Levy commença à traverser la rue. Une voiture arriva en trombe vers eux, et Paul ne put croire à son impulsion : il avait envie de pousser le vieux sous la voiture.

« Ecoutez, commença-t-il, aidant le vieillard à monter sur le trottoir d'en face. Korngold...

— Korngold est sénile. Korngold ne devrait pas aller dans les rues non éclairées le soir. Il trébuchera et il se fracturera la hanche. Et ce sera la mort. Il ne faut pas encourager Korngold à faire des bêtises. »

Paul n'aidait plus Levy à monter sur le trottoir ; il garda néanmoins les doigts serrés autour du bras maigre.

« Korngold m'a demandé d'écrire à son fils pour lui, dit Paul, faisant pivoter le vieillard. Vous voyez ? Alors il est venu dans notre chambre. Il a épanché son vieux cœur malade. Je l'ai écouté, ma femme l'a écouté. Je n'ai à me cacher de vous en rien, Mr. Levy. Que diable se passe-t-il ? Korngold a des droits dans cette histoire.

— Pour tout ce qui touche aux droits, dit Levy, se libérant et aplatissant sa veste, il faut connaître la loi. Ce qui est mon cas, et pas le vôtre.

— Mr. Levy, dit Paul, essayant de se calmer du mieux qu'il pouvait, toute cette histoire est stupide. Rien de tout ça ne me regarde. »

Levy s'agrippa à cet aveu et dit d'un ton furieux :

« Laissez aux deux parties en présence le soin de juger des problèmes de famille de Mr. Korngold. Contentez-vous de taper proprement la lettre que je vous ai donnée. Ou alors, fit-il, brandissant sa canne, rendez-la et passez votre chemin. Compris ? C'est clair ? Ceci est une forme d'avertissement, mon jeune Mr. Herz ! Ne fourrez pas votre nez dans ma vie professionnelle... »

Mais Paul ne pouvait supporter un instant de plus la bassesse, la sienne ou celle de qui que ce fût.

« Ecoutez, Levy, peu m'importe votre vie professionnelle. Peu m'importe votre lettre... » Et, comme Levy avait le toupet de lui lancer un regard menaçant, il ajouta : « Espèce de petit salaud présomptueux ! » Cela lui fit un bien fou de dire ça... il s'était trop laissé faire déjà, par tout le monde. « Qu'est-ce que c'est que cette histoire d'enquête du Sénat ! Qu'est-ce que vous avez à pressurer ce pauvre Korngold, espèce d'escroc à la petite semaine ! »

Les yeux de Levy se rétrécirent jusqu'à devenir des fentes, juste assez grandes pour une pièce de monnaie : « Vous voulez payer pour m'avoir traité de salaud, ou pour cette révoltante expression, pressurer ? Hein ?

— Ne me menacez pas.

— Docteur Thomas Smith. BA trois tiret trois trois quatre neuf... » Pour la première fois, d'aussi loin que Paul pouvait se souvenir, Levy se mit à sourire. Il poursuivit son chemin. Paul le saisit par la veste.

« En quoi cela vous regarde-t-il ?

— Ne vous attaquez pas à un vieillard dans la rue. Laissez-moi. »

Totalement démonté, Paul laissa retomber ses bras. « Ce qui m'intéresse, c'est la loi, dit Levy. Quand on la violc, j'ai mal.

— Petit escroc ! Petit salopard qui écoute aux portes. Vous épiez ma femme quand elle est aux cabinets, espèce de vieux dégoûtant !

— La diffamation est un délit. Mr. Herz, même si seule l'autre partie est témoin. C'est une atteinte à mes sentiments. L'exercice illégal de la médecine est aussi un délit dans un grand Etat comme le Michigan. Méfiez-vous ! »

Sur ses mots, Levy tourna les talons et repartit dans la

direction d'où ils étaient venus, tout en frappant le trottoir de sa canne.

A la fin de l'après-midi, Paul se plaignit au contremaître d'avoir des élancements dans le poignet gauche et réussit à voir le docteur. A l'infirmerie, le docteur Esposito lui défit son bandage.

« Vous vous êtes occupé de votre affaire ?

— Tout va bien », dit Paul.

Le docteur enduisit son poignet d'une pommade fraîche.

« Bon. C'est bien. C'est votre affaire.

— Ça s'est arrangé. Elle a eu ses règles ce matin.

— Ah oui ? fit Esposito en souriant.

— Non, dit Paul. Non... écoutez, ce Smith, c'est quelqu'un de sûr ? Est-ce que ce n'est pas un charlatan ?

— Il est de première classe dans sa spécialité, dit Esposito avec douceur.

— L'infirmière m'a déplu.

— Vous êtes trop nerveux. Qui fait le curetage, l'infirmière ou Smitty ?

— Ecoutez, je suis reconnaissant pour tout. Appelez le contremaître, s'il vous plaît. Dites-lui que je suis malade. Il faut que je rentre. »

Esposito continua à se montrer le plus décent des hommes. Il appela le contremaître et ajouta même que Herz ne pourrait peut-être pas se rendre à son travail le lendemain non plus.

En descendant du bus, Paul passa en courant devant sa propre maison, ouvrit toute grande la petite grille de fer de la maison voisine et monta quatre à quatre l'escalier du meublé de Korngold. Un gros type rond était occupé à manger des chips qu'il prenait dans un sac et à écouter la radio dans le salon, une pièce sombre dans laquelle tout, le sol, les tables, les chaises, semblait enfoncé jusqu'aux genoux dans des tapis et des dessus-de-lit.

« Qu'est-ce qu'il y a ? tonna l'homme avant qu'un mot ne fût prononcé.

— Korngold.

— A côté de l'évier, dit l'homme avec un fort accent. En haut. Vous êtes un parent ? cria-t-il tandis que Paul s'éloignait. Il me doit son loyer ! »

Paul monta l'escalier. Il frappa à la porte sur laquelle était fixée avec des punaises une carte de visite disant :

MAX KORNGOLD

Chemiserie — Linge pour enfants

Tout en attendant qu'on lui crie d'entrer, Paul regarda l'évier. Il y avait un paquet de détergent sur le rebord, et il le secoua énergiquement au-dessus de la crasse ; rien ne sortit malheureusement.

« Qui est là ? gémit Korngold.

— Paul Herz. Votre voisin ? Ouvrez, s'il vous plaît. »

Des minutes se passèrent avant que Korngold, en long caleçon sous son peignoir, son feutre taché repoussé en arrière sur sa tête, apparût sur le seuil.

« Bien. Entrez. »

La petite pièce avait été aménagée dans un angle de la maison, de sorte qu'elle avait cinq murs craquelés. Le long de trois murs, des cartons étaient empilés ; à côté du lit, sous les couvertures duquel Korngold était étendu, il y avait une table de chevet avec une lampe électrique, un verre, un livre couvert de papier et une bouteille à lait à demi pleine d'urine. En proie à un mélange de tristesse et de dégoût, Paul détourna les yeux des possessions de Korngold. Le vieux, avec des oh et des ah, avait repris sa place dans le lit.

« J'ai la tremblote, expliqua Korngold. Asseyez-vous donc.

— Je suis pressé. Je voulais vous dire que j'ai eu une conversation avec votre ami Mr. Levy ce matin. Je crois qu'il a vos intérêts à cœur. A quoi vous servirait l'argent sans un aide, quelqu'un qui vous donne la main pour monter et descendre les escaliers, qui soit assis en face de vous aux repas ? Il a vos intérêts à cœur. » Il avait tout dit d'une seule traite.

« C'est lui, demanda Korngold, qui vous a dit ça ?

— Je l'ai observé. Je l'ai écouté. Pourquoi ne le laissez-vous poursuivre son plan ? Vous verrez bien ce qui arrivera. »

Korngold tendit le cou sur ses oreillers et se croisa les bras pour se protéger.

« Vous lui avez dit que je suis venu vous parler ?

— Il le savait. Il vous a entendu.

— Oye, cet être-là a six oreilles ! Je croyais qu'il dormait déjà à huit heures. Il le dit pour sa propagande. Vous voyez comment il vous roule sur un tas de choses ? » Il semblait prêt à éclater en sanglots.

« Non, non. Ça n'a aucune importance. Je lui ai dit que vous vouliez seulement me donner l'adresse de votre fils. »

Korngold enfouit sa tête dans ses mains et poussa un soupir flûté.

« Ah, c'est joliment pensé, dit-il.

— Alors, vous allez continuer comme ça, d'accord ?

— Vous m'avez sauvé la vie, croyez-moi.

— Votre vie n'est pas en danger, Mr. Korngold. Qu'est-ce qui vous prend ?

— C'est mauvais de contrecarrer Levy, j'en suis sûr. Surtout quand il fait des offres pareilles.

— Ne soyez pas si nerveux, je vous en prie. Je vous dis seulement que tout ceci est à votre avantage.

— Mais oui. Sûrement. Vous avez raison. Vous voyez

quelle ruine je suis devenu ? Quelqu'un me tend la main pour m'aider. Et, en remerciement, je le soupçonne. J'aurais pu commettre une grave erreur.

— Alors, vous continuez comme ça ? »

Korngold eut un geste de la main.

« Bien sûr. C'est un coup de chance pour moi », dit-il, comme se parlant à lui-même. Puis : « Quelle taille ?

— Quoi donc ? »

Korngold examinait Paul.

« Quelle taille de slip faites-vous ?

— Je ne porte pas de slip.

— C'est stupide. En plus du confort, ça protège de la fatigue et de tout. Allez en prendre une paire comme cadeau. Alors... c'est un trente-deux qu'il vous faut.

— Je fais trente de tour de taille.

— La quatrième boîte en descendant, à gauche, près de la fenêtre. Allez-y, prenez-en une paire. Une paire, ajouta-t-il un peu timidement, c'est un. Quand vous l'aurez porté deux jours, toutes vos idées sur le linge de corps changeront. Je vous en prie, c'est pour vous remercier de m'avoir sauvé la vie. »

Quand Paul eut pris le caleçon dans une boîte, Korngold dit : « Laissez-moi y jeter un coup d'œil, voulez-vous ? » le vieux marchand de chemiserie et de linge pour enfants palpa le caleçon. « Dans le temps, je croyais que j'allais bâtir un empire. Aujourd'hui, les *gonifs* veulent tout pour rien. Levy... bien sûr, Levy... naturellement, vous avez raison. C'est en lui qu'est mon dernier espoir. A quoi ça sert, tous ces cartons empilés chez moi, hein ? Portez-le en bonne santé. Et comment va notre *maydele,* votre femme ? Tout de suite, j'ai vu la douceur sur sa figure. »

Pour commencer, la salle de bains était occupée. Paul fut obligé de taper sur la porte.

Il entendit la voix de Levy dire :

« Ne me dérangez pas, s'il vous plaît.

— Quelqu'un attend pour entrer, cria Paul.

— S'il vous plaît, ne me dérangez pas, s'il vous plaît », psalmodia Levy.

Dans la chambre, Libby se mordait les poings.

« Le docteur a dit de le faire à cinq heures. Il en est presque six, dit-elle.

— Il va sortir tout de suite.

— C'est toi qui t'énerves maintenant.

— Sois patiente, je t'en prie. »

Il sortit dans le couloir et frappa de nouveau à la porte de la salle de bains.

« Je vous en prie, Mr. Levy, ma femme a besoin de la salle de bains.

— Je n'aime pas faire la conversation dans ces conditions. Voulez-vous me laisser ?

— Je vous donne cinq minutes.

— Le docteur attendra, murmura Levy.

— Taisez-vous !

— Ça ne me regarde pas. Allez-vous-en, vous voulez bien ? »

Paul se plaqua contre la porte, y appuya la bouche.

« J'ai parlé avec Korngold. Il désire que vous le représentiez. Il veut que vous écriviez la lettre, que vous soyez son compagnon.

— C'est la réalité ou de la fiction ?

— C'est la réalité. Je l'ai vu il y a une heure. D'accord ?

— Si c'est vrai, d'accord.

— Vous me comprenez... ?

— Je vous en prie, je suis en train de terminer.

— Vous me comprenez, n'est-ce pas ?

— Compris », répondit Levy, dans un bruit de papier.

Tandis que Libby s'apprêtait sans la salle de bains pour le docteur Smith, Paul s'effondra sur le lit. Aussitôt, il se rappela ce qu'il avait oublié. Il se releva d'un bond, laça ses chaussures en faisant des nœuds et, sans manteau — bien qu'on fût au pire de l'hiver à Detroit — il courut jusqu'au magasin de comestibles du coin. Il fit si rapidement le numéro du docteur que la sonnerie ne se déclencha pas. Les jambes en coton, il recommença. Solly ne cessait de regarder par la porte de la cabine.

« Docteur Smith, Paul Herz à l'appareil.

— Pour l'amour de Dieu, ici Mrs. Kuzmyak.

— Je désire parler au docteur.

— Il n'est pas là. Qu'y a-t-il ?

— Ecoutez, Mrs. Kuzmyak, j'ai eu une journée très agitée. Je n'ai pas eu le temps d'aller à la banque. Je n'ai pas l'argent.

— Qu'est-ce que vous espérez, avoir quelque chose pour rien ? » Elle semblait essayer de parler dans une espèce de dialecte.

« Est-ce que je ne peux pas vous payer demain ? »

Elle avait trouvé ce qu'elle voulait dire.

« Qu'est-ce que vous croyez, que je m'appelle Fink et que je vais m'occuper de vos costumes pour rien ?

— Mais, Mrs. Kuzmyak, nous sommes prêts tous les deux. J'ai eu une journée infernale. Ma femme est en train de prendre un lavement. J'ai complètement oublié d'aller à la banque. Elle n'a pas mangé... passez-moi le docteur, vous voulez bien ?

— Nous devons tenir nos comptes en règle, dit-elle sévèrement. Le docteur a des frais.

— Mais alors, dit-il avec désespoir, qu'allons-nous faire ?

— Ne quittez pas, Herzie. » Elle posa l'appareil. Au bout de quelques instants, elle revint. « Le docteur dit que demain, ça ne lui convient pas. Remettons ça à jeudi. Même heure. Apportez des espèces. »

Il passa l'heure du déjeuner du lendemain à faire la queue à la banque. Après le retrait — une tache rouge sur la partie gauche de l'aimable petit livret — il restait au compte onze dollars et quelques cents. Pour égayer encore les choses, l'employé lui annonça qu'il toucherait des intérêts moins importants sur ce trimestre-là.

Ce fut seulement après être passé devant le portier souriant et édenté de la banque qu'il comprit son erreur. Il aurait dû prendre l'argent par petites pièces et billets sur un certain laps de temps, plutôt que ces cinq gros billets inoubliables. Maintenant l'employé pourrait... Mais il avait dans la main une preuve suffisante pour le mettre en prison à vie : le livret de la banque. Comment pourrait-il prétendre être innocent quand un avocat général brandirait d'un geste théâtral des souches de retrait sous le regard furieux du jury ? Cette vision lui ôta toutes ses forces et il resta avec seulement une peur, la peur stupide, irréelle, disproportionnée du petit Levy. Levy avait-il compris ? Korngold avait-il émergé de sa nuit blanche prêt à s'en tenir à sa nouvelle décision ? Il tâta toutes ses poches, les retourna complètement — et ce, juste sous les yeux du gardien — pour retrouver le bout de papier avec le nom et le numéro de téléphone du docteur. Il fut pris de panique... le papier n'était nulle part. Il n'était pas dans le portefeuille contenant les cinq billets tout neufs. Est-ce que Libby... ?

Levy !

Sa montre indiquait qu'il lui restait encore vingt minutes sur l'heure du déjeuner. Il fit signe à un taxi et, l'estomac serré — car il arrive que quelques cents vous rongent plus que des centaines de dollars — ne quitta pas des yeux le compteur jusqu'à ce que le taxi l'eût déposé devant chez lui. Il monta l'escalier, traversa le hall, descendit au sous-sol et suivit le couloir jusqu'à la porte de Levy. Il entendit murmurer à l'intérieur et, crânement, frappa. Pas de réponse ; les chuchotements se turent. Il martela la porte à la faire craquer.

« Levy, je vous ai entendu. Je veux vous parler. C'est Herz, Levy, ouvrez ! »

Quelque chose — une chaussure peut-être ? — racla le plancher. Des canalisations d'eau chaude sifflèrent au-dessus de sa tête ; en nage et furieux, il donna un grand coup d'épaule dans la porte. Elle céda et un morceau de plâtre descendit en flottant. A l'intérieur de la pièce, il n'y avait personne. Il alla jusqu'à leur propre chambre ; sous la porte, il trouva une lettre adressée à Libby. Il ne fut pas surpris de penser que quelque chose de nouveau allait lui arriver. Il n'avait jamais ouvert une lettre adressée à quelqu'un d'autre que lui, mais l'acte ne lui parut pas devoir en engendrer d'autres semblables. L'adresse de l'expéditeur lui fit l'effet d'un coup de couteau : la surprise... puis rien... puis la douleur. Il lut.

Chère Mrs. Herz,

Vous possédez vraiment un sens phénoménal et unique de l'obligation. Je ne sais quelle en est la source, vos études, vos rêves, votre cupidité ou peut-être l'homme avec qui vous cohabitez, et à qui vous aviez déjà pris, si ma mémoire est bonne, d'autres idées, opinions et manières d'un mérite égal. J'avais pensé qu'en même temps que du mépris, vous aviez au moins acquis aussi une certaine force d'âme ; mais, en fait, vous vous avérez en possession de plus d'énergie que de caractère, ce qui, bien sûr, est la signature du diable. A quelqu'un dont l'inspiration est si peu humaine je ne peux que répéter qu'il ne faut attendre ni de l'aide ni des vœux de ce côté-ci, maintenant ou dans les jours à venir. Les obligations sont réciproques et quand une des deux parties a failli à l'autre, la cessation de sentiments d'obligation de la part de celui qui a été touché ne peut être qualifiée d'un autre terme que de celui de Justice ; de toute manière d'aucun des autres termes que vous suggérez. Mes obligations, Mrs. Herz, englobent mes fils, mes filles, ma famille et l'Eglise et ma patrie et non pas les ménagères juives de Detroit. En y regardant de plus près, vous ne trouverez pas ma déclaration tout à fait infâme ; l'infamie que vous y voyez vient peut-être d'un excès de vilenie en vous-même. Vous avez défié votre père, votre foi et toutes les lois de la décence, de la plus sacrée à la plus ordinaire. J'imagine que ceux qui défient sont sujets à des sentiments intéressants quand ils sont obligés de supplier. Reste à savoir si vous aurez jamais le caractère de défier ce que tous les gens bien ont toujours eu à défier — leur propre culpabilité — et de demander l'annulation par l'Eglise. L'obligation du pécheur est de corriger ses péchés ; et comme la voie qui mène à cette correction et à la gloire est faite d'humiliation et de douleur, je n'ai d'autre choix que de poursuivre une action qui ne vous accorde dans la vie que vous avez choisie aucun soulagement à vos privations. Car ce sont les privations qui vous conduiront à la Lumière. »

Il s'assit sur le lit, puis flotta, tomba, mourut sur l'oreiller. Au début, il ne se demanda pas pourquoi, comment ou quand elle avait écrit ; il n'y avait qu'une réalité : elle l'avait fait. La lettre demeurait sur sa poitrine et, pendant un moment, il se demanda si peut-être il pouvait se reposer maintenant. Mais même alors qu'il avait le souffle coupé, il ne le pouvait pas ; hors d'haleine, il se retrouva se levant d'un bond, chassant. Il vida la boîte à ordures, fouillant au milieu des Kleenex ; il rampa sous le lit sur le sol humide ; il chercha de nouveau dans son portefeuille. Mais il ne retrouvait pas le papier avec le nom de Smith. Puis, à défaut d'avoir autre chose de mieux à faire, il compta l'argent : il fit claquer d'un geste sec chacun des billets, comme un homme d'affaires, mais cela ne lui apporta rien de ce que cela apportait aux hommes d'affaires. En fin de compte, il ne haïssait pas tellement le fait de donner son argent qu'il ne se haïssait lui-même de l'avoir pour le donner. Confusion. Confusion terrible. Il retourna sur le lit et y demeura allongé, sur le ventre, serrant l'argent dans sa main. Comme elle était facile, douce et facile, la solution, pensa-t-il : laisser courir, abandonner, avoir un bébé...

Bon ; les conséquences alors...

Mais, pour la première fois, il ne fut pas tourmenté par des visions de dollars qui dansaient. Ses visions n'étaient pas de perte et de chaos. Sa famille, par exemple. Est-ce que le roucoulement d'un bébé n'adoucirait pas leurs cœurs. Comment pourraient-ils résister à un petit enfant aux yeux sombres ? Cette fois, ce ne serait pas la même chose que la conversion de Libby ; cette fois c'était la nature, et non pas un plan. La conversion, dont il avait été le promoteur, était une erreur, il le savait maintenant, le véritable point faible de sa vie. Il était presque content que ses parents ne s'y fussent pas laissé tromper. Personne d'autre ne s'y était laissé prendre, pas même (ce qui était pire que tout), la convertie elle-même. Mais à l'époque, il était encore assez hébété pour croire que quelque chose de spectaculaire les ferait tous revenir à la raison. Après tout, il était Paul, leur fils... et ce serait à jamais un douloureux mystère pour lui que ces parents dont il n'avait jamais eu besoin pourraient le secouer à ce point en les abandonnant, lui et sa jeune femme.

C'était plus facile de comprendre Libby et ses parents. L'enfant protégé, la petite fille à l'abri de tout, la petite sœur. Il pouvait presque se forcer à lui pardonner d'avoir écrit à son père. Une fille dont le passé était plein de Glorieux Paradis et de Doux Jésus ne pouvait croire qu'une chose aussi innocente que leur mariage allait provoquer chez d'autres une pareille monstruosité. Les valeurs dont était sortie leur union étaient les valeurs que le monde considérait en souriant depuis des siècles. Pas un instant ils n'avaient agi l'un ou l'autre à la légère ; ils n'avaient pu dormir ensemble plus d'une nuit sans éprouver des sentiments graves et profonds. Et une fois qu'ils s'étaient hâtés de s'avouer ces sentiments l'un à l'autre, comment auraient-ils pu se séparer ? Oh l'amour... était-ce là le grain qui faisait pousser des dragons ? C'était l'incrédulité et non pas la cupidité, l'étonnement et non pas la bêtise, qui avaient amené la loyale petite fille de Mr. DeWitt à lui écrire.

Mais pourquoi avait-elle eu besoin de le supplier ? Pourquoi surtout demander de l'argent ? Comme ce dévot avait dû s'en lécher les babines ! La privation, les dettes, la faim, la peur. Et, au bout de tout cela, la voilà qui brille, la Lumière. Misérable sadique ! Fils de salaud de baiseur de Christ sans cœur ! Pourquoi devraient-ils le supplier, lui ou qui que ce soit d'autre ? Pourquoi devait-il lécher les bottes à un chien comme Levy ? Brusquement lui, Paul Herz, devenait associé dans une combinaison pour rouler Korngold ! Et quel était, en fin de compte, le chemin le meilleur, le plus honorable, le plus viril ? Il pouvait remettre les quatre cent cinquante dollars à la banque. Il pouvait se soumettre à la nature, laisser la vie, la sienne, celle de sa femme, celle de son enfant, poursuivre son cours...

L'après-midi, à son travail, il comprit que ce n'était rien de noble qui l'avait fait changer d'avis. Sa décision de renoncer à l'avortement n'avait rien à voir avec la découverte en lui d'une virilité quelconque. C'était simple. Comment éviter d'aller en prison ? En ayant l'enfant. Comment se débarrasser de Levy ? En ayant l'enfant. Comment reconquérir l'amour de ses parents ? Comment faire ravaler ses paroles à DeWitt ? C'était simple : avoir l'enfant mais priver ce pou dévot de tout droit sur lui. Puisqu'ils avaient mis leur fille dehors, lui aussi pouvait les envoyer promener ! Mais quelles machinations... quelle couardise ! La main qu'il avait levée contre le monde cruel n'était plus qu'un poing dont il frappait son propre cœur.

Ce soir-là, Libby rentra avant lui. Il l'entendit chanter dans leur chambre et hésita, sa clef à la main ; il ne savait toujours pas que faire avec la lettre de son père. Sans aucun plan défini, il ouvrit la porte.

L'affaire se compliqua encore à cause du baiser.

« J'ai repris mon sang-froid, dit-elle, lui caressant le front de ses lèvres. Je veux te le dire. Je veux que tu le saches. Je suis contente que nous ayons eu ce jour supplémentaire. J'ai repris mon sang-froid maintenant.

— Tant mieux.

— Je veux coucher avec toi.

— Lib, mon poignet...

— Tout de suite. Profitons-en, Paul... » Elle le tenait toujours de telle manière qu'il ne sentait que son corps, n'entendait que sa voix. « Nous n'avons pas besoin de nous servir de quoi que ce soit. Rien... juste nous deux...

— Mais je suis un peu fatigué...

— Qu'est-ce qu'il y a ? Qu'est-ce qui se passe maintenant ?

— Rien.

— Tu n'es toujours pas allé à la banque.

— Tout est arrangé.

— Qu'est-ce qu'il y a ? Je suis tout à fait prête. J'ai changé d'attitude. J'ai décidé de me conduire en femme. Alors qu'est-ce qu'il y a ? »

Prenant une profonde inspiration, sentant très bien à quel point il était impossible, il dit :

« Allons au lit, Lib. Allons au lit.

— Ne te crois pas obligé.

— Je ne me crois pas obligé. Alors, fais-en autant.

— Je ne me croyais pas obligée. J'ai changé d'avis.

— Comment ? Je ne savais pas que tu avais besoin d'en changer. Je croyais que tu avais accepté...

— Je n'en peux plus ! cria-t-elle. Tout ce que je fais est mal ! »

Il lui secouait la lettre sous le nez.

« Ecrire à ton père, c'était mal en effet ! »

Elle lui arracha la lettre en pleurant.

« Est-ce que j'ouvre ton courrier, moi ?

— Là n'est pas la question ! La question est que tu ne peux pas retourner dans ta famille en pleurant !

— Je ne pleurais pas... en fait, je l'engueulais, je lui disais ce que je pensais de lui !

— De combien lui as-tu dit que nous avions besoin ? »

Au dernier moment, alors qu'elle était sur le point de s'effondrer et de s'excuser en sanglotant, elle hurla :

« De beaucoup ! Je lui ai dit que nous avions besoin de beaucoup d'argent ! Et alors, qu'y a-t-il de mal à ça ? Tu sais quand j'ai écrit cette lettre ? » Elle pleurait, mais n'avait rien perdu de sa force. Le jour où nous avons emménagé ici. Ce soir-là, cet horrible soir. Je voulais qu'il sache, le salaud... je voulais qu'il sache où il nous avait menés, ce joli catholique bête, égoïste et méchant...

— Ce n'est pas lui qui nous a menés ici, Libby. C'est nous qui avons choisi d'y venir.

— Pas moi.

— Tu as accepté de venir, bonté divine ! Ne commence pas là-dessus. A Ann Arbor...

— Mais je ne l'ai pas choisi ! J'accepte cet avortement, mais je n'ai pas choisi d'être enceinte. Oh, Paul, je n'ai rien choisi de tout ça.

— Tu m'accuses de t'avoir attirée dans le ruisseau ?

— Je l'accuse lui ! C'est pourquoi j'ai écrit la lettre !

— Mais il n'a rien à y voir, Libby ! »

Elle pleura.

« Mais alors qui a quelque chose à y voir ? »

Il ne restait qu'une chose à dire. Il se sentait une âme de pénitent ; il s'agenouilla presque en avouant : « Moi. »

Elle ne comprit pas ; ou peut-être ne voulait-elle pas se permettre de l'entendre parler de sa faiblesse. Elle dit :

« Alors, une fois de plus, tu regrettes de m'avoir épousée ?

— Au nom du ciel, cesse ! Personne n'a rien dit de tel. J'ai le sang comme de l'eau avec toutes ces chamailleries. Cessons ! »

Mais le moment auquel il pensait avoir pleinement droit lui avait été refusé. A se préoccuper de Libby, il ne pouvait être ce qu'il était peut-être en réalité. Ils étaient — le mot lui vint à l'esprit avec tout le poids de son sens — mariés.

Libby geignait.

« Je ne sais plus quoi décider. Chaque fois que je décide de me faire faire cet avortement, tu décides le contraire.

— Je n'ai rien décidé du tout. J'ai été chercher l'argent à la banque, non ? J'ai appelé le docteur hier soir, non ?

— Mais ton cœur n'y est pas.

— Oh Libby, Libby, que c'est stupide ce que tu dis là ! » Il se laissa tomber sur le lit.

Elle s'agenouilla par terre, en lui tenant les jambes.

« Je ne suis pas du tout celle que tu pensais, n'est-ce pas ? Tu t'aperçois que finalement je ne suis qu'une idiote ?

— Non, Libby. »

Elle allait se confesser, encore et encore, mais le moment viendrait-il un jour de sa confession à lui ? Est-ce qu'il ne pouvait pas se laisser aller, tout simplement, et n'être qu'un pauvre type ?

« Je ne suis pas digne de toi, lui disait sa femme. Je le sais. Je ne suis qu'une pauvre idiote.

— Chut, lui dit-il. Lève-toi, Lib. Ne reste pas à genoux, je t'en prie. Viens près de moi.

— Paul, dit-elle quand elle fut près de lui, viens faire l'amour. Avec juste nous deux. Rien entre. Oh, pleura-t-elle, tirons-en au moins du plaisir. Quelque chose... »

Plus tard, repliée en arc de cercle entre ses genoux et ses épaules, elle dit :

« J'ai regardé dans l'*Encyclopédie Britannique* au mot ostéopathie. Je suis allée à la bibliothèque à l'heure du déjeuner. »

Pour la première fois depuis le début de toute cette histoire, Paul versa des larmes.

« L'Association Américaine d'Ostéopathie, dit-elle, a été fondée en 1897. Tu as entendu parler de Still ? C'est lui qui a créé l'ostéopathie. Qui l'a découverte.

— Je l'ignorais.

— Ils pensent que le corps se guérit tout seul à condition d'être en bon état mécanique. Il y a des lésions, et eux les corrigent par manipulation. Ce n'est pas du tout comme les chiropracteurs. Ça vient de l'Est... c'est oriental, au fond. Ils étudient tout, comme les médecins. L'obstétrique, tout. L'Association Américaine d'Ostéopathie a été fondée...

— En 1897.

— Ça me reste dans la tête... »

Il crut qu'elle s'était endormie, mais quelques instants plus tard, elle se remit à parler.

« J'ai regardé à avortement...

— Libby...

— Les avortements représentent seize pour cent de la mortalité maternelle en 1943. Ou 44.

— Ecoute, Lib...

— Ce n'est rien du tout, mon chéri. Quand tu y réfléchis sérieusement, c'est un argument fallacieux. Combien y a-t-il de morts maternelles en tout ? Disons, trois pour cent. Alors, il faut prendre seize pour cent là-dessus. Ça fait probablement une sur cent mille. C'est moins dangereux, dit-elle, en étendant le bras pour le toucher, que de traverser la rue.

— Tu ris ? demanda-t-il, enfouissant sa tête dans les cheveux de Libby.

— Je souris, mon bébé. J'essaie...

— Chchut... », dit Paul.

Il se glissa rapidement jusqu'au bord du lit, alla jusqu'à la porte sur la pointe des pieds, et y colla son oreille ; au bout d'une minute, il ouvrit la porte toute grande. Il ne tomba rien d'autre dans la chambre que la faible lumière du couloir.

Pour que chaque minute ne fût pas une heure, il avait apporté un livre à lire. Il le tenait à la main tout en faisant les cent pas, tout à fait comme les futurs pères au cinéma. Il s'assit et ouvrit une revue d'ostéopathie. Il tomba de nouveau sur la photo du docteur Selwyn Sales de Des Moines. Ses violons d'Ingres étaient la lecture et sa famille. Sa femme était canadienne. Il avait enseigné à Kirksville, dans le Missouri ! Paul commença à chercher, sans succès, l'éditorial dans lequel il avait vu le nom du docteur Tom Smith. Il feuilleta revue sur revue jusqu'au moment où il fut au bord de la crise de nerfs. Il se força finalement à remettre les revues en place, et se remit à faire les cent pas. La porte de l'ascenseur s'ouvrit dans le couloir. Elle se referma d'un bruit sec. Une silhouette s'agita devant la porte extérieure en verre dépoli du docteur Smith. Dieu merci... elle s'éloigna. Il entendit Mrs. Kuzmyak dire quelque chose. Il entendit un cliquetis métallique. Est-ce que Kuzmyak avait administré le pentothal ? N'avait-elle pas poussé trop profond, trop fort avec ses énormes mains de brute ? Il ne savait même pas combien de temps toute l'opération devait prendre. Est-ce que ça ne devrait pas être fini bientôt ? Si elle avait une hémorragie, que feraient-ils ? S'ils avaient un cadavre sur les bras…

La porte s'ouvrit et Kuzmyak fit son apparition. « Terminé », dit-elle en enlevant ses gants d'un coup sec. Elle n'avait même pas mis de masque ! Elle avait soufflé ses gros microbes dans la figure de Libby ! Terminé ? Qu'est-ce qui était terminé ?

« Quoi ? »

Ni son ton ni le volume de sa voix ne plut à Kuzmyak.

« Laissez le docteur Tom la recouvrir, dit-elle sèchement.

— Oh, bon Dieu ! »

Paul se précipita dans la porte juste au moment où les mains du docteur tiraient la jupe de Libby sur ses genoux. Pour faciliter les choses, elle avait mis sa vieille jupe avec la grosse épingle anglaise devant ; elle avait changé de linge deux fois avant qu'ils quittent l'appartement. Maintenant, elle avait les yeux clos, mais elle respirait.

« Il faut quelques minutes », dit le docteur Tom. Mais il fuyait le regard de Paul. Etait-il inquiet ? Que se passait-il ? « Mrs. Kuzmyak va faire du café. »

Paul prit la main de sa femme… sa blouse était déboutonnée. Qu'est-ce que sa blouse avait à voir là-dedans ? Une fois endormie, anesthésiée, que lui était-il arrivé exactement ? Toutes ces femmes qui tombaient aux pieds de Smith…

« Chérie ? Libby ?

— Il faut un moment, dit le docteur Tom en se lavant les mains.

— Elle va bien ?

— Comme si de rien n'était.

— Ecoutez… est-ce qu'elle va bien ? » Il voulait seulement que le docteur se retourne et le regarde. « Est-ce que vous avez tout sorti ? Est-ce qu'elle saigne…

— Calmez-vous.
— Répondez seulement oui ou non.
— Vous, ne soyez pas tellement collant ! » Kuzmyak se tenait sur le seuil avec une bouilloire. « Pauvre docteur Tom, ajouta-t-elle, secouant la tête.
— Libby ? » Paul lui frottait la main. « Allons, Lib.
— Un Nescafé, ça va ? demanda Kuzmyak.
— N'importe quoi. » Il frottait toujours la main, sans aucun résultat. « Allons, chérie, tu vas bien, tout à fait bien... »
Kuzmyak se tenait auprès de lui. « Allez, Libby. » D'une main, elle fit tourner la tête de Libby ; les joues de la jeune femme étaient comme de la gelée entre son pouce et son index. « Allez, Libbele, réveille-toi, petite chérie, le déjeuner est servi.
— Elle s'appelle Libby.
— J'essaie mon accent, c'est tout, dit Kuzmyak, et elle alla verser de l'eau chaude dans la tasse du docteur.
— Soulevez-la un peu », dit le docteur Tom, assis dans son fauteuil de cuir.
Kuzmyak revint et souleva la jeune femme par les aisselles.
« Bon, réveillons-nous maintenant, hein ? »
Libby ouvrit les yeux. Elle émit quelques bruits. Il lui fallut trois minutes avant de pouvoir dire le nom de son mari, trois autres avant qu'elle commence à pleurer. Elle but son café à travers des lèvres blanches et fit quelques pas incertains dans la pièce.
Dehors, un taxi attendait qui les ramena à la maison. « Tu vas bien ? Est-ce que ça s'est bien passé ? Tu n'as mal nulle part, n'est-ce pas ? »
Le taxi roulait à travers les rues noires.
« J'ai encore sommeil, dit Libby. Très sommeil.
— Je t'aime, Libby. Je t'aime. Je t'aime vraiment.
— Je suis très fatiguée. Mes bras sont tout engourdis.

— Je t'aime. Je veux que tu saches que je t'aime. Je t'aime vraiment, Libby. Je ferais n'importe quoi pour toi. Ne l'oublie jamais, Libby, que je t'aime. Je t'en prie, je t'en prie, n'oublie pas que je t'aime. »

A la maison, il la mit au lit puis, toutes lumières éteintes, il s'assit à côté d'elle.

« Ça c'est bien passé ? Tu as senti quelque chose ? Tu t'es endormie tout de suite ?

— Oui...

— Tu ne veux pas parler ? Tu veux dormir ?

— Je crois.

— Très bien. Dors alors.

— Paul ? dit-elle d'une voix pratiquement sans force.

— Oui, chérie ? Qu'est-ce qu'il y a ?

— Quand je suis entrée, dit-elle, pleurant très doucement maintenant, elle m'a enlevé ma jupe et mon slip. Ils m'ont laissé là avec juste mes bas et ma blouse... »

Il attendit la suite, mais ce fut tout ; il l'entendit pleurer, puis, au bout d'un moment, il entendit qu'elle s'était endormie.

Il se passa probablement une demi-heure avant que des bruits de pieds qui traînaient ne se fissent entendre dans le couloir. Pendant tout ce temps, Paul n'avait pas fait un mouvement.

D'abord, il entendit une voix s'écrier :

« Salaud ! Bon à rien ! Ordure !

— Caaaalmez-vous ! » Cette fois, c'était la voix de Levy. « Caaaalmez-vous.

— Laissez-moi, suceur de bite ! Laissez-moi ! Je vais où je veux ! »

Il y eut un martèlement incroyable à la porte, un bruit plus violent que celui qu'auraient pu faire deux, trois ou même quatre vieillards, de l'avis de Paul. « Herz ! C'est Korngold ! » Puis : « Lâchez-moi, salaud ! »

Paul renversa une chaise en se précipitant vers la porte ; derrière lui, Libby s'agita et marmonna quelque chose.

La porte s'ouvrit et, avant que Paul n'ait pu la refermer, Korngold lui tomba dans les bras comme un sac... il s'écroula carrément dans la pièce. Levy demeura dans le couloir, en pantoufles fourrées et robe de chambre de satin rouge avec les initiales ALL brodées en fils d'or. Pourquoi deux L ? D'un ton enjôleur, il dit :

« Redressez-vous Korngold, ne faites pas l'enfant. Revenez ici.

— Taisez-vous, suceur de bite ! Herz, aidez-moi, à m'en débarrasser. » Korngold se redressa péniblement dans les bras de Paul, puis se libéra et se retourna vers Levy. « Allez ! Attendez ! La police vous emmènera hurlant ! Fermez-lui la porte au nez ! ajouta-t-il, s'adressant à Paul.

— Hé là, dit Levy, et il brandit sa canne dans la chambre. Vous, attendez une seconde...

— Paul... » Les trois hommes se retournèrent pour la regarder. Libby avait allumé la lampe de chevet. Elle avait les traits tirés ; ses yeux étaient des nuages noirs. « Paul... Paul, qu'est-ce que c'est ?

— Elle est malade ? demanda Levy. Ou convalescente ?

— Silence ! murmura Paul. Tous les deux ! Je vous en prie, sortons dans le couloir tous les trois...

— Ce salaud... commença Korngold d'une voix tremblante.

— Korngold. » Paul le saisit par le bras. « Korngold, je vous en prie, taisez-vous... venez... »

Pleurant presque, Korngold leva les bras et dit :

« Il a volé mon linge. Sept années, gémit-il, et arrive ce suceur de bite...

— Korngold ! cria Paul en le secouant.

— C'est ça toute l'histoire... », dit l'autre. Libéré par Paul, il tomba en larmes, sur une chaise.

« Ecoutez, messieurs, dit Paul. Ma femme est malade. Il faut qu'elle dorme. Ceci est une intrusion...

— Vous l'entendez ? dit Levy à Korngold. Venez.

— Oh, oh, gémit Korngold, voleur, *mamza,* salaud !

— Il est hystérique, il est au bord de la crise de nerfs », expliqua Levy, car Libby s'était assise dans son lit et son ahurissement semblait demander une raison, un mot.

Paul alla vers Korngold et lui posa une main, une main amicale, sur le bras. Korngold tendit aussitôt ses deux mains, et prit celle de Paul en sandwich.

« Aidez-moi, chuchota-t-il. Je me suis encore fait tondre.

— Mr. Korngold... » Paul s'agenouilla auprès de lui, conscient du fait que Levy était maintenant entré dans la pièce et tournait derrière eux. « Mr. Korngold, il faut vous calmer ce soir. Nous allons sortir dans le couloir. Ma femme est très malade...

— Elle se remet... » entendit-il, et il vit le bout de caoutchouc de la canne de Levy près de son pied. Dans le lit, Libby rougissait, non pas de fièvre, mais d'impuissance. Elle répétait « Paul » pendant que lui continuait à convaincre Korngold.

« Il faut que vous rentriez maintenant, dit Paul. Que vous dormiez.

— Quelle vie ! s'exclama Korngold, soulevant le sandwich aux trois mains et l'appuyant contre sa joue. Je ne peux pas aller aux cabinets sans être volé comme dans un bois.

— Quoi ? » dit Paul.

Mais la canne de Levy était pratiquement dans son oreille.

« Nous avons partagé... c'est du vol ? demanda Levy. Je lui ai enlevé ses caleçons avant qu'ils ne pourrissent et ne moisissent. Un printemps humide, et il était fichu. Est-ce qu'il y a de quoi faire une crise ? Vous comprenez ?

— Vingt dollars, c'est un partage ? cria Korngold. Pour des caleçons de première qualité ? Des tee-shirts sans défaut ? Crève, salaud, crève, fils de putain…

— Du calme, Korngold, du calme. Vous êtes dans la chambre d'une convalescente. N'est-ce pas, Paul ? »

Toujours accroupi devant Korngold, il leva les yeux vers Levy. L'avocat se tenait la poitrine de la main qui n'avait pas de canne, protégeant son système respiratoire avec la robe de chambre de satin.

« Paul », dit encore Levy — et, quand il disait ce petit mot, c'était comme s'il possédait le monde. « Il est sénile, chuchotait-il. Ne soyez pas stupide, Paul. Ça serait resté dans sa chambre jusqu'à la fin des temps. Vingt dollars, ça n'est pas rien. Pour lui, c'est presque un mois de loyer.

— Combien avez-vous touché, Levy ?

— Vous n'avez qu'à additionner vingt plus vingt. C'est un partage. » Il regarda dans la direction de Libby, comme si elle était celle de la famille qui avait la tête faite pour les mathématiques.

« Paul, dit Libby, qu'est-ce qui se passe ?

— Je vous en prie, dit Paul. Je vous en prie… » Il faisait un tel effort pour se contrôler qu'il en avait les larmes aux yeux. « Sortons dans le couloir. Allons dans la chambre de Levy. » Mais il ne put tirer Korngold de sa chaise.

Il dit encore je vous en prie, puis il le dit pour la dernière fois. Dans le moment qui suivit, toute sa raison, tous ses plans s'envolèrent ; toutes les règles de sa vie l'abandonnèrent et il émit un grognement énorme, confus.

Korngold le regarda, affolé. « Qu'est-ce que… » s'écria-t-il.

Avant même que quoi que ce soit arrive, Levy commença à reculer. Mais Paul l'avait déjà saisi à la gorge entre ses deux mains douloureuses.

« Cessez de serrer ! hurla Levy.

— Combien ! Combien était-ce ! Combien ! » Il était écumant, il avait réellement de la bave aux lèvres.

« J'étouffe », cria Levy. Il fit tournoyer sa canne, cherchant à frapper le fou qui le poussait vers un coin de la pièce. « Lâchez-moi, avorteur ! Lâchez-moi... Je vous ferai mettre en prison... »

Korngold s'était enfin levé et il était derrière le dos de Paul.

« Ne lui faites pas mal... demandez-lui seulement...

— Donnez-lui l'argent ! criait Paul. Lâchez l'argent, salaud !

— Aaaaaacchhh..., fit Levy, et ses yeux exprimaient la croyance soudaine que la mort était vraiment là, tout près.

— Hé, Herz... cria Korngold. Herz, vous allez l'étrangler ! Herz !

— Je lâche, je lâche... » hurlait Levy. Ses bras retombèrent le long de son corps, comme brisés. « C'est bon, je lâche !

— Il le reconnaît ! » D'un ton de triomphe Korngold s'adressait au plafond.

C'est alors que Paul sentit les bras de Libby le tirer en arrière. Il avait toujours entre les doigts le cou de poulet de Levy, il sentait toujours ses poils dégoûtants tout hérissés. « Paul, dit la voix de Libby. Paul, oh mon chéri, tu es en train de devenir fou...

— Recouche-toi. » Il fit volte-face et la saisit par les cheveux. « Recouche-toi. C'est toi qui es folle ! Recouche-toi ! »

Elle eut une expression incrédule, comme si elle venait de sauter par la fenêtre et qu'elle avait tout à coup la prémonition aiguë du trottoir. Elle tressaillit, perdit contenance, puis fit deux pas en arrière et s'abandonna, sanglotante, au lit.

Mais Levy était déjà sur le seuil, tranchant l'air de sa

canne. Tout le monde fit un bond en arrière quand il décrivit un X mauvais avec son arme.

« Dégoûtant ! Assassin ! » cria-t-il. « Il jette les vies humaines dans le ruisseau ! Je tâche seulement de me faire un chemin dans la vie, je suis un vieux bonhomme sur qui on crache. Je ne veux que vivre, mais un assassin, jamais ! C'est votre ami, Korngold, annonça Levy. C'est votre ami et votre complice, il prend une fille de dix-sept ans et il lui arrache sa vie ! Il risque sa vie ! Il commet des avortements ! Il commet des horreurs ! » Il partit en courant, suffoquant et se tenant le cœur à deux mains.

Hors d'haleine, Paul alla vers Korngold et le prit par le bras.

« Et maintenant, partez vous aussi...

— L'argent...

— C'est votre affaire.

— Mais j'ai besoin...

— Allez-vous-en ! »

Libby continuait à sangloter sur le lit. Korngold, dont toutes les chances sauf une étaient parties, regardait autour de lui d'un air traqué et, dans une imitation folle de son homme de loi, se leva brusquement et brandit sa canne sous le nez de Paul. Paul ne fit que grogner, et Korngold laissa retomber la canne ; il prit la fuite alors, pas dans la direction de la porte, mais dans celle de la jeune femme qui était sur le lit. Il prit sa tête dans ses bras.

« Oh, la gentille *yiddishe maydele,* un petit poisson fragile. Allons, chérie, dis-moi qui je dois appeler. Je demanderai à votre famille de venir vous prendre...

— Je n'ai pas de famille, sanglota Libby.

— Libby ! Qu'est-ce qui te prend ? Qu'est-ce qui se passe ici ! Korngold, allez-vous-en. Allez-vous-en !

— Paul..., supplia Libby. Paul...

— Tais-toi !

— C'est un monstre, dit Korngold et il se protégea la tête en voyant Paul lever la main.

— Je compte jusqu'à trois, Korngold ! » Et Korngold, après avoir une fois encore regardé la jeune femme — son cœur, son âme, tout son être dans les yeux — Korngold disparut.

« Dieu te damne, Libby ! Dieu te damne !

— C'est le soir le plus horrible de ma vie », cria sa jeune épouse.

Il demeura toute la nuit assis sur la chaise. Vers quatre heures — plus tard peut-être car on entendait déjà rouler les bus — il sortit dans le couloir. Il martela deux fois la porte de Levy.

« Levy ! »

Pas de réponse.

« Levy, vous m'entendez ? » Il donna cinq coups de pied bien distincts dans la porte. Il commença à tourner le bouton mais, à la dernière minute, il décida de ne pas le faire. Levy ne pouvait-il pas, profitant de l'obscurité, lui abattre sa canne sur la tête ? « Levy... écoutez-moi, Levy. Vous n'allez pas ouvrir la bouche. De votre vie entière vous ne direz pas un mot à qui que ce soit. Jamais ! Je vous tuerais, Levy. Je vous étranglerais ! Jamais... Vous me comprenez, salopard ! Je vous tuerais et je vous laisserais bouffer par les rats ! Ordure ! »

Ce dernier mot ne le quitta pas ; il demeura suspendu dans le creux de son être tout le reste de la nuit, jusqu'à ce qu'arrive la lumière blanche et froide du jour.

Est-ce que tout avait bien marché ? Sa femme allait bien ? Il était content ? Bravo... ce n'était pas pour fourrer son nez dans ce qui ne le regardait pas. Mais, avec Smitty, il fallait faire attention. Il alimentait l'ostéopathe en clients — presque un par mois — mais il était quand même obligé de veiller au grain. De temps en temps, le docteur Tom semblait oublier de passer quelques dollars au docteur Esposito. Vous voyez ce que je veux dire ? Ce n'étaient pas des gens très sérieux, ces ostéopathes. Et le poignet, ça allait ?

III

Le pire moment. Tous ces mensonges et ces erreurs, et puis maintenant ces pensées. Lève-toi et va-t'en [il écrivait, la neige s'entassant sur la vitre de son bureau, à Iowa City, le fleuve, la prairie, tous ses beaux plans et ses principes]. *Reste là. Reste. Donne-leur le temps qu'il faut. Il grimpera dans notre lit et il libérera la pauvre Libby. Est-ce que je suis fou ? Non, qu'elle parte, que Wallach, ce gamin riche, sans un souci sur terre, soit la solution. Je ne lui envie que son côté tout-marche-comme-sur-des-roulettes, pas son argent. Mais ce n'est pas dans ma nature. Tout peut être dans ta nature. Fais que ce soit ta nature ! Impossible. Il faut simplement que je rédige tout noir sur blanc. 1, 2, 3 et cætera. Un canevas de ce que je veux et ce que je ne veux pas. De ce que je suis et ce que je ne suis pas.*

1. *(Faire face). Les laisser s'embrasser dans notre lit, qu'il la dévore, la caresse, qu'il transperce totalement sa fidélité vis-à-vis de moi. Qu'il détruise sa fidélité ! Qu'il l'enjôle, la presse, qu'il vienne m'accueillir à la porte (braguette ouverte, pourquoi pas), qu'il dise : Votre femme a tout étalé pour moi, sa bouche, ses jambes, son cœur. Maintenant nous vous quittons. Nous vous quittons ! Alors partez ! Wallach la rendra heureuse. Mais qu'est-ce qui ne le ferait pas ? Une vie*

normale, sans peur, un amour honnête, sans égoïsme, sans dissimulation, et Libby s'épanouirait, reviendrait à la vie. Nous ne faisons que nous quereller, nous chamailler, nous battre. Chérie pardonne-moi, mon amour je suis désolé. Geindre, supplier, ramper. Où a été mon erreur ? Ma première erreur. Là n'est pas la question, et je le sais. Il me manque quelque chose, voilà tout. Tout ce qui est arrivé ne fait pas qu'arriver. Vas-y, avance. Wallach l'emmène. Et maintenant 2. Face 2.

2. *Marge. Un étranger. Un autre visage, est-ce là tout ? Combien de temps pourrai-je m'accrocher à l'idée que j'ai été séduit ? Pas longtemps. Plaintive et triste, elle savait où elle voulait en venir. Mais moi je le savais aussi. Les pleurs. Les insultes contre Wallach. Quand elle a appelé Wallach sans cœur, j'ai redressé la tête ! Peut-on pousser l'imagination jusqu'à appeler ça séduire ? Qui a arraché les vêtements de qui ? Combien différent... pas depuis le premier jour, avec Libby virginale. Ma femme. C'est moi qui arrachais les vêtements. Moi. Toujours moi. Quand elle téléphonait, quand nous ne faisions que prendre un café, ne savais-je pas déjà ? Toutes ses confidences, toutes ces histoires de solitude, de trahison et de subterfuge, et sur mon visage cette magnifique sollicitude. Quelle sympathie ! Je ne cessais de hocher la tête, oui, oui, pauvre petite fille.*

3. *Marge. L'écrire encore une fois. Margie. Margie. Marjorie. Dis mon nom, dit-elle... et je le dis. Maintenant dis ce que nous faisons... et j'obéis. Truquages. J'aurais pu descendre les cartons et les valises et la mettre dans un taxi qui l'aurait emmenée à la gare, puis rentrer à la maison. Je savais à la minute où nous avons commencé à parler. Et avais-je besoin de ça ? Pour dix minutes de jambes en l'air sur le lit de Wallach ? Mais il n'y avait pas de quoi se faire du souci. Tout ça était normal, sans Libby dessous. Libby dessous ! Libby. Ma femme Libby. Libby et Paul Herz. Et*

après ? Après, c'est ça. Prier quelqu'un d'autre de baiser ma femme. Dis ce que nous faisons. Dis-le, Paul. Libby. Baiser ma Libby. Prendre Libby. Emmener Libby !

4. *Elle a plié ; je n'ai toujours pas cédé. Je ne pouvais pas m'arrêter d'organiser les choses. Je ne pouvais pas accepter les choses comme elles venaient. Payer ma part, prendre mon dû, avoir mon enfant. Les circonstances. Non, moi. Non ! Je l'ai épousée avec un idéal, d'accord. Des espoirs. De l'amour. De la sollicitude. Jusqu'au bout. Elever nos vies. Etre heureux. Etre bons. Ce qui fait mal, c'est que je continue à vouloir la même chose. Rien de ce que je fais ne l'obtient. Je baise Marge, vous baisez ma femme. Assez. Cesse de le dire.*

5. *Quoi encore ? Attendre mon heure ? Prendre mon temps pendant que Wallach tente le coup. Attendre que Libby renonce à ses vœux. Elle le fera. Il le fera. A moins que je ne le décourage. Prenez votre voiture et fichez le camp ! Il est probablement parti parce que je lui ai fait peur. Je lui ai fait peur à elle aussi. Ils croient tous que ce que je suis ce que je ne suis pas. Je lui ai dit de sortir de ma vie quand je pensais : entrez donc. Faites une offre décente — une offre indécente — à Libby. Soulagez-nous, je vous en prie. Tout nous dépasse. Pas entièrement toutefois... jusqu'à il y a une semaine. Non, c'est l'avortement. Non, il y a seulement une semaine avec Marge Howells. Une petite sotte, et ça a été plus destructif que ce qui s'est passé à Detroit. En cet instant même tout sentiment m'a quitté. Plus destructif et cætera. Est-ce que je pense un mot de tout ça ? Quand je sens que j'ai mal, est-ce que j'ai vraiment mal ? Qu'est-ce que je fais ici, à Iowa ? Pourquoi est-ce que j'écris. Est-ce que je veux rivaliser avec quelqu'un ? Avec Asher ? Non. J'arriverai à comprendre le gâchis où je suis. Il faut continuer à écrire.*

6. *Pourquoi ne pas avoir un enfant maintenant ?*

7. Tout recommencer. Lui faire l'amour. Etre gentil. Doux. Mais c'est elle qui est garce tout le temps. Ne pas la laisser faire. Reprendre les choses en main. Mais je n'ai plus de force.

8. Trouver la force. Se ressaisir. Trouver la force.

9. Et si Marge parle à Wallach. Et si lui parle à Libby. Alors lui parler moi-même. Confesser. Admettre. Tout recommencer. Nous sommes jeunes. J'ai eu le cran d'envoyer promener la voiture de Wallach. Mais ça revenait à quoi ? J'essayais de rassembler des forces. Je savais ce que j'étais. Je n'allais pas tenter Libby, parce que je savais qu'elle était tentée. J'avais même décidé : lui faire l'amour parfaitement. La toucher. Je ne peux pas la toucher. Fais-le ! Avance un doigt et fais-le ! Une fois, puis deux fois, et la vie reviendra au pas de course. Je sais que ce n'est pas fou. C'est parfaitement normal, un glissement de montagne dans ma vie. Il faut seulement recommencer l'ascension de l'autre côté. Mais j'ai tout gâché.

10. Dixième Commandement. Rien. Cela dépend d'eux. Je suis resté à l'écart. Gabe et Libby. Libby et Gabe. Paul Herz. Est-ce qu'ils savent ? Est-ce que Libby sait ? Est-ce qu'elle est capable de voir que je ne veux pour elle que ce qu'il y a de mieux ? Crois-moi, Lib ! Depuis le début. Le premier jour, et toujours. Ne suis-je que stupide ?

Minuit. Libby a avoué. Wallach l'a embrassée. Elle sanglota une heure durant. Il ne se passa rien de plus. Rien. Une fille merveilleuse. Une fille merveilleuse. Je déchire tout ça. Chaque mot. Tout recommence ! Essayer !

TROISIÈME PARTIE

La magie de Thanksgiving

I

« La saison de base-ball n'est pas finie ? » disait la fragile Mrs. Norton, en essayant — malgré les tendances à la mélancolie de sa silhouette efflanquée — d'être gaie. Dans un élan peu convaincant, elle agita des doigts chargés de bagues vers le récepteur de télévision qui vociférait. Tout le monde autour d'elle se tourna un moment pour révéler des souvenirs édentés et charitables. On connaissait les tragédies par lesquelles elle venait de passer.

Le docteur Gruber, sensible comme un sac d'avoine (dont il avait un peu l'apparence), lui passa un bras autour de la taille et elle pâlit.

« C'est du rugby, ma chère, cria-t-il, sa langue pointant sous sa moustache broussailleuse. C'est mon alma mater qui s'apprête à flanquer la tatouille à l'équipe de Cornell. Oue les supporters de Cornell qui sont ici s'apprêtent à pleurer des larmes de sang ! » cria-t-il presque dans sa petite oreille.

Se dégageant de l'étreinte du docteur, Mrs. Norton expliqua à qui voulait l'entendre :

« Mon Dieu, c'est aussi bruyant que le base-ball. Je ne connais le monde du sport que par mon mari. Il avait une loge à Sportsman Park... » Elle était toute pleine de son sujet, mais personne ne semblait remarquer qu'elle parlait.

Elle s'éloigna discrètement pour faire mettre de la glace dans son jus de tomate par le Noir silencieux qui s'occupait du buffet dans la salle à manger.

Je m'approchai du récepteur et je baissai le ton. Dans les deux petits canapés recouverts de velours qu'on avait tirés devant l'appareil se trouvaient quelques-uns des plus ventripotents et des plus affligés parmi les hommes de l'assistance. Pour l'instant je ne reconnus et ne saluai que le docteur Strauss, qui avait de l'arthritisme, et Sam Kirsch, le comptable diabétique de mon père. Mon père, lui, glissait dans la pièce sur ses chaussures de vernis noir qu'il avait achetées en Allemagne ; il faisait des amabilités à J. F. et Hannah Golden, mais il ne tarda pas à s'éloigner d'eux pour répandre sa bonne humeur sur Henny Sokoloff, au visage impassible, veuf et roi du diamant. Lorsqu'il s'approcha enfin du récepteur de télévision, le docteur Strauss dressa la pointe de sa chaussure vers le siège de mon père. J'entendis ce dernier ricaner et, dans son élan, il remit le son.

« Rien de marqué ? demanda-t-il.

— Rien, rien, le match n'a pas commencé… Otez-vous de là, bon sang », protesta Strauss.

Pendant ce temps, Mrs. Norton était debout auprès du divan orange, agitant son cube de glace dans son verre. Quand le récepteur se remit à vociférer, transmettant à qui voulait l'entendre les mesures des joueurs de l'équipe de Penn, elle se précipita en larmes vers la salle de bains la plus proche. Deux invités stupéfaits renversèrent leur verre et un silence plana quelque temps sur les autres veufs, veuves et vieux couples qui se trouvaient là.

Un peu plus tard, je vis mon père caresser la main de Cecilia Norton pendant qu'elle s'efforçait d'arborer un vaillant petit sourire entrecoupé de quintes de toux. Mrs. Norton était une amie de collège de ma mère ; après son mariage, elle s'était installée à Saint Louis où son mari était dans le commerce de la bière ; il avait gagné là des millions de dollars, quatre crises cardiaques et finit par mourir d'une pneumonie consécutive à une rougeole. Une semaine plus tard, elle s'était fait enlever un sein. Quand elle revint s'installer à New York, après avoir tout liquidé à Saint Louis en payant trois médecins, deux cliniques et l'entreprise de pompes funèbres, elle téléphona à mon père. Ce qui montre combien il était à la fois gentil et aveugle, c'est qu'il essaya d'intéresser Gruber à elle. Mais si quelqu'un avait dû courtiser Cecilia Norton, si quelqu'un avait dû tendre une paume accueillante où puisse se poser ce petit oiseau blessé, ç'aurait dû être lui. Mais il n'en fit rien et l'idée ne lui en vint probablement même pas ; tout ce qu'il lui était arrivé l'entraînait maintenant dans une autre direction. Il partit pour l'Europe... Mais il faut que je reprenne les choses dans l'ordre, du moins dans l'ordre de ce jour-là.

Durant le troisième quart du match, on servit un dîner froid. Il y avait des bouteilles et des bouteilles d'alcool (sans parler du jus de tomate de Mrs. Norton et du tonic pour Sam Kirsch) et on en avait déjà fait une forte consommation lorsqu'on apporta les amuse-gueules. Durant le quatrième quart, des petits débris de dinde comme grignotés par des souris, des bonbons et des bouts de salade ornaient le tapis marocain de ma mère. Son vert éteint saignait des petites taches rouges des mûres, et des cubes de glace fondaient lentement sous les fauteuils. Millie circulait, d'un pas amidonné — car elle aussi se souvenait d'autres Thanksgivings — et s'agenouillait entre les gens avec sa pelle à poussière et un chiffon humide. « Ils pourraient faire attention », m'annonça-t-elle, puis elle repartit avec nos assiettes sales vers la cuisine.

Le but de la soirée n'était pas de célébrer seulement la fête nationale, mais le triomphant retour sur nos rivages de mon père et du docteur Gruber. Cela expliquait en grande partie la légèreté des propos et l'abondance du whisky : jadis, on ne buvait guère pour Thanksgiving dans notre famille. Mais depuis quatre mois, les deux veufs étaient absents et tous les enfants perdus de New York s'étaient rassemblés pour constater qu'ils étaient bien vivants, pleins d'allant et riches d'expériences après leur long périple instructif. Ils avaient goûté l'eau d'Oslo jusqu'à Tel-Aviv, ils avaient dormi dans quarante-huit lits différents, traversé douze pays, pris plusieurs milliers de photos ; et voilà maintenant qu'ils étaient de nouveau nôtres.

Ce climat de fête se prolongea pas mal de temps, et même lorsque l'ambiance de festivité eut un peu passé, et la quasi-hystérie de certaines femmes de l'assistance entretint une atmosphère résolument dionysiaque. Puis vers trois heures et demie le ton commença à baisser. Les femmes se mirent à jeter de longs regards par-dessus l'épaule de leurs compagnons ; des femmes bien habillées, pas trop fanées, nous échappaient quelques secondes, comme si elles avaient quelque vision du passé, comme si elles revoyaient des Thanksgivings, jusqu'au temps où le gouverneur Winthrop gouvernait le Massachusetts. Nous commençâmes à montrer des photos ; des tranches de pâté en croûte s'émiettaient sur les genoux, tandis que des garçons et des filles de la planète faisaient leur début dans le monde. « C'est la petite fille de ma fille Sheila à Los Angeles. » « Le fils de Mark à Albany... » « Les jumeaux de mon Howard, à Boulder, dans le Colorado... » « Geraldine à Baltimore, Adam à Tennessee, Susana et Debby à Ontario. » « Au Canada ? » « Oui, au Canada. » « Ça n'est rien », dit le docteur Strauss. Il étendit un bras sur le dossier du canapé pour faire circuler un instantané de Michael Strauss, à six mois, dans une voiture d'enfants à Juneau, dans l'Alaska. Dans l'Alaska ! Mais oui, mon fils est métallurgiste. Mais l'Alaska... C'est loin par avion ?

C'est loin, répond Strauss, en continuant à suivre à la télévision le match de rugby.

Il y eut soudain un certain mouvement, principalement vers les deux salles de bains. Les femmes se refaisaient les yeux devant tous les miroirs de la maison. Les hommes se mouchaient dans des mouchoirs somptueux. On avait son fils, son petit-fils, la chair de sa chair à des kilomètres et des kilomètres... Pendant un moment, on ne vit dans la pièce que des dos bien rembourrés. Mais par je ne sais quel miracle — le miracle de l'alcool, de la camaraderie, parce que chacun se sentait une obligation envers les Pèlerins — la soirée ne devint pas un assemblage de vieilles gens s'effondrant sur le sol en se grattant la poitrine. Pendant quelques minutes, on n'en fut pas loin — Mrs. Norton était devenue presque violette de tristesse au milieu de la pièce qui se vidait — puis on se mit à avoir mal aux pieds, les ventres se ballonnèrent, on eut des brûlures d'estomac. Des gémissements et des soupirs l'emportèrent sur les douleurs plus profondes et les ventres pleins s'élevaient et s'abaissaient, épuisés. Les femmes étaient assises, la tête en arrière et les bras croisés ; les hommes dormaient. Un certain amollissement gagna l'assistance et l'on comprit — sans pourtant qu'un mot fût échangé — qu'il y avait des milliers et des milliers de gens par le monde exactement dans le même pétrin que ces gens âgés réunis là. A mesure que les aliments se répandaient dans l'organisme, que le sang s'épaississait, venait l'heure de la philosophie ; derrière la fenêtre, le jour tournait au pourpre et à l'or. C'était la vie : être séparé, se perdre. Manger, boire, être au chaud, être abandonné, c'était quelque chose. Du moins ceux qui restaient restaient.

Je vis les cheveux gris fer de mon père plonger vers la main d'une femme. Cela se passait dans le coin de la pièce, près du petit bureau à la Jane Austen, là où ma mère classait toujours les factures de gaz et d'électricité. La main n'était pas celle de Cecilia Norton. Elle était partie un quart d'heure plus tôt, serrant contre son vison une tranche de tarte — pour sa bonne — enveloppée dans du papier. Au revoir, au revoir, Mordecai, au revoir, Cecilia, pauvre Cecilia...

Non, la main sur laquelle mon père avait posé ses lèvres était arrivée déployée sur la manche du manteau de vigogne du docteur Gruber. J'avais cru d'abord que c'était une parente de Gruber en visite. Elle s'appelait Silberman, mais Fay était le petit mot, le seul mot que mon père voulût prononcer après avoir relevé la tête pour lui parler. Fay était de toute évidence ivre, et un peu plus que les autres. Chaque cheveu de sa coiffure d'un gris bleuté, haute et élégante, était en place, mais elle n'avait pas la même chance avec ses yeux dont les paupières obscurcissaient à moitié les pupilles congestionnées, ni avec sa bouche, ni avec sa mâchoire qui, soulignée par un splendide collier de perles, pendait un tout petit peu.

Le docteur Gruber avait déjà branché le projecteur. Millie tirait les rideaux, d'un geste un peu las, comme un matelot qui hisse la voile pour la vingtième fois de la journée. Le ciel nostalgique et violacé, le ciel de fin de fête disparut peu à peu. L'extra déroulait l'écran blanc et Millie s'acharnait sur les derniers centimètres de rideau, et il ne restait plus que quelques centimètres de ciel, sombre et traversé de traînées, inoubliable. Je connus alors un de ces instants dont on croit qu'on gardera le souvenir jusqu'à sa mort, mais qu'on oublie généralement le lendemain matin. Les émotions les plus poétiques s'emparèrent de moi : ce qui résultait, je crois, d'un abandon général, d'une capitulation sans conditions que je me permettais après toutes les aimables sornettes que j'avais débitées tout au long de la journée, depuis la veille au soir, en fait, quand j'étais descendu de l'avion. J'aperçus ce dernier espace de ciel, et si les ciels ont des messages, celui-ci m'en apportait un : il me disait que pour tout le monde la vie continuait.

Un kodachrome apparut ; des couleurs diverses et fausses envahirent la pièce.

« C'est Venise, annonça le docteur Gruber.

— Florence ! cria une femme derrière lui.

— Ecoutez, Fay, vous n'avez vu que le vin.

— C'est quand même Florence, mon chou, dit la voix de Fay.

— C'est Florence, dit le docteur Gruber en s'éclaircissant la voix. C'est l'eau qui m'a fait confondre. Voici l'Arno. C'est très beau le soir. Et voilà leurs vieux ponts. Les Allemands ont fait sauter les autres. Les Italiens détestent les Allemands. »

Vue suivante. L'extra regardait l'écran tout en promenant un torchon sur des verres.

« Les jardins Bubbly », dit le docteur Gruber. Il leva la main, projetant une ombre sur la vue. « Encore Florencc. Mais il faisait trop chaud pour se promener. Des jardins très célèbres. En plein centre de Florence. » Il glissa une autre vue.

« Qu'est-ce que c'est que ça ? » Tout le monde riait.

« Ah, ce sont des cannellonis ! De bons vieux cannellonis ! J'en mangeais le matin, à midi, le soir, tous lcs jours. Ce que vous voyez, c'est ma main, avec la fourchette. Des cannellonis ! »

Il se tourna pour montrer à toute l'assistance sa bouche retroussée, les pointes de sa moustache relevée. Il introduisit la vue suivante et nous nous retrouvâmes dans les jardins Boboli.

« On a déjà vu ça, cria Fay. Passez ceux où on me voit...

— Il n'y en a que mille, mon ange, répondit le docteur Gruber.

— Ah, me voilà ! » expliqua Mrs. Silberman. Elle était là, avec son gilet de sauvetage orange, un coude appuyé sur le bastingage du navire, toute la magnifique immensité du ciel de l'Atlantique servant de toile de fond à ses cheveux légèrement bleutés.

« Voici Madame de Pompadour dans sa robe du soir, nous annonça le docteur Gruber. C'est ici que se retrouvaient les amoureux... Notre premier exercice de sauvetage sur le *Queen Elizabeth*. Un service extraordinaire. Et la voilà, vous voyez, la reine Elizabeth elle-même, surprise par Mordecai dans un moment d'abandon. Nous avons dû attendre dix minutes qu'elle se soit peigné les cils.

— Très drôle, gémit Mrs. Silberman, qui jouait maintenant les Greta Garbo dans les coins d'ombre de la pièce. La vue suivante, je vous prie.

— Mordecai au marché. Il a réussi à faire descendre ce type jusqu'à quinze dollars pour un chapeau de paille que convoitait notre compagne. Mordecai, c'est le type qui a toutes ces dents. Ah ! Voici la reine Liz avec son chapeau de paille. Derrière elle, les Offices de Florence où nous n'avons pas eu la possibilité d'entrer. La reine Elizabeth faisait des courses.

— Où est la reine Elizabeth ? demanda un invité déconcerté, qui se réveillait brusquement.

— Quoi ? » J'entendis la reine elle-même chuchoter ; puis elle éclata de rire, d'un rire qui un moment me choqua tant il ressemblait à des larmes.

« Rome ! cria une voix.

— Nous voilà tous » Gruber de nouveau projeta une ombre sur l'écran « sur le forum de Rome.

— Ote ta main.

— Nous voilà tous dans le forum, dit-il. On ne peut pas dire qu'il en reste grand-chose, mais tout ça s'est passé il y a des milliers d'années. César est enterré là...

— Voilà Venise ! annonça Mrs. Silberman.

— Chut ! » C'était mon père qui essayait de calmer ses rires.

« C'est Vienne, Stanley, dit-elle au docteur Gruber.

— Silence au fond, lança le docteur Gruber par-dessus son épaule. Voilà le forum. » L'image apparut sur l'écran. « Voilà... Oh, c'est cette petite ville juste à côté de Florence. C'est là où nous avons déjeuné. Nous y revoilà, je suis en train de manger mes cannellonis. » Gruber continua gaiement. « Voilà... Oh, bon Dieu, voilà Oslo. Allumez, voulez-vous ? Mordecai, tu as tout mélangé.

— C'est l'Australie, disait Fay. Ces cannellonis en Australie. » On avait allumé les lampes sur deux guéridons, tout le monde s'était redressé et clignotait.

Comme je me levais pour quitter la pièce, j'aperçus mon père qui foudroyait du regard sa compagne. Elle dormait — faisait semblant — la bouche ouverte, et la joue appuyée sur son épaule. Il ne vit pas mon regard, mais il avait dû me voir partir, car un instant plus tard, il me rejoignait dans le hall.

« Qu'est-ce qu'il y a ? dit-il.

— Rien. Rien du tout.

— Tu as une drôle de tête. Où vas-tu ?

— Nulle part. J'ai une course à faire plus tard. » J'avais pris grand soin de ne pas penser à cette course — que je n'étais même pas sûr de faire — de toute la journée. Et voilà qu'elle me venait aux lèvres spontanément, comme c'est toujours le cas avec les excuses inutiles. Ajoutant l'erreur à l'erreur, je poursuivis. « J'allais téléphoner.

— Vas-y.

— Tu permets...

— Je t'en prie...

— ... Que j'appelle Chicago.

— Appelle cannelloni en Australie », dit-il en me gratifiant d'un sourire hésitant. Il ajouta d'un ton plus grave : « Mais ne t'en vas pas là-bas par le prochain avion.

— Qu'est-ce que tu racontes ? dis-je en le prenant par

l'épaule. Je suis ici pour le week-end. Je veux simplement souhaiter un bon Thanksgiving à quelqu'un que je connais.

— A une femme ? dit-il en me prenant la main.

— A une femme qui m'a invité à dîner pour Tanksgiving. Qu'est-ce que tu en penses ? J'ai renoncé à elle pour toi.

— C'est bien, mon garçon, dit-il en me donnant une claque sur le bras. C'est très bien. C'est formidable. » Puis il approcha si près qu'il me marcha sur les pieds. Il me dit d'un ton de conspirateur : « Gabe, Fay Silberman est une femme charmante. Quelqu'un de très bien. Elle a connu dans sa vie de véritables tragédies. Un beau jour, elle sort de leur maison à South Orange et elle voit son mari qui se balade sur la pelouse sur leur tondeuse à moteur. Il était mort sur son siège. C'était horrible. Il est rentré dans un arbre avec cette foutue machine. Elle en a vu de dures. Elle est d'un commerce agréable. Tu ne pensais pas que je pourrais me trimbaler sur tout un continent simplement avec Gruber, quand même ?

— Elle a l'air charmante.

— Donne-lui une chance, Gabe.

— Franchement, je n'ai rien dit.

— Tu n'as pas l'air de t'amuser tout d'un coup.

— J'ai trop mangé, dis-je en essayant de sourire. Mais ça va.

— Thanksgiving est une dure journée pour nous tous. Elle a simplement bu un peu trop. Ça a été un grand choc pour elle. Ça ne fait même pas un an. Qu'est-ce que tu dis de ça, Penn a flanqué une raclée à Cornell.

— Je m'en suis toujours douté.

— Tu parles », fit-il. Puis il me serra dans ses bras ; et il resta là. Il frotta contre le mien son menton hérissé de barbe et se mit à me dire quelque chose, mais il dut s'éclaircir la gorge. Il finit par dire : « Tout ira très bien. Je suis un jeune homme, ça ira très bien. Je touche du bois, j'ai une bonne santé. Je ne vais plus être un fardeau pour toi.

— Tu n'es pas un fardeau », dis-je mais il revenait déjà dans le living-room sombre où j'entendais Gruber annoncer :

« Voilà Lady Godiva et une bouteille de chianti devant la tour penchée de Pise. On ne me ferait pas monter là-dedans pour un million de dollars. Je peux vous l'annoncer, s'ils ne font pas attention...

A Chicago, ce fut une petite fille à la bouche pleine qui répondit. La téléphoniste dit qu'on demandait Mrs. Reganhart de New York ; est-ce que la petite fille voudrait bien cesser de frapper l'appareil et appeler sa mère. Le combiné tomba et l'enfant hurla : « Oh, maman, c'est papa ! »

Ma confusion ne prit toute son ampleur que lorsque la mère répondit d'une voix timide et qui ne lui ressemblait pas :

« Allô... J'écoute. Martha Reganhart à l'appareil.

— Ce n'est pas papa, dis-je.

— Oh, ça alors !

— Vous voulez que je raccroche ?

— Sûrement pas... Ma fille est ivre de jus de pomme. Comment allez-vous ?

— Bien.

— Où êtes-vous ?

— Sur les terres de mon père, à New York.

— Oh, excusez-la. Elle est tout excitée quand elle ne va pas à l'école. Je crois que c'est à mon invité qu'elle réagit, chuchota-t-elle.

— Qui est là ?

— Un vieil ami. Il excite les enfants.

— Et vous ?

— Non, non. Non... C'est vrai. Ecoutez, j'ai l'air tragique. » Mais non, elle avait simplement l'air esseulé. « Comment se passe Thanksgiving ? Comment est la soirée chez votre père ? C'est vraiment votre père et vraiment une soirée, ou bien c'est une mignonne qui est blottie à côté de vous en sous-vêtements ?

— Je profite de son absence pour vous appeler.

— C'est très gentil de votre part. Bon Thanksgiving.

— J'en passe un bien mauvais.

— Une minute, vous permettez. » Elle quitta l'appareil, mais j'entendais quand même sa voix. « Non, ce n'est pas papa ! Je te dis la vérité, Cynthia ! Va parler à Sid, il est tout seul. Cynthia ! » Elle soupira dans l'appareil : « Me revoilà.

— Bon. »

Pourquoi c'était bon, j'étais incapable de le dire ; nous restâmes muets tous les deux.

« Eh bien, finit-elle par dire. Qu'est-ce que vous avez d'autre à raconter ? »

Elle avait raison, bien sûr, car nous nous connaissions à peine ; je ne m'étais pas rendu compte à quel point c'était étrange pour moi de l'appeler par l'inter jusqu'au moment où je me trouvai au milieu de la conversation. Je l'avais emmenée dîner il y a quelques semaines, nous avions ri et plaisanté jusqu'à faire ouvrir de grands yeux aux garçons, mais cela ne nous avait guère fait mieux faire connaissance. Puis elle m'avait appelé pour m'inviter à dîner — ç'avait été une conversation un peu nerveuse — à venir dîner pour Thanksgiving. Et maintenant ça. Chose étrange, je me surpris à vouloir croire que j'avais quelque droit à toute son attention.

« Je voulais simplement vous souhaiter joyeux Thanksgiving.

— Merci. »

Je m'apprêtais à raccrocher quand elle demanda :

« Vais-je m'obstiner et vous inviter de nouveau ? Accepterez-vous de manger des restes quand vous reviendrez ?

— Je serai de retour lundi.

— Alors, venez dîner.

— Merci, avec plaisir. » Puis j'ajoutai : « Qui est Sid ?

— C'est un homme qui vient de me demander de l'épouser.

— Ah, bon.

— Vous viendrez lundi soir.

— Je pense que oui, si vous êtes encore célibataire.

— Je le serai encore, dit-elle.

— Ça vous ennuie ?

— Sur le plan particulier, non. Sur le plan général, je ne sais pas. C'est une communication interurbaine.

— De toute façon l'inter devrait être interdit. Vous attendiez un coup de fil de votre mari ?

— Mon ex-mari... De qui je n'attends absolument rien. » J'entendis un grand bruit derrière elle. « Oh, mon Dieu, mon fils vient de frapper ma fille avec une chaise ou Dieu sait quoi. Faites mes amitiés à la fille en sous-vêtements.

— Faites les miennes à Sidney.

— Nous ne pouvons tout de même pas être jaloux, dit-elle, alors ne jouons pas à ce jeu-là. Vous ne trouvez pas ?

— Je suis un peu bizarre aujourd'hui, Martha. Je me demande si nous arriverons jamais à être sur le même plan.

— Venez lundi, Gabe. Je serai célibataire. » Tout d'un coup, elle fit bel et bien un pas vers moi. « On ne devrait pas interdire les communications interurbaines. J'ai l'impression que vous m'avez sauvé la vie. »

C'était le genre de déclaration que je m'attendais à lui entendre corriger avec une certaine ironie ; pourtant elle n'en fit rien, et moi non plus. Je lui dis au contraire, comme si c'était une révélation :

« Vous savez, je suis bien chez mon père, et bien à une soirée. Et j'ai hâte de vous revoir. »

Et pendant que je parlais, elle expliquait déjà :

« Sid, c'est Sid Jaffe ; c'était mon avocat. Il m'a fait divorcer à moitié prix, et je lui dois beaucoup, Gabe, et les enfants sont fous de lui, aussi fous qu'ils peuvent l'être de quelqu'un, en tout cas. Mais il faut que je m'arrête de parler : je vais vous ruiner. Pardonnez-moi, je vous en prie. »

Je restai assis près de la table. Il y avait près de treize cents kilomètres entre nous, et pourtant nos relations venaient de franchir un pas décisif. Et quand j'étais sorti dans le vestibule, je ne comptais même pas l'appeler ! Elle était seulement le panneau de secours, pour ainsi dire, par lequel je pouvais échapper à cette nouvelle et surprenante image de mon père. Au cours du printemps précédent, il était allé voir un psychothérapeute ; on lui avait conseillé de voyager ; on lui avait conseillé de dépenser de grosses sommes d'argent ; de profiter de la compagnie des femmes, et si possible de renoncer à toute activité mystique pour une période de six mois. Il m'avait même invité à faire ce long voyage avec lui, et quand j'avais invoqué comme excuse mon travail, il s'était rabattu sur Gruber. Et maintenant que je voyais les résultats de ce périple, je venais d'appeler Chicago.

Je baissai la main et pris le gros annuaire de téléphone de Brooklyn, poussé surtout par le sentiment que si j'avais dû donner un coup de téléphone, c'était celui qu'on m'avait demandé de donner. Millie passait près de moi au pas de charge, encore empesée, furieuse mais efficace.

« Vous appelez ça un Thanksgiving ? demanda-t-elle. On dirait un réveillon. Votre père est devenu ultra-européen, vous savez, dit-elle d'un air pincé.

— Les temps changent, Millie.

— Thanksgiving est Thanksgiving, jeune homme ! »

De la lumière venant du living-room éclairait le hall, une lumière terne, couleur abricot, qu'on aime à trouver rôdant sur les tapis. Les conversations que j'entendais de la pièce éclairée semblaient avoir retrouvé quelque vigueur ; à part Mrs. Norton, personne n'avait fait un geste pour partir, bien qu'il fût près de quatre heures et demie. Pour eux tous, la maison était vide ; ils restaient.

J'ouvris l'annuaire de Brooklyn et je trouvai le nom que je cherchai. Je notai le numéro, en me rendant compte que si je m'étais tourné vers Martha Reganhart pour échapper à mon père, je l'avais appelée aussi pour fuir une vieille amie. Libby Herz m'avait demandé d'appeler ses parents. J'ai constaté dans ma vie que je téléphone souvent à une personne quand je m'attends — ou quand d'autres s'attendent — à téléphoner à quelqu'un d'autre. C'est ce que la compagnie du téléphone appelle un dérangement.

Libby et moi nous étions assez bien conduits, de façon assez respectable, depuis son arrivée à Chicago. Bien que j'eusse découvert que le sentiment que nous éprouvions l'un pour l'autre n'avait pas changé au bout de trois ans et d'une lettre, je passai le début de l'automne sans rien faire pour concrétiser ce sentiment. Puis, juste avant de quitter Chicago pour Thanksgiving, j'étais tombé sur elle accidentellement dans Madison Street. J'allais chez Brooks Brothers, et elle allait chez Goldblatt puis au collège municipal où elle suivait un cours. Mon expédition dans les magasins n'avait guère de sens, car j'étais en quête d'un chapeau. Un vrai chapeau, vous savez : avec des bords, une coiffe, et tout le tremblement. Ce devait être mon premier chapeau ; je pensais que mon père m'attendait à New York, au retour de ses grands voyages — avec une surprise, m'avait-il garanti au téléphone — et je m'étais dit, je ne sais pourquoi, que j'aurais avantage à l'affronter coiffé d'un chapeau. Je me sentais tout à la fois gai et incertain, et quand je rencontrai Libby, je lui demandai de venir avec moi pour me donner son avis. Je dois avouer que je ne crois pas que cette invitation était tout à fait innocente, pas plus que ne le fut son acceptation de me suivre.

Mes goûts en matière de vêtements sont conventionnels, ils me portent vers une sorte de discrète recherche et sont marqués d'une anglomanie assez commune, je crois, à ma profession, ainsi qu'à ma classe sociale et qu'à ma génération. Mais cet après-midi-là, je m'adonnai à mes penchants de ministre avec l'entrain d'un Turc. A vrai dire, cela faisait peu de temps que je commençais à apprécier les plaisirs qu'on dit tirer à dépenser de l'argent pour soi ; quand j'étais enfant, puis adolescent, c'était le plus souvent d'autres qui en dépensaient pour moi. Mais avec Libby, durant ces deux heures chez Brooks, je découvris de nouvelles possibilités dans le capitalisme, je constatai que les choses ne sont pas aussi faciles pour les Russes qu'ils le croient. Il y a quelque chose de créateur et de religieux dans le fait de s'habiller.

En nous retrouvant dans la rue, nous nous abandonnâmes à notre honte. Les émotions de Balboa, de Colomb que je venais d'éprouver en me découvrant dans la psyché se dissipaient maintenant. Et ce pur délice et cette étincelle que je voyais dans les yeux de Libby — car c'était elle qui m'avait poussé du grand feutre au chapeau Edel, puis au campus, au parapluie étroitement roulé, aux longs bas, aux fixe-chaussettes, aux cravates, et enfin à la somptueuse et noble veste de smoking cramoisie — l'étincelle qui avait donné au visage de Libby une animation aussi incroyable, qui m'avait valu l'envie de tous les hommes du magasin, s'éteignit dans ses yeux où je ne vis plus que deux larmes à peine visibles. Je savais que je ne pourrais jamais plus imaginer, même si je rendais la veste le lendemain, que nos relations avaient quelque chose d'éthéré ou de virginal.

« Il faut que je file... J'ai un cours à six heures... Il faut que je mange un morceau. Je m'en vais, Gabe.

— Je ne me sens pas très brillant, Libby, de m'être permis toutes ces stupidités.

— Vous... Vous êtes magnifique. Vous êtes absolument magnifique.

— Je vais à pied jusqu'à la gare, dis-je.

— Je m'en vais prendre un de ces steaks à un dollar soixante-dix. » Elle s'éloigna dans la direction opposée, vers State Street.

Je me retrouvais donc sous un ciel ensoleillé, frappant le trottoir de mon parapluie. Je m'aperçus dans une vitrine. Quel dandy ! C'était brillant ! Tout à fait ce qu'il fallait pour affronter mon père et sa surprise ! Et puis voilà que, se précipitant sur moi par-derrière, volant littéralement, je vis le reflet de Libby. Je me retournai pour la saisir au vol, et elle tendit les mains vers mes — vers mes beaux gants neufs. Et là, sur Madison Street, tout à côté de Michigan Boulevard, nous nous retrouvâmes plus près l'un de l'autre que nous ne l'avions jamais été.

« A New York, dit-elle, essoufflée par sa course, allez voir la famille de Paul, voulez-vous ? Oh, Gabe, parlez-leur simplement, voulez-vous, de son poste, dites que je travaille, que je vais à l'école, que tout va bien ? Vous le ferez, je vous en prie ?

— Oui, bien sûr, Lib...

— Dites-leur simplement ça. »

Dans le métro qui me ramenait à South Side, je n'arrivais pas à déterminer exactement dans ma tête comment les côtés et les angles de notre triangle s'étaient modifiés ; pas plus que je ne comprenais ce que ma visite aux vieux Herz ferait pour le bien-être de tout le monde et non pas pour leur détriment. Ça ne m'amusait pas tellement, car je me faisais l'effet d'un soldat allant rendre visite à la famille d'un copain mort. J'avais beau me sentir obligé, je ne savais vraiment pas bien envers qui j'avais des devoirs. A Chicago ce jour-là (et de nouveau, lorsque je me retrouvai assis auprès du téléphone dans l'appartement de mon père), Martha Reganhart se mit à paraître dans ma tête — et dans mon cœur aussi — comme une tache verte et humide au milieu d'un désert ; je sentais en elle quelque chose de solide à quoi je pouvais ancrer mes affections vagabondes.

Je comprenais fort bien maintenant pourquoi je l'avais appelée. Je remis l'annuaire de Brooklyn à sa place et passai dans les cuisines, ostensiblement parce que j'avais la bouche sèche, mais en fait, je crois, pour m'accrocher autant que possible à des réalités pures et sans souillure de ce jour de fête : le plat encore gras de dinde, les assiettes sales, le four chaud, les arômes d'une vie de famille américaine heureuse et spontanée.

Fay Silberman était là, le nez dans une tasse de café.

Comme je ne pouvais pas tout simplement tourner les talons et m'en aller, je m'approchai de l'évier et m'emplis un verre d'eau froide. Mrs. Silberman se redressa et passa ses mains tremblantes sur son élégante robe de velours. Mon admiration pour la façon dont elle luttait contre son état ne modifia toutefois pas ce que je pensais de cet état lui-même. Elle s'était bel et bien ridiculisée dans le living-room.

« Nous n'avons pas eu l'occasion de bavarder, dit-elle. Vous ressemblez de façon étonnante à votre père. »

Le père, je le compris, devait être courtisé à travers son fils. Tout le désespoir que j'avais observé durant ce long après-midi se concentra soudain sur cette femme ivre, belle, courageuse et misérable, qui s'était fait traiter dans un institut de beauté presque jusqu'à l'embaumement. Ses cheveux flottaient et brillaient comme un ciel, on lui avait rehaussé la peau du visage, qui était trop tendue ; ses ongles, comme des pétales de rose, étaient assez longs pour s'enfoncer profondément, pour se cramponner avec ténacité. Au fond, elle faisait pitié, mais je ne me sentais d'humeur à la plaindre.

« Je ressemble un peu à ma mère aussi.

— Je n'ai vu aucune photo d'elle, dit-elle.

— Il y en a plusieurs dans le living-room. »

Elle eut un sourire dur qui marqua la fin du premier round. Je rassemblai ce que j'avais accumulé de bon sens au cours des années et j'arrivai comme un petit chien affectueux pour le second round.

« Mon père a l'air en pleine forme... Je ne l'ai pas vu aussi reposé depuis des années. Ce voyage semble lui avoir fait beaucoup de bien.

— Il n'a fait que rigoler. Il a rigolé à travers toute l'Europe.

— Il peut être très heureux », dis-je.

Sa réponse me déconcerta un moment.

« Merci, dit-elle. Personne... » Elle vacilla, mais reprit appui contre l'évier. « Personne ne devrait manquer ça. L'Europe. C'est vraiment une autre culture.

— Vous vous sentez bien ?

— Je me sens très bien ! » Puis, fixant son regard sur la pendule au mur, elle ajouta : « J'ai trop mangé.

— Moi aussi...

— Ne me détestez pas, jeune homme. Vous n'avez pas le droit de me détester ! » Elle s'effondra sur une chaise de cuisine et se couvrit les yeux. Je ne savais plus maintenant quoi dire ni que faire, et je priai le ciel que personne ne vînt dans la cuisine. « J'ai des enfants en Californie, dit-elle, comme si c'était une menace contre notre maison.

— Excusez-moi Mrs. Silberman. Il faut que je parte.

— Votre père a dit que vous restiez pour le week-end, dit-elle presque avec inquiétude.

— Il faut que j'aille à Brooklyn.

— Je ne suis jamais allée à Brooklyn. » Je me demandai

si c'était censé être une remarque gaie. Etait-elle ivre, idiote, ou bien les deux ? « Vous feriez mieux de rester, dit Mrs. Silberman, prenant soudain des airs royaux. Après le café, votre père va annoncer nos fiançailles. » Elle se redressa, elle ne vacillait plus maintenant, elle se tourna vers moi. Je bus une gorgée d'eau, attendant ma réaction (qui était lente, très lente) et quand je relevai les yeux, je vis que son visage s'était décomposé. « C'est quelque chose de merveilleux dans la vie de tout le monde. N'allez pas tout gâcher, supplia-t-elle. Vous êtes censé être quelqu'un de bien élevé ! » Tout son corps était crispé dans cette ultime supplication.

« Vous feriez peut-être mieux de vous calmer.

— Je ne suis pas une invalide. Je suis une très jolie femme. J'ai cinquante-quatre ans. Quel mal y a-t-il à cela ? J'ai eu un choc dans ma vie. Après tout, c'est votre père que j'ai choisi, pas le docteur Gruber. »

Je devais admettre que son choix était méritoire et que, quoi qu'elle aît pu penser, je n'avais pas l'intention d'être caustique ; en fait, je voulais, pour des raisons personnelles, lui laisser tout le mérite de son choix. Malheureusement pour notre avenir à tous, je dis ce qu'il ne fallait pas.

« Vous avez bien fait pour vous-même.

— Je le fais rire. C'est plus que n'a jamais fait personne d'autre dans sa famille ! Je lui donne l'impression d'être important !

— Vous ne savez guère ce qui s'est passé, Mrs. Silberman. Les existences des gens sont compliquées, et privées.

— J'en sais plus long que vous ne croyez », répondit-elle ; puis avec le laisser-aller de quelqu'un qui n'a plus guère le sens des perspectives et pas toutes ses facultés, elle ajouta Dieu sait pourquoi : « Ne vous en faites donc pas pour ça ! »

Un quart d'heure plus tard, nous étions tous au garde-à-vous dans le living-room et nous portions un toast aux fiancés. Le champagne de Mrs. Silberman coula sur son menton, creusant un sillon à travers la poudre.

A peine avais-je sonné à l'appartement des parents de Paul Herz que je compris que j'aurais dû téléphoner d'abord... Peut-être même simplement téléphoner et m'en tenir là. Je me redressai de toute ma taille, laissai tomber mes gants dans mon chapeau et sonnai de nouveau, cette fois avec le pressentiment que quand je repartirai, dans quinze ou vingt minutes, je ne serai plus le même homme que lorsque j'étais entré. Les frontières de ma personnalité semblaient aussi vagues et indéfinies, aussi floues que la brume qui flottait sur le fleuve que j'avais traversé pour venir de Manhattan.

Un gros homme boursouflé au visage épanoui vint m'ouvrir la porte : je n'avais jamais vu un homme aussi jeune qui fût aussi grand. Entre ses énormes jambes de pantalon, par-dessus ses cheveux bruns clairsemés, m'arrivaient des bruits de télévision et de conversation.

— C'est le 4 C, ici, dit-il d'un ton assez aimable.

— Les Herz, c'est ici ?

— Mais oui, mais oui, entrez donc. Excusez-moi... » Il leva les bras pour me faire comprendre qu'il y avait eu confusion et eut un vague sourire.

« Je ne voulais pas vous déranger.

— Mais non, mais non. » Il était plein de bonne volonté.

« Qui est-ce, Maury ? cria une voix.

— Entrez donc, me dit Maury. Nous partons. Nous habitons l'immeuble. »

Je le suivis dans un étroit corridor éclairé par trois petites ampoules qui voulaient ressembler à des bougies ; à mi-hauteur, sur le mur, était accrochée toute une série de petits documents encadrés. Avant d'entrer dans le living-room, je me penchai pour examiner l'un d'eux ; c'était un bulletin scolaire établi au nom de Paul Herz.

Une femme d'une vingtaine d'années était plantée devant une cheminée vide, une main sur la hanche et l'autre devant elle, braquée sur un homme en peignoir de bain vautré dans un fauteuil. Auprès d'elle, une paire d'escarpins noirs qu'elle avait ôtés ; sa robe de cocktail, en crêpe de Chine noir très moulant pointait audacieusement devant et la serrait aux genoux, suivant les contours d'une silhouette presque ravissante : malheureusement la posture qu'elle avait prise ne convenait pas tout à fait. Il lui aurait suffi de rentrer un peu son petit ventre et de redresser les épaules pour que tout cela fût parfait. Mais on aurait presque dit que ça lui était égal d'être parfaite ; grande et droite et exquise, elle n'aurait peut-être pas su quoi faire d'elle.

« Alors ma belle-sœur a dit, expliquait-elle, la légère courbure de son nez révélant ses origines, ma belle-sœur Ruthie de Roslyn : " Ecoutez, si l'enfant n'est pas heureux là-bas, à quoi bon ? Tout cet argent, c'est ridicule. Le bonheur de l'enfant, c'est ce qui compte le plus certainement, mais si l'enfant n'est pas heureux, si elle ne s'amuse pas, alors c'est de l'argent jeté par les fenêtres. " Et pour ma part, Ruthie, je trouve qu'elle a raison ! Je ne crois pas que ça vaille la peine de gaspiller tout cet argent pour un enfant. Mon beau-frère Harvey ne trouve pas les billets de banque dans les arbres, crois-moi. La petite peut être parfaitement heureuse à la maison. »

L'homme en peignoir de bain à qui elle s'adressait regarda à travers la pièce une femme à l'air las assise dans un fauteuil et qui devait être sa femme, la mère de Paul.

« Absolument, dit-il, comme si c'était évident que tout le monde était mieux chez soi. Qu'est-ce qu'on reproche au collège de Brooklyn ? »

Là-dessus, on découvrit ma présence. Maury m'avait

dissimulé aux regards, mais je venais de passer devant lui pour entrer dans le living-room, où, malgré la conversation animée, la télévision était allumée. On voyait sur l'écran trois hommes habillés en pèlerins, scrutant l'horizon derrière le bastingage d'un navire.

« On dirait que c'est la terre, monsieur », dit l'un d'eux avec un accent anglo-irlandais, pendant que je disais :

« Bonsoir, je m'appelle Gabe Wallach.

— Ah oui ? répondit l'homme en peignoir de bain.

— Je suis un ami de votre fils, expliquai-je. De Paul. Comment allez-vous ? » Je détournai les yeux du visage stupéfait de Mr. Herz pour me tourner vers la jeune femme ; celle-ci n'avait pas l'air à proprement parler horrifié mais son joli visage pétrifié exprimait quand même un changement marqué.

« Maury, dit-elle en remettant ses chaussures, je crois vraiment qu'il faut partir, mon chou. » Les hauts talons parachevèrent la beauté de ses jambes. « J'ai un goût de dinde dans la bouche, dit-elle en me faisant un demi-sourire. » Je souris à mon tour : je comprenais ; ce n'était pas que j'avais apporté la peste dans la pièce, c'était simplement qu'elle avait trop mangé.

Maury s'approcha de Mr. Herz et lui lissant le col de son peignoir en tissu éponge, dit :

« Ecoute, mon vieux, vas-y mollo. Repose-toi encore deux jours. Ne marche pas trop : tu userais le tapis.

— Ne partez pas à cause de moi... » dis-je à Maury qui me semblait une sorte de rempart contre le pire. « Je vous en prie », dis-je, et mon regard se posa enfin sur Mr. Herz dont les yeux ne m'avaient pas quitté depuis que j'étais entré en annonçant de qui j'étais l'ami.

« Mais non, mais non. » Les mains charnues et affectueuses de Maury quittèrent Mr. Herz pour se poser sur mes épaules. « Nous avons fêté Thanksgiving à Great Neck, et je vous assure, mon vieux, nous sommes épuisés.

Nous avons laissé les gosses là-bas avec leurs grands-parents, et maintenant on va pouvoir être un peu tranquilles. » « Allons, Leonard, ne te surmène pas, dit-il en se retournant vers Mr. Herz, reste un peu tranquille quelques jours...

— Leonard, je te prêterai *Marjorie Morningstar.*

— Tu sais, Doris, ça ira très bien. »

J'entendis Mrs. Herz pousser un soupir d'espoir. Son mari reprit :

« C'était une indigestion. Quelque chose qui n'est pas passé, de l'énervement. Ça va. » Mais tout en parlant, il devenait plus vague.

« Ne te bouscule pas, dit Maury. Je peux me débrouiller, Leonard. Harry s'occupe de toi. » Il se dirigea vers le fauteuil de Mrs. Herz et posa une main sur chacun des napperons en matière plastique qui protégeaient les bras. Je ne voyais que son dos, mais j'entendis ses lèvres faire un bruit de baiser, et la main de Mrs. Herz se posa sur son cou.

« Dieu te bénisse, Maury, dit-elle.

— Comment ça va ? dit Maury en se relevant et en lui caressant la joue. Tu vas bien, mon ange ?

— Ecoute, dit Mrs. Herz. Je vais bien s'il va bien. » Elle avait dit cela d'une voix de martyre.

Là-dessus Doris s'approcha de moi. J'étais attiré par ce que je sentais en elle de simple, d'ennuyé et de satisfait ; j'avais envie de lui prendre la main lorsqu'elle passa devant moi, et je fus navré lorsque son mari et elle eurent claqué derrière eux la porte de l'appartement des Herz.

« J'espère que je ne vous ai pas trop dérangés, dis-je. J'aurais dû téléphoner. » Mais derrière moi — un bruit aussi doux que celui d'un avion passant au-dessus d'un radeau de sauvetage — une clef tourna dans la serrure et j'entendis des gonds grincer. Il y eut quelques mots échangés à voix basse, puis Maury dit :

« Mr. Wallach, je crois que vous avez laissé tomber quelque chose dans le couloir. »

Machinalement, Mrs. Herz se leva de son fauteuil.

« Non, je vous en prie, dis-je. Je vais le chercher. Excusez-moi. »

Sur le pas de la porte, le petit nez crochu de Maury, ses joues molles, ses grosses lèvres et ses petits yeux gris et ronds essayaient de sourire tous ensemble, mais c'était surtout l'inquiétude qu'on lisait sur son visage. Doris me prit la main en chuchotant :

« Je vous en prie, passez chez nous en partant. Horvitz. 6 D.

— D'accord.

— Faites attention, mon garçon. » Doris me tenait toujours par une main ; Maury s'empara de l'autre. « Je suis le plus vieil ami de Paul », m'expliqua-t-il, puis ils s'éloignèrent tous deux, passant devant les bouteilles de lait à pas de loup.

Quand je revins dans le living-room, je me trouvai en face d'un front uni. Mrs. Herz, avec des airs de femme de pionnier, était plantée à côté de son mari. Je lui souris, en faisant semblant de remettre dans ma poche quelque chose que j'avais laissé tomber dehors. Mais elle avait une expression amère et tendue. Elle était grande, comme Paul, mais pas décharnée ; elle était plutôt opulente, avec les hanches et les épaules larges et de grands pieds. Ses cheveux étaient clairsemés de chaque côté de la raie, et jaillissaient en broussailles autour des oreilles et sur sa nuque : c'était d'elle que Paul tenait ses boucles brunes. Elle avait un teint sans couleur, d'un gris brunâtre. Mr. Herz, lui aussi, était vieux et usé. Après tous ces gens d'un certain âge que je venais de voir en plein rajeunissement, ce spectacle était désagréablement choquant ; j'avais presque oublié que la plupart de ceux qui sont au bord de l'éternité ont l'air d'entendre exactement ce qu'ils entendent. Tout le monde ne peut pas se permettre de porter un masque, tout le monde n'en veut pas un.

« Asseyez-vous, dit Mr. Herz, car j'étais la politesse même et cela finit par le toucher. Voulez-vous un verre de soda ?

— Non, merci. Je ne fais que passer.

— Chérie, dit-il à sa femme, donne-moi un peu d'Alka-Seltzer.

— Ça ne va pas ?

— Mais si, mais si, très bien. Je me sens très bien. Seulement j'ai un mauvais goût dans la bouche. »

A peine Mrs. Herz avait-elle quitté la pièce que son mari se redressa dans son fauteuil, comme s'il venait de recevoir une décharge électrique. Son visage ressemblait à du papier blanc fripé sur le cuir fauve du fauteuil ; il tendit les mains, paumes ouvertes, d'un geste suppliant.

« Je vous en prie, je vous en prie, murmura-t-il, c'est une journée très dure pour elle. Je vous en prie. » Un bruit de liquide pétillant approchait de la cuisine, il reprit une posture qui me parut une franche invitation à la mort. En cet instant, il semblait avoir usé l'énergie de toute une semaine. Sa femme lui tendit un petit verre sur un plateau.

« Le verre est chaud, dit-il.

— Je l'ai mis dans un verre tiède. Le froid fait un choc pour l'organisme.

— Bon Dieu, on ne boit pas de l'Alka-Seltzer tiède.

— Bois-le, je t'en prie. » On aurait dit que maintenant ça ne lui plaisait pas, ça allait lui faire du bien. Tout en buvant, il porta la main à sa poitrine tout en s'étirant le cou. Ayant ainsi réussi à faire passer les bulles, il se retourna vers moi. Mrs. Herz regagna son fauteuil — elle s'assit tout au bord — et son mari, son verre sur son ventre, engagea la conversation d'un ton officiel mais aimable.

« Je suis enchanté de rencontrer un ami de Paul.

— Je suis très heureux de vous connaître. Paul m'avait demandé de passer vous dire bonjour. »

Personne ne réagit : était-ce un mensonge si flagrant ?

« Vous habitez ici ? demanda Mrs. Herz en s'adressant plutôt à mes gants puce qu'à moi. A Brooklyn ?

— Mon père habite Manhattan, dis-je.

— Vous êtes avocat ? » J'étais abasourdi par sa forme de naïveté : cela tenait, semblait-il, de la xénophobie et de la haine pure et simple.

— Je suis professeur d'anglais à l'université de Chicago. Paul est un de mes collègues.

— Un collègue déjà. » Elle se tourna vers son mari, avec un air de fausse admiration. « Si ça continue, il va se trouver directeur du collège.

— Il se débrouille très bien. C'est une très bonne université.

— Partout les écoles sont magnifiques, dit-elle, me remettant promptement à ma place. J'ai été professeur également.

— Il enseigne l'anglais ? demanda Mr. Herz. Ça consiste en quoi : l'orthographe, la grammaire, tout ça ?

— Il a un cours de composition en première année. Et puis il enseigne aussi les humanités.

— Ah, bon », dirent-ils en chœur. Mrs. Herz parut vouloir faire un commentaire à propos des humanités, mais elle y renonça et se contenta d'émettre un grognement condamnant tout ce que ce titre représentait.

« Libby travaille chez le doyen du collège, vous savez. » Ils n'en savaient rien ; ils s'en fichaient éperdument. « Je l'aime bien », dis-je et cette extravagance me valut de rougir pendant plusieurs minutes. Par bonheur, les Herz ne s'intéressaient qu'à leurs propres sentiments. « Elle suit aussi des cours du soir. Elle travaille beaucoup.

— Bien sûr, bien sûr, marmonna Mr. Herz, mais j'avais l'impression que nous ne parlions pas de la même chose.

— Je suis venu à Manhattan pour les fêtes, alors je suis passé. J'espère que je ne vous ai pas dérangés, répétai-je lamentablement.

— Mr. Herz a été malade, m'annonça sa femme après m'avoir littéralement foudroyé du regard. Nous avons décidé de ne pas bouger. A-t-on envie d'aller se lancer dans toute cette circulation ?

— Oui, renchérit Mr. Herz, nous avons décidé de rester à la maison. Nous comptions aller à Rio de Janeiro pour le week-end, mais nous avons décidé de ne pas bouger. Tiens, je crois que je vais pouvoir aller à la selle », annonça-t-il à sa femme qui se leva aussitôt et l'aida à s'extirper de son fauteuil. Il insista pour aller sans aide jusqu'à la salle de bains.

« Laisse la porte entrebâillée, lui dit-elle.

— Bon, bon. » Des journaux tapissaient le sol à l'entrée de la cuisine et il passa dessus comme s'il marchait sur de la glace. Quelques secondes plus tard, la porte de la salle de bains se referma. Mrs. Herz se leva précipitamment, je l'entendis crier :

« Ça va ?

— Ça va.

— Ne fais pas d'effort, dit-elle. Laisse la porte ouverte. »

De retour dans le living-room, elle qui tout à l'heure me scrutait, détournait soigneusement les yeux ; elle allait et venait en remettant des objets en ordre.

« Il est très malade ? demandai-je.

— Il a le cœur fatigué. » Elle pliait et repliait la couverture posée sur les pieds de son mari.

« Je suis navré de l'apprendre.

— Quel genre de cours ?... demanda-t-elle brusquement, mais toujours en me tournant le dos. Elle continue indéfiniment ses études ?

— Qui ça ? De quoi parlez-vous ?

— D'elle.

— De Libby », dis-je en attendant que Mrs. Herz répétât le nom. J'attendis, puis je dis que Libby n'avait pas encore fini sa licence.

« Bien sûr... Elle n'a pas eu le temps. » Elle regagna son fauteuil, comme si nous n'avions rien dit. « Ça va ? » cria-t-elle vers l'autre pièce.

Nous attendions tous les deux la réponse qui ne venait pas.

« Leonard, tout va bien ? » Elle se précipita de nouveau vers la salle de bains.

« Ça va, cria son mari. Ça va bien.

— Ne fais pas d'effort. Si rien ne vient, rien ne vient. Ça n'est pas un concours que tu fais, Leonard. » Elle revint dans le living-room et reprit : « Ça fait des années qu'il n'a pas été aussi mal.

— C'est navrant. Je suis désolé. » J'étais sûr que j'allais avoir droit à une conférence de sa part. Mais je ne me dérobais pas ; je me sentais obligé d'attendre le retour de Mr. Herz dans son fauteuil de repos.

« Vous enseignez quoi... Le droit ? » demanda-t-elle. Ma tenue, ma prospérité, mon accent de Harvard... et l'énorme déception de Mrs. Herz. Je ne m'étais pas douté qu'elle avait toujours voulu voir son petit Paul devenir avocat.

« Non. J'enseigne l'anglais aussi.

— Et les humanités ? Qu'est-ce que Paul fait des humanités ? »

Il y avait dans ses paroles une intention que je ne compris pas tout de suite.

« C'est une sorte de cours de littérature, expliquai-je. C'est une introduction à la littérature. Paul enseigne très bien. C'est un excellent critique, très incisif.

— Il a toujours eu l'esprit critique. » Elle reconnut la pénible vérité en agitant lentement la tête. « Brusquement personne n'était assez bon pour lui. Dans toute sa vie, nous ne lui avons jamais rien demandé, pas un service. Il est venu nous annoncer qu'il allait à Cornell... C'était assez bon pour nous. Il allait travailler à South Fallsburg, nous ne le verrions pas pendant tout un été... Nous n'avons pas dit un mot. Nous lui avons donné toute l'indépendance qu'il voulait. Maury Horvitz... Sa mère dirigeait toujours sa vie. Maury doit ceci, Maury doit cela : elle se précipitait à l'école pour lui porter ses caoutchoucs s'il y avait la moindre averse. Paul n'a jamais eu à supporter ça. Nous avons toujours reconnu son indépendance. » Elle tirait des fils de son tablier tout en parlant et les déposait dans la poche de sa robe d'intérieur. « Mais il a blessé son père d'une telle façon, dit-elle en se frappant le genou de son poing, vous ne pouvez pas imaginer. Il a fait de cet homme un vieillard. Nous lui avons demandé une seule chose dans toute sa vie. Une seule. » Elle leva un doigt pour me convaincre de la modestie de leurs exigences en face du vaste univers. « Il a infligé à son père une blessure que cet homme n'oubliera jamais. Son père a travaillé pour lui comme un esclave toute sa vie, il a pris tous les risques, et tout ce qu'il a récolté ça a été de la malchance et une gifle en pleine figure. Beau Thanksgiving », dit-elle et, les lèvres tremblantes, elle sortit.

Des minutes s'écoulèrent, puis je l'entendis demander :

« Tu as fini ?

— J'ai fini.

— Tu te sens bien.

— Un peu fatigué.

— Je t'ai dit de ne pas faire d'effort. Le docteur t'a recommandé...

— Je n'ai pas fait d'effort !

— Tu n'as qu'à laisser mère nature opérer. »

Je me levai en attendant leur retour. Je repassai dans mon esprit ce que j'avais vu et entendu. En avais-je fait moins que ne l'escomptait Libby ? Que pouvais-je faire de plus ? Je n'étais pas un magicien ; son mariage avec Paul allait se cicatriser ou se pourrir en fin de compte sans mon intervention. En entendant le bruit triste des pantoufles de Mr. Herz qui traversait avec prudence le living-room, j'eus de la peine pour lui... Et j'éprouvais quelque soupçon envers son adversaire. Pour l'instant, en fait, Libby semblait être mon adversaire ; je reconnaissais avec quelle habileté elle se conduisait envers moi. L'habileté qu'il pouvait y avoir dans mon attitude à son égard me semblait faite de réserve et de retenue, qui côtoyait la vertu. Si j'étais en faute, c'était parce que je m'étais permis d'être moins habile parfois que je ne devais l'être. Je me sentais un peu trompé par elle, j'avais l'impression qu'elle se servait un peu de moi, et je partageais momentanément cette méfiance envers elle qui avait gâché les dernières années de ce cardiaque et de sa femme. Il devait y avoir une faiblesse chez les hommes, me dis-je (chez Paul et moi plus précisément), que Libby exploitait. Bien sûr, je n'avais aucune raison de me méfier d'elle à cause de ma faiblesse — et pourtant les femmes ont un certain avantage historique (toutes ces années où elles ont été piétinées, innocentes et compromises sexuellement) qui parfois peut retourner contre elles même les plus fidèles d'entre nous. Je me retournai un peu contre elle à cet instant et j'éprouvais une certaine répugnance envers le sexe pour lequel j'ai pourtant beaucoup d'attachement.

Je pris congé sur de bonnes paroles ; je ne me sentais pas tant honteux d'avoir été un intrus qu'égaré.

« Bonne chance dans votre nouvelle carrière ! » me cria Mr. Herz.

Bien qu'incapable de deviner ce qui avait motivé cette remarque, je le remerciai. Il leva une main comme pour me dire adieu, puis se contenta de la frotter doucement, d'un geste las, sur sa frêle poitrine.

J'étais déjà dans la rue quand je me rappelai que Doris et Maury Horvitz m'attendaient au 6 D. Je fis demi-tour et je revins dans cet immeuble de briques rouges où l'on n'avait demandé qu'une seule chose à Paul Herz dans toute sa vie. Le bâtiment s'appelait « Aux armes de Liverpool ».

Quand Doris m'entrouvrit sa porte et me fit entrer, j'eus l'impression qu'on m'avait suivi. Lorsque j'eus franchi sans écueil le seuil de l'appartement, elle se détendit dans son pantalon corsaire et son corsage blanc et me désigna le living-room en brandissant un numéro du *Harper's* qu'elle tenait à la main. Nous étions cernés de tous côtés par du tapis bleu pâle et des meubles très bas. La pièce semblait avoir été décorée pour donner du confort à des créatures aériennes. Il y avait de la place pour voler au-dessus de nos têtes, mais si l'on n'était qu'un simple bipède, il fallait veiller à ses chevilles à travers une jungle scandinave de tables basses, de coussins jetés par terre et d'avocats en pot. Maury occupait un fauteuil suédois clair qui enveloppait son derrière à moins de dix centimètres du tapis ; comme Doris, il s'était changé et arborait maintenant un pantalon d'une couleur pastel qui rappelait celle des sorbets aux fruits. C'était un ample pantalon de coton et, en guise de ceinture, il y avait une bande élastique de sept ou huit centimètres, extensible suivant les mesures de celui qui le portait. Si j'avais dû qualifier cette couleur, j'aurais dit — cerise-groseille. Il avait de petites pantoufles aux pieds et je remarquai combien il avait les mollets et les chevilles minces ; il avait en fait un air léger, comme s'il allait s'élever de ce fauteuil bas pour se cogner au plafond. Cette silhouette effilée vers le bas me rappelait un avocat de Daumier. Il m'accueillit avec un sourire approbateur et je compris que toute cette graisse lui donnait l'impression d'être un bon garçon. Sa svelte et séduisante épouse me pria de m'installer sur un coussin et m'offrit du Medaglio d'Oro. J'acceptai et son derrière moulé dans le pantalon corsaire noir s'éloigna vers la cuisine.

« Parlez fort, cria-t-elle pour que je puisse entendre.

— On va t'attendre, Dor », répondit son mari. Pendant que nous attendions, je remarquai une photo sur le pick-up ; Maury suivit mon regard. C'était une grande photo encadrée de Doris en costume de bains. « Nous retournons là-bas dans quelques semaines, dit Maury. Juste après Noël. C'est formidable. C'est fantastique.

— J'imagine, dis-je.

— C'est fou ce qu'on se sent bien là-bas. Ils font tout ce qu'ils peuvent pour vous donner une impression de confort et de bon temps. Même les halls. Au fond, qu'est-ce qu'on fait dans un hall d'hôtel ? On attend quelqu'un, on tue le temps. Mais là-bas ils pensent à votre sens de la beauté, du repos. Doris en est folle. Avant qu'on y aille, elle ne parle que de Miami, et quand on en revient, elle ne parle que de Miami. »

Cela donnait l'impression que Doris ne parlait jamais que de Miami ; mais je me contentais de témoigner à son mari mon admiration pour sa bonne fortune. Mais il n'en avait pas besoin ; Maury semblait convaincu qu'il avait un avantage moral sur le reste de sa génération simplement parce qu'il emmenait sa femme passer leurs vacances d'hiver à Miami. Je me demandai quel genre de conseil il allait me donner pour prodiguer à Paul. Quel message devrais-je transmettre à Chicago de ce monde de repas plantureux et de solides relations familiales ? Les possessions voyantes de Maury chantaient la satisfaction et le contentement de leur maître. Comment faisait-il ? Quelle était la solution ? Ce n'était pas seulement pour Paul que je le demandais, mais pour moi aussi. Comment aime-t-on des filles comme Doris ? Comment continue-t-on à vivre exactement comme quand on avait dix ans ? Ce jour-là, j'aurais bien accepté de m'arranger une vie comme ça. Je commençais — ou peut-être je continuais — dans le living-room de Maury à regretter ma mère et à regretter le passé.

« Attendez, dit soudain Maury. Je voudrais vous montrer quelque chose. »

Lorsqu'il revint, il tenait dans la main droite une balle de base-ball. Il me la tendit et je la retournai lentement pour pouvoir lire l'inscription :

A l'Invincible Equipe
Mush Horvitz et Paul Herz,
Leurs copains Kirby Higbe.

« Mush, expliqua Maury, c'était mon surnom. » Il me tendit une photographie qu'il tenait dans l'autre main. Je la pris au moment où Doris revenait dans la chambre en portant un plateau. Je sentis les doigts de Maury sur mon épaule. « Voilà Paul. Me voilà, je le tiens par les épaules. Vous savez, reprit-il, on était très copains. »

Sur la photo, à douze ou treize ans, Paul avait à peu près le même air qu'aujourd'hui, sauf que ses cheveux bouclés lui descendaient presque jusqu'aux sourcils. Maury avait un visage rond, tout bourré de glaces à la crème, de sourires et de surprise.

— Lui, c'est Heshy Lerner, dit-il. Il a été tué en Corée, et les autres sont un peu partout. Il y en a pas mal qui sont installés en banlieue, mais je ne sais pas, j'aime bien ce quartier. Pour moi, rien ne vaut la ville. Paul ne vous a jamais parlé de Heshy ? demanda-t-il, en faisant rouler la balle jusqu'à son coude. Je me demande s'il sait même que Heshy est mort.

— On a du mal à le croire, fit Doris en disposant sur une assiette des gâteaux qu'elle venait de réchauffer. C'était un danseur formidable, tu te rappelles, Maur ?

— Heshy était formidable dans tous les domaines. Il voulait devenir dessinateur. Il faisait des caricatures de tout le monde, et Paul écrivait des légendes. Ils avaient du talent tous les deux. Je vous assure... » Il secoua la tête : on aurait dit un homme de quatre-vingts ans se promenant dans le cimetière de sa petite ville.

Nous étions maintenant tous les trois sur des coussins autour de la table basse ; j'étais le seul à porter encore des chaussures. Nous bûmes tous dans les tasses à café que les Horvitz avaient achetées au cours d'une croisière, et chaque fois que Maury avait vidé la sienne, Doris — une main posée sur la jambe de son mari — lui en versait une autre. Je lui enviais sa femme jusqu'à la convoitise ; et chose étrange, cette envie ne diminua pas, les muscles de ma poitrine ne firent que se crisper davantage lorsque Doris dit avec le plus pur accent de Brooklyn :

« Oui... Je suis vraiment fatiguée. Je suis claquée, Maur. »

Mais tout en mangeant, Maury avait l'air maussade ; il semblait ne songer qu'à la disparition du passé. Puis revenant au présent, il demanda :

« Comment ça s'est-il passé ?

— Mr. Herz a l'air malade, dis-je. Ils paraissent tous les deux très fatigués.

— Ils n'étaient pas brillants aujourd'hui, Maur. » Doris avait la tête appuyée sur le genou de son mari et en parlant elle renversait la gorge en arrière pour lever les yeux vers lui. « Ils m'attristent tous les deux. Ils n'ont pas de vie du tout. Maury a essayé de les intéresser au moins aux livres, vous comprenez ? Nous faisons partie du club du livre du mois, nous recevons *Harper's* et *Look*, nous sommes membres du club de la pièce du mois... » Du bras elle désigna le mur derrière moi, et, en me retournant, je découvris une demi-douzaine de couvertures de *Playbill*. Nous allons à des conférences, nous leur avons proposé de les emmener. Mais ils ne veulent rien faire ! Ils restent assis, à broyer du noir, ils vivent dans le passé. Pour moi, je ne sais pas ce que la fin va être pour eux.

— Comment se fait-il que Paul ne soit pas venu lui-même ? demanda Maury.

— Comment ?

— Pourquoi Paul vous a-t-il demandé de venir ? » Il me rappelait le comptable de mon père s'efforçant d'aller au fond d'un problème d'impôts.

« Ce n'est pas Paul qui me l'a demandé. C'est Libby.

— Nous ne l'avons jamais vue. Les parents non plus, vous savez.

— Les Herz ?

— Ils ne la connaissent pas, dit Doris.

— Mais si, dis-je, ils l'ont vue deux fois.

— Je veux dire que Paul ne l'a jamais emmenée dîner, dit Maury.

— Comment est-elle ? demanda Doris.

— Je l'aime beaucoup, dis-je. Elle est douce et frêle, c'est une fille très charmante. »

J'avais le sentiment qu'aucun des mots que j'avais prononcés n'avait fait mouche.

« Autrefois, m'annonça Doris, je sortais avec Paul. Il est parti, vous comprenez, mais je ne sais pas, il est revenu et ça n'était plus la même chose. La conversation avec lui était morne. Tu te souviens, Maur ?

— Il est devenu un intellectuel, expliqua Maury.

— Ah oui », dis-je, et je pense qu'à cet instant je commençais vraiment à en avoir assez d'eux et d'être penché sur la table basse. Maury toutefois n'était pas aussi insensible que je le croyais ; il perçut ce petit frisson d'ennui et de ressentiment qui avait traversé mon visage.

« Paul y est simplement allé trop fort un moment, voilà tout, dit-il. Au fond, ajouta-t-il, donnant la réplique à sa femme, il avait raison, il était toujours Paul.

— Oh, il était formidable, renchérit Doris. Personne n'a jamais dit le contraire. Vous comprenez, mes intérêts à moi aussi ont changé. Je ne veux pas dire que c'était absolument unilatéral. »

Maury décida de nous plonger au cœur même du problème.

« Mais la tragédie, dit-il, ce sont ses parents.

— Ils avaient l'air très malheureux, dis-je.

— Ils perdent toutes les occasions de s'amuser sur leurs vieux jours. Ça pourrait être une période formidable pour eux. Mais ils ont renoncé. Ils vivent comme des ermites. Des ermites, exactement, dit Doris. C'est terrible. » Elle m'offrit une nouvelle tasse de café.

« Non, merci, dis-je.

— Il va falloir que je le jette, dit-elle. Je ne peux pas réchauffer un espresso, ça n'est plus pareil. » Pour me servir, elle dut pencher son visage très près du mien ; pendant ce temps, Maury réfléchissait. De toute évidence, ils étaient tous les deux bien contents de s'intéresser aux parents de Paul Herz sinon à sa mémoire. Mais, si je les comprenais bien, la tragédie que connaissaient les vieux Herz, ils en étaient eux-mêmes responsables.

« Vous ne croyez pas quand même, dis-je, que ses parents pourraient téléphoner à Paul ? »

Je n'allais pas plus loin ; Maury regarda Doris, Doris regarda Maury.

« Je vous en prie », fit Doris.

Ce qui me paraissait une solution était tout bonnement une impossibilité pour ceux qui étaient au courant. Non, non absolument pas. Toutefois, s'il y avait quelque chose que Paul voulait faire enfin, s'il gardait encore quelque humanité (dire qu'il enseignait les humanités !) alors peut-être commencerait-il à réfléchir à ce qui se passait, comme disait Maury, et engendrerait-il un enfant que sa mère et son père pourraient chérir aussitôt comme ils l'avaient chéri.

« Quand ils auront un bébé, dit Doris, ça changera.

Nous en avons deux, et mes parents, croyez-moi, connaissent toute une vie nouvelle grâce à leurs petits-enfants.

— Gabe, dit Maury, d'un ton sincère et grave, vous connaissez probablement mieux Paul que moi maintenant. » Mais avec son sens pratique, je savais qu'il n'en croyait pas un mot. « Gabe, voudriez-vous me rendre un service, à nous tous ? Quand vous retournerez à l'université, quand vous verrez Paul et sa femme, voudriez-vous leur dire que Maury Horvitz, Mushie, envoie ses amitiés ? Pour ma part, personnellement, je veux dire, Paul ne m'a rien fait...

— Ecoute, personne ne dit le contraire, déclara Doris.

— Mais son père est un homme malade, on le voit tous les jours. C'est quelque chose que Paul ne sait pas. Et sa mère se sacrifie pour cet homme, elle s'occupe entièrement de lui. Tout comme elle s'occupait de Paul. En trois ans, c'est terrible ce que cette femme a vieilli. Pour moi, il n'y a qu'une chose qui puisse empêcher ces deux vieux de se dessécher et de mourir...

— Maury ! fit Doris.

— C'est un bébé ! déclara Maury. Un bébé cicatriserait cette plaie, je le sais. Gabe, j'écrirais bien à Paul moi-même, je lui dirais ma façon de penser là-dessus, mais pour Paul je ne suis probablement qu'un vieil ami dont il ne se souvient même plus. Mais vous, vous pourriez lui dire. Il faut que quelqu'un lui dise. On ne peut pas être égoïste toute sa vie. Paul était mon meilleur ami, il a toujours eu tendance à être un peu égoïste. A ne pas penser aux autres.

— Je lui dirai, dis-je, au moment où le téléphone se mit à sonner.

— Merci, mon vieux », dit Maury en me prenant le bras. Puis il se leva sur ses petits pieds et décrocha le téléphone, qui était bleu pâle, assorti à la moquette. Je ne pouvais vraiment pas le supporter.

« Allô ? Comment ?... Non non non. Nous bavardons.

— Qui est-ce ? » chuchota Doris, et Maury en guise de réponse n'eut qu'à fermer les yeux. Doris hocha la tête. Elle dit, sotto voce : « Ils téléphonent trois fois par jour. »

Quand Maury raccrocha, il dit :

« Il faut que je descende quelques minutes. Leonard dit qu'elle est dans tous ses états. Elle n'arrête pas de pleurer à propos de Thanksgiving.

— J'espère que ce n'est pas à cause de moi, dis-je. Je n'aurais sans doute pas dû venir.

— Comment pouviez-vous savoir ? demanda Doris. Elle est déjà comme ça depuis une semaine.

— Je reviens tout de suite, dit Maury.

— Emporte *Marjorie Morningstar,* fit Doris. Peut-être qu'ils le liront. Si seulement il le commence, m'expliqua-t-elle, je suis sûre qu'il ne pourra pas le lâcher. Vous l'avez lu ?

— Pas encore, dis-je en me levant.

— Attendez une minute, me dit Maury. Je reviens tout de suite.

— Il faut que je rentre moi aussi.

— Attendez que j'aie parlé au vieux. J'aimerais.

— Bon, très bien. » Je me rassis sur les coussins.

Quand nous fûmes seuls, Doris perdit un peu de son assurance, si l'on veut appeler cela comme ça, et se mit à fredonner. Elle finit par dire :

« Vous n'avez pas l'air juif, vous savez.

— Ah non ?

— Vous avez l'air irlandais.

— Pas vraiment. Pas irlandais.

— Vous comprenez ce que je veux dire. Paul avait toujours l'air très juif.

— J'imagine.

— Vous devriez lire *Marjorie Morningstar,* fit-elle. Il s'agit d'une fille dont un des problèmes est qu'elle n'a pas envie d'être juive. Je pense que Paul devrait le lire.

— Vous croyez que je devrais le lui recommander ? »

Elle ne savait pas comment prendre ma réponse.

« Ecoutez, dit-elle, c'est drôle quand un garçon avec qui on sortait épouse une chrétienne. Vous comprenez, j'ai toujours considéré Paul comme très juif. Il travaillait en montagne, il n'avait jamais d'ennui, il est allé au collège, il avait un solide sens de l'humour... Et puis voilà qu'il s'en va faire une chose pareille. Je ne crois pas que ces mariages-là tiennent généralement. La plupart des divorces viennent de mariages mixtes, vous savez. Peut-être que le mariage de Paul tiendra, je ne sais pas. Je suis sûre que si Paul l'a choisie, c'est une fille très bien. Je n'ai absolument rien contre elle. Je ne la connais même pas. Simplement, je ne sais pas, on ne s'y attendait pas. Vous comprenez ce que je veux dire ?

— Je crois. Oui.

— Laissez-moi vous donner un exemple. Maury... Eh bien Maury, vous savez que Maury ne ferait pas ça. Maury est très juif. Il est très *haimishe*[1]. Pour lui, une famille, c'est très important ; un endroit agréable, pour vivre, c'est très important ; il a le sens de l'humour... » Elle se leva et s'approcha du piano sur lequel était posée une autre photographie dans un cadre. « Voilà Maury, dit-elle en la rapportant, avec Ted Mack. Ted Mack de l'Heure des Amateurs. Vous le connaissez ? »

Quand je lui dis que oui, elle parut un peu soulagée sur mes chances de réussite dans le monde.

« Eh bien, Maury aurait pu être chanteur. Maury aurait pu être un chanteur formidable dans le style de Frankie Laine. Maury a le sens de l'interprétation. Il a gagné deux semaines de suite à l'émission de Ted Mack, et quand il a perdu, c'était devant cette petite Rhonda je ne sais plus comment ; vous savez, celle qui avait eu la polio et qui avait

1. *Haimishe :* pratiquant de très stricte observance.

guéri. C'est bien gentil, mais ça n'a pas beaucoup de rapport avec le talent. Maury n'a vraiment pas eu de chance. Quand même, deux semaines, ça n'est pas rien, et Arthur Godfrey s'intéressait à Maury, et pendant une semaine, il y a eu plein de coups de téléphone de plusieurs agents. Nous avions un ami qui était le cousin d'Ed Sullivan, alors il aurait pu arriver n'importe quoi. Au fond Eddie Fisher a simplement rencontré Eddie Cantor, et tout a commencé comme ça. Ce que je veux dire, c'est que Maury est très différent de Paul. » Sa démonstration (si démonstration il y avait) terminée, elle rapporta la photo sur le piano. Je me levai pour me dégourdir les jambes. « Quand j'ai rencontré Maury, reprit Doris, je n'avais cessé de voir Paul que parce qu'il était allé à Cornell. Sinon, je ne sais pas, j'aurais sans doute continué à sortir avec lui. J'étais à l'université de New York et personnellement je ne savais pas que Maury était un ami de Paul. Je suivais le cours de psychologie et voilà que le premier jour arrive ce garçon très séduisant, c'était Maury. Et je savais qu'il avait participé à l'émission de Ted Mack, qu'il était un artiste extraordinaire, et Maury m'a invitée, et puis on est souvent sorti ensemble et on a fini par se marier. Voilà.

— Voilà, dis-je.

— Oui, dit-elle piteusement, et elle haussa les épaules. Ça s'est borné à ça. On s'est rencontré, on s'est plu et voilà. » Elle mit une main sur sa hanche ; elle avait presque l'air en colère contre moi. « Je n'ai jamais couru après Paul. Vous comprenez. Je veux dire que j'ai su très tôt que j'épouserais Maury.

— Vraiment ?

— Vous me rappelez un personnage de *Marjorie Morningstar*, dit-elle. Noel Airman. C'est un intellectuel, vous savez, et un type astucieux. En fait, quand je lisais le livre, je pensais à Paul. Il a dû devenir un peu comme ça. »

Sur ces entrefaites, je l'embrassai. Je fermai les yeux, en

rêvant de la plus simple des vies les plus simples. Pendant une seconde, elle ne parut rien d'autre qu'irritée, comme si à un pique-nique, le temps venait de tourner. Puis elle se mordit la lèvre et la vie devint, même pour Doris, quelque chose de très menaçant. Puis cela passa aussi. Elle se retourna vers moi. Je me réinstallai sur le coussin et pendant les cinq minutes suivantes, nous ne dîmes pas un mot, ni l'un ni l'autre. Elle s'effondra enfin et se mit à se limer les ongles. Maury revint peu après.

« Je l'ai calmée. Je leur ai dit que Paul songeait à avoir un bébé. Même le vieux a repris quelques couleurs. »

Là-dessus, je pris congé.

Tout était éteint à la maison et j'en conclus que tout le monde dormait. Il était minuit passé : j'étais rentré de Brooklyn en passant par Greenwich Village où je m'étais arrêté dans plusieurs bars dont j'étais habitué quand j'étais jeune (plus jeune) et que je venais de Cambridge. Mais les filles étaient les mêmes, les garçons étaient les mêmes et les musiciens de jazz. Je bus assez de bière pour me rendre exactement aussi mal à l'aise que la même quantité me l'avait fait sentir des années auparavant, puis, sifflotant *Linda,* le succès de 1947, j'avais pris le métro de la Huitième Avenue pour rentrer. J'avais passé le plus clair de la journée à chercher une porte qui me ramènerait vers la vie simple ; mais je n'en avais trouvé aucune. Dans le métro, j'imaginais Doris Horvitz au lit, blottie contre Maury ; puis je m'imaginais, m'éloignant toujours davantage de ma jeunesse et embrassant au fur et à mesure toutes les femmes qui avaient jamais hanté la vie de Paul Herz.

Je me calmais aussitôt en entrant dans l'appartement. Bien que les lumières fussent éteintes, tout le monde ne dormait pas. Gruber était dans le living-room et se passait des vues, tandis que dans une pose abandonnée — ou plutôt dans la pose de quelqu'un d'abandonné — Mrs. Silberman était affalée sur un divan. Sa tête pendait à une extrémité et un bras traînait jusqu'au sol, les doigts mous. A l'autre extrémité, ses genoux recroquevillés étaient maintenus en place par deux jambes épuisées. Mon père était roulé en boule sur le canapé, sa forte mâchoire touchant ses genoux. Je m'arrêtai sur le pas de la porte, à l'insu de tous, tandis que le monde défilait devant moi. Je les vis en gondole à Venise, escalader l'Acropole en Grèce ; sur le parvis des cathédrales de Paris, de Chartres et de Milan. Auprès de la Seine, mon père tenait la main d'une femme.

Gruber, ne se sachant pas observé, émettait divers bruits ; certains étaient nécessaires au bon fonctionnement de son organisme, les autres ponctuaient simplement les souvenirs. J'entrai dans la pièce en murmurant bonsoir, mais il aurait fallu un canon pour réveiller les deux dormeurs.

« Assieds-toi. Tu veux voir l'Europe ? Tu veux voir comment vivent les riches ? demanda-t-il. Dix pays en quinze minutes. L'Angleterre, l'Ecosse, la Belgique, la Hollande, la France, Andorre... »

Je me plongeai dans le fauteuil le plus profond que je pus trouver en grognant comme un vieillard.

« Je suis allé en Europe, dis-je.

— Pas en grand style, mon garçon, dit le docteur. Je parie que tu n'as jamais vu la petite république d'Andorre. Regarde, c'est moi mangeant des cannellonis à Sorrente.

— Je crois que je vous ai déjà vu manger des cannellonis à Fiesole.

— J'en ai mangé partout. Sais-tu quels sont les trois plus petits pays d'Europe ?

— Andorre, dis-je, et deux autres.

— Bon, dit-il, un petit malin comme ton père », et il arrêta l'appareil.

La pièce était sombre, éclairée seulement par la lumière qui venait de la rue. Nous étions tous deux dans nos fauteuils, attentifs seulement à nos propres pensées et au profond sommeil des autres.

« Ecoute... » commença le docteur Gruber.

Allons, au moins, je n'aurais pas à aborder le sujet moi-même ; lui aussi savait ce que c'était qu'une erreur quand il en voyait une.

« Oui ? dis-je, l'invitant à ne pas se montrer timide.

— Ecoute, qui est cet E. E. Cunningham ? Qu'est-ce qu'il veut faire ?

— Qui ça ?

— E. E. Cunningham. Il écrit des poèmes. Est-ce qu'il croit qu'il va pouvoir se moquer du public ?

— Je ne crois. Je ne sais pas.

— Qu'est-ce que c'est censé être que tout ça ? Un poème ! »

J'étais disposé à sortir de ma torpeur pour discuter la crise familiale, mais pas pour subir les critiques littéraires de Gruber. Je me souvenais que, quand il avait lu Hemingway dans *Life,* il m'avait dit : « Qu'est-ce que ce type est censé être, un grand écrivain ? » Sans doute maintenant Cunnings avait-il été cité dans *Time* ou, qui sait, dans le journal de l'association dentaire. La culture est partout.

« Docteur Gruber, dis-je, pardonnez-moi de changer de sujet, mais vous ne trouvez pas qu'elle boit beaucoup ?

— Qui donc ?

— Mrs. S.

— Fay ? Elle est marrante, c'est une fille formidable !

— Mais elle boit beaucoup. Mon père est ivre ?

— Il s'est amusé comme un petit fou... C'est un autre

homme. Lui qui était mélancolique. Maintenant, il est en pleine forme.

— Vous croyez qu'il va être heureux, toubib ?

— Qu'est-ce qu'il te prend, mon garçon ? Il est heureux. Regarde-le : il sourit dans son sommeil. On s'est amusé comme des fous. » Il bondit soudain. « Tiens, dit-il, je veux te faire voir des visages heureux. » Il ralluma le projecteur. « La Suisse ! Juste avant notre départ. Patiner en novembre, tu te rends compte ? »

Hélas, nous étions sur un lac entre deux pics neigeux. Le docteur Gruber soutenait Mrs. Silberman sous les bras ; ils riaient tous deux, la tête renversée en arrière. Sur le côté gauche de la photo, on voyait mon père, portant un chapeau tyrolien et son complet gris à rayures. Comme les autres, il était chaussé de patins, mais il ne semblait pas s'intéresser au patinage.

« Regarde ses chevilles ! » dit le docteur Gruber, mais je regardais ces deux yeux qui étaient de la même couleur que les miens. Ils étaient tournés vers les montagnes lointaines, fixés à jamais sur l'impossible.

Le matin, bien sûr, ni Millie, ni moi, ni aucun des amoureux ne dit un mot sur le fait qu'une fois de plus nous étions trois à la table du petit déjeuner.

II

Martha Reganhart fut réveillée par Sarah Vaughan. Elle se tortilla jusqu'au moment où, la tête sous le drap et l'oreiller, elle eût échappé à *Tenderly ;* mais, sur ces entrefaites, Markie s'installa dans le lit auprès d'elle.

« Où est la dinde ?

— Mon chou, il est trop tôt. Retourne dans ton lit...

— Sissy écoute des disques.

— Dis à Sissy d'arrêter son pick-up.

— Je ne sais pas le faire.

— Demande à Cynthia. Markie, mon chéri, maman est fatiguée. Veux-tu lui laisser encore cinq minutes ? Demande à Cynthia de dire à Sissy de baisser le son.

— Quoi ?

— Le son. Dis-lui... » Elle aperçut le linge sale de toute la famille entassé dans un coin de la pièce grise, et elle faillit se laisser aller au désespoir. « Dis-lui d'arrêter le phonographe. » Son œil congestionné se posa sur la pendule électrique. « Il est sept heures, chéri... C'est un jour férié. Dis à Cynthia...

— Cynthia parle au téléphone.

— Au téléphone ?

— Elle a appelé la météo.

— Oh, Seigneur, Mark, dis à ta sœur de raccrocher ! Dis

à Sissy de baisser son pick-up. Oh, mon chéri, ta culotte est mouillée...

— Il va y avoir des nuages toute la journée, dit Mark.

— Markie... »

You took my lips,
You took my love,
Soooooo...

« Sissy ! Baisse ce pick-up !

— Je ne t'entends pas », cria Sissy.

Et c'est ainsi qu'une bonne quarantaine de minutes plus tôt que prévu la journée de Mrs. Reganhart commença.

Sissy était dans sa chambre, vêtue d'une courte chemise de nuit très légère, et occupée à se mettre du vernis sur les ongles de pieds.

« Sissy, où sont les oranges ? Comment voulez-vous que mes enfants prennent leur petit déjeuner sans jus d'orange ?

— Je croyais que c'était mes oranges.

— Comment vos oranges pourraient-elles être sur l'étagère d'en haut, Sissy ? Où avez-vous la tête ?

— Je suis navrée.

— Sissy, j'ai trouvé hier des bananes dans le réfrigérateur. Mes bananes. Dix millions de dollars de publicité vous passent par-dessus la tête. J'en ai assez, vous savez, vraiment.

— Mon Dieu, vous venez de vous lever. Qu'est-ce que vous avez ?

— Je vous en prie, formulons une règle. Pas de Sarah Vaughan avant dix heures. Il y a deux gosses ici, plus moi, n'est-ce pas ? Tâchons de rendre cette maison agréable ou bien... Je ne sais pas. Vous ne pouvez même pas fermer votre porte quand vous prenez un bain ?

— Bonté divine, qu'est-ce qui vous prend ? Pourquoi êtes-vous si bégueule tout d'un coup ? Le petit a quatre ans...

— Voulez-vous me faire plaisir, dit Martha Reganhart, et fermer la porte.

— Je fais de la claustrophobie.

— Vous êtes une exhibitionniste.

— Pour des gosses de quatre ans ?

— Je ne parle pas de Mark. Je parle de Cynthia. C'est une grande fille.

— Et alors, nous sommes du même sexe.

— Je ne crois pas que ce soit bien pour elle de vous voir vous raser les jambes dans la baignoire.

— Vous croyez qu'elle a tendance à être un peu gouine ?

— Je ne vous trouve pas drôle, dit Martha Reganhart.

— Je vous demande pardon, Martha. »

Martha regarda par-delà l'appui de la fenêtre encombré de mégots de cigarettes le ciel de vacances : des nuages toute la journée. Oh, Seigneur. Dans la chambre, le linge de Sissy pendait au dossier de chaise, sur les boutons de porte, au pied du lit ; un soutien-gorge était accroché à un chenet dans la cheminée.

Sissy était assise sur la couverture mexicaine de Martha (celle qu'elle avait mise dans cette pièce pour attirer les locataires éventuels) et se peignait les ongles des pieds. Martha décida de ne pas exprimer la nouvelle vague d'irritation qu'elle éprouvait pour elle. La seule locataire que Martha pourrait supporter, de tout façon, c'était pas de locataire du tout ; et puis les quarante dollars par mois de Sissy aidaient à payer le loyer. Elle sourit donc à Sissy qui, au fond, avait un grand cœur sous ses grands seins un peu pendants et lança un soutien-gorge comme une fronde sur ses cheveux bouclés. Il lui tomba autour des oreilles.

Martha sortit en se demandant non pas comment dépouiller Sissy, mais comment faire revenir la couverture mexicaine dans la chambre des enfants.

Dans la cuisine, elle retira la dinde du réfrigérateur et constata qu'elle venait seulement de commencer à se dégeler ; elle était rentrée si épuisée la veille au soir qu'elle s'était couchée aussitôt, en oubliant de sortir la dinde.

« Pourquoi laisse-t-on ces bêtes devenir si dures ? dit-elle.

— Qui ça ? fit Mark.

— Markie, tu n'as donc rien à faire ? Pourquoi es-tu dans mes jambes ?

— Pourquoi y a-t-il un gros trou comme ça ? interrogea-t-il.

— Ote ton bras, Mark, tu m'entends ?

— Pourquoi la dinde a un gros trou ? »

Elle la porta jusqu'à l'évier et ouvrit l'eau froide. Elle tapota la volaille en se demandant pourquoi novembre ne pouvait pas se passer sans tant d'histoires. Les jours fériés étaient encore pires que les autres. Est-ce qu'on ne pourrait pas tout fêter à Noël : les anniversaires, le 5 juillet et tout ?

« Pourquoi la dinde a ce grand trou ?

— Je ne sais pas.

— C'est pour les organes sexuels, dit Cynthia.

— Bois ton jus de prunes.

— Je n'aime pas le jus de prunes, répondit Cynthia. J'aime les oranges.

— Sissy a bu les oranges ce matin.

— Elles n'étaient pas à elle.

— Si, dit Martha.

— Tu disais le contraire, répliqua Cynthia.

— Je me suis trompée. » Depuis que la réaction normale de sa fille était la méfiance, elle ne voyait aucune raison de l'encourager dans ce sens ; peut-être si personne n'y faisait attention cela lui passerait-il. Martha se dit qu'elle devrait être plus maternelle. « Cynthia, tu vas m'aider à préparer le dîner ? Tu veux m'aider à farcir la dinde ?

— Qu'est-ce qu'on met dedans ? demanda Markie.

— De la farce, dit Cynthia.

— Comment ça ?

— A la place des organes sexuels.

— Cynthia, qu'est-ce que tu racontes ? »

Martha jeta presque instinctivement un coup d'œil vers la porte de Sissy. Derrière cette porte qu'elle avait daigné fermer, Sissy chantait un duo avec Sarah Vaughan tout en s'habillant.

« Là, dit Cynthia en désignant l'ouverture dans la carcasse.

— Mais non, mon chou.

— Mais si, maman.

— C'est là où on a enlevé les entrailles de la dinde.

— Ce sont les organes sexuels », insista Cynthia.

Markie les regarda tour à tour, en jetant de temps en temps un coup d'œil vers le postérieur de la bête et il attendait les événements ; il semblait être du côté de sa mère.

« Les organes sexuels n'y sont plus, reprit Martha. C'est par là qu'on retire les intestins...

— Qui ça ? demanda Markie.

— Mes chéris, c'est très compliqué, très mystérieux et pas très important. C'est une de ces choses qui sont très compliquées un jour et très simples le lendemain. Pourquoi n'attendez-vous pas un peu ?

— Bon, fit Mark, mais Cynthia recommença à se plaindre de son jus de prunes.

— Cynthia, si tu allais m'acheter le journal chez Wilson ?

— Est-ce que je peux m'arrêter sur le terrain de jeux pour voir si Stéphanie est là ?

— La mère de Stéphanie est malade.
— ... organes sexuels, disait Mark.
— Markie, cesse, veux-tu ? Si tu allais faire de l'aquarelle ? Ou bien sors avec Cynthia...
— Je ne veux pas de lui !
— Je m'en fiche ! déclara Mark en quittant la cuisine.
— Ne vous disputez pas, je vous en prie. C'est fête. Cynthia, va m'acheter le *Times*.
— Je peux m'arrêter chez Hildreth ?
— Pour quoi faire ? Pour acheter des bonbons, non.
— Pour parler à Blair.
— Blair n'est pas là.
— Blair est toujours là, dit Cynthia, et Sissy se mit à rire derrière la porte.
— Ça ne te suffit pas, mon chou, de faire un tour ? Tu sais, Cyn, j'adorerais faire un tour. Aller tranquillement chercher le journal, le rapporter à la maison et m'installer pendant six heures à le lire. Tu ne peux pas faire ça ?
— Non !
— Alors, va chercher le journal et tais-toi.
— Seigneur !
— Assez, dit Martha.
— Ça, oui.
— Moi, je travaille aussi comme serveuse... si ça t'intéresse.
— Je ne peux pas tout faire. »
Martha prit dans la poche de son pantalon une pièce de dix cents pour le journal.
« Sais-tu quel jour on est ? demanda-t-elle en refermant les doigts de sa fille autour de la pièce.
— C'est Thanksgiving, fit Cynthia, l'air ennuyé.
— Thanksgiving est une grande fête. Si nous en faisions une belle journée, hein ? Nous allons avoir un invité. Allons, tu ne veux pas savoir qui ?
— Qui ? »

Elle prit soudain un air beaucoup plus excité que ce qu'elle éprouvait.

« Sidney Jaffe ! »

Aussitôt l'enfant, Dieu merci, devint une enfant, une petite fille de sept ans.

« Oh ! C'est formidable ! » fit-elle et elle sortit en trombe pour acheter le journal.

Il y avait un mur de la chambre des enfants — avant l'arrivée de Sissy, Cynthia l'occupait seule — que Martha avait sacrifié et qui était le mur à colorier. Markie le barbouillait de violet avec entrain.

« Markie, qu'est-ce que tu veux faire ?

— Je suis là, dit le petit garçon tout en continuant à promener furieusement ses crayons contre la cloison.

— Qu'est-ce qui ne va pas ?

— Rien, dit-il en levant les yeux.

— Tu es heureux ?

— Heu, heu. »

Elle fit le lit de Cynthia et changea les draps mouillés de Mark. Elle les roula en un tas à l'odeur âcre, se mordit la langue et ne dit rien. Puis, comme si la curiosité seule la poussait, elle demanda :

« Tu as fait de mauvais rêves, mon ami ? »

Il leva de nouveau les yeux.

« Qui ça ? »

Pourquoi disait-il toujours : qui ça ? Tout l'agacement de la matinée — les oranges disparues, la dinde gelée, Sarah Vaughan — se concentra un peu sur le malheureux Mark. Tout : la stupidité de Sissy, l'infatigable opposition de Cynthia, le pipi au lit de Mark et la lassitude qu'elle éprouvait... Elle avait vingt-six ans et elle était épuisée. Et elle prenait du poids. Vingt-six ans et elle était en train de devenir une vraie vache ! La situation s'améliorerait quand même, songea-t-elle vaguement, si elle pouvait seulement décider Sissy à ramasser son linge pour le ranger dans un tiroir. Ou à déménager. Ou à la boucler. Mais la vérité, c'était qu'elle mourait d'envie d'avoir un peu de compagnie. Lorsqu'elle rentrait en se traînant de la *Cabane hawaiienne* à une heure du matin, cela lui faisait plaisir quand même de trouver Sissy dans la cuisine à boire du lait chaud — généralement arrosé du cognac de Martha — et à écouter Gerry Mulligan. Sissy était stupide, cancanière, elle ne prenait même pas la peine de voter, mais c'était mieux de la trouver en rentrant à la maison que de ne rien trouver du tout. Mais pourquoi fallait-il qu'elle fût dingue ? On aurait dit que Martha se liait avec les gens juste au moment où ils traversaient une crise dans leur existence. Sa prochaine locataire, se promit-elle, n'aurait pas moins de quatre-vingts ans : elle préférait la voir mourir dans cette chambre que de la voir s'y épanouir.

Elle posa un baiser sur le cou de son fils qui lui traça une ligne violette en travers du nez.

« Bang ! Bang ! lui cria-t-il dans l'oreille, et elle le laissa à ses dessins.

— Qu'est-ce que vous avez sur le nez ? demanda Sissy. On dirait qu'on vient de vous chier dessus ?

— Vous ne pourriez pas surveiller votre langage chez moi ?

— Qu'est-ce qui vous prend ?

— Je ne veux pas entendre mes enfants parler comme ça. Et je vous prierais de passer un peignoir. Le premier souvenir de mon fils, ça va être votre cul.

— Qui est-ce qui dit des gros mots ?

— Je suis leur mère, figurez-vous. Je les élève. Je vous en prie, Sissy, ne vous promenez pas à moitié nue.

— Oh, il n'y a pas de quoi en faire un tel plat. »

Sissy disparut dans sa chambre et revint, vêtue d'un

peignoir, en faisant tomber les cendres de sa cigarette. Martha se tourna vers le mur au-dessus de l'évier, où le papier commençait à se décoller ; elle donna un petit coup, ce qui eut pour effet d'aggraver les choses. Et dire qu'ils augmentent le loyer, pensa-t-elle. Depuis six mois — depuis qu'ils avaient tous eu la rougeole — la vie avait monté terriblement ; et puis on avait augmenté le loyer, elle avait pris Sissy comme locataire et la situation était redevenue normale. Elle se tourna vers sa locataire et dit :

« Sissy, je voudrais vous poser une question.

— Quoi donc ?

— Cessez de vous épiler et écoutez-moi. »

Sissy abaissa sa glace et ses pinces.

« Bon, ma cocotte, qu'est-ce qu'il y a ?

— Vous fumez de la marijuana ici ? »

La jeune femme croisa les bras sur sa poitrine.

« Jamais.

— Ne vous en avisez pas. Je ne veux pas que Blair revienne jamais coucher ici... et je ne veux pas qu'on fume de la marijuana à trois mètres de la table de cuisine où mes enfants prennent leur petit déjeuner.

— C'était Blair, Martha. Il ne recommencera pas.

— Je pense bien. Pourquoi vous ai-je loué cette chambre, Sissy ? J'oublie toujours.

— J'ai répondu à votre annonce, vous savez. Comme tout le monde. N'en rejetez pas la responsabilité sur moi. »

Martha se retourna vers la dinde ; elle avait craqué une couture à la jambe gauche de son pantalon et lorsqu'elle se pencha sur l'évier, la déchirure ne fit que s'élargir.

« Je vais bientôt être bonne pour m'exhiber dans un cirque, dit-elle. Un mètre soixante-douze, deux cent cinquante kilos.

— Vous mangez trop. Vous pourriez être formidable, mais vous mangez trop.

— Pas du tout, répondit-elle en ébouillantant la dinde gelée. Je deviens une vache, voilà tout. Un cheval.

— Vous savez ce qui ne va pas ?

— Quoi donc ? Quelle nouvelle m'apportez-vous du monde lointain ? Je meurs d'envie ce matin d'avoir une brève analyse de mon caractère.

— Vous avez besoin d'un homme.

— Sissy, ne jouez pas les courriers du cœur.

— Moi, quand j'ai besoin d'un homme, je ne suis pas à prendre avec des pincettes.

— Vos besoins sont plus complexes que les miens. Je suis simplement fatiguée.

— Quand j'étais mariée au vieux Curtis, j'étais à bout de nerfs. On n'avait qu'à me dire « hou » et j'avais déjà un pied par la fenêtre. C'était le type le plus gentil, le plus doux et je n'arrêtais pas de l'engueuler. »

La tragédie de la jeune vie de Sissy, c'était d'avoir été onze mois la femme d'un homme impuissant ; elle l'avait épousé, disait-elle, parce qu'il lui avait paru différent. Et maintenant, dans sa perpétuelle quête de l'exotique, elle avait une histoire avec Blair Stott, un Noir à une névrose et demie de l'héroïne, mais qui se rapprochait à grands pas ; et s'il n'était pas impuissant, c'était un amateur de flagellation ou quelque chose de ce genre.

« Et le bel universitaire ? demanda Sissy. Il ne vous plaît pas ?

— Il est à New York, dit Martha.

— Je croyais qu'il venait dîner.

— Non, c'est Sid.

— Oh, Seigneur. Ce raseur... oh, ça n'est pas un mauvais type. En se donnant un peu de mal, on pourrait en faire quelque chose. Mais il ne s'intéresse qu'au droit.

— Sissy, comment parlez-vous à l'hôpital ? Comment vous adressez-vous aux gens en dehors d'ici ?

— Quoi ?

— Rien.

— Je déteste cet hôpital. Blair dit... » Elle entreprit de répéter textuellement les paroles de Blair : « Je vais me faire désexer aux rayons X.

— Blair est un génie.

— Martha... reprit Sissy en se penchant vers son miroir.

— Oui.

— J'ai failli faire quelque chose d'insensé hier soir. Il ne s'en est pas fallu de beaucoup.

— Que quoi ?

— Que je ne fasse une bêtise. »

Martha se cramponna à l'évier.

— Ici ? interrogea-t-elle. Vous alliez vous conduire comme une prostituée chez moi ? Vous êtes folle ?

— Mais non, mais non... qu'est-ce que vous croyez ?

— Chez Suey, fit Martha avec un certain soulagement.

— Chez Suey, avoua Sissy. C'est quelque chose, non ? Suey était chez le coiffeur et voilà que ce type arrive pour la sauter rapidement. Je lui dis que Suey est sortie, alors il me dit : " Et vous, ma jolie ? " Je lui réponds : " D'accord, venez donc. " Et je lui dis de rappliquer. »

Suey O'Day avait de vagues liens avec le passé de Martha, mais cela ne suffisait pas à expliquer les émotions — honte, peur, sentiment de vulnérabilité — qu'éprouvait Martha pendant que Sissy parlait. Martha et Suey avaient été édutiantes de première année ensemble à l'université. Suey avait filé un beau jour avec un jocker de Washington Park et Martha était partie pour épouser Dick, et ils étaient allés au Mexique, d'où ils étaient revenus avec les gosses, et Suey maintenant avait vingt-quatre ans et elle était rentrée aussi : elle était call-girl. Un brillant avenir, semblait-il, s'offrait à elle ; à une heure du matin, au son de la musique de Gerry Mulligan, Sissy avait annoncé à Martha qu'il y avait un courtier de LaSalle Street que Suey était tentée d'épouser pour son fric et un professeur de maths à l'université qui était fou d'elle et qu'elle avait envie d'épouser par amour. (Le problème était de savoir si Suey devait lui avouer l'Affreuse Vérité, que le courtier connaissait déjà.) Bien sûr, Suey était très loin de Martha, mais pas Sissy ; Sissy habitait chez elle, dormait dans ses draps et c'était le côté un peu fou de Sissy, ses perpétuelles tentations qui éveillaient chez Martha de douloureux souvenirs.

« Qu'est-ce qui s'est passé ? dit Martha.

— Je suis partie. Je suis rentrée. Je me suis couchée. C'est pour ça que j'étais là de si bonne heure : j'étais au lit à neuf heures et demie. »

Martha s'assit à la table de la cuisine et alluma une cigarette.

« Sissy, vous voulez vraiment coucher avec n'importe qui ? Pourquoi ne réfléchissez-vous pas un peu ? Laissez tomber Blair et toute cette bande et faites quelque chose. Voyons, vous pouvez apprécier Gerry Mulligan sans vous tuer pour ça.

— Ecoutez, j'allais simplement essayer une fois pour voir ce que c'était. Je n'allais pas me jeter par la fenêtre.

— Mais, Sissy, vous ne voulez pas devenir call-girl. Vous savez que c'est du dernier bourgeois. Franchement, c'est comme vouloir être hôtesse de l'air ou infirmière.

— Croyez-vous que ça m'amuse d'être assistante radiologue ? Vous trouvez que c'est une noble vocation ? A soixante-cinq dollars par semaine ?

— Ah, ah, je ne savais pas que c'était une affaire d'honneur. La culture vous étouffe ? Il faudrait vous ménager un rendez-vous avec Erich Fromm.

— Ne jouez pas les mères avec moi, Martha. Vous n'avez que deux ans de plus...

— C'est vrai...

— ... Et votre vie n'est pas à proprement parler un modèle d'ordre.

— Si vous ne voulez pas recevoir ma main sur la figure, ma chère, vous feriez mieux de vous taire. » Martha éteignit sa cigarette au moment où le concierge apparaissait sur le perron de derrière ; il lui fit signe, essaya d'apercevoir un coin de l'anatomie de Sissy et vida — très, très lentement — la poubelle. Revenant auprès de l'évier, elle maintint la dinde submergée dans l'eau chaude. Derrière elle, Sissy commençait à s'excuser.

« Martha, je n'ai fait qu'y penser...

— Peu importe ce que vous avez pensé ou ce que vous avez dit ! Peut-être que vous devriez penser à déménager.

— Mais je viens d'arriver.

— Vous aurez moins de mal à faire vos bagages. Vous n'aurez qu'à rouler tous vos soutiens-gorge, à jeter tous ces mégots de cigarettes et lever le camp.

— Vous allez me jeter dehors pour des raisons morales ? Parce que je ne suis pas d'une propreté maladive ?

— Je ne veux pas que mes enfants décrochent le téléphone quand vos clients commenceront à appeler... » Elle était déjà fatiguée rien que d'en parler. Tout la fatiguait... Même de penser à ce qu'elle devrait faire maintenant. Passer une autre annonce, répondre à des coups de téléphone, prendre des rendez-vous, montrer la chambre à des douzaines de jeunes filles et de vieilles dames... La seule pensée qu'après le départ de Sissy elle serait obligée de nettoyer la chambre de fond en comble affaiblissait sa résolution. Et pourquoi n'avait-elle pas loué à une bonne petite étudiante bien sérieuse ? Quelle folie ç'avait été de croire que cette idiote allait être charmante, drôle, qu'elle la ferait rire ! Tout ce qu'elle voulait maintenant, c'était que Sissy regagne sa chambre, ferme la porte et gâche sa vie si cela lui plaisait. Elle ne dit rien, mais il devait y avoir une certaine mollesse dans sa posture qui incita Sissy à se montrer désagréable.

« Martha, ça n'est pas parce que vous avez des problèmes sexuels que vous pouvez traiter de nymphomane quelqu'un qui n'en a pas. Si vos êtes frigide ou Dieu sait quoi, je ne vous dis pas que je refuse d'habiter dans votre maison à cause de ça. Tandis que vous, vous êtes un vrai MacCarthy sur le plan sexuel.

— J'essaie de préparer la dinde traditionnelle de Thanksgiving. Allez donc jouer des disques.

— A vrai dire, je crois que ce qui vous ennuie, c'est que Blair est un Noir.

— Personnellement, vous pouvez coucher avec toute l'armée nigérienne et tous les Marines du Congo belge. Mais fichez-moi la paix. Voulez-vous ? »

Sissy prit son miroir et ses pinces et quitta la pièce. Martha Reganhart était certaine que jamais elle ne s'était laissée à ce point compromettre et marcher dessus ; jamais elle ne s'était montrée aussi molle, aussi dénuée de principes. Ce qui était pire, jamais elle ne s'en était aussi peu souciée. Si elle avait eu l'énergie d'être dégoûtée d'elle-même, ç'aurait été parce qu'elle se fichait de tout. Depuis près de quatre ans, elle avait fait semblant d'être deux parents à la fois. Même la stricte observance des fêtes nationales avait été chez elle une décision consciente et noble, quelque chose qu'à son avis une femme divorcée devait à ses enfants. Il y a trois ans et demi, elle avait pris tout un tas de décisions de ce genre : si Cynthia avait de longues jambes, elle prendrait des leçons de danse ; si elle était douée pour les études, elle irait dans les meilleurs collèges ; Markie allait apprendre à être un supporter aussi fanatique des White Sox que tous les gosses de Chicago qui avaient un vrai père... Et ainsi de suite. Mais aujourd'hui, tout ce qu'elle n'avait pas fait se manifestait bruyamment. Avec cette dinde de granit à rôtir, les airelles à faire bouillir et l'argenterie à frotter, elle avait l'impression d'être au bout de son rouleau. Si on lui avait octroyé une heure de sommeil de plus, elle aurait sans doute pu affronter les quatre années suivantes aussi courageusement que jamais. Mais pour l'instant tout la décourageait, même la couture craquée dans son pantalon, par laquelle tous ceux que cela intéressait pouvaient constater que Martha Reganhart ne portait pas de sous-vêtements.

Mais qu'aurait-elle dû faire ? Le dilemme qu'il lui fallait affronter à sept heures du matin, avant de se brosser les dents ou de boire son café, c'était de savoir si elle serait moins souillon, plus vraie mère américaine, sans culotte sous son pantalon, ou bien une culotte sale — car elle n'en avait plus de propre — elle avait fait son choix dans un état de stupeur et elle en éprouvait maintenant une certaine consternation. Le fait de se sentir peu soignée, lui donnait un sentiment d'indignité, et, penchée sur son évier, elle ferma les yeux pour ne pas voir l'avenir proche ni lointain. Elle se dit que ce pourrait être une consolation d'étrangler la personne qui avait augmenté son loyer. Mais ce n'était pas une personne : c'était une agence. Il n'y avait même pas quelqu'un contre qui elle pût crier quand elle téléphonait pour se plaindre : ce n'était que des employés.

Peu après, sa fille revint en courant, sans se soucier de l'écorchure qu'elle avait au genou droit et d'où du sang coulait sur son mollet.

« Maman ! Une photo de papa !

— Quoi donc ? Cynthia, regarde ton genou...

— Une photo de papa. D'un de ses tableaux !

— Cynthia, qu'est-ce que tu t'es fait au genou ?

— Rien. J'ai glissé. Regarde ! » Cynthia avait le journal ouvert à la page des arts. Elle le brandissait sous le nez de Martha, mais sans le lâcher.

« Calme-toi, dit Martha. Je ne peux rien voir si tu le remues tout le temps. Va te laver le genou. Je t'en prie... Tu veux que ça s'infecte ?

— Le tableau de papa...

— Va te laver le genou ! »

Cynthia jeta le journal par terre et, dépitée, s'éloigna à cloche-pied vers la salle de bains : puisqu'on parlait de son genou, autant en profiter.

« Bon sang ! hurla-t-elle en boitillant. Bonté divine ! »

Une fois Cynthia partie, ce fut plus facile de regarder ; Martha ne voulait pas que l'enfant fût là pour être témoin du choc qu'elle allait peut-être avoir. Elle ramassa le journal par terre et s'assit devant la table de la cuisine. Son cœur retrouva un rythme normal, mais c'était vrai, comme Cynthia l'avait dit, qu'il y avait la photo d'un tableau de son père dans le *Times*. Elle le reconnut aussitôt ; seul le titre avait changé. Ce qui s'appelait jadis *Femme épanouie* s'appelait maintenant *Mexico*. Le salaud. Elle se permit le plaisir de quelques instants de mépris. C'était infantile. Le démarquage de de Staël. De la crotte. Un dérivatif. Mélo. De la littérature. Sans force. Elle se répétait tous les mots qu'elle aurait aimé lui dire, mais l'incantation ne servit qu'à lui ramener à la mémoire tout ce qui avait été : toutes les terribles querelles, tous les petits déjeuners lancés contre le mur de la cuisine, toutes les fois où il était sorti en claquant la porte, toutes les fois où il était revenu, les fois où il l'avait giflée, les fois où il avait pleuré, en disant qu'au fond il était un brave type... Tout cela survivait dans un coin de sa mémoire. Mexico ! Est-ce qu'il n'aurait pas pu appeler ça Yougoslavie ? Coupe de fruits ? N'importe quoi, mais pas Mexico !

Son regard parcourut la colonne : elle était incapable de lire dans l'ordre. L'article avait pour titre : RIEN D'INTÉRESSANT A L'EXPOSITION DE LA DIXIÈME RUE ; UNE EXCEPTION : REGANHART.

... Sauf Richard Reganhart. Installé en Arizona au Mexique, Reganhart, dans ses quatre toiles, révèle un talent...

... Il obtient une rigidité de l'espace, une sorte de sens de l'ordre qui fait penser à une maîtresse de maison maniaque.

... Surtout Mexico. *Les rectangles d'or terne se détachent contre le déchaînement des violets et des noirs, et les rouges qui viennent sans cesse briser la rigueur...*

... Emergera seul de ses sept jeunes peintres.

Merde ! Une maîtresse de maison maniaque ! On lui en foutrait ! Lopaille ! Egoïste ! Destructeur ! Elle le détestait : elle ne lui pardonnerait jamais. Un jour, quand l'envie l'en prendrait, elle l'aurait, ce salaud. Cela faisait plus de trois ans qu'il n'avait pas envoyé un sous pour élever les enfants. Trois très longues années. Elle relut l'article du début jusqu'à la fin. Quand Cynthia sortit de la salle de bains, un pansement couvrant la moitié de la jambe, l'enfant demanda :

« Tu te souviens quand nous étions au Mexique ?

— Oui, dit Martha.

— Est-ce que je peux m'en souvenir ?

— Je crois que tu étais trop petite.

— Mais je crois que je peux, dit Cynthia. Il ne faisait pas très chaud là-bas ?

— Cyn, tu sais qu'il fait chaud là-bas, tu l'as appris à l'école. »

Cynthia tendit la main et Martha lui rendit le journal.

« Tu as vu le nom de papa ? demanda Cynthia.

— Oui. Je ne voulais pas te le prendre, ma chérie. Je voulais simplement que tu ailles te laver le genou...

— J'aime bien ce tableau, pas toi ? demanda Cynthia.

— Il est formidable, dit Martha. Je le trouve très beau.

— Est-ce que je peux le découper et le garder ?

— Bien sûr.

— Je peux l'accrocher ?

— Absolument.

— Oh, chic ! Eh, Markie... Regarde ce que maman m'a donné !

— Oh, Cyn, Cynthia, ne commence pas, veux-tu ? Cynthia... » Mais la petite fille filait déjà vers le living-room ; elle rencontra son frère en chemin.

« Regarde ce que maman m'a donné. Je vais l'accrocher au mur !

— Je le veux ! cria-t-il. Qu'est-ce que c'est ?

— Un tableau de papa. Tiens. N'y touche pas. N'y touche pas.

— Je le veux. Où... Où est le tableau de papa ?

— Ici, crétin. Tu ne vois pas ?

— Cynthia... fit Martha du pas de la porte. Cynthia... » Mais elle ne parvenait pas à trouver quelque chose à ajouter au nom de sa fille. Cynthia, Cynthia, née du péché.

« Qui... ? demandait Markie.

— Là... fit Cynthia. C'est le tableau de papa ! »

Mark ne comprenait pas ; il restait bouche bée. Est-ce qu'il apprendrait jamais à lire ? Elle commençait à se demander s'il n'était pas retardé. Devrait-elle lui faire passer des tests ?

« Et il est à moi. Je vais l'accrocher au-dessus de mon lit ! cria Cynthia.

— Du mien... » hurla Mark, mais sa sœur venait déjà de s'enfuir sur sa jambe nue et bandée — ses deux jambes qui chaque jour devenaient plus fines et plus parfaites — emportant sa proie vers quelque recoin de la maison.

Ç'aurait pu être Noël et Sid aurait pu être saint Nicolas. Il arriva avec des bouteilles de pouilly-fuissé, de Beefeater's, de Noilly Prat et un litre de Courvoisier.

« C'est pour les gosses, dit-il en plaçant une rangée de

cartons de liqueurs au pied de Markie. Et ça, c'est pour vous, ajouta-t-il, en déballant une poupée haute de près d'un mètre et un jeu de basket-ball démontable qu'il déposa dans les bras de Martha.

— Qu'est-ce qui est pour nous ? » demanda Cynthia.

La voix sèche dont Cynthia s'était adressée à lui faillit le décourager tout net, mais, se cramponnant courageusement à ce qu'il avait sans doute prévu depuis une demi-heure, il dit :

« Le whisky.

— Peuh ! s'écria Mark. C'est de la bière.

— Oh, maman, s'écria Cynthia. Maman, on n'a rien... »

A l'instant précis où les bonnes intentions de Sid et son jugement erroné menaçaient de plonger toute l'assistance dans le désespoir, Martha se précipita au milieu de la pièce, rassembla ses enfants entre ses bras chargés de cadeaux et se mit à tourner en rond.

« Grosses bêtes, c'est pour vous. »

En tourbillonnant, ils tombèrent sur le tapis, et les deux enfants se relevèrent, serrant contre leur poitrine les cadeaux auxquels ils avaient droit. Sid était par terre avec eux, serrant le poignet de Martha dans sa main, et tout le rire, tout le brouhaha ne semblaient à Martha qu'une parodie d'une véritable scène familiale. Néanmoins, mue par un ardent désir de faire de l'après-midi quelque chose de réussi, elle embrassa le visage de ses deux enfants et le front de son invité. La jupe de sa robe violette — une extravagance de son premier hiver à Chicago — lui était remontée au-dessus des genoux. Les grands yeux bruns de Sid Jaffe devinrent liquides et brûlants ; il essaya de lui lancer un coup d'œil significatif, mais elle s'empressa de commencer à expliquer à Markie les règles du basket-ball, telles qu'elle les comprenait.

La dernière fois, il y avait eu une scène avec Sid qu'aucun d'eux n'avait pu oublier. Martha s'était levée du divan en tremblant, mais d'un air résolu. « N'insistez pas, voulez-vous ? Qu'est-ce que vous êtes, un collégien ? — Tout le contraire, Martha ! avait-il dit. Je veux coucher avec vous ! — Peu m'importe ce que vous voulez... Arrêtez de me peloter ! » Et il était parti, avec l'impression que c'était lui qui avait le mauvais rôle, situation bien injuste pour un homme de quarante et un ans. Mais Sid ne pouvait jamais se considérer comme étant dans son droit longtemps. S'il était déchaîné au tribunal, à la ville il ne se défendait qu'avec la violence de ses désirs : il semblait si prêt à protéger les autres plutôt que lui-même. Cela avait beau la déconcerter parfois, en fin de compte c'était pour des raisons sexuelles que Martha avait juré qu'elle le laisserait sortir de sa vie, tout comme ç'avait été le cas pour cinq ou six autres hommes avant lui.

C'était presque aussitôt après le départ de Sid, la première fois, qu'elle avait téléphoné à Gabe Wallach pour l'inviter lui — qu'elle connaissait à peine — à se joindre à elle et aux siens pour le dîner de Thanksgiving. Mais ce beau parleur avait prétexté une soirée pour son père à New York. Elle, dont les parents constituaient dans sa vie un chapitre totalement différent, avait accepté son refus de bonne grâce, sinon sans incrédulité. Comme elle soupçonnait Wallach de nourrir à son égard des sentiments de luxure polie, elle s'était sentie presque soulagée ensuite : peut-être n'aurait-elle fait que se lancer de nouveau dans le combat dont elle venait d'essayer de se sortir. Elle savait pourtant que Thanksgiving, seule avec les gosses, serait une journée creuse. Autant passer Thanksgiving en Chine s'il n'y avait pas un homme pour découper la dinde. Aussi quelques jours plus tard, avait-elle téléphoné au bureau de Sid. Il lui avait tout de suite dit qu'il était navré, ce qui l'avait confirmée dans la certitude qu'elle avait de pouvoir émasculer un homme quand elle décidait de s'y mettre. Il lui dit qu'elle lui avait manqué ; qu'il avait pensé à elle ; qu'il avait pensé aux enfants ; que bien sûr il viendrait.

Dans une certaine mesure, il avait manqué à Martha aussi, ou plutôt elle regrettait la chance qu'il lui avait offerte ; elle regrettait presque de ne pas avoir cédé à la passion qu'il manifestait et à l'envie réprimée qu'elle éprouvait. Sid était un homme vigoureux au crâne chauve et au nez cassé, deux traits qui lui donnaient une sorte de beauté d'athlète. Il avait un corps bien musclé encore qu'un peu épais, comme un haltérophile, bien qu'il eût cinq centimètres de plus que Martha. Il insistait un peu trop sur le fait qu'il ne se laissait pas aller, mais ce n'était pas bien méchant et ce n'était guère le genre de chose qui pouvait gâcher le plaisir. Heureusement, car c'était cela (plus un instinct naturel pour partager le plaisir, l'incapacité même de voir un film seul) c'était cela que Sid pouvait en fin de compte lui apporter. Si bien qu'il fût, elle ne l'aimait pas et ne pourrait jamais l'aimer. L'affection qu'il lui inspirait faisait qu'elle le plaignait, et la compassion n'avait jamais éveillé en elle le moindre désir. Très jeune, elle s'était permis le luxe d'avoir beaucoup d'hommes, mais elle n'était jamais tombée au lit par pitié ou par sentimentalité. Malgré tout son bon cœur, ce qui la préoccupait le plus, c'étaient ses propres ennuis.

Sid la regarda une fois de plus au fond des yeux ; elle le regarda à son tour en se disant : pourquoi pas ? Qu'est-ce que j'ai à perdre ? Puis elle le vit s'amollir, elle vit ses yeux lui dire qu'ils n'exigeaient pas plus qu'ils ne méritaient. Ah, il était trop juste, trop bon. On avait presque l'impression qu'il avait autant envie de coucher avec elle que de payer ses notes et que de lui trouver une femme de ménage ; une phrase qu'il lui avait dite un jour l'amenait à penser qu'il en avait déjà parlé à celle qu'il employait.

Mais malgré les sentiments qui l'obsédaient sans relâche cet après-midi-là, les festivités se poursuivirent. Lorsque

Markie eut cassé le panier du jeu de basket-ball et que Cynthia eut renversé le Martini de Sid — en se glissant sur ses genoux pendant qu'il bavardait avec sa mère — ils dînèrent.

Martha Reganhart était sûre que la façon dont un homme découpait une dinde était révélatrice de son caractère. S'il hésitait, s'excusait et finissait par hacher littéralement la volaille, c'était un œdipien, qui supportait mal les responsabilités et qui se considérait comme une sorte d'aristocrate : exemple, Dick Reganhart. S'il faisait tout un numéro, dans un grand bruit de couverts entrechoqués et de couteaux aiguisés, s'il se conformait au rituel en le commentant, c'était un narcissiste ou un alcoolique ou dans certain cas spectaculaire — celui de son père, par exemple — les deux à la fois. Bien sûr, si l'homme faisait simplement ce qu'on lui demandait, s'il se levait, s'acquittait de sa fonction historique puis se rasseyait et mangeait, il devait avoir le sens du devoir, être consciencieux et ennuyeux. C'était son grand-père qui avait dû découper, au cours de maints Thanksgivings mornes dans l'Oregon, après que le père de Martha eut bouclé sa valise, pillé l'armoire à liqueurs et laissé ce billet éloquent et définitif : « Je pars pour la Californie, pour un endroit où on puisse boire tranquillement assis au soleil sans que personne s'inquiète de votre santé. » Il avait légué son bureau et son matériel à son beau-père, et il était parti pour ne jamais revenir.

Le grand-père s'en était bien tiré, et on pouvait en dire autant de Sid Jaffe, qui ôta habilement les pilons pour les déposer sur les assiettes des enfants. Martha essaya d'oublier qu'elle avait l'estomac serré, ce qui, elle le savait, était le signal qu'elle cherchait à se bercer d'illusions. Elle essaya d'oublier qu'elle n'avait pas le goût de sa grand-mère : elle essaya de tout son cœur de regarder Sid Jaffe découper la dinde avec tant de brio et elle s'efforça de fondre d'amour pour lui. Elle s'imagina tout le bien que cela leur ferait si seulement elle pouvait tomber amoureuse de lui. Elle songea aux cinquante-quatre dollars qu'elle devait depuis des mois à Marshall Fields, aux trois cents dollars empruntés à la coopérative ; elle pensa aux trente-six dollars que lui avait arrachés cet escroc de docteur Slimmer. (En ce bas monde elle haïssait Dick Reganhart, son père et le docteur Slimmer, ce dernier parce qu'il ne savait rien et qu'il prenait deux fois plus cher que les autres.) Elle pensa à Sissy et à la chambre en désordre — elle entendait Sissy qui chantait dans la baignoire — et elle comprit que la seule chose raisonnable, c'était de fermer les yeux, de se pencher en avant et de plonger dans un amour facile. Elle essaya à trois reprises, mais à chaque fois elle refit surface.

« Mais qu'est-ce que fait un avocat ? demandait Markie. Je ne veux pas être un avocat.

— Il y a des lois, expliquait Sid ; par exemple il ne faut pas traverser la rue quand le feu est rouge. C'est une loi, non ?

— Bien sûr », dit Cynthia.

Mark acquiesça. Il portait une patate douce à sa bouche, non pas piquée sur sa fourchette, mais en la tenant à pleine main. Martha attendait l'inévitable : le moment où il allait se la fourrer dans l'œil. Mais par chance ou par instinct, il parvint à trouver ses lèvres : seulement il l'avait trop serrée, et juste au moment où il allait la fourrer dans sa bouche, une partie de la chair molle de la patate se mit à lui couler le long des doigts. Passionné et déconcerté par les explications de Sid : « ... et l'avocat est la personne qui explique au juge pourquoi il croit que l'autre personne, celle qui a traversé quand il ne fallait pas », qui pataugeait dans les labyrinthes de la jurisprudence, Markie s'essuya la main sur le devant de sa chemise blanche.

« Mark ! »

Sid s'arrêta net ; Markie leva les yeux.

« Qui ça ?

— Tu n'as pas de serviette ? » demanda Martha.

Il montra qu'il en avait une.

« Markie, dit Sid, quand tu veux t'essuyer les mains, utilise ta serviette.

— Ça n'est pas la peine. Je crois qu'il est à moitié esquimau, dit Martha. Quand il sera grand, il va s'en aller vers le nord, se trouver une charmante Esquimaude et tous les deux passeront le restant de leur vie assis à se demander : Qui ça, et à décortiquer de la graisse avec leurs mains. Markie, mon amour, fais attention quand tu manges, tu entends ? »

Ces derniers mots prononcés, elle s'aperçut qu'elle avait vexé son invité. Il jouait les éducateurs — c'était sa façon d'être paternel — et elle avait détourné l'élève de la leçon qu'il voulait donner pour le ramener à son assiette et à sa serviette. Elle essaya d'ajouter une plaisanterie, mais cela tomba à plat et elle se sentit soudain incapable de supporter plus longtemps les bonnes intentions de Sid Jaffe. Pourquoi se sentait-il obligé de se donner tant de mal avec ses enfants ? Elle était agacée qu'il parût aussi désireux de voir Cynthia et Mark qu'elle-même.

Sissy fit son entrée dans un peignoir transparent.

« Excusez-moi, dit-elle, en laissant des traces d'eau sur le plancher. Qu'est-ce que vous dites, maître ? Comment ça va ? »

Sid, qui ne comprenait pas la présence de Sissy dans la maison, marmonna une phrase de bienvenue. Martha ne lui avait pas dit qu'on avait augmenté le loyer de crainte qu'il proposât de porter l'affaire devant la commission de contrôle des loyers. Elle se sentait battue d'avance devant les organismes administratifs, qui lui semblaient obéir à des principes déments qui leur étaient propres ; d'ailleurs, elle devait déjà trop à Sid, en dehors des questions d'argent. Elle avait vraiment envie de se libérer de cet avocat et de ces manœuvres légales qui, avait-elle cru jadis, pourraient lui rapporter un plus juste traitement en ce bas monde. Mais aujourd'hui c'était fini.

« Les pieds de Sissy sont mouillés, fit observer Cynthia. Elle fait des saletés.

— Ça n'est que de la rosée, mon chou, dit Martha. » Après le départ de Sissy, elle précisa : « Elle est en partie jeune femme et en partie strip-teaseuse. »

Mais Sid s'essuya la bouche en disant :

« Mon petit, il y a des fois où je ne vous comprends pas. »

Cynthia se pencha pour souffler à l'oreille de Mark :

« Il l'a encore appelée mon petit.

— Qui ça ? »

Comme Martha devait être au travail à cinq heures, ils s'étaient mis à table de bonne heure, il n'était pas tout à fait trois heures, mais avec le repas fini et la vaisselle rangée, sinon lavée, Martha avait l'impression que c'était l'heure du crépuscule. En Oregon, à cette heure-là — ou plus tard, au moment où le soleil se couchait vraiment — ils revenaient de leur promenade dans les bois. Elle avait des cailloux dans ses chaussures de girl-scout, et la poussière des feuilles rouges s'entassait autour de ses chevilles, mais elle ne la découvrirait que plus tard lorsqu'elle enlèverait ses chaussettes pour dormir. Son grand-père sifflotait, sa grand-mère s'éclaircissait la gorge, et son père pinçait le derrière de sa mère en trébuchant sur chaque pierre du chemin.

Mark faisait la sieste, Sissy était sortie discrètement en ballerines et en collants noirs, et de la cour on entendait la voix de Cynthia qui sautait à la corde avec Barbara, la fille du concierge.

Sid l'embrassa. Suivant la vieille plaisanterie, elle se renversa en arrière en essayant au moins d'en profiter. Il avait des mains réconfortantes : elle sentit un agréable frémissement dans ses seins qui se répandit en elle ; prenant de l'ampleur et de la force, jusqu'à finir par produire une sorte de gémissement dans la partie inférieure de son torse. Puis elle se leva.

« Non, dit-elle.

— Martha, dit calmement Sid, ça devient ridicule. Je suis un adulte, vous aussi...

— C'est la situation qui est ridicule et qui continuera à l'être, Sidney. »

Sid nageait une heure par jour au Chicago Athletic Club ; il avait servi comme officier dans les Marines dans deux guerres ; à quarante et un ans, il avait le même tour de taille qu'à vingt et un, et il lui demanda avec une certaine nervosité si tout simplement il ne lui inspirait pas une répulsion physique.

« Absolument pas, dit-elle, touchée mais nullement émue. Ce divan a vu passer beaucoup de monde, Sid. J'ai vécu ici quatre ans et beaucoup d'hommes sont passés par ici, vous savez, en rentrant de leur travail. Je crois qu'il y a un arrêt d'autobus devant la maison, je ne sais pas. Bref, si je laissai tout le monde me peloter, quel genre de mère serais-je ?

— Je vous serais obligé, Martha, si pendant une minute vous pouviez être sérieuse. »

Lui était très sérieux, et elle se sentit stupide et écervelée. Elle était là, en face d'un homme qui bandait (avec tout ce que cela impliquait de sérieux) et ne lui répondait pas directement. Voilà qu'elle recommençait ! Elle avait beau se dire sévèrement : Sois sérieuse... Mais si elle devait être sérieuse à propos du vieux Sidney, elle savait — autant regarder les choses en face — qu'elle l'épouserait. Une fois qu'ils se seraient déshabillés tous les deux et qu'elle aurait compris que, outre le fait d'être un père pour ses enfants, il pourrait lui donner autant de plaisir en chambre qu'avaient les autres femmes qu'elle connaissait, dès l'instant qu'elle l'aurait laissé prouver cela, est-ce qu'elle ne serait pas fichue ? Elle se retrouverait une fois de plus mariée pour de mauvaises raisons... Non, il n'y avait qu'un sac où mettre ses billes, un panier où mettre ses œufs, et c'était l'amour. Personne ne l'épouserait plus par nécessité ; personne ne l'épouserait pour ses seins, pour ses ennuis ni pour ses gosses. Cette fois-ci, ce serait pour l'amour.

Sid vint la rejoindre alors qu'elle promenait une main sur sa petite mais éclectique collection de livres de poche.

« Je ne voulais pas dire ça, Martha », fit-il, sur quoi elle pensa : Quoi ? De quoi s'excuse-t-il maintenant ! « Je comprends, dit-il. Vous êtes dans une situation inconfortable. Je n'essaie pas de vous rendre les choses plus difficiles. Je tiens tellement à vous, Martha. Vous avez du cran, vous avez été remarquable, vraiment, dans une situation très délicate. Je me rends compte à quel point cela a été compliqué pour vous. Mais ce n'est pas la peine de continuer comme ça quand il y a une solution tellement simple.

— Laquelle ?

— M'épouser », dit-il en lui prenant la main comme il convenait.

Depuis son retour à Chicago, Martha avait reçu deux autres demandes en mariage. L'une d'Andy Ratten, un musicien de Rush Street très admiré par les étudiants et leurs flirts, qui jouait les Paul Hindemith avec les uns et Dizzy Gillespie avec les autres ; quand Martha l'avait éconduit, il lui avait envoyé par la poste un trente-trois tours de Sammy Kaye. « Vous l'aurez voulu, mon chou », avait-il seulement écrit sur la carte. La seconde demande en mariage était venue de Billy Parrino, qui était alors le mari de sa meilleure amie. Sur le terrain de jeu, tandis que Billy surveillait ses trois gosses — sa femme était à la maison à faire une dépression nerveuse — et que Martha surveillait les deux siens, il s'était déclaré : « Martha, partons tous les deux. — Je crois que vous avez une femme qui s'appelle Beverley. — Elle est tellement détraquée qu'elle me rend fou. — Oh, je ne demanderais pas mieux, Billy, mais les enfants... — Nous les emmènerons ; nous les emmènerons tous et nous irons quelque part, à Paris. — Tout ça me paraît trop merveilleux... Vous, moi, cinq gosses, Paris. — Oh ! gémit Billy, quelle existence » et il rentra chez lui.

Aussi une proposition sincère et raisonnable émanant d'un homme aussi posé que Sid Jaffe représentait-elle une réussite non négligeable. Sid gagnait quinze mille dollars par an ; c'était un homme soigné et Dieu sait que c'était un homme de cœur. Trois semaines plus tôt, ils étaient assis devant le récepteur de télévision de Martha et, lorsque la pauvre Adlaï Stevenson avait admis sa défaite en phrases mesurées très XVIIIe siècle, des larmes avaient roulé des yeux de Sid. Sid Jaffe était partisan de toutes les bonnes causes : c'était un homme convenable, juste et bon (elle en ferait toujours à sa tête ; c'était inouï, elle serait mariée à un homme avec qui elle en ferait toujours à sa tête) et il était gentil avec les enfants, même s'il était un peu lourd. Et encore tout cela tenait-il surtout à son empressement à bien faire et cela aurait disparu lors de leur premier anniversaire de mariage — qu'ils fêteraient sans doute en allant passer dix jours aux Bahamas...

Il lui fallut vraiment chercher le commutateur à tourner, quelque chose pour dériver le courant qui s'amassait pour l'entraîner vers une réponse affirmative.

« Vous savez, mes enfants sont de petits protestants. Markie a été circoncis pour des raisons purement hygiéniques, je ne veux pas que vous vous fassiez des idées là-dessus. Il n'apprend pas vite, Sid, et ça lui prendra peut-être quinze ans pour comprendre ce qu'est un Juif. Cynthia peut devenir antisémite : elle arrive à la maison tous les jours avec quelque chose de nouveau. Ma grand-mère, vous savez, est un des piliers de la D.A.R... »

En même temps qu'elle invoquait tous ces faibles arguments, elle se rappelait le jugement de sa grand-mère sur les hommes de Sion : « Ce sont de vilains petits bonshommes aux poings crispés, Martha Lee, mais ils sont bien pour leurs femmes et leurs enfants. »

« Martha, vous n'avez pas besoin de me donner une réponse dans la minute qui vient. »

Sid était vraiment très gentil.

« Laissez-moi y réfléchir, Sid... D'accord ? »

Mais il avait proposé qu'elle prenne son temps, sans s'attendre probablement à ce qu'elle le fît ; il dut se détourner pour ne pas montrer qu'il était accablé. Martha eut soudain la vision de Sid demandant les filles en mariage depuis le collège.

Là-dessus, il se mit à la serrer contre lui. Elle portait une de ces tenues extravagantes, son corsage de soie blanc au décolleté en V, et Sid avait enfoui sa tête dans le V. Le contact de sa bouche la fit frissonner et, si Markie n'avait pas dormi dans la pièce voisine, si Cynthia n'avait pas cessé de chanter en sautant à la corde, si le téléphone ne s'était pas tout d'un coup mis à sonner, Martha Reganhart aurait peut-être eu un avenir tout différent.

« Martha, nous pouvons avoir le plus merveilleux... » Sa bouche descendait, descendait, et elle ferma les yeux. « Merveilleux, merveilleux...

— ... Le téléphone.

— Qu'il sonne. »

Mais la sonnerie s'était arrêtée.

« Maman ! C'est papa !

— Quoi ! » Elle se précipitait dans la cuisine... Elle fuyait en fait. « Qu'est-ce que c'est, Cynthia ? Quoi ?

— C'est papa qui appelle de New York ! On demande Mrs. Reganhart ! C'est toi, maman ! »

Elle prit le combiné des mains de Cynthia en se demandant — entre autres — depuis combien de temps sa fille était dans la cuisine. Elle ne pouvait donc même pas se faire peloter tranquillement ? Et maintenant ça... Dick Reganhart ! qui appelait d'où !

« Allô ?... J'écoute. Ici Martha Reganhart.

— Ce n'est pas papa, dit la voix à l'autre bout du fil.

— Oh, ça alors, dit-elle en s'effondrant sur une chaise.

— Vous voulez que je raccroche ?

— Sûrement pas... Ma fille est ivre de jus de pommes. Comment allez-vous ?

— Bien.

— Où êtes-vous ?

— Sur les terres de mon père, répondit Gabe Wallach. A New York.

— Oh, excusez-la. Elle est tout excitée quand elle ne va pas à l'école. Je crois que c'est à mon invité qu'elle réagit. » Elle baissa la voix, car elle voyait justement l'invité qui marchait de long en large dans le living-room. Est-ce qu'il essayait d'entendre ce qu'elle disait, ou bien marchait-il pour se calmer ? Que tout cela était peu naturel !

« Qui est là ? demanda Gabe Wallach.

— Un vieil ami, dit Martha. Il excite les enfants.

— Et vous ? »

Il en demandait des choses ! Elle aurait été agacée si elle n'avait pas eu l'impression d'une main qui se tendait pour la tirer du feu.

« Non, non. Non... C'est vrai. Ecoutez, j'ai l'air tragique. Comment se passe Thanksgiving ? Comment est la soirée chez votre père ? C'est vraiment votre père et vraiment une soirée, ou bien c'est une mignonne qui est blottie à côté de vous en tenue légère ?

— Je profite de son absence pour vous appeler.

— C'est très gentil de votre part. Bon Thanksgiving.

— J'en passe un bien mauvais.

— Maman ! fit Cynthia. Je veux lui parler... Je veux...

— Une minute, vous permettez », dit Martha dans l'appareil. Puis plaçant sa main devant le micro : « Cynthia, ça n'est pas papa !

— Mais si !

— Mais non ! Je te dis la vérité, Cynthia. Va parler à Sid, il est tout seul. Cynthia ! » La fillette menaçait de lui lancer une sucette. « Cynthia ! » En larmes, la petite fille se dirigea vers la chambre où Markie faisait la sieste.

« Me revoilà, dit Martha.

— Bon », dit Wallach.

Bon, pourquoi ? Quel genre de faiblesse allait-elle commettre maintenant ? Elle ne pouvait tout de même pas repousser un homme qui avait été si bon avec elle durant toutes ces années pénibles pour un autre avec lequel elle avait vaguement dîné deux semaines plus tôt ? Quel droit avait-elle de se servir de ce coup de téléphone de pur hasard contre Sid... Quel droit en fait avait-elle de se servir de Sid ? Elle comprit aussitôt à entendre la voix à l'autre bout du fil qu'elle venait de vexer un autre gentleman.

« Je voulais simplement vous souhaiter un joyeux Thanksgiving.

— Merci... » Puis elle se rendit compte qu'il allait raccrocher. « Vais-je m'obstiner et vous inviter de nouveau ? Accepterez-vous de manger des restes quand vous reviendrez ?

— Je serai de retour lundi.

— Alors, dit Martha Reganhart, venez dîner.

— Merci, avec plaisir... Qui est Sid ?

— C'est un homme qui vient de me demander de l'épouser.

— Ah, bon.

— Vous viendrez lundi soir.

— Je pense que oui, répondit-il, si vous êtes encore célibataire.

— Je le serai encore, dit-elle.

— Ça vous ennuie ? demanda Wallach.

— Sur le plan particulier, non. Sur le plan général, je ne sais pas. C'est une communication interurbaine.

— De toute façon, l'inter devrait être interdit, dit-il. Vous attendiez un coup de fil de votre mari ?

— Mon ex-mari... De qui je n'attends absolument rien. » On entendit un cri venant de la chambre de Markie. « Oh, mon Dieu, mon fils vient de frapper ma fille avec une chaise ou Dieu sait quoi. Faites mes amitiés à la fille en sous-vêtements.

— Faites les miennes à Sidney. »

Lorsqu'il dit cela, elle comprit tout ce que leur conversation avait d'étrange ; pour un peu elle lui en aurait voulu.

« Nous ne pouvons tout de même pas être jaloux, dit-elle, alors ne jouons pas à ce jeu-là. Vous ne trouvez pas ?

— Je suis un peu bizarre aujourd'hui, Martha. Je me demande, dit-il d'une voix très esseulée, si nous arriverons jamais à être sur le même plan. »

Là-dessus, l'envie la prit vraiment de se mettre sur le même plan que lui : elle voulut être sérieuse, normale ; elle avait envie d'être douce et féminine ; elle avait envie d'une liaison qui ne fût pas plaisanterie, mais intensité ; et comme son interlocuteur était presque un étranger, elle en vint à penser qu'il pourrait tenir ce rôle. Elle avait envie de changement.

« Venez lundi, Gabe. Je serai célibataire. On ne devrait pas interdire les communications interurbaines, dit-elle en tenant l'appareil de très près. J'ai l'impression que vous m'avez sauvé la vie.

— Vous savez, dit-il à l'autre bout du fil, je suis bien chez mon père et bien à une soirée. Et j'ai hâte de vous revoir.

— Sid, expliqua-t-elle, c'est Sid Jaffe ; c'était mon avocat. Il m'a fait divorcer à moitié prix, et je lui dois beaucoup, Gabe, et les enfants sont fous de lui, aussi fous qu'ils peuvent l'être de quelqu'un en tout cas. Mais il faut que je m'arrête de parler ; je vais vous ruiner. Pardonnez-moi, je vous en prie. » Et elle raccrocha.

Tout en passant sa tenue de serveuse, elle entendit des bruits de voix et de rire venant de la cuisine. Le vacarme dans la chambre de Markie n'avait été qu'une fausse alerte et l'enfant s'était rendormi ; les deux qui s'amusaient si bien, c'était sa fille et son avocat. Lorsqu'elle apparut dans sa tenue bleue empesée de serveuse — ses formes à la Renoir serrées comme dans les angles d'un cercueil — elle vit que Sid avait retroussé ses manches et lavé la vaisselle. Et Cynthia — toujours prête à se plaindre, à mendier, à réclamer des faveurs, à mentir — Cynthia essuyait et arborait sur son visage le plus doux des sourires.

Martha s'appuya contre la porte de sa chambre et laissa couler ses larmes.

« Mon père a peint un tableau de moi qui était dans le journal, disait Cynthia.

— Vraiment ? demanda Sid.

— On habitait au Mexique et il l'a fait là-bas. Il fait très chaud là-bas, même en hiver.

— Est-ce que je peux voir le tableau ? Est-ce qu'il t'a faite aussi jolie que tu es ? Est-ce qu'il a rendu ces beaux yeux bleus ?

— Oh, dit Cynthia, ça n'est pas exactement moi. En fait, c'est nous tous au Mexique.

— Tu veux dire : Martha aussi ?

— Tous. Nous tous.

— J'aimerais bien le voir, dit Sid.

— Ah oui ?

— Sûrement, pourquoi pas ?

— Attendez ! » dit-elle en lâchant son torchon et en disparaissant dans la chambre voisine de celle de sa mère. « Salut, maman ! » dit-elle en passant dans sa chambre. Aussitôt, on entendit des hurlements.

« Bon sang, Markie, s'écria Cynthia, qu'est-ce qui te prend ? Tu es dingue ?

— Quoi ? Qui ça ? Maman !

— Markie ! » hurla Cynthia. Elle revint dans le couloir et se mit à taper des pieds. « Ce sale gosse, dit-elle à sa mère, dormait avec mon tableau. Il a froissé mon tableau !

— Ce n'est pas seulement ton tableau, ma chérie, commença Martha.

— S'il veut un journal, cria Cynthia, qu'il en achète un ! »

Là-dessus, le couple sans enfant qui habitait au-dessus d'eux se mit à taper au plafond.

« Oh... cria Martha en se prenant les cheveux. Ils nous emmerdent ! C'est fête ! »

Elle hurlait en direction de Sid, comme si elle voulait l'effrayer ; il pâlit et se replongea dans la vaisselle. Pensant qu'elle se calmait et qu'elle calmait les enfants, il termina l'argenterie — puis, sous son nez, il prit dans un placard le flacon de détergent. Oh, ça, c'était trop. Quel droit avait-il de lui forcer la main comme ça ? Quel droit avait-il d'être si parfait ? Elle aurait vendu son âme au diable s'il avait pu la rendre amoureuse de l'homme qui, debout en tablier dans sa cuisine, secouait la poudre à récurer au-dessus de la vaisselle grasse.

On peut difficilement parler à la légère de la magie de Thanksgiving ; cela fait naître des rêves, cela met de l'ordre dans les émotions, et surtout, cela profite de façon éhontée de nos souvenirs. Bien que Martha Reganhart n'éprouvât pas une vénération particulière pour les fêtes, elle n'arrivait cependant pas à s'habituer à devoir gagner sa vie le jour de Thanksgiving en servant. Elle pouvait travailler sans trop de mal le dimanche, le jour de la fête du travail, le Memorial Day et même les jours de la naissance du Christ, de la Crucifixion et de l'Ascension ; mais qu'elle dût passer huit heures l'avant-dernier jeudi de novembre à prendre des commandes de crevettes frites était la preuve que sa vie n'avait pas pris la tournure qu'elle espérait. Elle essaya de faire attention à la direction qu'ils avaient prise. Au lieu de se rendre directement à la *Cabane hawaiienne,* elle proposa de s'arrêter d'abord sur le terrain de jeu pour laisser les enfants courir un peu.

Mark et Cynthia — c'était là un des mystères qui maintenait la cohésion du monde de leur mère — marchaient à quelques mètres devant, en se tenant par la main. Mark avait un pantalon long et son manteau bleu, et Cynthia sa veste rouge avec le capuchon ; au-dessus d'eux, un pâle soleil brillait derrière les nuages. Cynthia aidait Mark à traverser la rue et veillait à ce qu'il ne lançât pas sa casquette dans les branches des arbres nus. Depuis vingt minutes, elle était une petite fille modèle ; en sortant de l'immeuble, elle avait pris son frère à part et sans rien dire avait reboutonné sa braguette.

« Ça lui prend de temps en temps, expliqua Martha. Je crois qu'elle va s'envoler de temps en temps pour rejoindre les anges. C'est peut-être l'air frais qui lui fait ça.

— Elle sera une fille formidable, dit Sid. Elle a des yeux d'un bleu, et elle les roule...

— C'est une enfant charmante, dit Martha. Elle est seulement un peu nerveuse.

— Elle sera très bien. Ce sont des enfants pleins de vie et tout à fait charmants, lui dit Sid. Cessez de vous inquiéter. »

C'étaient de bonnes paroles sur lesquelles elle ne demandait qu'à s'appuyer. Sid lui-même représentait un appui : massif dans son manteau raglan, l'air plein d'entrain sous son chapeau de tweed avec la plume verte. Il donnait tellement l'impression qu'on pouvait compter sur lui, qu'on pouvait l'embrasser, seulement elle devait décider, pendant qu'ils marchaient, si justement elle allait l'épouser ou non ; elle avait cru avoir déjà pris sa décision, mais elle constatait — à sa surprise — que non.

« On dirait, dit Sid, que Dick fait une carrière. » On aurait dit aussi qu'il détournait la conversation, bien que ce ne fût pas le cas.

« Oui, n'est-ce pas ? » Elle lui prit le bras pour traverser la rue. Sa mémoire la ramenait jusqu'en Oregon. « C'est une heure bien agréable, dit-elle.

— Que croyez-vous qu'il va faire ? Il va se mettre à vous envoyer de l'argent ?

— Je ne pense pas qu'il ait pu gagner beaucoup avec quatre ou cinq tableaux, dit-elle, en aspirant une grande goulée d'air automnal.

— Je ne pense pas que cela nous regarde. Combien a-t-il d'arriéré ? »

Elle haussa les épaules.

« Martha, je vous ai simplement demandé de tenir des comptes...

— Il va probablement retourner en Arizona. Il est sans doute aussi fauché que jamais.

— Alors peut-être devrait-il rester à New York et chercher du travail. »

Tout ce qu'elle voulait maintenant, c'était monter une maison qui lui rappelât celle de sa famille dans l'Oregon ; elle n'avait pas envie de diluer davantage l'agrément de la journée en parlant de son ancien mari. En 1953, quand il avait disparu dans les canyons du Sud-Ouest, elle avait renoncé à le poursuivre pour lui faire payer la pension alimentaire. Ce n'était pas seulement parce qu'elle n'arrivait pas à le trouver qu'elle avait décidé de ne pas le poursuivre. La fuite de Dick lui avait révélé ce qu'elle avait toujours voulu savoir : le fait de payer toutes les notes lui avait permis de ne plus se condamner elle-même. Elle n'était pas mauvaise, garce, immorale, égoïste, stupide et malhonnête : tous les mots qu'il lui avait lancés lorsqu'elle avait fini par quitter le Mexique avec les enfants ; ce ne pouvait pas être elle qui avait trahi leurs enfants — pas dès l'instant qu'elle était aussi harassée et malheureuse que ça.

« Il a du travail, dit Martha. Il est peintre.

— Je veux dire un vrai travail, qui lui permette de tenir ses engagements. »

Elle ne savait de la peinture que ce que Dick lui avait enseigné ; mais elle n'aimait pas voir le philistin émerger chez Sid.

— C'est sans importance, dit-elle. Je vous en prie.

— Eh bien, je vais vous dire une chose : j'ai trouvé ce tableau épouvantable. Je peux vous le dire.

— En noir et blanc, c'est difficile à dire.

— Ah oui ? Vous l'avez aimé ? Voudriez-vous me dire ce que c'était censé représenter ?

— ... Cynthia vous l'a dit : c'est nous tous au Mexique, je crois. Vous savez, c'est un genre de peinture que vous ne devez pas aimer. Il faut en voir beaucoup », et la voix qu'elle entendait n'était pas la sienne, mais celle de son ex-professeur, « avant de commencer à comprendre.

— Qu'est-ce que je suis censé comprendre ? Voilà ce que j'aimerais qu'on me dise.

— Oh, Sid, est-ce que vous me demandez de défendre toute cette bande de fumistes ? Il n'a pas d'argent... Qu'est-ce que je dois faire, le saigner ? C'est un malheureux névrosé dont nous devrions tous avoir pitié, seulement c'est un salaud. Sid, il ne pourrait pas trouver un travail régulier. S'il était ouvrier d'usine, ou pompiste, eh bien, il ne pourrait pas, tout simplement. Il est peintre... C'est vraiment ce qu'il est pour Dieu sait quelle raison. Alors, je vous en prie, n'en parlons plus.

— Pourquoi êtes-vous si entêtée, Martha ?

— Je ne suis pas entêtée. Je n'ai pas besoin de lui. Ce sont mes enfants », ajouta-t-elle sèchement.

Mais Sid poursuivait, sans se rendre compte le moins du monde que sa colère s'adressait à lui.

« Il a du succès, non ? Il a de toute évidence gagné un peu d'argent, n'est-ce pas ? Alors c'est le moment d'entamer une correspondance. Franchement, mon petit, c'est le moment de le traîner devant un tribunal...

— Pourquoi ne pas attendre ? Pourquoi ne pas attendre de voir ce qu'il fait ? » Et quand elle lui pressa la main, cela soulignait encore davantage le fait qu'une fois de plus elle venait de piétiner ses bonnes intentions. « Sid, je suis sensible à tout ce que vous avez fait...

— Vraiment ? » fit-il.

Ils n'échangèrent plus un mot jusqu'à leur arrivée au terrain de jeu où Stephanie Parrino et ses deux petits frères jouaient à la bascule pendant que leur grand-mère, Mrs. Baker, les surveillait.

« Mon père m'a envoyé une photo, dit Cynthia à la grand-mère de Stephanie », puis elle se dirigea avec Mark vers les balançoires.

La grand-mère de Stephanie avait jadis été la belle-mère de Billy Parrino, l'homme qui, sur ce même terrain de jeu, avait demandé à Martha de s'enfuir à Paris avec lui et cinq enfants. Billy avait fini par divorcer d'avec Bev, et celle-ci avait essayé de se noyer dans sa salle de bains. Elle était maintenant au neuvième étage de l'hôpital Billings où on lui faisait des électrochocs, bien que toute conversation sur son état pût laisser entendre qu'elle avait simplement un mauvais rhume.

« Comment va-t-elle ? demanda Martha.

— Oh, ce n'est pas encore parfait, bien sûr, mais elle se remet, dit Mrs. Baker.

— Tant mieux.

— Elle réagit magnifiquement », dit Mrs. Baker, et tous regardèrent les enfants qui s'élevaient sur leur balançoire dans le ciel gris, un ciel qui mourait d'envie de les plonger directement de novembre en janvier. Sur le mur de l'immeuble, juste derrière eux, un étudiant avait griffonné :

John Keats
1/2 amours
Mort facile

Les mots étaient enfermés dans un cœur. Cela ne lui parut pas spirituel du tout, comme cela aurait pu un jour un peu ensoleillé. Keats avait été mis en terre à vingt-six ans. En pensant à la mort de Keats, elle songea à la sienne : cela faisait trois ans qu'elle comptait économiser suffisamment pour prendre une assurance sur la vie de dix mille dollars... Elle plongea soudain dans de mornes pensées. Vingt-six ans.

Mrs. Baker, cependant, disait que chaque jour une autre mère charitable invitait les enfants de Bev à déjeuner. Une amie de Mrs. Baker avait envoyé une corbeille de fruits de Floride à l'hôpital, et bien que Bev ne fût pas tout à fait en état de peler des fruits, sa mère avait rapporté les oranges à la maison et les avait marquées au vernis à ongle avant de les mettre au réfrigérateur pour que Bev pût les trouver en sortant. Demain, annonça Mrs. Baker, elle emmenait toute la jeune troupe voir une matinée enfantine.

Martha chercha la main de Sid. Elle était assise pétrifiée, en se demandant si Bev Parrino serait beaucoup plus mal lotie si un docteur de Billings lui expédiait un jour un peu trop de courant et l'arrachait à cette vie impossible. Puis Markie se mit à crier qu'il n'avait fait que pousser.

Sa montre indiquait qui lui restait encore vingt-cinq minutes de vacances ; elle essaya de réfléchir à ce qu'ils pourraient faire jusqu'à cinq heures. Les enfants avaient déjà pris leur air bougon de l'après-midi, et Sid, elle le savait, attendait toujours qu'elle répondît à sa demande. Patient, toujours prêt, fidèle, attendant. Dix minutes seulement s'étaient écoulées depuis qu'il avait lancé sa réplique la plus mordante de la journée. Vraiment ? Est-ce que vous êtes sensible à ce que je fais, Martha... Vous rendez-vous compte de ce que je peux faire pour vous... ? Et elle avait cherché sa main, et il était là pour la lui donner, même s'il ne comprenait pas sur le moment la panique dans laquelle elle s'était trouvée plongée.

« Je ne me suis pas balancé ! Je pousse toujours ! criait Mark. Je veux quelque chose !

— Tu te balanceras la prochaine fois, Markie...

— Je veux un coca-cola ! Je veux aller chez Hildreth ! Je veux... »

Pour des raisons personnelles, Martha ne voulait pas aller chez Hildreth ; mais elle ne pouvait pas non plus retourner sur le terrain de jeu pour affronter le sourire inhumain de Mrs. Baker et parler encore de l'état de Beverly Parrino. Elle resta donc plantée au milieu de la 57e Rue, tandis que Markie hurlait et que Cynthia faisait chorus, et elle serait bien restée là les vingt-cinq minutes qu'elle avait encore si Sid ne l'avait pas prise par la main pour les entraîner tous les trois chez Hildreth boire un coca. Heureusement, l'établissement était vide ; tous les étudiants étaient allés passer les fêtes chez eux, et les habitués — les vagabonds, les hors-castes, tous les gens sans but dont elle avait fini par faire la connaissance depuis quelques années, et qui n'auraient eu qu'à porter la dernière touche déprimante à son après-midi — tous ces gens ou bien dormaient, ou bien se cachaient, ou bien, à leur façon plus ou moins discutable, célébraient quelque part Thanksgiving.

Ils s'assirent tous les quatre dans une des niches le long de la vitre, Martha et Sid prirent du café, et les enfants des cocas, s'étouffant et rotant bruyamment. Derrière le comptoir, la jeune Noire qui servait à manger se préparait un copieux sandwich à la dinde ; un poste de radio émettait une musique de danse rêveuse et dehors, un calme plaisant, gris et dominical planait sur la rue. Tout s'alliait pour ramener Martha vers le passé : la musique, le café, l'odeur de matière plastique de la niche elle-même et, bien sûr, la rue. A part Pacific Avenue à Salem où elle était née et où elle avait grandi, la 57ᵉ Rue de Chicago était l'artère même de sa vie. La regarder, balayée par le vent et déserte, touchée par les premières lueurs du crépuscule, c'était voir le décor d'une pièce familière sans voir les acteurs ni entendre les répliques. Mais dans le théâtre obscur de la mémoire, on pouvait aisément évoquer toutes les vieilles scènes, tous les anciens héros et héroïnes. Elle se souvenait de cette longue rue bordée de magasins, d'arbres, bordée par l'université, et où il y avait tant de Martha. Martha Lee Kraft s'achetant des classiques chez Woodworth. Martha Kraft prenant le métro vers le Loop. Martha Kraft se disant : Pourquoi est-ce que je ne peux rien faire ? et prenant son premier amant. Et Martha Kraft brandissant un panonceau : *Votez pour Henry Wallace*. Il oscillait au-dessus de sa tête tandis qu'elle marchait et, auprès d'elle, portant lui aussi une pancarte... Qui était-ce donc ? Qui était ce charmant garçon qui avait la conscience sociale et pratiquement pas de hanches ? Comment s'appelait-il, lui dans la chambre de débarras de qui elle avait apporté sa guitare, ses sandales grecques, ses jupes larges et ses cheveux extravagants et dépeignés ? Et il y avait Martha qui se faisait faire la cour et qui se faisait conquérir, chez Hildreth. Richard M. Reganhart, de Cleveland, aux yeux bleus, aux cheveux bruns, l'air farouche, peintre, ex-G.I. : il n'eut même pas besoin de la cajoler... Et il y eut un matin où Martha était assise dans une niche en face de lui, où ils mangeaient tous les deux un sommaire petit déjeuner d'amoureux : jus d'orange, café et beignets à la confiture, un matin où, au bout de l'utérus de Martha, Cynthia Reganhart avait la taille d'une tête d'épingle, où Cynthia (actuellement en train de sucer le fond de son verre à travers une paille) n'était pratiquement rien du tout.

Mais elle n'était pas rien du tout et, cinq mois durant, ce fut à peine si Martha vit la 57e Rue ; elle se contentait d'y marcher en aveugle ; et puis ce fut le Mexique ensoleillé et Dick Reganhart qui arrachait sa chemise, ses œufs ou plat qu'il venait de lancer contre le mur de stuc blanc glissant vers le sol.

« Ce n'est pas moi qui t'ai épousée, sale garce... C'est toi qui m'as épousé...

— Je croyais que tu m'aimais...

— Tu croyais ! Tu avais le feu au derrière, ma jolie, tu en avais envie et tu as eu ce que tu voulais ! Et tu m'as obligé à t'épouser, ne l'oublie pas ! Quatre ans dans l'armée ! Quatre ans... Et maintenant ça ! Je suis en prison ! Je ne peux pas peindre ! J'en ai des cauchemars !

— Alors pourquoi ne peux-tu pas simplement m'aimer...

— Tu es une garce futée, Martha Lee. Tu ne m'aimes pas... Tu le sais bien ! Oh, un jour, je te trouverai à Notre-Dame de la Guadalupe en train d'implorer l'aide de Jésus : pourquoi as-tu un pareil salaud comme mari, pourquoi es-tu affligée d'un tel pécheur ! Eh bien, tu diras à Notre Sainte-Mère que le seul péché, c'est la foutue prison du mariage ! Pourquoi ne m'écoutes-tu pas ! Laisse cet œuf tranquille ! Bon Dieu !

— Misérable lâche ! Ne me donne pas de conseil ! Tous les gens dans le monde s'aiment ! Toutes les petites secrétaires aiment leur patron ! Les types venaient s'affaler sur notre perron à me faire des déclarations, et toi, salaud... Qu'est-ce que tu as ?

— Rétablissons les choses, ange de l'Amérique... Tu t'es servie de ma queue ! Voilà le pourquoi et le comment !...

— Tais-toi ! Nous avons un enfant, salaud !

— Je te l'ai dit, non ? Je t'ai dit de te faire avorter...

— Je voudrais te couper la langue, sale hypocrite ! Je te gâcherai la vie comme tu as gâché...

— Tu m'as mis le grappin dessus, Martha... Voilà ce qui est arrivé... »

Le train roulait vers le nord, mettant presque deux jours entiers à traverser le Texas, cinq repas impossibles dans l'Etat du Texas et d'innombrables voyages jusqu'aux toilettes ; le petit Mark pleurait et la petite Cynthia regardait d'un œil morne le paysage de broussaille, et puis ce fut Oklahoma City, puis Saint Louis, puis Peoria et nous voilà revenus à Chicago, sur la 57e Rue, et Hildreth, peut-être dans cette même niche. Dick Reganhart est destiné à faire fortune en peignant des rectangles, car c'est un enfant de notre époque, mais pour Martha Reganhart, la vie est un cercle. Et si elle s'achève là où elle commence, où est-ce ? Qu'est-ce qui va se passer ? Où allait-elle ? Ce n'était pas ce qu'elle s'était imaginé lorsqu'elle tripotait ses petits seins tout neufs en regardant le plafond par les nuits d'hiver éventées et pluvieuses à Salem, dans l'Oregon.

« Blair ! cria Cynthia. Salut !

— Bébé ! Mon trésor ! Cynthiapia ! »

Cynthia éclata d'un rire qui n'était pas tout à fait spontané, et Mark, victime toujours prête, se plia en deux de ravissement et se cogna la tête contre la table. Blair s'approcha de leur niche et tira Markie de son siège.

« Dis donc, papa, dit-il en lançant Markie en l'air, tu vas te déshydrater les canaux lacrymaux où s'élaborent les larmes. Est-ce la réaction réactionnaire consécutive à des excitants, ou bien est-ce que tu te paies notre tête ? »

Markie réprima aussitôt ses larmes et contempla le mystérieux continent de la peau de Blair ; l'homme était brun, massif et sous-alimenté, avec des lèvres et un nez de Blanc ; des lunettes noires et une sorte de folie latente qui laissait Martha la bouche sèche. Cynthia se leva pour se précipiter vers le nouveau venu, et son coca-cola tangua sur la table ; sa mère, qui avait des années de pratique derrière elle, le rattrapa juste au moment où il allait se renverser sur les genoux de Sid. Elle le regarda et le surprit à essayer de placer un sourire au milieu de tout ce déploiement de joie. Mais elle l'entendit pousser un grognement quand Blair s'installa sur la banquette en face d'eux tenant un enfant dans chacun de ses bras.

« Où est votre amie ? demanda Martha sur le ton de la conversation.

— Elle achète de la mayonnaise. »

Plusieurs secondes se passèrent sans qu'aucun des deux hommes reconnût publiquement la présence de l'autre ; puis Blair regarda par-dessus ses lunettes.

« Comment vont les affaires criminelles, votre Honneur ? Qu'est-ce qui se passe dans la pègre ?

— Comment allez-vous ? demanda Sid.

— Oh, moi, je suis toujours dans le droit chemin.

— C'est bien.

— Vous savez, toujours en vedette. »

Cette remarque amusa beaucoup Mark ; Cynthia se blottit dans les bras de Blair, Sid se redressa dans son fauteuil. Il valait incontestablement cent fois Blair Stott, et pourtant Martha découvrit qu'elle ne pouvait pas supporter de le voir si digne et si protecteur ; cela lui semblait terriblement limiter sa vie.

Agacée par Sid, elle lança à l'adresse de Blair :

« Et comment va le mouvement beatnik en Amérique du Nord ? Quoi de neuf ? »

Les enfants la regardaient avec de grands yeux.

« Ma foi, Mrs. Reganhart », dit Blair, dont le père travaillait aux Ponts et Chaussées en Pennsylvanie et dont la mère était un membre important du N.A.A.C.P. et qui avait deux masques : maigre de l'Alabama et maigre de la haute bourgeoisie, « ma foi, pour vous dire la vérité, nous prenons tous un repos bien mérité, car nous avons dépensé une somme prodigieuse, fantastique d'énergie et d'effort, comme vous avez pu le lire dans divers organes, en plaçant à la Maison-Blanche le Beatnik Suprême, le grand potentat et parangon de toutes les qualités, le bon général D.D.E. Ça a été une rude bataille et une aventure risquée, et on s'y est donné corps et âmes. On essaie en ce moment de mettre un Beatnik comme secrétaire d'Etat et, bien sûr, au Trésor. On tient surtout à voir le nom d'un de nos gars sur les billets. Vous savez : ce billet est monnaie légale, signée Baudelaire. Bien sûr, dans nos moments de besoins spirituels — que nous avons régulièrement deux fois par semaine, vous le savez — nous tournons aussi nos tendres et prodigieux efforts vers l'Eglise catholique et romaine et nous prions, genoux en terre, en criant et en gémissant que c'est de nos rangs que sortira le prochain pontife. Vous n'avez pas été sans remarquer, mon ange, que jusqu'alors il y a eu une incontestable disette de pape Beatnik : il faut remonter très loin pour s'en trouver un. Depuis Pierre, des clous. Le pape qu'on a maintenant, le maigre à lunettes, à mon avis, c'est un pape qui n'est pas affranchi, bien que nos informateurs au Vatican nous disent que ce gars était très à la coule quand il était cardinal. Ce que nous cherchons avec ferveur, sans parler de piété et d'amour, c'est quelqu'un qu'on puisse appeler « papa » et respecter en même temps. »

Martha l'écoutait, craignant de voir ses enfants mouiller leur linge car tous deux riaient à en perdre haleine.

« Markie, reprit-il, tu es d'accord avec moi ? Tu es là tout silencieux, mon vieux, tu ne t'intéresses donc pas à la vie politique ni au corps céleste, ou bien est-ce que tu es soûl de coca-colorama ?

— Coca-citron ! » s'exclama Mark, tandis que Sissy faisait son entrée, agitant son robuste derrière dans son pantalon noir collant, et ouvrant son pot de mayonnaise. Elle s'assit dans la niche et offrit son pot à la ronde ; puis elle se mit à plonger dedans, tandis que Mark suivait d'un œil admiratif chaque voyage que la cuiller faisait du pot de mayonnaise jusqu'à sa bouche. Pour Martha, l'intérêt qu'il manifestait ouvrait tout un monde d'inquiétudes. Sid la regarda en disant d'un ton suppliant :

« Il se fait tard.

— Il est cinq heures moins cinq, s'entendit-elle répondre.

— Blair ! Blair ! » criait Cynthia.

Oh, toi qui aimerais tant avoir un père, modère ta voix ! Mais Martha ne dit rien. Qu'ils profitent de chaque minute de ce Thanksgiving.

« Blair ! raconte-nous une histoire de l'armée !

— Une histoire ! renchérit Mark.

— Eh bien, commença Blair, et les enfants firent silence. J'avais jusque-là, plus haut, deux plats de casseroles et de marmites sales et pleines de graisse et de restes. Tu te représentes, Markie ?

— Je me représente.

— Bon. J'étais donc dans la crotte jusque-là. Vous comprenez, c'était mon devoir non seulement envers mon pays natal, mais envers la morale et la puissance que je suis et que j'étais, de débarrasser toute cette vaisselle de tout cet amas de saloperies qui souillait leur splendeur. Je me mets donc gaiement à l'ouvrage quand je sens, venant d'une autre partie du bâtiment, une sorte d'explosion et je me dis... je me dis : Soldat Lacrotte, là où il y a une explosion, il y a fumée. Peut-être, me dis-je, que ce réfectoire est menacé par la calamité du feu. Alors ! Je m'alarme quand je m'aperçois que dans mon secteur s'approche une tournée d'inspection en gants blancs. Bonté divine, me dis-je dans mon style habituel, c'est un colonel, un véritable bastion de la démocratie, et il se dirige vers moi, cherchant des traces de saleté, donc de négligence, etc. Il est suivi, pour ainsi dire sur ses talons, par deux capitaines, un commandant et deux sous-officiers, tous patriotes et bien informés. Je me mets donc au garde-à-vous, je prends une attitude extrêmement attentive, tout en continuant à préparer ma lessive bien chaude — et pendant tout ce temps, ce parfum caractéristique d'une explosion envahit mon système olfactif et me donne à penser que nous sommes tous dans une situation bien périlleuse. Cette idée s'épanouit dans ma tête comme un champignon et je finis par dire : " Que mon colonel pardonne mon humble derrière... "

— Blair ! dit Sissy.

— " Pardonne mon humble carcasse, mon colonel, ma basse condition, mon bavotis "... Tu as l'air étonné, Cynthia, mon ange... Tu n'as jamais entendu ça ?

— Si. Oh, si.

— Bref, pardon et tout le tremblement, mon colonel, mon statut de facto et tout le tremblement, mais je sens... Mais voilà qu'on me coupe le sifflet et que tous ces bastions de la démocratie me gueulent en chœur dessus. C'est ce qu'on appelle *a cappella.* " Bouclez-la, soldat. Ne dites rien tant qu'on ne vous a pas adressé la parole, cacheté et jeté dans la boîte à lettres là-bas. " Moi, je me fie à leur sagesse, alors je la ferme et je me replie sur moi-même et j'ai drôlement raison. Et eux me jettent un coup d'œil hautain et s'en vont vers les toilettes, avec un air à vous geler sur place. Je reste là — attention, Markie, on est presque à la fin — et c'est moi tout seul qui ai connu la glorieuse expérience, la joie délirante et délectifiante, l'instant suprême et délicieux de voir ce bâtiment, tout ce bois gouvernemental, tous ces clous et ces planches gouvernementaux, tous ces plats, ces casseroles et ces marmites, toute la baraque, mes enfants, brûler de fond en comble. Le Seigneur soit loué, je m'échappai sans dommage, et je restai là dans l'allée à regarder le réfectoire s'effondrer en gémissant et disparaître en fumée. Il a brûlé jusqu'au sol, mes enfants, amen.

— Quoi donc ? demanda Cynthia.

— Qui ?

— Le bâtiment. Vous n'écoutez pas quand je parle ? »

Ç'avait été une journée longue et fatigante, et la rebuffade amena Cynthia au bord des larmes, et Mark pas loin non plus.

« C'est une plaisanterie, mes chéris ! s'écria Martha. C'est une histoire drôle ! » Et la petite fille et son frère, soulagés, se laissèrent emporter par le rire.

Il fallut un effort de volonté à Martha pour s'en aller de chez Hildreth. Elle s'amusait ; elle aimait bien Blair Stott ; par extension, elle aimait même bien Sissy. Elle se rappelait maintenant combien elle lui avait plu lorsqu'elle était venue voir la chambre : insouciante et bêbête et, malgré toute son expérience, innocente. Blair et Sissy lui semblaient très heureux. Sur le seuil, Martha se retourna vers eux et leur fit un petit geste d'adieu. Sissy lança un baiser et Blair lui cria « Au revoir, ma blonde ».

Dehors, Sid était déjà sur le trottoir et s'apprêtait à faire traverser les enfants. Il lui avait répété et répété qu'elle allait être en retard jusqu'au moment où il avait cessé de chuchoter ses avertissements pour se lever et partir le premier. Elle l'observait maintenant qui regardait des deux côtés de la rue. Elle allait le suivre, mais elle en fut incapable. Tout d'abord, c'était seulement parce qu'elle avait envie de retourner chez Hildreth pour prendre une dernière tasse de café. Mais c'était plus que cela ; elle voulait qu'il emmène les enfants, non pas de leur côté de la rue, mais aussi loin qu'il voudrait. Elle aurait voulu qu'ils continuassent à marcher tous les trois, jusqu'à sortir de sa vie. Elle aurait voulu être aussi insouciante qu'une jeune étudiante. Elle aurait voulu qu'un flirt vînt la chercher dans la voiture de son père. Ce qu'elle voulait, c'était toutes ces années passées. Elle n'avait jamais connu le simple plaisir de pouvoir se considérer comme une jeune femme d'une vingtaine d'années. Un jour elle avait eu dix-neuf ans ; demain elle en aurait trente. Elle souhaita un instant que le temps s'arrête. Je voudrais me mettre du vernis sur mes ongles de pieds, me préoccuper de ma coiffure. Je voudrais...

Elle se retourna pour regarder chez Hildreth et vit Sissy qui mangeait sa mayonnaise. Il lui sembla soudain qu'on avait retiré de sous elle sa vieille 57e Rue : elle flottait dans le vide. Toute sa vie lui semblait un néant, un gâchis.

A la porte de la *Cabane hawaiienne,* Sid s'arrêta, en tenant la main de Markie. Cynthia lui demandait :

« Vous étiez dans l'armée ?

— Dans les Marines, lui dit-il.

— Vous avez fait la guerre ?

— J'en ai fait deux. » Et il regarda Martha de son air le plus ouvertement suppliant de la journée : deux guerres. Toutes ces années. Je n'ai pas de femme, pas d'enfant. Ne me repoussez pas.

« Racontez-nous une histoire, dit Markie.

— Mes enfants, dit Martha, il faut que Sid rentre chez lui. Il a du travail à faire.

— J'ai le temps. » Elle ne l'agaçait plus. Il parlait doucement, plantant son décor. C'était là, c'était maintenant qu'elle devait dire oui, l'embrasser, tomber dans ses bras. Il attendait dans son grand manteau raglan, il attendait, solide, convenable. « Je vais rester avec eux, dit-il.

— Ils peuvent rester seuls. Ça n'a vraiment pas d'importance.

— Ça ne me gêne pas, dit-il.

— Dès l'instant que je suis rentrée, vers une heure, Cynthia aime bien rester toute seule. » Elle toucha la joue de son aînée. « N'est-ce pas, mon trésor ? C'est le meilleur baby-sitter de Chicago. Et la mère de Barbie vient jeter un coup d'œil à peu près toutes les heures.

— Je sais appeler la police, dit Cynthia, les pompiers, l'ambulance, le docteur Slimmer, je sais le numéro de maman, de tante Bev, je peux demander la météo, l'horloge parlante... »

Martha se pencha pour souhaiter bonne nuit aux enfants ; il était cinq heures quatre.

« Tu es une très brave fille, dit-elle à Cynthia. Mais, mon chéri, n'appelle plus la météo, veux-tu ? C'est ruineux. Si tu veux savoir le temps qu'il fait, regarde simplement par la fenêtre. Bonsoir, Markie. Tu es content, mon chou ?

— Heu heu, dit-il en bâillant.

— Bonsoir, Sid. Merci de ce joyeux Thanksgiving.

— Martha, si vous voulez que je reste avec eux...

— Vous avez du travail à faire.

— Je peux le faire chez vous, mon petit. »

Cynthia regarda Markie. Mon petit. Martha posa sa joue contre celle de Sid et, une seconde, la garda là.

— Martha... » commença-t-il.

Mais elle choisit de ne pas le comprendre ; non, non, ils pouvaient rester seuls, c'était bien pour eux, cela formait le caractère ; cela détruisait les peurs stupides. « Mais, Cynthia, n'oublie pas, tu n'ouvres pas la porte à n'importe qui. » Puis, n'éprouvant aucune envie d'en dire plus, elle les laissa tous les trois — c'était le crépuscule — et entra dans la *Cabane hawaiienne* pour servir à un tas d'inconnus leur dîner de Thanksgiving.

III

Je pense que j'ai certains avantages sur mes collègues (et sur quatre-vingt-dix-neuf pour cent de la population du globe) en ce que je n'ai pas besoin de ma situation. Je suis seul au monde, je me suffis à moi-même — sur le plan économique — tandis que, avec les chèques qu'on leur glisse deux fois par mois dans leur boîte de courrier, ils doivent acheter des provisions pour leur femme, pour leurs enfants, et dans certains cas, nourrir aussi leur psychanalyste. Ce qui est pire, ils ont des aspirations, ils s'imaginent propriétaires et professeurs, et tout cela s'allie pour les rendre nerveux à d'autres égards. J'enseigne sans être pressé par des besoins spirituels ni financiers. Peut-être pourrais-je poser ma part de satisfaction dans un autre métier, mais pour l'instant je préfère ne pas essayer. Je n'ai jamais eu la passion d'acheter ni de vendre, et je ne possède ni le génie démoniaque, ni l'estomac nécessaire pour persuader les masses. Il y a des occupations en dehors de l'université qui m'ont intéressé, mais, pour être franc, ce sont des tâches qui permettent de faire de l'art en dilettante ; chaque fois que j'y pense, je songe à toutes ces filles que je connaissais à Cambridge, qui, après avoir reçu leur diplôme de Radcliffe, se précipitaient à New York pour être lectrices dans de grandes maisons d'éditions, scriptgirls d'Elia Kazan, ou secrétaires à vingt dollars par semaine dans de petits magazines perpétuellement sur le point de s'effondrer et perpétuellement renaissants. Peut-être l'autre sexe peut-il se permettre de telles chutes dans le fétichisme, mais nous sommes bien obligés, nous autres, de tenir notre rôle d'hommes dans le monde aussitôt que nous le pouvons.

Pour ma part, j'enseignais donc avec toute la diligence dont j'étais capable, m'efforçant chaque jour d'être un vrai Socrate et d'être sérieux ; je corrigeais toutes ces compositions hebdomadaires avec la colère du dieu de l'Ancien Testament et la miséricorde de celui du Nouveau ; j'émergeais las mais sans me plaindre d'interminables et vaines réunions ; et tous les six mois environ, je me plongeais dans mes travaux poussiéreux et j'en retirais une autre pépite de James à exhiber pour mes patrons et leurs systèmes dans quelque publication érudite. Mais je savais en fin de compte que ce n'était pas auprès de mes étudiants, de mes collègues ou dans les publications, mais dans ma vie privée, dans ma vie secrète que je trouverais la part de joie — ou de malheur — qui devait être la mienne.

J'arrivai à Chicago si tard le dimanche soir, je me sentais si brisé et si abruti, que ce ne fut qu'en m'éveillant le lendemain que je me rendis compte que le taxi que j'avais pris depuis l'aéroport m'avait conduit d'une glissade jusqu'à mon appartement à travers une tempête de neige. Mes membres et mon esprit étaient fatigués tout à la fois par mon voyage et par mon séjour, et ce recoin perdu où la flamme de ma conscience brûlait encore était encombré de souvenirs du week-end : de mon père, de sa fiancée, des Horvitz, des vieux Herz, de Martha Reganhart et de moi-même, de tout ce que j'avais et de ce que je n'avais pas fait.

Quand je serai sur le point de mourir, le dernier son qu'on entendra sera celui de la conscience faisant claquer son fouet. Je ne prétends pas être meilleur ou pire que les autres ; simplement je suis comme ça.

A sept heures et demie le lendemain matin, le réveil lança son unique note cuivrée. Derrière ma fenêtre givrée, c'était le rêve d'hiver d'un lithographe ; un décembre comme il y en a dans la Hollande des livres d'enfants. La neige recouvrait le sol, et le soleil la neige. Avec un bonheur si intense que je ne voyais aucune raison de le mettre en doute, je me levai. Le simple fait de vivre, le pur délice de respirer, m'avait jadis convaincu que l'homme, comme le chien, est surtout lui-même quand il agite sa queue. Cette vérité maintenant s'affirmait de nouveau, et ce fut avec un sincère plaisir que je me rasai, que je choisis mes vêtements et préparai mon petit déjeuner. Dix centimètres de neige et la vie était devenue ce qu'elle avait été jadis, ce qu'elle devrait à jamais être.

J'allai à pied jusqu'à l'université par ce temps crissant et sur cette neige vierge et j'arrivai à Cobb Hall en me sentant aussi vertueux, aussi américain, doué d'une vie intérieure aussi riche qu'un jeune Abe Lincoln. Les oreilles picotantes, je fis deux cours consécutifs avec une telle passion et un tel entrain qu'une de mes étudiantes — une fille aux airs de chatte qui ne lisait jamais les cours mais qui avait un vif désir de plaire — me poursuivit dans le couloir avec ses lèvres boudeuses et ne les desserra que devant la porte de mon bureau.

« Mr. Wallach, je crois que j'ai vécu l'heure la plus importante de ma vie. Cela m'a ouvert tout un monde. »

Nous ne nous touchâmes pas, mais j'entrai dans mon bureau persuadé du contraire. Mon entrain demeurait égal. Je décidai qu'avant de corriger mes copies j'allais appeler Martha Reganhart pour m'assurer que je dînais bien chez elle. Par erreur, je composai le numéro des Herz. Paul me répondit ; après un moment de morne silence, je raccrochai.

Morale : ne pas se laisser duper par le temps. Sous un ravissant extérieur, la vie continue.

Plus tard, parce qu'il était quatre heures et que c'était lundi, il y eut l'habituelle réunion de service ; la vie est ainsi ordonnée dans une académie. J'arrivai de bonne heure, pris une place près de la fenêtre et m'installai confortablement autour de la table ronde. J'avais avec moi les exemplaires ronéotypés de quatre dissertations d'étudiants qu'on nous avait remises le lundi précédent ; elles devaient être notées et examinées avant la réunion d'aujourd'hui. Un examen trimestriel approchait et si l'on nous faisait coter ces dissertations, c'était pour s'assurer que nous étions tous d'accord sur la façon de noter. Nous vivions perpétuellement au bord d'un abîme : l'un de nous risquait de donner un A à une dissertation à laquelle un autre d'entre nous avait donné un B. Et, marmonnaient nos collègues les plus papelards, c'était l'étudiant qui payait les pots cassés. Mais en réalité, c'était nous, ces séances de notation n'étant rien d'autre que la dernière vengeance de l'étudiant contre son professeur. Si le phénomène auquel nous consacrions tous cet après-midi-là devait jamais être porté à la scène, je suggérai qu'on place un chœur d'étudiants de première année derrière un rideau de gaze, pour qu'ils fussent visibles du public mais pas de ceux qui jouent le rôle des professeurs ; pendant toute la durée de la réunion, le chœur doit chanter en mesure *ah ah ah*.

Mes collègues arrivaient, seuls ou par deux. Le premier — toujours le premier, avec un bloc tout neuf de papier jaune rayé et une série de crayons posés comme des cartouches autour de sa table — Sam McDougall, un homme dont le dévouement aux principes de la grammaire pouvait véritablement vous emplir de consternation. Sam avait écrit un long ouvrage sur l'histoire de la ponctuation et, bien qu'à le voir on eût pu le prendre pour l'autorité en matière de point, il était en fait une sommité en ce qui concernait le point-virgule et le tiret. Un an auparavant, il avait découvert deux erreurs de virgules dans un de mes articles publiés dans *American Studies,* et il avait depuis lors choisi de s'asseoir auprès de moi aux réunions de service pour m'éclairer.

Après Sam arrivèrent nos jeunes personnes : Peggy Moberly, l'amie de tous, au visage ovale et sans beauté, une fille qui, dans certaines régions, serait sans doute considérée comme la plus jolie de la ville ; et Charleen Carlisle, dont — un an et demi plus tôt — j'étais tombé amoureux cinq minutes. Elle était grande, elle avait l'œil violet, elle était assez imposante, et le jour où le doyen nous avait présentés, j'avais cru que son prénom était Carlisle. Troublé par sa beauté complaisante, je m'étais mis à rêver sur son prénom. Mais je découvris qu'elle s'appelait Charleen et qu'elle était fiancée à un interne de Billings avec qui elle jouait aux boules deux fois par semaine.

Puis arriva Frank Tozier, dont j'ignore jusqu'à ce jour vers quel sexe ses goûts le portaient, et Walker Friedland, notre pin-up boy, qui sautait sur les bureaux dans la classe chaque fois qu'il faisait un cours sur *Moby Dick.* Walker nous avait tous obligés à être honnêtes en épousant une étudiante aux jambes spectaculaires. Nous étions tous à rôder, en attendant de la voir grossir prématurément, mais un an était passé et elle était maintenant une étudiante de seconde année, se propulsant toujours sur ses jambes magnifiques, et Walker devait se balancer dans sa classe après les ampoules : il avait décroché le cocotier. C'était un type amusant et plein d'entrain, qu'on disait être le professeur le plus populaire — encore que, selon la rumeur publique, je fusse un peu en concurrence avec lui, puisqu'on m'avait invité l'année précédente à venir déjeuner une fois par semaine dans le réfectoire d'un des bâtiments des filles : « Mr. Wallach, croyez-vous vraiment que Thomas Wolfe soigne trop son style ? » « Mr. Wallach vous ne croyez pas que Frannie est enceinte ? » « Mr. Wallach, quelqu'un a dit que vous aviez dit en classe... » « Pourriez-vous faire une petite conférence aux filles, Mr. Wallach ? »

Il y avait deux autres célibataires engagés dans cette sinistre compétition : Larry Morgan, un jeune type plein d'allant, qui portait un béret et une canne, et notre fou, Bill Lake. Bill était en rapport avec l'université de Chicago depuis bien avant sa puberté ; on disait qu'un jour on l'avait vu glisser un mot pour Enrico Fermi : et tout était parti de là. A vrai dire, Bill avait participé à des émissions de jeux télévisés ; je me souviens que quand j'étais enfant, c'était toujours lui qui convertissait cent soixante-quatre dollars, trente-deux cents, en francs, en marks, en lires et en tout ce qu'on voulait. Aujourd'hui, enveloppé dans son écharpe de laine rouge, il traversait en trombe les couloirs, semant les compositions après lui, se dirigeant vers l'enfer enfumé et désordonné qu'était son bureau, où il se complaisait à réduire aux larmes les étudiantes à cause de leur style sans vie. Puis arriva la copine de Bill, Mona Meyerling, une gouine, je le crains, mais tout à fait charmante, encore qu'un peu trop prête, me semblait-il, à pousser les voitures des autres avec sa Morris Minor. Elle avait été officier dans les W.A.C. et en portait encore les chaussures. Dans une certaine mesure, elle me semblait toujours le membre le plus solide de notre corps enseignant, ce qui révèle certains secrets quant à ma propre sexualité ou quant à son absence.

Trottant sur les talons de Mona arriva Cyril Houghton, qui m'avait confié un jour qu'il avait inventé la plupart des notes en bas de pages de son diplôme, qui était néanmoins censé être, à l'entendre, ce qu'on avait écrit de plus poussé sur le poète Barnaby Googe. Puis vint notre Nouveau Critique, Victor Honingfeld, toujours prêt à partir pour Breadloaf ou l'école des lettres d'Indiana, brandissant toujours des lettres de refus d'éditeurs signées de la propre main de John Crowe Ransom. Et notre vieux Critique — notre critique fatigué — la victime (volontaire, je le crois) de deux épouses opiniâtres et de la politique du collège, le doux Ben Harnap. Arriva ensuite Swanson, un garçon blond au visage large du Minnesota, qui avait épousé une femme blonde et au visage large également originaire du Minnesota. Elle avait été engagée en même temps que moi et, de toute évidence, on avait voulu compenser l'un par l'autre. Avant sa retraite, Edna Auerbach m'avait qualifié de « play-boy en toge de professeur » et peut-être cela explique-t-il dans une certaine mesure la présence de notre silencieux et grave luthérien.

Enfin arriva John Spigliano et ma contribution person nelle au corps enseignant, Paul Herz.

Je ne pense pas qu'il y ait beaucoup à gagner en tenant la chronique de tout ce qui se dit cet après-midi-là. Comme on aura déjà compris que je ne porte pas beaucoup d'affection ni d'admiration à certains de mes collègues, on pourrait croire que je profite de l'occasion d'enregistrer leurs paroles pour les ridiculiser. L'enseignement est une profession noble qui a une histoire noble, et peut-être simplement est-ce que nous vivons une période de relâchement.

De toute façon, je ne consacrai pas toute mon attention à la réunion. A peine m'étais-je assis à la table que Paul Herz vint s'asseoir en face de moi. Sa vue stimula ma mémoire ; je me rappelai ma récente rencontre avec sa famille et avec sa femme... Et l'idée me vint alors qui me parut la plus audacieuse et la plus spectaculaire de ma vie. Durant tout l'après-midi (avec Paul en face de moi) j'essayai de la chasser, mais elle s'accrochait, et pas du tout parce qu'elle était sensée. Peut-être s'accrochait-elle parce que j'avais besoin de quelque chose à quoi m'accrocher qui ne rimât à rien. Ce que j'aimerais appeler mon âme, ce que je voudrais considérer comme ce qu'il y a de plus humain chez moi était comme une vapeur sur laquelle je n'avais pas prise ; elle fuyait toute expression, elle refusait de modeler ma vie. Je regrettai de ne pas pouvoir la pousser un peu, et peut-être fût-ce dans un effort pour la pousser que je pensai délibérément tout au long de l'après-midi : Pars avec Libby. Pars et épouse Libby.

Ce qui est le bon sens... Ce qui ne l'est pas, comment on nous juge est sans importance. Cela me semblait le pas suivant à franchir. Du moins, commençai-je à me dire, le pas suivant que quelqu'un aurait pu franchir.

Quand je sortis de la réunion, je m'arrêtai un moment sur le seuil de Cobb Hall, en chassant de mes poumons les relents de l'après-midi. Je regardai les dernières fenêtres s'obscurcir l'une après l'autre, dans les laboratoires et dans les salles de classe qui donnaient sur cette cour. Il était près de six heures, et les courts de tennis avaient une grâce simple et géométrique sous le ciel sombre. Les voûtes gothiques portaient témoignage du sérieux de l'endroit et me donnaient envie de croire que nous étions tous meilleurs que la discussion que nous venions d'avoir aurait pu le faire supposer. Juste avant la fin de la réunion, il y avait eu une brève et violente dispute entre deux de nos membres. Paul Herz avait donné un A — à une copie que John Spigliano avait notée D. C'était la première fois depuis son arrivée que Paul avait pris la parole et, poussé par John, il avait malheureusement perdu patience. En sortant, Ben Harnap m'avait dit en secouant la tête : « Ah, votre ami est bien un de ces jeunes gens en colère », pendant que Paul était passé devant nous en trombe sans dire bonsoir. Un peu plus tôt, John avait prononcé sans grand respect les mots « d'écrivain » en parlant de Paul, et Paul avait fini par taper sur la table en disant que John Spigliano devait détester la littérature, sinon pourquoi voudrait-il l'étrangler ainsi ? « En tout cas, il y a un peu de vie dans cette copie », avait dit Paul, sa fureur s'exprimant enfin, le laissant un peu fripé sur sa chaise. « La présence de la vie, ou d'une certaine vivacité, avait répliqué John, puisque c'est ainsi, semble-t-il, que vous qualifiez quelques phrases bien tournées, peut être une qualité primordiale dans un quotidien, mais je ne sais pas si c'est ce que nous essayons d'enseigner à nos étudiants. — Qu'est-ce que nous essayons de leur enseigner ? — Nous n'éduquons pas leurs âmes », dit John ; ce à quoi Paul répondit d'une voix forte : « Pourquoi pas ? » Juste avant la fin de la réunion, John nous avait dit d'un ton presque charmant : « Nous étudions le style au dernier trimestre, et peut-être Paul pourrait-il diriger alors la discussion. Si nous avons alors un écrivain parmi nous, j'espère que nous pourrons profiter de son talent. » Paul Herz avait marmonné pour toute réponse : « Je ne parlais pas du style. »

Cette discussion n'était pas d'un niveau très élevé et pendant qu'elle avait duré, nous avions tous gardé le silence. Deux caractères opposés s'étaient heurtés devant nous, et c'était arrivé si vite que je ne savais même pas que penser ni que faire. En fait, à l'instant même où la discussion avait éclaté, mon esprit tournoyait de son côté. J'entendais la voix de Libby. Elle me répétait ce qu'elle m'avait dit cet après-midi-là, une semaine plus tôt, juste avant d'entrer chez Brooks avec moi. Elle disait que Paul était plus heureux et qu'elle était donc plus heureuse aussi. Son mari pouvait écrire l'après-midi (quand il n'en était pas empêché par des réunions de service) et lorsqu'elle rentrait du travail à cinq heures et quart, elle constatait qu'il avait mis l'eau à bouillir pour les légumes et assaisonné la viande. Les yeux pleins de larmes, elle m'avait expliqué que Paul avait changé ; depuis Reading et son séjour à l'hôpital, il était à la fois un médecin et un serviteur pour elle. Le matin, il se levait pour lui presser un jus d'orange qu'il lui apportait au lit. Il l'accompagnait jusqu'à la station de métro et la raccompagnait les soirs où elle avait cours. L'ordre, disait Libby, la méthode, les plans, le devoir accompli, tout cela maintenant donnait un sens à leur vie. Il y avait ceci et il y avait cela, mais elle n'avait pas expliqué très clairement s'il y avait de la passion, s'il y avait du plaisir et de l'amour. Ce qui était clair, c'était simplement qu'après notre visite chez Brooks, ce qui avait existé entre nous jadis semblait exister de nouveau. Quant à la façon suppliante dont elle m'avait demandé d'aller voir les parents de Paul et à ma décision de le faire, qu'était-ce d'autre qu'une dernière tentative pour fuir la vérité ?

Epouser Libby ? me demandai-je, tandis que de l'autre côté de la table son mari semblait justement s'être lancé dans une campagne pour perdre sa place. Ce fut à cet instant que Peggy Moberly avait nerveusement levé la main, en disant que peut-être Paul et John avaient raison tous les deux ; elle proposait qu'on donnât deux notes à l'étudiant, l'une pour le fond, l'autre pour la forme. Victor Honingfeld se leva aussitôt pour dire qu'il ne comprenait pas comment on pouvait considérer que le fond et la forme, comme le bien et le mal, ne faisaient qu'un. Mona Meyerling, notre mère et notre père à tous, déclara que pour sa part elle appréciait la vivacité et qu'elle estimait qu'on devait en tenir compte dans la note, mais qu'elle n'était vraiment pas sûre que cette copie précisément fût pleine d'une telle vivacité : donner un A à l'étudiant servirait peut-être à l'encourager dans ses erreurs grammaticales. Presque tout le monde avait dit son mot, sauf Bill

Lake, dont son tempérament et son histoire faisaient parmi nous une sorte de ville ouverte, quelqu'un qui n'avait pas besoin de participer aux batailles. Et sauf moi.

Sam McDougall, qui avait chaudement défendu Spigliano — et qui s'intéressait personnellement à mon éducation grammaticale — se tourna vers moi. Paul me regardait aussi ; et John. J'ouvris la bouche, et après une longue et morne déclaration préliminaire, je m'entendis déclarer que, bien que j'eusse à l'origine mis un C à la copie, je pensais que ce que Paul avait dit tenait debout. Peu m'importait, dis-je, une douzaine de fautes d'orthographe (« treize » me souffla Sam) ni qu'il abusât du tiret. Je rappelai à tout le monde *Tristram Shandy*. Je précisai que je n'étais pas d'accord avec John quand il trouvait la construction bien primitive. Je voulais changer ma notation, ajoutai-je, et mettre un B ou un B+. « En fait, entendis-je Charleen Carlisle le déclarer quelques instants plus tard, j'irais jusqu'à un B. » Et Swanson, l'air très grave, déclara qu'il irait jusqu'à un B −. Sur ces entrefaites, John intervint pour apaiser la révolte, tandis qu'auprès de moi, exsangue, Sam McDougall traversait une des crises de sa vie. Peu après — John ayant lancé son allusion au fait que Paul était un écrivain — la réunion se termina.

Dans mon bureau, quelques minutes plus tard, tandis que la neige tombait derrière la fenêtre, j'étais assis à ma table de travail avec mon manteau et je pris la copie dans ma serviette. Mona Meyerling passa la tête pour me demander si ma voiture était enlisée. Je lui dis que non, et elle partit, me laissant relire la copie. Quand j'eus terminé, je savais qu'elle ne valait pas plus qu'un C, tout comme je m'en étais douté à la réunion.

Comme je descendais les marches pour gagner l'allée couverte de neige, je vis un homme tête nue et emmitouflé assis sur un banc à quelques mètres de là. Je me sentais mou et j'avais hâte maintenant de rentrer, de me changer et d'aller chez Martha Reganhart ; puis je vis que c'était Paul Herz. Je me demandai s'il m'avait observé quand j'étais planté d'un air songeur sur le perron de Cobb Hall. Cela me fit me sentir vulnérable, comme si le fait de m'avoir vu là à mon insu avait pu lui permettre de deviner les secrets de ma vie. Je n'arrivai pas à me persuader qu'il ne savait pas que c'était moi qui avais téléphoné le matin et qui avais raccroché. Pas plus que je ne pouvais m'expliquer logiquement pourquoi je ne lui avais pas au moins répondu après qu'il eut décroché et dit bonjour.

« Comment allez-vous ? demandai-je en m'approchant de lui. Vous aimez respirer un peu ? Ça fait du bien, n'est-ce pas... Après ça. »

Paul ôta une main de sa poche et regarda sa montre.

« Ça fait du bien, dit-il.

— La mission de Spigliano dans la vie, c'est de brûler les tripes des gens qui valent mieux que lui. Ne le prenez pas trop à cœur. Je l'ai un jour entendu dire à quelqu'un au téléphone : “ Gabe est sans doute un charmant garçon, mais je ne dirais pas qu'il a beaucoup d'idées. ” » Des flocons de neige tombaient sur les cheveux clairsemés de Paul, et l'envie me prit — ce genre d'envie stupide à laquelle on peut si facilement céder — de les épousseter. « Vous aviez parfaitement raison, dis-je. Mais il est imbattable. Il ne croit pas qu'il puisse faire une carrière sans piétiner tout le monde. »

Il hocha la tête, puis regarda de nouveau l'heure.

« Je ne voudrais pas vous retenir... dis-je, bien qu'il n'eût pas bougé.

— Je n'aurais pas dû m'énerver. » Il leva les yeux vers moi, en parlant très doucement. « J'ai eu tort de faire ça devant tous ces gens constipés. » La lumière d'un lampadaire soulignait les rides sur son visage mince : il ne ressemblait pas du tout en ce moment au jeune garçon sur la photo avec Maury Horvitz. « Vous ne trouvez pas ?

— Je n'ai pas très haute opinion de certains d'entre eux, dis-je en m'asseyant auprès de lui. Vous permettez que je m'asseye ? J'ai quelques minutes avant le dîner.

— Vous avez aimé cette copie... Il y avait quelque chose dedans, non ?

— Je l'ai trouvée très bonne, dis-je. C'était vivant, vous aviez raison. »

Une fille sortit de Goodspeed Hall, et Paul se pencha en avant pour la regarder ; puis il se redressa sans rien dire.

« Vous connaissez l'étudiant qui a fait cette copie ? demandai-je.

— Non. Mais justement... » dit-il.

Je me demandai s'il n'avait pas préparé un vaste canular. Je ne savais pas grand-chose de Paul Herz, je pouvais donc formuler des tas d'hypothèses.

« Ça n'est pas vous qui en êtes l'auteur ? demandai-je en plaisantant.

— Qui est-ce à votre avis... Un garçon ou une fille ?

— Je ne sais pas.

— Je pensais à un garçon que j'ai rencontré dans le couloir.

— Un de vos élèves ?

— Non, dit-il, je l'ai vu un jour dans un couloir en train de faire ses doléances auprès de l'un de ses amis. Il a une tête épouvantable. Il faisait toute une scène. C'est sans doute un garçon qui a la détestable habitude de ne pas tirer la chaîne après lui. »

L'horloge de la tour Mitchell frappa six coups et je me rendis compte que je risquais d'être en retard pour dîner. Paul Herz avait souri. Il avait parlé. Et c'était un événement.

« Pourquoi cette copie ? demandai-je. Pourquoi ce gosse ?

— Simple plaisanterie. Raisonnement après coup, dit-il d'un ton lugubre. Je ne sais pas qui l'a écrite.

— Oh, dis-je, intrigué.

— Dites-moi, d'où sort-il, Spigliano ?

— Comment ça ?

— Spigliano. De Harvard aussi ?

— De Harvard aussi, dis-je.

— Qui est-ce qui flanque les gens dehors ? demanda-t-il au bout d'un moment.

— Il y a un comité. Spigliano en fait partie. Sam aussi, et le doyen, je ne sais pas, trois ou quatre autres. C'est déprimant, je sais. Je me demande parfois pourquoi je ne vais pas en ville chercher une place de vendeur de pâte dentifrice pour cinq fois mon salaire ici. » Je ne voulais pas, bien sûr, laisser entendre que j'avais le moindre besoin d'argent ; néanmoins, Paul sentit une ironie que je n'avais pas mise dans mon propos, et me regarda d'un air bizarre. « Mais en fin de compte, dis-je, et je le pensais, c'est plus sain ici. On fait sa classe comme on l'entend. Ça n'est pas désagréable.

— Je vous remercie, bien sûr, me dit-il soudain d'un ton grave, de ce que vous avez pu faire...

— Voyons, dis-je en me levant brusquement, pourquoi croyez-vous, après avoir lu cette dissertation, que ce garçon ne tire pas la chasse d'eau ? Vous avez sans doute mis au point toute une technique de tests ?

— Oh, dit-il en souriant... Je vois ce garçon qui se conduit comme un salaud de première classe avec son camarade de chambre en public. Et je lis cette charmante dissertation. Voilà tout. C'est agréable de penser que ça se passe comme ça. J'aimerais botter les fesses de Spigliano pour lui apprendre à leur bourrer le crâne avec tout son blabla à propos de la forme. »

Détester les mêmes gens se révèle généralement être une base bien faible pour une amitié ; néanmoins, je me permis d'éprouver une grande tendresse pour Paul Herz. Il me parut rien moins qu'un homme sincère et capable. En tout cas, j'étais disposé à le croire tandis que la neige tombait et que nous étions assis ensemble dans le décor digne de l'université. J'étais même disposé à croire qu'il ne faisait pas le malheur de Libby, que c'était l'inverse. Peut-être en vérité Libby était-elle une femme dont personne ne pouvait satisfaire les désirs ; peut-être n'était-ce même pas des désirs, mais la manifestation d'un désordre cellulaire, d'un déséquilibre physiochimique qui la condamnait à une vie de perpétuelle envie dans le monde particulier où nous vivions. J'étais prêt à croire que Libby ou bien n'avait pas besoin d'être sauvée, ou bien n'était pas sauvable. Plus j'étais impliqué dans sa vie, me dis-je — répétant une leçon déjà plusieurs fois apprise —, plus nous en souffririons tous. Personne n'avait épousé Libby ; elle était déjà mariée !

« Pourquoi ne venez-vous pas au club avec moi ? proposai-je. On va boire un verre pour se réchauffer... »

Il consulta de nouveau sa montre et me dit qu'il attendait sa femme.

« Elle travaille encore ! demandai-je.

— ... Je pense.

— Eh bien, dis-je, nous pouvons boire un coup tous les trois.

— J'ai peur qu'elle ne soit trop fatiguée. Il vaut mieux ne pas l'épuiser. Le temps... » Il avait changé d'humeur et aussi de ton. Sans terminer sa phrase, il se blottit dans son manteau.

« Qu'y a-t-il ? demandai-je. Elle est malade ?

— Non, dit-il. Elle a seulement renoncé parce que les médecins ne pensent pas qu'elle devrait sortir le soir. Pas dans ce climat.

— Renoncer à quoi ? Je suis désolé.

— A l'école. Aux cours, dit-il en me regardant.

— Je n'ai pas vu Libby, alors je ne savais pas. Excusez-moi.

— Elle m'a dit, je crois, vous avoir rencontré sur le Loop.

— Je voulais dire que je ne l'ai pas vue assez longtemps pour bavarder. Je faisais des courses. »

Il préféra ne pas répondre. J'imaginai aussitôt des scènes chez lui où mon nom était invoqué comme preuve de duplicité. Le peu de confiance qui semblait avoir jailli entre nous disparut, et je commençai à me demander dans quelle mesure Libby me trahissait, moi aussi. De toute évidence, le moment était venu pour moi de prendre mes distances.

« Je suis désolé, répétai-je.

— Vous savez, reprit Paul, elle peut reprendre au printemps et en été. Ce sera très bien. Quand il fera de nouveau chaud, elle pourra de nouveau recommencer. » J'avais l'impression d'être un parent à qui un enfant donnait une explication : il y avait cela soudain dans le ton de Paul Herz.

« Ça semble une solution raisonnable. »

Il y en avait pourtant une meilleure. Elle me vint sans nulle doute aussi vite à l'esprit parce qu'elle se cachait depuis toutes ces années tout près de la surface : il pouvait emprunter ma voiture. Réchauffée par mon radiateur, Libby pourrait aller à ses cours en voiture ; je pourrais la garer près de Goodspeed les jours où elle en aurait besoin ; avec une clef supplémentaire...

« Bon, dis-je à Paul, à bientôt.

— D'accord », fit-il.

Le caractère formel de nos relations se réaffirma aussitôt ; le plus souvent, quand Paul Herz et moi nous rencontrions ou quand nous nous séparions, nous échangions une poignée de main. J'avais toujours l'impression que c'était dans une certaine mesure un mélange de méfiance et d'espoir. Cette fois, quand nous nous serrâmes la main, je sentis les mots se précipiter à mes lèvres, et ce que je dis finalement représentait tout ce que j'avais décidé de garder pour moi.

« Au fait, j'étais dans le brouillard ce matin. J'ai composé votre numéro par erreur. Je ne m'en suis rendu compte qu'après avoir raccroché. J'espère que ce mystère ne vous a pas gâché la journée. »

Bien que je pèse une dizaine de kilos de plus que Paul, nous sommes de la même taille, et quand il se leva en me tenant la main, je me trouvai en train de regarder ses yeux soucieux. Je ne savais pas exactement ce qu'il allait dire mais je crus un instant que nous étions enfin au bord de la crise. Je retrouvai aussitôt mon calme, et une certaine mélancolie. J'ai beau me dire que j'apprécie la passion, je dois avouer que je n'aime pas les scènes qu'elle provoque ; bien que j'essaie d'être franc dans la vie, je n'aime pas voir la franchise dépouillée de toute civilité. J'étais prêt à être humilié. Mais Paul se contenta de dire avec un air douloureusement résolu :

« Si on allait prendre ce verre ?

— Pourquoi pas ? fis-je.

— Allons-y. Libby aussi, ajouta-t-il.

— Si elle est fatiguée, Paul...

— Libby aimerait voir le club, dit-il. Libby a besoin... » Mais il ne termina pas cette phrase-là non plus. D'un air grave, tendre — tout cela dans ses yeux sombres — il reprit : « Ça lui ferait du bien. »

Je crois que ça ne nous aurait surpris ni l'un ni l'autre alors si nous nous étions embrassés. C'était un de ces moments d'émotion dont on sait qu'ils sont partagés. Nous pataugeâmes dans la neige jusqu'au pavillon Goodspeed sans dire un mot. Je croyais qu'il était indispensable pour moi de rester avec lui, bien que ma montre indiquât que j'allais être en retard chez Martha Reganhart. J'avais l'impression que quelque chose se précisait.

Paul s'arrêta à quelques mètres de l'entrée. Une lumière

venant d'une fenêtre du premier étage nous éclairait. Il mit ses mains en porte-voix et siffla deux notes vers la fenêtre. Puis doucement il appela :

« Lib-by... Lib-by. » Il chantait son nom. Comme s'il l'aimait. « Lib-byyyy... » Un moment passa sans que personne apparût et il cria : « Hé, lève-toi, ô soleil, pour tuer la lune envieuse ! » Mais comme rien ne se passait, il se tourna vers moi en disant : « Nous ferions mieux d'entrer. »

Je lui emboîtai le pas, n'ayant qu'une pensée en tête : elle est la femme de cet homme. Je le suivis dans l'escalier jusqu'au premier étage et nous prîmes le couloir puis nous entrâmes dans le bureau de Libby. Elle était là, en train de taper à la machine. Nous ne fîmes pas un geste ni l'un ni l'autre et nous restâmes muets.

Libby était penchée sur la machine et, malgré le radiateur allumé, elle avait son manteau et ses protège-oreilles rouges ; elle avait le visage tout rouge, les cheveux défaits et elle mâchonnait le bout de son mouchoir. Des crayons jonchaient son bureau et avaient roulé par terre, et elle émettait un bruit si étrange, si fantastique qu'il me parut préhistorique, on aurait dit un adulte qui ne sait pas parler. Cela exprimait tout à la fois le désir, le malheur et l'impuissance... On aurait dit qu'elle était dans une cage ou dans une cellule. Ce fut ma première impression. Il semblait qu'elle n'aurait pas la volonté ni la force suffisante pour s'arracher à ce bureau. Son poing s'abattait sur la barre d'espacement. Elle arracha un stencil avec un gémissement qui venait soit de la dactylo, soit de la machine. Elle le jeta par terre puis leva les yeux et nous aperçut.

Elle sursauta, s'essuya les joues avec son mouchoir, porta les mains à ses cheveux et, de derrière une masse de nuages, elle fit semblant d'être ce clair soleil que son mari avait appelé d'en bas.

« Je... Je termine. » Elle prit un nouveau stencil. « J'en ai pour une minute... Bonjour, dit-elle enfin.

— Libby... » dit Paul en entrant dans le bureau.

Mais Libby était penchée et triait les papiers par terre. Puis, y renonçant, elle se redressa, s'installa bien au milieu de sa chaise, cala le stencil, leva les doigts et esquissa un sourire.

« J'ai quelques ennuis. Cette machine colle. »

Je restai sur le pas de la porte tandis que la longue silhouette de Paul se penchait vers sa femme.

« Tu te sens bien ? Tu n'es pas malade, tu es toute rouge... »

Elle prit son mouchoir sur ses genoux où elle l'avait laissé tomber et se moucha.

« Je vais très bien, dit-elle. Simplement, je n'ai pas l'habitude des stencils...

— Libby, nous allons boire un verre au club du Carré. Pourquoi ne laisses-tu le stencil pour demain ?

— Il faut que je termine.

— Tu pourras terminer demain. Tu ne peux pas rester ici avec ton manteau. Ote tes protège-oreilles, Libby, nous allons tout ranger et puis...

— Le doyen en a besoin, dit-elle en secouant la tête. Paul, je t'en prie, assieds-toi.

— Pourquoi gardes-tu ton manteau ? Tu as froid ? Il fait chaud ici. Libby, voyons, je t'en prie.

— Je vais très bien... Encore un...

— Le doyen peut attendre, dit-il. Tu t'énerves... Ça n'est pas si important. »

Mais elle s'agita sur sa chaise jusqu'au moment où elle fut dans la position de la dactylo idéale.

« Je t'en prie, Libby. Il est six heures passées. Tu es fatiguée. Tu es ici depuis huit heures et demie.

— Je vais bien ! Je vais très bien ! » Elle leva les yeux

vers moi et s'exclama comme si j'en doutais aussi : « Très bien !

— Bon, dis-je, sans grande conviction.

— Voyons. » Elle ajusta le stencil sur le chariot, se tourna vers le manuscrit qu'elle recopiait et frappa la première lettre. « Oh, gémit-elle.

— Qu'est-ce qu'il y a, chérie ? demanda Paul.

— Pourquoi est-ce que je frappe toujours la barre de moitié ? Je veux taper un *p* et je frappe une barre ! Oh, Paulie..., cria-t-elle en arrachant le stencil, je ne sais même pas taper ! »

Il s'agenouilla auprès d'elle et essaya de la calmer comme un chef d'orchestre calme un orchestre symphonique : en levant et en abaissant ses mains étendues.

« Allons, allons. Tu sais taper, tu tapes aussi bien qu'une autre. Ne te décourage pas.

— Je ne me décourage pas, mais Paul, j'ai fait à peu près... vraiment, à peu près trente-cinq stencils. Je n'y arrive pas ! Qu'est-ce que j'ai ? Je n'ai donc aucune coordination ? Je ne sais donc rien faire ?

— C'est le doyen qui t'a demandé de rester ? Il ne sait pas que tu as été malade ?

— Je veux rester, dit-elle d'une voix maintenant sans passion. Je voulais rester pour terminer. Mais je n'arrive même pas à faire un paragraphe. Je ne sais même pas taper une phrase jusqu'au bout.

— Mais si, dit-il. Tu tapes très bien. » Il se mit à ramasser lentement les papiers qui jonchaient le sol et à les mettre dans la corbeille. « Cette machine colle. Ça n'est pas de ta faute.

— Elle colle seulement un peu.

— Bon, calme-toi. » Il se leva et lui tendit les mains pour l'aider à se lever. Mais Libby croisa les bras, baissa la tête sur sa machine et éclata en sanglots.

J'étais resté jusqu'alors parce que je savais que je ne

ferais que redoubler l'embarras de Herz si je m'éclipsais ; il était aussi décidé que moi, je le savais, à aller prendre ce verre : lui aussi sentait que nous avions quelque chose à préciser. Mais là je sortis dans le couloir. Je ne songeai même pas que j'allais être en retard. Je m'adossai au mur en fermant les yeux et je me souviens que je me dis : Je ne comprends pas.

« Tu n'as pas besoin de travailler dans un bureau, disait Paul. Tu n'as qu'à rester à la maison à te reposer.

— Je ne veux pas me reposer. Je n'ai que vingt-cinq ans. Je ne veux pas me reposer tout le temps.

— Tu pourrais peut-être suivre des cours dans la journée…

— C'est un gâchis après l'autre, n'est-ce pas ? » Elle était presque calme maintenant ; elle posait simplement une question. « Je crois… fit-elle… Je crois que j'ai besoin d'un verre d'eau, Paul, et d'un comprimé. »

Sans bouger, je criai du couloir :

« Restez là, Paul. Je vais en chercher. » Car, quand Libby avait parlé, je m'étais imaginé Paul quittant la pièce, Libby s'avançant jusqu'à la fenêtre et volant dans les airs. J'emplis un gobelet à la fontaine et le rapportai dans le bureau du doyen.

Libby était bien près de la fenêtre, mais elle utilisait la vitre comme un miroir pour se peigner. Paul faisait lentement tourner ses protège-oreilles autour de ses doigts ; il me fit signe de poser le gobelet sur le bureau.

« Libby dit qu'elle aimerait bien aller boire un verre au club, dit-il.

— Parfait », répondis-je.

Libby se retourna : elle n'était plus rouge mais d'une pâleur de craie. Elle soupira. Je fus surpris de constater qu'il lui restait des forces et je fus soulagé que l'incident fût terminé.

« Je suis absolument navrée, dit-elle. C'est ridicule. Si

vous voulez bien encore de moi, j'aimerais aller au club. Je n'y suis encore jamais allée.

— Mais bien sûr, dis-je. Quand on veut taper un *p* et quand on tape une barre... dis-je en souriant.

— C'est ridicule, fit-elle, mais j'avais l'impression d'un de ces vieux films... d'être attachée au rail avec le train qui arrive.

— Je comprends.

— Le chariot colle, expliqua Paul en prenant sa serviette. Il y a de quoi exaspérer n'importe qui.

— Mai oui, dis-je. Il faut la faire arranger.

— Je vais le faire », dit Libby. Elle se moucha de nouveau et jeta un dernier regard autour d'elle.

« Voyons, demanda Paul, qu'est-ce que tu vas te mettre sur la tête ? » Elle désigna les protège-oreilles. « Ta tête, reprit-il. Pas tes oreilles. Tu n'avais pas de foulard... ?

— Ça ira.

— Il neige, Libby. Il fait glacial.

— Attends, dit Libby sans l'écouter et elle retourna auprès de la machine à écrire pour poser la housse en matière plastique dessus.

— Libby, dit Herz d'un ton presque suppliant, tu n'as rien à te mettre sur la tête ?

— On croirait, dit-elle en éclatant brusquement en sanglots, qu'un flocon va me tuer. »

Paul s'approcha d'elle, en lui tendant son mouchoir. « Tiens, murmura-t-il, prends ça en attendant. Mets ça sur ta tête, je t'en prie. Ecoute, Libby, si tu n'aimes pas le travail de bureau, si c'est un supplice, rends-moi un service. Donne ta démission.

— Oh, j'aime bien le travail de bureau. J'adore ça, dit-elle en sanglotant. Le doyen est un homme charmant. » Elle porta le mouchoir de Paul à son nez.

« Je t'en prie, dit-il, mouche-toi dedans, veux-tu, chérie ? Libby, est-ce que nous n'avons pas assez de notes de docteur ? Je t'en prie, garde un coin que tu puisses te mettre sur la tête...

— Oh, ne prends pas cet air exaspéré !

— Libby, peut-être que si tu restais à la maison cet hiver tu pourrais te remettre...

— Je ne veux pas rester à la maison.

— Si tu veux travailler, tu pourrais corriger des copies à la maison.

— Je ne veux pas rester à la maison, dit-elle en se penchant pour boucler ses caoutchoucs. Je suis trop idiote pour corriger des copies. Je n'ai pas de diplôme.

— Alors tu n'as qu'à lire. Faire la cuisine. Tenir la maison.

— Je ne veux pas rester à la maison ! D'ailleurs, qu'est-ce que c'est d'autre qu'un tas de meubles sans intérêt ! »

Il n'y avait rien à répondre à cela et, au bout d'un instant, Libby eut honte de ce qu'elle avait dit.

— Je ne veux pas rester. Vraiment pas. Il n'y a rien à la maison...

— Alors, dit Paul d'une voix muette, qu'est-ce que tu veux, Libby. Ce qui te fera plaisir.

— Ce qui me fera plaisir... »

Elle répéta ses paroles avec un si total désespoir que Paul et moi nous approchâmes tous deux comme si elle était au bord de s'effondrer.

« Libby, dit-il, qu'est-ce qu'il y a ?

— Oh, je voudrais un enfant, ou quelque chose, gémit-elle. Je voudrais un chien ou la télévision ; Paulie, je ne sais rien faire.

— Mais si. » Il me tournait le dos et la berçait. « Mais si, Libby. » Elle avait le menton sur son épaule, les yeux fermés, elle secouait la tête : elle se disait non, non, non, tandis que Paul lui répétait, oui, oui, oui. Puis elle ouvrit ses yeux sombres et je crus qu'elle allait sourire.

« Oh, Gabe, dit-elle.

— Oui, dis-je, vous avez raison, Lib.

— Oh, bien sûr, je sais... » Elle parut un instant entre le rire et les larmes. « Je crois que j'ai envie d'un bébé, je ne veux pas être toute seule à la maison. Je crois que je devrais peut-être avoir un enfant... » Elle éclata de nouveau en sanglots.

« Libby, Libby », lui murmurait Paul à l'oreille.

Elle se laissait bercer dans les bras de son mari.

« Un enfant, un chien ou la télévision, dit-elle. Oh, Paulie, quel gâchis... »

Mais il continuait à répéter son nom comme si cette seule invocation devait l'arracher à son malheur. Elle balbutiait, lui psalmodiait, moi je regardais... Puis je me mis à trembler.

« Alors, faites-lui un enfant, Paul ! Faites un enfant ! »

Ce fut seulement lorsqu'ils relevèrent brusquement la tête tous les deux pour me regarder que je fus sûr que j'avais parlé. Cette voix violente, c'était la mienne. Paul Herz se tourna vers la fenêtre. Quand je repris la parole, je chuchotai presque.

« Peut-être que s'il y avait un enfant... » Je m'arrêtai. J'avais l'illusion que ces deux silhouettes qui n'étaient qu'à quelques pas étaient en fait très loin. Je voyais en miniature le visage sombre de Libby, les cheveux de Paul et leurs deux corps. Je n'ajoutai rien. Mais Libby rompit le silence.

« Qu'est-ce que vous racontez ? demanda-t-elle. Qu'est-ce que vous dites ? Pourquoi ne dites-vous pas quelque chose pour changer ? cria-t-elle nerveusement. Est-ce que vous savez ce que vous dites ?

— Je me suis laissé aller, dis-je d'un ton d'excuse. Je suis navré.

— Voyons, pourquoi ne dites-vous pas quelque chose ! Ou alors bouclez-là !

— Libby... dit Paul, mais il était tourné vers moi, si bien que je ne savais pas à qui il s'adressait.

— Pourquoi ne vous occupez-vous pas de vos affaires ? » cria Libby en me regardant droit dans les yeux. Je ne répondis rien. « Pourquoi ne lui fichez-vous pas la paix ? cria-t-elle d'une voix brisée. Il peut faire des enfants ! Il peut en faire autant qu'il veut !

— Je vous ai dit que j'étais navré d'avoir parlé.

— Ce sont mes foutus reins ! cria-t-elle. Je les déteste. Ce sont mes reins, crétin ! »

Je détournai les yeux ; au bout d'un instant, je me tournai vers son mari.

« Je ne savais pas. Je n'avais aucune idée. »

Libby se martelait les cuisses avec les poings.

« Alors allez-vous-en ! Fermez-la, voulez-vous ! Occupez-vous de vos affaires !

— Certainement, dis-je. Bon. » Je tournai les talons et sortis.

Mais, en larmes, elle me suivit dans le couloir ; j'entendis sa voix qui me poursuivait.

« Qu'est-ce que vous attendez qu'on vous dise, crétin ! Crétin, Gabe, oh que vous êtes agaçant ! Dieu que vous êtes agaçant, agaçant... »

DU MEME AUTEUR

Aux Éditions Gallimard :

GOODBYE, COLUMBUS
PORTNOY ET SON COMPLEXE
QUAND ELLE ÉTAIT GENTILLE
TRICARD DIXON ET SES COPAINS
LE SEIN
MA VIE D'HOMME
DU CÔTÉ DE PORTNOY ET AUTRES ESSAIS
PROFESSEUR DE DÉSIR
LE GRAND ROMAN AMÉRICAIN
L'ÉCRIVAIN DES OMBRES
ZUCKERMAN DÉLIVRÉ

Impression Bussière à Saint-Amand (Cher).
le 6 juin 1983.
Dépôt légal : juin 1983.
Numéro d'imprimeur : 666.
ISBN 2-07-037477-7/Imprimé en France.

31 813